GILLES PERRAULT

Un homme à part

Tome I

BARRAULT

Enquête réalisée en équipe
avec Sylvie Braibant.

UN HOMME À PART
Tome I

Né en 1931 à Paris, Gilles Perrault entre à l'Institut d'Etudes Politiques. Licencié en droit, il s'inscrit au barreau de Paris. Il exerce pendant cinq ans, mais le succès d'un essai sur Les Parachutistes, *inspiré par son service militaire effectué en Algérie et pour lequel il obtient le Prix Aujourd'hui, l'incite à se tourner vers l'écriture.*
Il se consacre ensuite à des recherches historiques sur les aspects inconnus de la seconde guerre mondiale. Le Secret du Jour J *(1964) est couronné par le Comité d'action de la Résistance et devient un best-seller international.*
Son troisième ouvrage, L'Orchestre rouge, *connaît un succès encore plus vif (1967).*
Gilles Perrault a publié également : un roman, Le Dossier 51 *(1969) adapté à l'écran; des nouvelles,* Les Sanglots longs *(1970); un livre consacré à l'affaire Rousseau,* L'Erreur *(1971); l'histoire du débarquement,* Le Grand Jour; *un livre sur la mort de Roland Farjon,* La Longue Traque *(1975);* Le Pull-over rouge *(1978), sur l'affaire Ranucci, a fait l'objet d'un film;* Les Gens d'ici *(1981) et* Un homme à part *(1984).*

Qui était Henri Curiel, abattu à Paris le 4 mai 1978 par deux tueurs non identifiés ?
— « Le patron des réseaux d'aide au terrorisme » à la solde du KGB comme le magazine *Le Point* l'annonça en couverture ?
— Un agent des services israéliens, comme l'a écrit l'agence de presse soviétique Novosti ?
— Un agent français, comme le croient aujourd'hui encore les services cubains ?
La réalité est plus passionnante. Elle mena ce fils d'un banquier juif milliardaire du Caire, élevé chez les jésuites, du palais paternel aux prisons et aux camps de concentration de Farouk, roi d'Egypte, puis à l'exil forcé en 1950. Il avait ressuscité le parti communiste égyptien, fondé le parti communiste soudanais. Mais les camarades italiens le tiennent à distance et les communistes français procèdent froidement à son exécution politique.
Clandestin en France, renié par tous sinon par une cohorte de fidèles insensibles aux pires diffamations, Henri Curiel rejoint en 1957 le réseau de soutien au FLN et le dirige à la suite de

(Suite au verso.)

Francis Jeanson. Arrêté sans être jugé, libéré sans être expulsé, il crée et dirige en France, pendant plus de quinze ans, une extraordinaire Université de lutte clandestine ouverte aux mouvements de libération du tiers monde. Ce livre raconte comment Henri Curiel transmit au Caire, en 1956, les plans de la désastreuse expédition de Suez, comment il avait obtenu pour son ami Ben Barka une audience à l'Elysée à laquelle le leader marocain se rendait lorsqu'il fut enlevé, comment Henri Curiel fit s'asseoir à la table de la paix d'anciens terroristes israéliens et palestiniens...
Une vie romanesque au service d'une foi inébranlable.
Pourquoi a-t-il suscité à ce point haine et passion ? Comment a-t-il pu, pendant tant d'années, influencer de manière aussi décisive la vie de tant d'êtres ?
Gilles Perrault a fait plus que rendre justice à un homme exceptionnel : pour chacun de ses lecteurs, il lui aura rendu vie.

ŒUVRES DE GILLES PERRAULT

Dans Le Livre de Poche :

L'ORCHESTRE ROUGE.
LES SANGLOTS LONGS.
LE PULL-OVER ROUGE.
LES GENS D'ICI.

« Il va cherchant la liberté, si chère
« Comme le sait celui qui pour elle abandonne la vie. »

DANTE.

à Nicolas et Aurore

PREMIÈRE PARTIE

L'ÉGYPTE

IL rabâchait à sa femme et à ses amis : « Nous avons une chance inouïe : nous habitons le plus beau quartier de la plus belle ville du monde. » Cette seule phrase trahissait le sexagénaire né hors de France : il n'y a plus que les étrangers d'un certain âge pour trouver que Paris est une insurpassable fête. Henri Curiel n'en démordait pas. Maint militant exotique arrivé pantelant du bout du monde se retrouvait embarqué sur un bateau-mouche pour le pèlerinage au long de la Seine, avec commentaire historico-architectural détaillé des monuments riverains. Les militantes de physionomie agréable avaient droit à une visite guidée du musée du Louvre. Notre-Dame suscitait toujours un exorde enthousiaste sur les chefs-d'œuvre inspirés par une foi collective. Lorsqu'il rentrait de sa ronde de rendez-vous qui le faisait aller du matin au soir de café en café, il rejoignait de préférence la Seine, fût-ce au prix d'un détour, et retrouvait avec bonheur l'itinéraire pour lui incomparable. Arrivé au pied de la montagne Sainte-Geneviève, il s'engageait dans les petites rues du cinquième arrondissement – l'un des rares quartiers populaires rescapés de la razzia immobilière – jusqu'à la drôle de rue Rollin où il s'était installé en 1972 avec sa femme Rosette. L'immeuble du 4 avait été rénové mais une pierre gravée, encastrée sous le porche, attestait l'antiquité des lieux : *Du règne de Louis 13e*, cette première pierre a été *posée par Jehan Hubert, fils de Irhâ Hubert, Me Apottiquaire à Paris.* Les Curiel habitaient un duplex aux septième et huitième étages d'un immeuble moderne bâti au fond de la cour (salle de séjour et cuisine au septième, deux chambres au huitième) de sorte qu'ils jouissaient d'une vue superbe sur la ville aimée.

Cette passion était bien un peu étrange car Paris avait été pour Henri Curiel le lieu de l'exil et de la frustration avant de devenir, au fil du temps, une sorte d'espace carcéral où l'écrouait son statut d'apatride sans passeport. Mais à l'âge de soixante-quatre ans, dont vingt-sept années parisiennes, il n'aurait pas récusé le dialogue qu'avaient eu jadis sur le boulevard Saint-Michel, à deux pas de la rue Rollin, son ami et rival politique Marcel Israël, né lui aussi en Egypte, et un professeur suisse enseignant au Caire. C'était à la veille de la deuxième guerre mondiale et chacun prévoyait de tristes lendemains, mais c'était aussi le temps où les jeunes gens de leur espèce vivaient dans la certitude scientifique que les surlendemains chanteraient juste. Ils évoquaient le règne à venir de l'égalité quand le professeur s'arrêta soudain, le visage assombri : « Ne nous leurrons pas, dit-il. Nous n'atteindrons jamais l'égalité parfaite. Il y aura toujours ceux qui vivent à Paris et les autres. » Marcel Israël avait acquiescé.

Henri Curiel professait aussi que son domicile lui assurait une relative protection contre les attentats. Sans doute voulait-il assoupir l'anxiété de ses amis, dont beaucoup le pressaient de déménager depuis qu'il avait été spectaculairement accusé d'être lié au terrorisme international. Courte et étroite, la rue Rollin relie la rue Monge à la place de la Contrescarpe. Elle n'est accessible aux voitures qu'à partir de la Contrescarpe car elle débouche dans la rue Monge, en contrebas, par un escalier d'une trentaine de marches ; l'immeuble du 4 est à dix mètres de l'escalier. Impraticable au trafic automobile, bordée d'immeubles résidentiels, c'est assurément l'une des rues les plus calmes et même les plus désertes de Paris. Henri Curiel avait raison d'estimer qu'une pareille quiétude rendrait difficiles à d'éventuels tueurs les longues planques indispensables au repérage de ses habitudes : une présence insolite aurait vite éveillé la curiosité des concierges et des ménagères locales. Mais si cet inconvénient était surmonté (et il allait être incessamment démontré que les nouvelles techniques d'espionnage en donnaient les moyens), l'immeuble du 4, rue Rollin offrait d'exceptionnelles facilités à un commando d'assassins. La phase la plus périlleuse d'un attentat est toujours celle du repli, lorsque le fracas des détonations a déclenché l'alarme, voire une panique qui se propage de proche en proche : des témoins peuvent enregistrer le signalement des tueurs, noter le modèle et la couleur de leur véhicule, prévenir rapidement la police qui alerte aussitôt ses voitures de patrouille. Mais si le tir sur la cible devait fatalement fracasser la quiétude de la rue Rollin, les assassins avaient la certitude de n'être point aperçus par des automobilistes au sortir de l'immeuble, et les plus grandes chances de ne croiser aucun piéton ; surtout, il leur suffisait de franchir dix mètres et de descendre trente marches pour échapper au remue-ménage déclenché par leur sanglante irruption : large, animée, parcourue par un trafic automobile intense, la rue Monge n'a point d'yeux ni d'oreilles pour ce qui se passe à six mètres au-dessus d'elle, dans la provinciale rue Rollin. C'est un autre monde. Une fois l'escalier dévalé, les tueurs étaient hors d'affaire.

Il est possible qu'Henri Curiel n'ait pas aperçu ces inconvénients (il n'avait de sa vie tenu une arme à feu ni participé à une action violente) mais le plus probable est qu'il n'y trouva pas raison suffisante pour quitter un appartement agréable. Il répétait à ses intimes l'évidence qu'aucune précaution ne prévaut à la longue contre une volonté homicide. Au reste, depuis trente ans que sa militance le plaçait dans la ligne de mire des services secrets les plus expéditifs, il avait toujours refusé de sacrifier son efficacité à sa sécurité. Bien qu'il n'en parlât jamais, car il eût trouvé cela peu convenable, sa façon de vivre était celle d'un homme qui a fait une fois pour toutes le sacrifice de sa vie.

Ce 4 mai 1978, il déjeuna d'un sandwich au jambon et d'une tasse de café ; il avait son cours de yoga au début de l'après-midi et ne voulait pas s'alourdir l'estomac. A deux heures précises, il quitta l'appartement, accompagné comme de coutume sur le palier par sa femme Rosette. Il était vêtu d'un complet bleu marine, d'un gilet gris et d'un sous-pull blanc à col roulé. Rosette le regarda entrer dans l'ascenseur puis, quand la cabine eut disparu, retourna dans l'appartement et s'étendit sur son lit pour un après-midi de lecture.

Pendant la descente, Henri Curiel sortit de sa poche ses clefs de voiture et un agenda à couverture noire. Tenant ces objets dans sa main gauche, il prit de la droite son stylomine et compulsa l'agenda, qu'il ouvrit à la date du 16 mai. Il était en train d'écrire, ou s'apprêtait à le faire, quand la cabine arriva au rez-de-chaussée, de sorte qu'il ne remarqua peut-être pas les deux hommes embusqués dans le hall. En tout état de cause, il ne pouvait plus rien faire pour leur échapper. Le tueur braquait un pistolet de type Colt 45. Le rôle de son acolyte consista sans doute à ouvrir la porte palière de l'ascenseur dont l'armature métallique et le grillage pouvaient gêner le tir ; elle fut retrouvée entrouverte. Le tueur tira à travers la vitre du panneau gauche de la porte à double battant de la cabine. Henri Curiel s'écroula, tenant toujours ses clefs et son agenda, l'index gauche sur la page du 16 mai.

Onze témoins déclarèrent avoir entendu trois

détonations. L'un d'eux était un journaliste spécialisé dans le cinéma qui déjeunait chez une amie, au troisième étage de l'immeuble sur cour. Il pensa immédiatement à Henri Curiel. Il l'avait croisé quelques jours plus tôt et avait dit à son amie : « Un de ces jours, l'appartement des Curiel sera plastiqué. » Par réflexe professionnel, il consulta sa montre (il était 14 h 02). Il allait préciser aux premiers enquêteurs qu'ayant servi pendant la guerre d'Algérie comme instructeur d'armement, il était certain de ne pas se tromper sur le nombre des détonations. Les policiers avaient d'ailleurs ramassé trois douilles devant la porte de l'ascenseur. Un seul témoin perçut quatre coups de feu. C'était un instituteur travaillant à Alger, de passage à Paris ; il entendit les détonations de la chambre de son hôtel, au 54 de la rue Monge, c'est-à-dire de beaucoup plus loin que les autres témoins. C'était pourtant lui qui avait raison. Trois balles s'étaient logées dans le corps d'Henri Curiel mais la radiographie du cadavre habillé permit d'en repérer une quatrième dans la doublure de la veste. La quatrième douille fut découverte trois semaines plus tard dans la fosse de l'ascenseur par le technicien venu remettre la cabine en état.

Henri Curiel mourut sans avoir repris conscience, quelques minutes après l'attentat, d'une hémorragie interne par blessures pulmonaires et hépatiques. Les constatations d'usage effectuées, sa dépouille fut transportée à la morgue, sur la berge de la Seine, au chevet de Notre-Dame.

« LÈVE-TOI, me dit Chehata Haroun, avocat au Caire, planté devant la fenêtre de son bureau. Viens ! Tu n'as pas encore tout vu... »

J'étais passé le prendre à son domicile, au cœur de ce qu'on nommait naguère la ville européenne. Il habite avec sa femme un appartement de cinq pièces dont le loyer, grâce au blocage imposé depuis des décennies, est de quarante-deux francs par mois. L'immeuble, jadis patricien, s'effrite par plaques lépreuses. L'eau peu courante renâclant désormais à monter aux étages, chaque locataire s'est installé une pompe individuelle ; il y a toujours une famille pour pomper trop fort et assécher les autres. Tout se délite. L'ascenseur antique a ses bons et ses mauvais jours.

(Dans les années trente, Didar Rossano, douze ans, dont la famille habitait au deuxième étage, regardait avec placidité, dans cette même cabine, le portier-liftier se masturber devant elle – il montait au sixième avant de redescendre au second pour ne pas brusquer son affaire –, s'étonnant simplement de l'odeur forte de sperme et de sueur mêlés. Les portiers, ou *bawwabs,* de la ville européenne venaient de Nubie, en Haute-Egypte. Très noirs, très pauvres, ils restaient des années sans voir leur famille, à laquelle ils envoyaient leurs maigres salaires. Didar aimait bien son *bawwab* et il ne lui serait pas venu à l'idée de le dénoncer.)

Le cabinet de Chehata Haroun n'était qu'à quelques centaines de mètres. Nous avions suivi des trottoirs défoncés, traversé des rues hirsutes, longé des immeubles lézardés, décrépis, bordés d'ordures odoriférantes. Partout, une foule à couper le souffle, comme on n'en voit plus en Europe qu'à la dispersion des grandes manifestations politiques ou sportives. Un trafic automobile massif et sauvage, chaque conducteur ne paraissant pas se soucier davantage des piétons que nous ne le faisons des insectes promis à l'écrasement sur le pare-brise. Emergeant du flot automobile, d'énormes grappes humaines sous lesquelles gémit un tramway – les premiers jours, on ferme les yeux pour ne pas voir tomber les enfants acrobates (ils ne tombent pas). Ici, des tranchées où rouillent des conduites ; là, un chantier ouvert il y a cinq ans, ou dix, et qu'on a oublié de refermer. Etals de marchands débordant sur le trottoir, vendeurs à la sauvette, carrioles surchargées de légumes zigzaguant entre les poids lourds. Des manchots, des culs-de-jatte, des aveugles, des bossus ; des enfants comme s'il en pleuvait. Mais il ne pleut jamais, bien sûr, et la poussière grasse enduit la ville d'un fond de teint gris. Tout est moche, dégradé, déglingué. Le nez s'exaspère d'effluves innommables. L'œil s'offusque à chaque tournant d'une laideur nouvelle. L'oreille abasourdie s'effare d'une cacophonie prodigieuse où le permanent concert d'avertisseurs (la paume de chaque automobiliste scellée au klaxon) règne sur un fond sonore d'appels, d'insultes, de rires et de musiques contradictoires vomies par les centaines de transistors trimbalés à bout de bras.

Les autres quartiers, on s'était fait d'avance une raison : c'est l'Asie – enfin, l'Afrique. Un gigantesque conglomérat de villages dont chacun vaut une préfecture française. Même averti, le visiteur s'étonne encore de la multitude humaine répandue dans les rues, assise sur les trottoirs, vaquant en pyjama rayé à une absence d'occupation. A croire qu'un tremblement de terre a été annoncé et que chacun, par précaution, a déserté son logis. Mais non : les maisons sont pleines à craquer de femmes, d'enfants, de vieillards. Les maisons qui tiennent debout. Innombrables sont en effet les édifices éboulés, ruinés, au point que les touristes mal informés imaginent de sévères bombardements israéliens. Mais quand l'ultime piastre sert à ne pas mourir de faim, où trouver l'argent pour conforter une maison surchargée ? On se creuse une caverne dans les éboulis, on s'entasse un peu plus dans les bicoques voisines. Trois cents mètres de venelles recèlent plus d'âmes que mon canton normand. Les cimetières ahurissent. Là, ils vont fort. Qu'on imagine trente mille personnes au Père-Lachaise parisien, cinq mille au cimetière Montparnasse, chaque pavillon funéraire squatterisé par une famille nombreuse, les gourbis fleurissant entre les tombes, le linge au vent, la tambouille en plein air, et une marmaille jacassante jouant aux osselets sur les ossements des morts...

Mais toutes ces étrangetés ne parvenaient pas à banaliser la ville dite européenne. Même l'emmêlement fabuleux des morts et des vivants surprenait moins que le contraste entre le décor bon chic de la vieille belle, ses façades renfrognées de bourgeoise tombée dans la mouise, et la foule venue d'ailleurs qui lui chiffonnait les trottoirs. La ville ex-européenne avait l'air de s'être trompée de film.

« Regarde, me dit Chehata, que j'avais rejoint à la fenêtre de son bureau. La cahute, là, à droite : elle est nouvelle. Avant-hier, elle n'existait pas. »

Nous surplombions les toits en terrasse des immeubles voisins, et je découvrais, juchée sur le dos de la cité patricienne, une deuxième ville tenant du campement bédouin et du bidonville, un amoncellement de baraques, cahutes, gourbis, tentes, bicoques, qui eût été hideux s'il n'avait servi d'écrin à des flopées d'enfants.

« C'est comme ça partout, dit Chehata. Ils s'installent au petit bonheur. Il y aura bientôt plus de monde sur les toits que dans les maisons. Le matin, quand je sors de chez moi, c'est dans l'escalier un ruissellement de gosses partant pour l'école... ».

Il avait vu s'engloutir dans la mer humaine, telle une Atlantide, la cité de sa jeunesse. A sa naissance, en 1920, nul Egyptien n'allait dans la ville européenne s'il n'était fournisseur ou domestique, et quand Chehata avait commencé son stage d'avocat, vingt-cinq ans plus tard, rien n'avait changé. Sans qu'aucune frontière matérielle en marquât les limites, le grand quartier édifié sur la rive droite du Nil, face à l'île de Zamalek, était un morceau d'Europe encastré dans Le Caire. Trois colonies régnaient, dont la plus nombreuse et la plus puissante était la colonie juive, suivie d'assez loin par l'italienne et la grecque. En ce temps-là, les rues étaient bordées d'arbres et les balayeurs ramassaient rêveusement le crottin des calèches ; les hommes vaquaient à leurs affaires dans des voitures à chauffeur, les dames faisaient leurs emplettes avec une bonne pour porter les paquets ; les filles allaient à leurs cours en vérifiant la bonne ordonnance de leur uniforme tandis que les garçons se récitaient tout bas la liste des départements français ; on se retrouvait à cinq heures pour prendre le thé ou déguster une glace chez *Groppi*.

Puis les colonies étrangères s'étaient éparpillées aux vents violents des années cinquante et les quartiers européens avaient été submergés comme le reste de la ville par un raz de marée sans précédent dans l'histoire urbaine.

Le Caire, 1940 : un million d'habitants.

Le Caire, 1980 : dix millions d'habitants.

Aujourd'hui, la ville la plus peuplée d'Afrique et

peut-être d'Asie (les chiffres sont incertains ; on n'en est pas à deux ou trois millions près...)

« Un ruissellement d'enfants, répéta Chehata en riant, à croire qu'ils tombent du ciel ! »

Il trouvait excellent que la ville européenne fût inondée par la vie comme les autres cimetières.

Mais je venais chercher au Caire les traces d'Henri Curiel et une diluvienne pluie humaine les avait effacées.

Cette histoire commence donc avant le déluge.

ROSETTE CURIEL était étendue sur son lit depuis une demi-heure environ lorsque la sonnette de la porte la tira de sa somnolence. Elle alla ouvrir. C'étaient ses voisins de palier. L'homme, âgé d'environ trente-cinq ans, était professeur de droit et juge au tribunal administratif. Sa femme, grande et mince, très belle, élevait leurs deux fillettes. Ils étaient installés dans l'immeuble depuis plus longtemps que les Curiel mais n'avaient toujours pas le téléphone, aussi étonnant que cela pût paraître, et utilisaient en cas de besoin l'appareil des Curiel.

Rosette Curiel : « Ils étaient hagards. Lui surtout. Il tremblait, sa bouche tremblait. J'ai pensé : « Un malheur est arrivé à leurs enfants et ils veulent téléphoner. » Il m'a prise par les épaules et m'a dit : « Ayez beaucoup de courage. » D'abord, je n'ai pas compris pourquoi il me disait cela puisque quelque chose était arrivé à leurs enfants. Et puis j'ai pensé à Henri, à un accident de voiture. Mais ce n'était pas possible. Henri devait être arrivé depuis longtemps à son yoga. J'ai regardé sa femme, qui était bouleversée. Il m'a dit : « Il y a eu un attentat contre votre mari. » J'ai immédiatement pensé : « Il est blessé. Simplement blessé. » « Venez, m'a-t-il dit, il est en bas. »

« J'ai descendu avec eux les sept étages en demandant sans cesse : « Est-il vivant ? » Ils ne me répondaient pas. Je me suis dit : « Ce sont les Palestiniens ou les sionistes. » Je craignais cela depuis longtemps. Les Palestiniens ou les sionistes. Une voiture piégée. Combien de fois lui ai-je dit : « Tu vas te faire assassiner ! » Mais à quoi bon ? Même s'il avait su qu'on le tuerait, il aurait continué. Alors je lui demandais : « Quand vas-tu prendre ta retraite ? » Il me répondait en riant : « Pas question. Même paralysé sur une chaise roulante, je continuerais. Et j'espère bien vivre très vieux. » Il était en très bonne forme. Depuis plus de vingt-cinq ans que nous étions en France, il avait été trois fois malade – des petites grippes.

« Il y avait un attroupement dans le hall. Une vingtaine de personnes. Des policiers, des infirmiers. Un agent de police m'a bloqué le passage. Je lui ai dit : « Laissez-moi aller près de lui, ça le réconfortera. » Il a secoué la tête et m'a dit avec beaucoup de gentillesse dans la voix : « Non, madame, il ne faut pas y aller. »

« Quelqu'un m'a apporté une chaise. Je ne pouvais même pas voir Henri à cause de tout ce monde. A un moment, j'ai vu passer un infirmier avec des ampoules de sang et j'ai pensé qu'ils allaient lui faire une transfusion. »

Les secours étaient arrivés avec une remarquable célérité. Le tueur avait ouvert le feu à 14 h 02. La concierge téléphona aux pompiers et à la police à 14 h 05. Les policiers d'un car de patrouille, alertés par radio, furent sur les lieux à 14 h 06 ; les pompiers, trois minutes plus tard. Le gardien de la paix faisant fonction de brigadier-chef écarta cinq ou six locataires rassemblés devant l'ascenseur. Henri Curiel était assis au fond de la cabine, les genoux surélevés, la tête inclinée sur sa poitrine. Du sang coulait de son nez et de sa bouche. Les policiers le crurent probablement mort car ils se bornèrent à ramasser les trois douilles en matérialisant les emplacements à la craie, puis le chef retourna au car pour rendre compte par radio. Il fut accosté dans la cour par le journaliste qui avait entendu trois détonations et noté l'heure précise des coups de feu. L'homme lui indiqua que la victime était Henri Curiel, « extrémiste de gauche ». Selon lui, le crime était politique.

Les pompiers arrivèrent alors et intervinrent avec une brutale efficacité que les policiers présents devaient par la suite commenter en termes amers. Le sergent-chef commandant l'équipe de sept sapeurs s'était immédiatement rendu compte que la victime respirait encore. Il arracha les deux portes vitrées de la cabine (elles s'ouvraient en principe vers l'intérieur mais les genoux d'Henri Curiel les bloquaient), retira des mains crispées l'agenda et le trousseau de clefs, récupéra le stylomine coincé entre la hanche du blessé et la paroi, puis plaça Henri Curiel sur le flanc, en « position latérale de sécurité », et lui mit sur la bouche un masque à oxygène. Pendant ce temps, un sapeur découpait les vêtements pour localiser les blessures. On appliqua des compresses stériles sur les plaies. Le brigadier-chef se désolait car, malgré ses recommandations, le pompier lui avait remis l'agenda fermé et non pas ouvert. On devait cependant repérer la bonne page – celle du 16 mai – grâce aux taches de sang qui la maculaient.

Le médecin du SAMU alerté en cours de route par les pompiers arriva quelques minutes après ceux-ci. Il leur ordonna de sortir Henri Curiel de la cabine. Le brigadier-chef du car de police obtint que la position du corps fût matérialisée à la craie. Le médecin avait constaté dès l'abord un état de « mort apparente », sans activité cardiaque, mais entama néanmoins les manœuvres de réanimation classiques. Elles se poursuivaient en vain depuis une quinzaine de minutes lors de l'arrivée de Rosette Curiel.

Assise sur sa chaise, séparée de son mari agonisant par le rempart des policiers, Rosette Curiel demanda à un locataire du rez-de-chaussée si elle pouvait utiliser le téléphone. Elle appela Joseph Hazan, l'un des plus anciens compagnons de son mari. Il habitait rue Malus, tout près de la rue Rollin. Elle lui dit : « On vient d'assassiner Henri. » Il poussa un cri et raccrocha aussitôt. Deux minutes plus tard, il était là avec sa femme. Les policiers ne les laissèrent pas s'approcher du corps et ils restèrent près de Rosette, de nouveau assise sur sa chaise.

A trois heures moins vingt, le médecin se redressa et vint vers Rosette. C'était un homme jeune, de physionomie sympathique. Il semblait très ému. « Je suis désolé, dit-il, je ne peux plus rien faire pour votre mari. » Rosette se sentit comme assommée. Il lui semblait vivre un cauchemar. Elle se leva machinalement. Quelqu'un dit – sans doute Hazan : « Elle ne peut pas remonter tous ces étages : elle est cardiaque. » Petite, frêle, le visage chiffonné, Rosette Curiel était en effet de santé plus que précaire. En 1975, trois ans plus tôt, elle avait eu une sérieuse crise cardiaque compliquée d'une hémorragie interne bloquant les reins. Elle avait été transportée à l'hôpital Broussais et, pour la première fois de sa vie, avait vu pleurer son mari. Il répétait à son chevet : « Ne m'abandonne pas. » Et c'était lui qui l'abandonnait.

Le jeune médecin offrit son aide. Elle remonta au septième étage, soutenue également par sa voisine et par la femme de Joseph Hazan. A peine était-elle rentrée que des inspecteurs de la brigade criminelle sonnaient à la porte. Ils voulaient l'emmener quai des Orfèvres pour l'interroger. A bout de forces, elle supplia qu'on la laissât en paix mais finit par céder à leur insistance et redescendit avec eux. Joseph Hazan décida de l'accompagner.

A quinze heures, l'Agence France-Presse reçut un appel téléphonique anonyme. Le correspondant déclara : « Aujourd'hui, à quatorze heures, l'agent du KGB Henri Curiel, militant de la cause arabe, traître à la France qui l'a adopté, a cessé définitivement ses activités. Il a été exécuté en souvenir de tous nos morts. Lors de notre dernière opération, nous avions averti. Delta. »

⁂

Raoul Curiel avait été informé par un coup de téléphone de Joseph Hazan. Il voulut d'abord croire à une simple blessure ; la révélation de la mort de son frère l'accabla de douleur. Avant de partir pour la rue Rollin, il téléphona à Joyce Blau : « Etes-vous au courant ? – De quoi ? – Il y a eu un attentat. Henri est mort. » Joyce Blau poussa un cri, dit : « Au revoir » et raccrocha. Elle avait vainement attendu Henri Curiel devant l'immeuble où se donnait le cours de yoga et était rentrée chez elle, perplexe mais non inquiète. Elle partit aussitôt pour le domicile des Curiel.

Raymond Aghion se rendait chez le journaliste-écrivain Claude Bourdet. Ida Bourdet lui ouvrit la porte et lui apprit l'information qu'une radio périphérique avait passée en flash spécial : son cousin Henri venait d'être assassiné. Il resta sur le seuil, abasourdi, stupéfait (à la réflexion, la nouvelle devait lui apparaître plus douloureuse que surprenante), puis fit demi-tour et se précipita rue Rollin.

Chehata Haroun avait pris le matin même l'avion pour Paris. Au Caire, sa femme fut informée par un ami qui avait capté la nouvelle sur la radio anglaise. Elle s'effondra en larmes. A sa fille qui s'efforçait de la consoler, elle dit : « Tu ne peux pas comprendre. Il y a des personnes qu'on n'imagine pas mortes. »

Raymond Stambouli était chez lui, dans le quartier des Invalides, quand la radio passa le flash spécial annonçant l'assassinat de son ami. Il eut l'impression de recevoir un coup de poing dans l'estomac et partit aussitôt en voiture pour la rue Rollin. Roulant à toute allure dans les rues désertées de cet après-midi de l'Ascension, il se souvint d'une conversation qu'il avait eue avec Henri Curiel lorsqu'ils avaient appris la pendaison à Khartoum de Abdel Khalek Mahjoub, secrétaire général du parti communiste soudanais et leur très proche ami. Henri avait dit : « Un jour, je finirai comme cela, de mort violente. Et c'est bien ainsi que je souhaite finir. C'est la plus belle mort : celle du soldat. » Quant à ses assassins, Raymond Stambouli avait la vague intuition qu'ils devaient appartenir à la « police de droite ».

Lydia Allony reçut à son domicile un appel téléphonique d'un journaliste se recommandant de Jean Lacouture. Elle était liée d'amitié avec les Lacouture depuis leur séjour de cinq années en Egypte, dans les années cinquante. Le journaliste lui demanda si elle pouvait lui fournir quelques détails concernant Henri Curiel. Interloquée, elle suggéra à son interlocuteur de les lui demander directement. Il y eut un silence au bout du fil, puis cette phrase embarrassée : « ... Vous ne savez pas qu'il vient d'être assassiné ? – Vous plaisantez ? – Mais non. Il a été abattu voici une heure. » Elle avait entrepris de recueillir les souvenirs d'Henri sur son action en Egypte. Ils se rendaient une fois par semaine au jardin du Luxembourg et elle enregistrait ses propos sur un magnétophone à cassettes. Interrompant le voyage dans le passé, il lui avait dit quinze jours ou trois semaines plus tôt : « Je me sens menacé. » C'était la première fois qu'elle l'entendait parler ainsi. Emue par la tristesse de sa voix, elle avait feint de ne pas le prendre au sérieux : « Allons ! Tu te montes la tête. Il y a des gens tellement plus importants que toi... » Il avait murmuré : « Tu sais, je sens tant de haines autour de moi... »

Aymée Setton était à la campagne, tout près de Paris. Elle crut d'abord à une mauvaise farce quand Lydia Allony lui annonça au téléphone : « Henri vient d'être assassiné. » Lorsqu'elle ſut enfin convaincue, elle décida de rentrer à Paris par le premier train.

Cependant la police avait barré l'accès du 4, rue Rollin ; même Raoul Curiel argua en vain de sa parenté : la consigne était de ne laisser entrer personne. L'enquête avait commencé ; il n'était pas question de la laisser perturber par les allées et venues de la famille et du clan des Egyptiens.

⁂

Le témoin le plus intéressant était un jeune agent-huissier intérimaire de dix-sept ans habitant avec sa mère au premier étage de l'immeuble sur rue. Il attendait une amie, penché à la fenêtre, quand il vit deux hommes arriver par l'escalier reliant la rue Monge à la rue Rollin (les fenêtres de l'appartement se situent entre cet escalier et le porche d'entrée de l'immeuble). Sa curiosité fut éveillée par le geste de l'un des hommes, vêtu d'un caban bleu foncé, qui tira de sa poche une paire de gants et les enfila : la journée était si chaude que le port de gants ne s'imposait guère. Tous deux disparurent sous le porche de l'immeuble.

Une femme, en visite chez une amie, finissait de déjeuner au rez-de-chaussée de l'immeuble sur rue. Par la fenêtre de la salle à manger, qui s'ouvrait sur la cour, elle vit les deux hommes marcher en direction de l'immeuble du fond. De dos, l'un lui apparut âgé d'une cinquantaine d'années, de carrure solide, de taille moyenne, vêtu de sombre. L'autre, qui marchait un peu en retrait, était grand et mince, vêtu d'un blue-jean et d'un blouson de cuir marron. Un détail la frappa : il avait une chevelure très abondante, assez longue puisqu'elle recouvrait la nuque, bouclée, de nuance châtain clair. Il pouvait avoir entre vingt-cinq et trente ans. « Dès qu'ils ont été dans le hall d'entrée de l'immeuble sur cour, déclara-t-elle aux inspecteurs de la brigade criminelle, j'ai entendu trois coups, comme si l'on frappait sur une tôle ou un objet en métal. Les trois coups se sont succédé très rapidement. A ce moment, comme j'étais toujours devant la fenêtre, j'ai regardé et j'ai vu ressortir en courant un seul des deux hommes, celui aux cheveux châtain clair et vêtu du blue-jean et du blouson marron, dans la seconde qui a suivi le troisième coup. Quoique l'ayant vu de face, je ne peux donner aucun détail sur son visage. »

Entendant les détonations, le jeune agent-huissier intérimaire du premier étage s'était précipité à une fenêtre donnant sur la cour. Il vit les deux hommes s'engouffrer en courant sous le porche d'entrée. Repassant alors dans une pièce sur rue, il les retrouva marchant d'un pas rapide en direction de l'escalier menant à la rue Monge. Lorsqu'ils passèrent sous sa fenêtre, il entendit l'homme au caban parler à l'autre, mais il ne comprit que les mots « ... cinq ou six heures ». Et comme l'homme au caban commençait à se retourner, le jeune agent-huissier recula vivement pour ne pas être aperçu.

Il ne connaissait Henri Curiel que pour avoir échangé des banalités de voisinage. C'était pour lui un homme « gentil, aimable et souriant ».

Il précisa aux inspecteurs de la brigade criminelle qu'il pourrait peut-être reconnaître l'homme au caban et aux gants mais certainement pas son acolyte. Du premier, il donna un signalement assez précis : trente ans environ, d'une taille avoisinant un mètre quatre-vingts, cheveux brun foncé et mi-longs recouvrant les oreilles, corpulence moyenne, caban trois-quarts flottant, gants marron foncé. Il donnait une impression de nervosité. Son acolyte était à peu près du même âge, mais plus grand, plus lourd, plus calme, d'allure sportive ; il était vêtu – sans certitude – d'un blouson de cuir sombre et d'un jean. L'homme au caban était encore ganté en sortant de l'immeuble.

Par un étonnant hasard, la concierge et son mari étaient égyptiens comme les Curiel. Les deux ménages n'entretenaient que des relations banales de locataires à gardiens d'immeuble. Au moment de l'attentat, le mari faisait la sieste (il était comptable et suivait des cours d'économie à la Sorbonne) et sa femme s'apprêtait à sortir. Comme tous les dimanches et jours fériés, la porte vitrée de la loge, donnant sous le porche, était obturée par un volet en bois, de sorte que la concierge n'avait pas vu passer les deux tueurs. Elle entendit soudain deux détonations et ouvrit une fenêtre donnant sur la cour. Un homme la traversait en courant, venant de l'immeuble d'en face. La concierge eut la nette impression qu'un autre le précédait, mais il était déjà sous le porche et elle ne le vit pas. Affolée, étouffant un cri de peur, elle décida de ne pas sortir. Le fuyard avait entre vingt-cinq et trente ans ; il était assez grand, avait des cheveux foncés, frisés, coupés court, et portait des lunettes de vue. Il était vêtu d'une chemise bleu clair sans cravate et d'un blouson. La concierge ne se rappelait ni la texture ni la couleur de son pantalon.

Tandis que son mari s'habillait en hâte, elle héla une locataire à sa fenêtre, au deuxième étage de l'immeuble sur cour, et reçut confirmation que deux hommes venaient de s'enfuir.

Cette locataire avait entendu les trois détonations. Elle avait pensé à des chocs sur une tôle avant de comprendre qu'il s'agissait de coups de feu. Apeurée, elle hésita à s'approcher de sa fenêtre puis s'y décida. Elle eut juste le temps d'apercevoir deux hommes s'engouffrant sous le porche. L'un d'eux était masqué par une branche d'arbre ; l'autre lui apparut de taille moyenne, mince, les cheveux mi-longs, abondants, avec un blouson foncé.

Ainsi quatre témoins avaient-ils aperçu les tueurs mais aucun n'était en mesure d'en donner un signalement réellement exploitable. La seule caractéristique physique restait la chevelure abondante et bouclée de l'un des deux hommes : quelques coups de ciseaux l'anéantiraient. Grande taille et forte carrure se rencontrent communément. Certaines précisions se contredisaient. Le jeune agent-huissier avait vu des cheveux abondants et mi-longs à un homme vêtu d'un caban bleu ; pour les deux témoins de l'immeuble sur cour, c'était au contraire le tueur en jean et blouson sombre qui avait les cheveux longs ; la concierge était la seule à indiquer que l'homme au blouson portait des lunettes. L'agent-huissier, qui avait vu les tueurs à trois reprises, avertissait honnêtement qu'il pourrait peut-être reconnaître l'homme au caban, sûrement pas son acolyte.

Mais les dépositions étaient passionnantes dans la mesure où elles révélaient l'extraordinaire précision avec laquelle l'attentat avait été exécuté. Les tueurs entrent dans l'immeuble d'un pas tranquille et résolu, comme s'ils avaient la certitude de trouver leur victime exacte au rendez-vous. La femme qui les observe depuis la fenêtre de la salle à manger sur cour entend les coups de feu éclater « dès qu'ils ont été dans le hall d'entrée de l'immeuble sur cour ». Les assassins étaient donc arrivés devant la cage de l'ascenseur au moment précis où la cabine terminait sa descente. La synchronisation était absolument parfaite.

Certes Henri Curiel était un homme d'habitudes, comme allait l'indiquer sa femme Rosette aux inspecteurs du quai des Orfèvres. Il quittait son appartement le matin entre huit heures et huit heures et demie, rentrait en général pour déjeuner vers midi et demi, repartait à peu près à deux heures pour revenir en fin d'après-midi vers sept heures et demie. Mais si réguliers qu'aient été ses horaires, ils ne l'étaient évidemment pas à la minute près. Surtout, cette régularité ne valait que pour les jours ouvrables. Les dimanches et jours fériés, Henri Curiel rompait comme tout le monde avec la routine.

L'après-midi, il restait le plus souvent chez lui à lire ou à regarder la télévision en compagnie de sa femme. Ce 4 mai 1978 était le jeudi de l'Ascension. Normalement, personne ne pouvait prévoir qu'il quitterait son appartement comme les autres jours ; personne ne pouvait savoir quand il sortirait, et surtout pas avec une précision permettant de surgir dans le hall d'entrée à la seconde exacte où l'ascenseur arrivait.

On pouvait donc penser que l'enquête policière s'efforcerait d'abord de découvrir comment les tueurs avaient eu la possibilité d'accomplir l'un des assassinats les mieux minutés des annales criminelles.

LES uns suivirent le sabre de Bonaparte, les autres rappliquèrent au coup de pioche de Lesseps.

Les dates sont approximatives ; les itinéraires, incertains. Raoul Curiel, frère aîné d'Henri, archéologue de haute réputation, escalade en se jouant l'arbre généalogique de dynasties persanes séculaires mais culmine dans l'arbre familial à la branche du grand-père Nessim. Au-delà s'épanouissent les impalpables frondaisons de la mémoire légendaire.

Tout commencerait en Espagne, où un village de la province de Valladolid s'appelle encore Curiel. La famille atteint une grande prospérité puisque ses armoiries comportent l'emblème de la richesse, mais l'Inquisition la divise et l'éparpille. Certains Curiel se convertissent et restent en Espagne (ils y sont toujours) ; les autres partent pour le Portugal, refuge provisoire contre le fanatisme. Un Curiel sera ambassadeur du roi du Portugal en Hollande. Lorsque les bûchers s'embrasent à Lisbonne, une partie du clan émigre précisément en Hollande. La reine Juliana, rencontrant Raoul Curiel lors d'une visite en Iran, voici quelques années, s'exclame : « Mais nous avons nous aussi nos Curiel ! » (L'un d'eux, réalisateur de films, est venu présenter ses œuvres à Paris en 1981.) La diaspora hollandaise aurait été cependant peu nombreuse, la majeure partie du clan filant en Toscane, dont la famille régnante témoignait d'une admirable tolérance envers les juifs.

Nul ne sait ce qu'y firent nos Curiel pendant trois siècles ni à quelle date précise l'un d'eux décida de s'embarquer pour l'Egypte. Raoul suppose qu'il partit dans le sillage de Bonaparte, dont l'expédition promettait un remuement d'affaires. André Weil-Curiel, avocat à Paris, cousin germain de Raoul et d'Henri, raconte que l'ancêtre fut si utile à Bonaparte qu'il obtint pour ses enfants la faveur d'une bourse d'études en France. Mais Raymond Aghion, marchand de tableaux à Paris, autre cousin germain puisque descendant par sa mère du grand-père commun Nessim Curiel, affirme que c'est un ancêtre Aghion qui fit merveille dans le ravitaillement du corps expéditionnaire et obtint en récompense l'envoi de sa fille dans une institution parisienne – voyage au cours duquel la pauvrette manqua de se faire violer par des marins français.

Va pour Bonaparte !

Il avait vingt-neuf ans. Maigre, ardent, la tête pleine de nuées, il rêvait de devenir Alexandre et ne se prenait pas encore pour Napoléon. Ses lieutenants étaient à son image : jeunes et vifs, et assez joueurs pour changer gaiement leur mise de continent. Grâce à ces fils de la Révolution, l'expédition coloniale de 1798 ne fut pas seulement tuerie sommaire, répression machinale, mise en coupe réglée d'une population asservie : elle fut aussi un acte de poésie souvent surréaliste et marqua du sceau du charme et de la séduction toutes les entreprises françaises en Egypte depuis l'aube du XIXe siècle jusqu'au mitan du XXe, c'est-à-dire jusqu'à la bêtise crasse de l'attaque sur Suez de 1956.

L'Egypte était à ramasser. Volney, qui la visite avant l'arrivée de Bonaparte, n'y trouve qu' « anarchie politique, abjection sociale, inertie intellectuelle ». La terre sur laquelle est née l'Histoire, comme disent les agences de voyages, gémissait sous une pyramide de pillards qu'on nommait le pouvoir. A la tête, le pacha ottoman, ruineuse potiche. Puis l'oligarchie des mamelouks, race étrangère qui avait parcouru en six cents ans une fantastique parabole politique puisque les premiers étaient arrivés du Caucase au XIIIe siècle sous le joug de l'esclavage et que leurs descendants avaient régné sur le pays du XIVe au XVIe siècle, lui donnant des princes magnifiques, avant de se soumettre à la puissance ottomane et de se faire pour deux siècles les gardes-chiourme et les percepteurs fiscaux de Constantinople. Leur rapacité n'avait point de bornes. Les pachas ottomans étaient traditionnellement à couteaux tirés avec les mamelouks circassiens ; ni les uns ni les autres ne parlaient la langue du pays. Là-dessous suait le fellah. L'incurie était générale. La décadence menaçait même le système d'irrigation. Or, l'Egypte est un désert parcouru par une artère nourricière unique – le Nil – dont la crue annuelle fait la différence entre la vie et la mort. Chaque seau d'eau vaut une existence. Si l'or liquide part à la mer sans avoir été contraint d'irriguer la moindre parcelle fertile, la famine s'installe. Le fellah désespéré s'abandonnait à cette forme de suicide collectif.

Point d'Etat ; nul sentiment national ; un affrontement féroce de haines intestines.

Mais l'islam cimentait le tout.

Bonaparte l'avait compris, qui fit placarder dès le débarquement des affiches proclamant avec effronterie : « Les Français sont de vrais musulmans. » Rouerie subalterne de conquérant soucieux de berner l'indigène ? L'expédition d'Egypte n'eût alors été qu'une expédition coloniale ordinaire. Si elle échappe bellement à la banalité, c'est par la porte du rêve. Bonaparte éprouvait de l'attirance pour l'Islam – il en parlera encore sur le rocher de Sainte-Hélène – et il était venu avec le beau dessein de « marier le croissant et le bonnet rouge ». Avec un incroyable culot, il envisagea de convertir en bloc le corps expéditionnaire et engagea des pourparlers avec les muphtis du Caire. Deux points faisaient problème : la circoncision et la renonciation au vin. Le vin fit rompre la négociation. Le Corse savait son Français.

Les quarante siècles du haut des Pyramides, la victoire sur les mamelouks – défaits mais non anéantis –, la poursuite en Syrie, les pestiférés de Jaffa, l'insuccès devant Saint-Jean-d'Acre, le repli sur le delta égyptien, le général en chef qui prend la poudre d'escampette, l'assassinat de son successeur Kléber et l'évacuation finale du corps expéditionnaire, le tout en trois ans : l'échec est flagrant. L'Egypte, fondant ses haines intestines dans le creuset islamique, avait expulsé l'infidèle. Mais des images resteront, qui s'inscrivent dans la mémoire des peuples plus durablement que les communiqués militaires. C'est le général Menou se convertissant à l'islam et devenu Abdallah Menou pour l'amour d'une Egyptienne. C'est Vivant-Denon, peintre amené par Bonaparte, quinquagénaire grassouillet, père Fenouillard héroïque qui chargeait toujours en tête pour avoir loisir de croquer les antiquités pendant la bataille ; c'est Desaix distrait du combat par la contemplation du temple de Dendérah ; c'est dix futures rues parisiennes et les plus belles intelligences de France (Monge, Berthollet, Larrey, Geoffroy Saint-Hilaire...) dressant dans les transes d'une véritable ivresse intellectuelle l'inventaire du pays prodigieux ; c'est en France le patient travail sur le butin rapporté par ces aventuriers de la science et de l'art qui aboutira vingt-cinq ans plus tard à la publication de la monumentale *Description de l'Egypte*. Ces Français avaient fait mieux que conquérir l'Egypte : ils la réinventaient. (Excès de gloriole chauvine ? Qu'on relise Nasser, peu suspect de francomanie, qui écrit de notre équipée militaro-culturelle : « Ce fut le début de la renaissance. »)

Apparemment, rien n'avait changé. L'Egypte restait cette pyramide figée dans le sommeil des siècles.

Mais les aventuriers français avaient foré une fissure par laquelle allait s'infiltrer, irrésistible, l'air de la modernité.

Arrivé dans la foulée de Bonaparte, un génial condottiere albanais, Mohamed Ali, marchand de tabac de son état, donne le coup de grâce aux structures pourrissantes déjà bien ébranlées par le général corse.

Il pousse dehors le pacha turc, fait assassiner au dessert cinq cents chefs mamelouks invités à banqueter avec lui, s'arroge tous les pouvoirs, s'adjuge la propriété de toute la terre égyptienne, tels les antiques pharaons, et crée une armée nationale qui se battra et vaincra sur les champs de bataille du Proche-Orient. L'Etat est né. Car même si l'Egypte reste formellement dans la mouvance de l'empire ottoman et continue de payer tribut à Istamboul, même si les descendants de Mohamed Ali se contentent du titre de vice-roi pour ne point froisser l'orgueil du sultan, le pays a largué ses amarres.

Encore des Français. L'ingénieur Jumel découvre un plant de cotonnier dont les fibres, longues et souples, surclassent de loin la production nationale. Mohamed Ali impose le « coton Jumel ». En quinze ans, la production cotonnière est multipliée par deux cent cinquante. L'archéologue Champollion perce le secret des hiéroglyphes, restituant à l'Egypte la mémoire d'un passé sept fois millénaire. Saint-Simon, qui rêva le siècle mieux que quiconque, a le premier l'idée du canal de Suez, meurt avant d'avoir mis le pied en Egypte mais fait traverser la Méditerranée à une équipe de doux dingues dirigée par Prosper Enfantin. Elle arrive en chantant des hymnes, vêtue de l'uniforme imaginé par Enfantin : pantalon blanc, couleur de l'amour ; gilet rouge, couleur du travail ; tunique violette, couleur de la foi. Ils sont cinquante-cinq, hommes et femmes mêlés – trop mêlés pour ne pas heurter la sourcilleuse moralité musulmane. Les hommes sont de formation scientifique, plusieurs sortent de Polytechnique. Les femmes sont infirmières ou institutrices. La tête dans les nuées mais les pieds sur terre. Deux ingénieurs de la pittoresque clique, Fournel et Lambert, construisent pour Mohamed Ali le premier barrage sur le Nil, lui insinuent l'idée du percement de l'isthme, enflamment pour le projet le vice-consul de France au Caire, Ferdinand de Lesseps, saint-simonien lui aussi.

Hasard ou vocation : la France, dont le ventre colonial fécond produisit tant de bêtes militaires, d'administrateurs bornés, d'affairistes insatiables, de missionnaires hébétés, la France qui mutila des cultures, dépersonnalisa des peuples, fit implacablement suer le burnous et le pagne, – cette France prête tout un siècle à l'Egypte les meilleurs de ses fils : de Vivant-Denon à Enfantin en passant par Champollion, ils sont drôles, touchants, savants, désintéressés, ingénieux. Ils viennent et repartent sans jamais s'incruster, mais chacune de leurs entreprises réveille le passé, améliore le présent, invente l'avenir.

Inauguré sous le règne du petit-fils de Mohamed Ali, Ismaïl Pacha, le canal de Suez est une autre affaire. Une affaire. Il n'est pas creusé pour l'Egypte, même s'il lui rapportera de gras dividendes, mais pour mettre les colonies d'Asie à meilleure portée de l'Europe. Il en fait un enjeu stratégique de première grandeur, et elle le paiera de sa liberté. Il la porte enfin, elle qui sortait tout juste d'un très long Moyen-Age, à la crête de la lame de fond économique de la fin du XIXe siècle.

Tout y concourt. La population a doublé en soixante ans. La guerre de Sécession, interrompant les livraisons de coton américain à l'Europe, ouvre un marché pratiquement sans limites à la production égyptienne ; les exportations, qui étaient d'un million et demi de livres en 1861, atteignent quatorze millions trois ans plus tard. Une industrie naît, employant des dizaines de milliers d'ouvriers. Ismaïl, grisé, invente le slogan « l'Egypte est en Europe » et se lance à corps perdu dans la modernisation à tout prix. Le pays se couvre de chantiers. Cinq mille écoles publiques construites – il n'y en avait pas deux cents – et aussi des ponts, des chemins de fer, des lignes télégraphiques, des canaux, des bâtiments publics, le musée du Caire, des instituts. Il faut mettre les bouchées doubles et triples. On a besoin d'architectes, d'ingénieurs, de savants, de financiers, de légistes. La main-d'œuvre spécialisée s'arrache à prix d'or et les cours du coton ne cessent de monter, on n'en voit pas le bout. Tout est possible.

L'Egypte s'éveille.

***

Le grand-père paternel de Raymond Stambouli s'appelait Lévy mais comme il était toujours fourré à Istamboul pour son procès, il s'attira le sobriquet de Stambouli (« celui qui va à Istamboul ») et le surnom devint patronyme. C'était à la fin du siècle dernier. L'empire ottoman, dinosaure recru, secouait mollement les puissants roquets attachés à ses flancs. Lors de l'inauguration du canal de Suez, en 1869, il recouvrait encore une bonne part des Balkans et s'étalait jusqu'à Tunis à l'ouest, Koweït à l'est, Zagreb au nord, Aden au sud. A Damas, capitale de sa province syrienne, la maison des Stambouli ressemblait à un énorme caravansérail avec quarante chambres autour d'une grande cour et les pièces de service éparpillées autour d'un dédale de patios. (Elle a été achetée en 1943 par la communauté juive de New York pour y établir une école judéo-arabe. Aux dernières nouvelles, l'école fonctionne toujours, probablement moins judéo et davantage arabe, mais la maison est aussi une sorte de musée où les visiteurs retrouvent ce qu'était l'habitation typique de la grande bourgeoisie damascène du XIXe siècle.) Le grand-père Stambouli quittait donc son immeuble-paquebot en bel équipage pour gagner Istamboul et harceler ses avocats qu'on peut imaginer pétrifiés car son adversaire judiciaire n'était autre que le sultan en personne, qui se faisait tirer l'oreille pour rembourser un emprunt considérable contracté auprès du banquier Stambouli.

Celui-ci aurait peut-être bien risqué un accident de route ou une indigestion fatale s'il n'avait été sujet britannique, et en tant que tel couvé par le consul de Sa Majesté (Stambouli lui-même était consul de Norvège et du Danemark, et arborait les armoiries de ces deux pays au fronton de sa maison), lequel consul anglais remuait ciel et terre pour son protégé et fatiguait la cour du sultan de ses démarches incessantes. Le vieux Stambouli (façon de parler : il mourut à quarante-huit ans) présentait la singularité d'être un sujet anglais qui n'avait jamais mis les pieds en Angleterre et ne parlait pas un mot d'anglais ; sa langue maternelle était l'arabe et il récitait ses prières juives indifféremment en hébreu ou en arabe. L'empire ottoman exhalant un alléchant parfum de décomposition prochaine, les grandes puissances se préparaient au dépècement du futur cadavre. Un procédé classique consistait à naturaliser des sujets ottomans, riches de préférence, qui deviendraient autant d'agents d'influence dans la place ; ainsi les jésuites fabriquaient-ils du Français à tour de bras pour rivaliser avec la production anglaise. Les juifs de Bagdad étaient devenus en bloc sujets britanniques tandis que ceux de Damas se répartissaient entre les citoyennetés française, anglaise et italienne. Ces naturalisations à la va-comme-je-te-pousse présentaient l'avantage non négligeable – surtout pour qui est en procès avec le sultan – de placer leurs bénéficiaires sous le régime des Capitulations. Vieux de trois siècles, le régime capitulaire assurait aux hommes d'affaires européens résidant dans l'empire ottoman le droit d'être jugés, en cas de contestation avec des autochtones, par un tribunal composé de leurs propres concitoyens. Du temps que l'empire était puissant, c'était une protection accordée à des étrangers quelque peu désorientés par la législation islamique, et par conséquent une heureuse incitation au commerce. Avec la décadence, la protection devenait privilège exorbitant.

Or donc le grand-père Stambouli finit par gagner son procès contre le sultan, mais il le gagna ruiné et mourut dans l'encens empoisonné de cette victoire à la Pyrrhus en laissant une veuve et douze orphelins, dont six filles à marier. Le futur père de Raymond fut mis chez les jésuites de Beyrouth ; il y passa dix ans et s'imprégna de culture française ; lorsqu'il revenait en vacances parmi les siens, on l'appelait « l'enfant qui a été chez les chrétiens » ou « l'Européen ». L'opiniâtre bataille judiciaire menée contre le sultan l'avait déterminé à devenir avocat.

Quand il eut vingt ans, sa mère lui dit : « Va au Caire. Là est l'avenir. »

Le grand-père de Joseph Hazan sortait lui aussi d'une riche famille de Damas (elle cousinait avec les Stambouli) pétrie de culture arabe et liée à tout ce qui comptait dans la province ottomane syrienne. Un malheur financier obligea à la dispersion. Les frères du grand-père partirent pour le Brésil et y fondèrent une banque qui est toujours vivace. Le grand-père émigra en Egypte, remonta le Nil jusqu'au Soudan, fit fortune, puis faillite, dans le prêt hypothécaire, et se replia complètement ruiné sur Le Caire. Il vécut alors dans l'unique obsession de procurer des études universitaires à ses deux jeunes fils, qu'il commença par inscrire à l'école de l'Alliance juive. Comme sa pauvreté était extrême, il ne pouvait pas toujours payer les frais de scolarité et recevait assez régulièrement un mot l'avertissant que l'école devait à regret se séparer de ses enfants ; il surgissait alors chez le directeur, un gourdin à la main, et menaçait de lui fendre le crâne s'il mettait sa menace à exécution. Pour économiser l'éclairage domestique, les deux garçons allaient étudier dans la rue dès la tombée de la nuit, assis au pied d'un réverbère. L'ambiance familiale était rude mais tonique et même roborative.

Les deux grands-pères de Chehata Haroun arrivèrent en Egypte sur le même bateau. L'un venait de Damas, l'autre d'Alep, la cité rivale. Tous deux de petite extrace, ils se préparaient à entrer dans le petit négoce quand le creusement du canal de Suez ruina leurs espérances en même temps que la prospérité de Damas et d'Alep, où les caravanes venues du fin fond de l'Orient, à travers les steppes de l'Asie centrale, déversaient leurs précieuses marchandises que les commerçants locaux réexportaient à grand bénéfice vers l'Europe : tout passerait désormais par le fichu canal.

Sans se connaître, les deux grands-pères décidèrent en même temps de tenter leur chance dans le pays fauteur de malheur. Le grand-père paternel acheta un billet et s'embarqua pour l'Egypte, un ballot de tapis d'Orient sur l'épaule. Fauché mais d'esprit vif, le grand-père maternel fit le voyage en passager clandestin. Trente ans plus tard, le premier continuait de vendre des tapis au hasard des rues du Caire ; le second avait épousé un beau parti, était devenu agent de change, menant grand train, roulant calèche au Caire et voyageant chaque été à travers l'Europe, puis s'était ruiné et avait été contraint de retrancher sur son luxe, mais continuait de considérer la vie avec bienveillance.

Le grand-père de Lydia Allony était à Istamboul le médecin personnel de ce sultan à qui le vieux Stambouli s'efforçait de faire rendre gorge. Il envoya son fils étudier le droit à Paris, puis l'expédia au Caire pour s'y établir. Là était l'avenir.

Le grand-père de Rosette Curiel subsistait à la limite du dénuement en Bulgarie, province ottomane jusqu'en 1878. L'un de ses fils témoignant d'une aptitude rare à l'étude, la communauté juive finança son départ pour la France, où il s'inscrivit à l'école de l'Alliance juive, à Auteuil. Il avait une petite chambre dans le quartier de la République. Faute de pouvoir se payer l'omnibus, il traversait Paris à pied deux fois par jour. Après son baccalauréat, il se présenta avec succès à l'examen d'entrée à l'Ecole d'agronomie de Grignon. Trois ans plus tard – c'était en 1905 – le vice-roi d'Egypte honora l'école d'une visite au cours d'un voyage officiel en France et demanda qu'on lui présentât le meilleur élève. Le directeur désigna le père de Rosette. Le vice-roi lui proposa de venir travailler en Egypte, ce qui fut accepté avec enthousiasme : comment ne pas croire que l'avenir est au Caire quand c'est le vice-roi lui-même qui en offre les clefs ? Mais le garçon songeait au mariage et les juives égyptiennes avaient mauvaise réputation auprès des juifs bulgares. Il en écrivit à son père. On lui dégotta une honnête fille du village établie institutrice à Istamboul. Ils se rencontrèrent à Beyrouth, se trouvèrent agréables, procédèrent sur place aux fiançailles et au mariage, puis s'embarquèrent pour l'Egypte.

Le grand-père paternel de Joyce Blau était né en Valachie, future Roumanie. Ses parents l'envoyèrent à Paris et, au terme de ses études en Sorbonne, il reçut du gouvernement égyptien une alléchante proposition d'emploi. Le grand-père maternel était à Tunis un enseignant de plus modeste envergure mais l'une des cinq mille écoles créées par Ismaïl Pacha avait besoin de lui : il s'embarqua pour Le Caire.

Le grand-père d'Aymée Setton était maquignon à

Alep. Sa femme mourut après lui avoir donné dix enfants, dont huit étaient décédés prématurément. Il rassembla ses économies, emballa ses meubles et partit avec ses deux enfants survivants pour Le Caire puisque tout le monde assurait que le XXe siècle allait élire domicile entre le Nil et le nouveau canal. Le futur père d'Aymée avait alors onze ans mais il ne devait jamais oublier sa cité natale. « Qu'est-ce que Le Caire ? répéterait-il jusqu'à sa mort. Si tu voyais Alep : ça, c'est une ville ! » Il épousa une jeune juive dont le trisaïeul était originaire de la même ville que Mohamed Ali, restaurateur de l'Etat égyptien. Ce trisaïeul était arrivé dans les fourgons du condottiere et avait fait venir à sa suite une cargaison d'oncles, frères, neveux, cousins et petits-cousins, tous ingénieurs, architectes, entrepreneurs, médecins, dont le vieux pays tiré de sa torpeur éprouvait la plus urgente nécessité.

Et cœtera.

Juifs d'Orient !

Juifs d'Orient que vos frères européens m'avaient dépeints grossiers, vulgaires, incultes, sans mémoire, avaricieux, point trop propres sur vos personnes, grassouillets rahat-loukoums, obséquieux levantins, et que je découvre époustouflants, sans rien de leur étriqué confinement de ghetto car vous étiez dans les peuples comme des poissons dans l'eau, ouverts à toutes les cultures, et toutes vous étaient ouvertes, celui-ci mécène de poètes arabes, celui-là interlocuteur des sages de l'islam, buvant à toutes les sources, savourant tous les fruits, indemnes des courbures et voussures infligées par la persécution, le crachat, la rouelle, le bûcher, le pogrom, car l'admirable tolérance musulmane vous épargna le martyre auquel faisaient si généreusement accéder les chrétiens, de sorte que vous alliez libres et magnifiques, familiers des grands, souvent secourables aux petits, jonglant avec la fortune, toujours disposés au quitte ou double, impavides dans le triomphe, superbes dans la ruine, inaccessibles à la mélancolie (leitmotiv de vos enfants et petits-enfants : « La vie était très gaie à la maison »), avec cette capacité inouïe au recommencement, à la table rase, on efface tout et on repart à zéro, un bateau pour Le Caire, première classe ou fond de cale, puisque c'est là que ça va se passer, mais sans rien de la sombre désespérance des foules misérables qui allaient au même moment se fourrer sous les jupes de bronze de la statue de la Liberté – vous aviez un joyeux appétit d'ogre quand elles avaient la triste famine au ventre – et c'est pourquoi vous incarnez si bien ce moment immense que fut le XIXe siècle, ogre lui-même, et terrible, chambouleur de continents, déménageur de peuples, entasseur à grands gestes pataudes de masses prolétaires dans les mines et dans les forges de sa révolution industrielle, dévoreur d'enfants mis à l'esclavage usinier, mais ogre bon bougre qui faisait le mal en croyant au bien, et optimiste – dernier siècle optimiste peut-être – puisque l'idée de progrès n'avait pas encore été enfouie, cadavre ligoté dans le barbelé des camps, au fond de nos incomparables charniers, et qu'on pouvait encore entreprendre avec l'innocence de la première aube, persévérer dans le poudroiement doré point encore aboli de la promesse des Lumières, tandis que nous allons d'une démarche machinale avec la certitude cancéreuse que nos pas, toujours, ramènent à la sauvagerie originelle, et avançons dans le crépuscule jusqu'au champignon final à surgir de cette moisissure qui, le temps d'un battement de cils de l'éternité, se sera cru l'homme.

⁂

L'ogre goba l'Egypte.

Non pas nos sympathiques ogrelets qui font force de rames depuis tous les ports de l'empire ottoman, mais l'ogre capitaliste découplant ses grands prédateurs : Etats, compagnies, puissants consortiums. Le vice-roi Ismaïl, César Birotteau des bords du Nil, n'avait vraiment pas besoin d'inventer son slogan volontariste « l'Egypte est en Europe » : elle venait à l'Egypte, l'Europe, par vagues serrées d'affairistes, spéculateurs, escrocs, aigrefins – les plus avides et les moins scrupuleux étant ceux qui portaient livrée de consul ou d'ambassadeur. Traités économiques léonins, prêts à des taux usuraires, spéculation éhontée : le malheureux pays eut ses poches faites comme un provincial en goguette dans une métropole ; on amusait le vice-roi en le comparant à Louis XIV, et sa cour à celle de Versailles, pendant que les filous puisaient à pleines mains dans ses caisses.

L'Egypte est déclarée en faillite en 1876, sept ans après l'inauguration du canal de Suez. L'Europe impose la création d'une caisse de la dette publique contrôlée par elle, ce qui lui assure la maîtrise absolue des finances. Un an plus tard, les Egyptiens hébétés se voient imposer un conseil des ministres ahurissant même pour un peuple qui a tâté en sept mille ans de toutes les extravagances de l'Histoire : le conseil est composé d'un Anglais, d'un Français et d'un Egyptien... L'humiliation était si forte qu'elle devait susciter la révolte. Un officier, le colonel Orabi, décrète l'insurrection contre l'ingérence étrangère et la mise à l'encan de son pays. Il n'était pas Mohamed Ali, et la puissance contre laquelle il se dressait n'était point cet empire ottoman vermoulu que le condottiere fondateur de dynastie avait déséquilibré d'une poussée. Depuis le premier coup de pioche de Lesseps, l'Angleterre attendait un prétexte pour s'asseoir au bord du canal par lequel passerait désormais la route des Indes. Ses troupes pénètrent en Egypte, défont et capturent Orabi, installent au Caire un « consul » qui, malgré la minceur de son titre, sera le vrai maître du pays.

L'Egypte est anglaise pour soixante-dix ans.

LA brigade criminelle étonna Rosette. Embarquée pour le quai des Orfèvres alors que le cadavre de son mari gisait encore devant la cabine de l'ascenseur, elle fut interrogée une heure et demie durant par un policier moustachu, d'une quarantaine d'années, qui semblait bien informé sur la personnalité et les activités d'Henri. Il posait ses questions d'une voix neutre, dépourvue d'agressivité, mais l'interrogatoire se déroulait dans un climat tel que Rosette, suffoquée, ne cessait de répéter : « Mais enfin, c'est mon mari qui a été assassiné... Il est la victime ! » Elle s'éprouvait dans la situation inattendue de devoir démontrer que son mari ne méritait pas d'être assassiné. Ses réponses s'en trouvèrent biaisées. Nul ne pouvait lui reprocher d'affirmer qu'Henri « était un homme qui avait des sentiments de noblesse tels qu'il était rare d'en rencontrer » mais on pouvait trouver un peu courte la définition de ses activités : « Depuis qu'il était en France, mon mari s'occupait de la traduction d'ouvrages d'enfants de l'italien en français. » Elle conclut : « J'ignore tout du mobile, ou des mobiles, qui ont fait agir les meurtriers. »

Trois policiers la ramenèrent chez elle en voiture. Parmi les badauds et les journalistes attroupés devant l'immeuble, elle reconnut Raymond Aghion, Lydia Allony, Raymond Stambouli et quelques autres amis du clan des Egyptiens. Elle les embrassa et monta avec les policiers ; ils devaient procéder à une perquisition. Lydia Allony eut permission de les accompagner.

Raoul Curiel, entendu brièvement après Rosette, et par le même enquêteur, retira une impression pénible de son audition. Il lui parut que le policier pataugeait lamentablement. Connaissant mal les activités de son frère, il ne pouvait guère contribuer à éclairer la police.

Joseph Hazan en savait davantage. Président-directeur général d'une société d'édition de livres, brochures publicitaires et imprimés en tous genres, il était censé être l'employeur d'Henri Curiel et brossa un portrait un peu flou de ce « chargé de relations publiques » qui « passait au bureau en moyenne une fois par semaine, ça dépendait des cas », dont la perquisition effectuée le jour même au siège de la société allait démontrer qu'il n'y disposait « d'aucun bureau, meuble ou placard ». Mais Hazan esquissa une biographie politique d'Henri Curiel, depuis les années égyptiennes jusqu'à sa mort, qui ne celait rien de ses engagements successifs. Il évoqua notamment ses efforts passionnés pour parvenir à « une solution pacifique et juste au Moyen-Orient ».

Agée de quarante-cinq ans, ne paraissant ni plus ni moins, donnant l'impression d'une personne fragile, la voix chantante et acidulée, parsemant son discours de « parole d'honneur ! » apportés du Caire qui ne tirent pas à conséquence, l'air enfin d'une petite dame facile à croquer pour les hommes de la Criminelle (mais elle avait roulé dans la farine, quinze ans plus tôt, leurs confrères durs à cuire de la DST), Joyce Blau, militante de stricte observance, avait respecté toute sa vie l'obligation de réserve envers la police. Dirigée sur le quai des Orfèvres par les policiers opérant rue Rollin, elle s'en tint à une discrétion effrontée, refusant par exemple de préciser comment elle avait appris l'attentat. Elle déclara qu'elle n'avait pas vu Henri « depuis quelques jours » alors qu'il lui avait rendu visite le matin même et qu'ils devaient se retrouver à quatorze heures trente au cours de yoga. Selon elle, la campagne de presse déclenchée deux ans plus tôt avait une lourde responsabilité dans l'attentat : « Ces articles constituaient un véritable appel au meurtre. J'étais inquiète pour sa vie. J'ignore pour quelle raison il a été attaqué ainsi. Henri était incapable de faire du mal à qui que ce soit. Regardez son visage : il était doux. »

Ces réponses déconcertantes, décevantes, voire provocantes, auraient probablement conduit un observateur impartial à prendre Joyce Blau aux épaules et à la secouer en l'exhortant à sortir de son délire : les policiers n'étaient pas ses adversaires puisqu'ils avaient pour tâche de découvrir les meurtriers de l'homme qu'elle avait aimé. Mais le désespoir de Joyce n'était pas la seule cause d'une conduite apparemment aberrante. Comme Rosette, elle était sensible à une certaine carence de sympathie chez les enquêteurs. C'était peut-être une fausse impression née de la différence de tension entre le drame qu'elle vivait et l'intérêt strictement professionnel des policiers, mais enfin c'était suffisant à ses yeux pour s'en tenir au vieux réflexe militant de prudence.

Elle fut moins réticente, le lendemain, et livra lors d'une longue audition les détails sans importance qu'elle avait cru bon d'occulter la veille. Mais une irruption inopinée l'abîma dans la perplexité. Un homme entra dans le bureau et, à la façon dont il fut accueilli par les autres policiers, elle eut la certitude qu'il ne faisait pas partie du service. Il lui posa une seule question : « Qui est le docteur ? » Joyce répondit qu'elle ne voyait pas à qui il faisait allusion. L'homme s'impatienta : « Curiel devait rencontrer un docteur : qui est-ce ? » Elle affirma ne pas le savoir. L'autre se mit en colère et la menaça de prison si elle s'obstinait à mentir. Les policiers de la Criminelle semblaient un peu effarés par la brutalité de l'interrogatoire. Après réflexion, Joyce indiqua qu'il devait s'agir du docteur Gerold de Wangen, ami très cher d'Henri Curiel. Le policier ricana et quitta la pièce en disant à ses collègues : « Je vous dis qu'elle ment ! »

La veille, lors de la visite matinale d'Henri Curiel chez elle, rue de Courcelles, ils avaient évoqué leur emploi du temps. Joyce avait demandé : « A quelle heure vois-tu le docteur ? » Henri avait répondu : « Onze heures. » Le docteur était Issam Sartaoui, Palestinien proche de Yasser Arafat et employé par lui à des missions diplomatiques. Il appartenait à la fraction modérée de l'OLP et militait depuis deux ans avec Henri Curiel et quelques autres pour une solution pacifique au conflit israélo-palestinien.

La conversation avait eu lieu dans le studio de Joyce. Les brutales questions posées par le policier inconnu signifiaient qu'elle avait été enregistrée grâce à un dispositif intérieur. Avoir son téléphone branché sur table d'écoute est une chose – et chaque militant tenait compte de l'éventualité. Des micros récepteurs-émetteurs placés dans un lieu d'habitation étaient autre chose. On sortait de la routine de banale surveillance pour entrer dans le domaine du renseignement offensif.

Joyce ne fit cependant pas le rapport entre cette découverte surprenante et l'extraordinaire minutage qui avait permis aux assassins d'Henri Curiel de le cueillir au moment précis où la cabine de l'ascenseur arrivait au terme de sa course.

***

La perquisition chez Rosette Curiel fut longue et minutieuse. Toutes les pièces furent fouillées, y compris la cave. Les policiers prirent la peine d'ouvrir et de vider les boîtes de biscuits, de feuilleter chaque livre, de vérifier tous les meubles. Lydia Allony se demandait si la coutume française était de mettre sens dessus dessous l'appartement des personnes victimes d'assassinat. Lorsque Rosette questionna les trois hommes sur ce qu'ils cherchaient, l'un d'eux répondit d'une voix sèche : « C'est vous qui devriez nous le dire ! » (Ils emportèrent quelques dossiers et le répertoire téléphonique. Comme Rosette aurait besoin de ce dernier pour prévenir quelques amis des obsèques, il lui en serait délivré photocopie moyennant la somme de soixante-quinze francs. Mais le temps passera sur ces moments difficiles et, plus tard, évoquant les heures où elle était comme une écorchée vive, hypersensible à la moindre rebuffade, Rosette conclura avec équité : « La police s'est comportée correctement. »

Aymée Setton arriva peu après le départ des policiers, venant de sa maison de campagne de Rambouillet. Didar Rossano la suivit de peu. Les quatre femmes parlèrent jusqu'à minuit. Elles avaient eu vingt ans ensemble au paradis perdu, avaient milité avec Henri Curiel pour la révolution égyptienne et se retrouvaient, à l'automne de leur vie, réunies dans l'exil pour pleurer sa mort. Leur douleur était plus forte ou plus légère – c'est même chose – de savoir qu'elles avaient en partage avec Henri un passé que le couperet de l'Histoire avait fait immarcescible. Rien n'avait changé puisque tout s'était interrompu ; décor et personnages n'existaient plus que dans leur mémoire, figés comme dans un musée de cire. Les autres pleuraient un ami, un camarade. Ceux du clan des Egyptiens perdaient le témoin hautement symbolique d'une époque et d'un pays devenus inimaginables au point qu'ils renonçaient à les raconter à leurs propres enfants.

A minuit, Aymée et Lydia se retirèrent. Restée seule avec Didar, Rosette s'allongea sans parvenir à trouver le sommeil. Retenues toute la journée, les larmes ruisselaient sur son visage. Sa seule consolation était la certitude que rien ni personne n'aurait pu détourner son mari de la militance. Mais elle ne parvenait pas à réaliser qu'il était mort, qu'elle ne le verrait plus jamais. Elle lui vouait depuis trente-huit ans une passion tranquille, tenace, exclusive.

Tandis que son appartement était fouillé, une perquisition tout aussi attentive avait lieu dans les locaux de Joseph Hazan et à son domicile. Curieusement, elle était effectuée par des hommes de la brigade des stupéfiants et du proxénétisme. C'était sans doute que la Criminelle manquait de monde en ce jeudi de l'Ascension. Le lendemain, le petit logement de Joyce Blau fut à son tour perquisitionné. Les recherches ne révélèrent aucun indice tendant à prouver que l'un des plus anciens amis d'Henri Curiel et une femme dont il était très proche au moment de sa mort avaient pu tremper dans son assassinat. Joyce, de son côté, ne pouvait pas suggérer aux enquêteurs de rechercher si un dispositif d'écoute avait été placé chez elle (recherche qui eût nécessité la mise en œuvre de moyens techniques adaptés) car c'est précisément au sortir de la perquisition qu'elle fut conduite quai des Orfèvres et mise en présence du policier soucieux de savoir qui était « le docteur ».

Le 6 mai, surlendemain de l'assassinat, Rosette déclara aux policiers l'interrogeant à son domicile : « Il m'est revenu en mémoire un incident qui s'est produit la veille de l'attentat dont mon mari a été l'objet. Alors que nous quittions ensemble l'immeuble, vers deux heures [de l'après-midi], nous avons rencontré au bas des escaliers, alors que nous quittions l'ascenseur, un homme qui, à notre vue, a fait mine de monter deux ou trois marches, ou plus. Alors que nous franchissions le porche, il a fait demi-tour, nous a doublés dans la cour et est sorti. Visiblement, cet homme n'avait rien à faire dans l'immeuble ; il ne nous a pas adressé la parole.

« Je saurais reconnaître cet homme s'il m'était

représenté, ou sur photographie. Son signalement est le suivant : âge : trente à trente-cinq ans, taille : 1 m 75 environ, athlétique, un peu corpulent, cheveux mi-longs noirs, raie, le visage rond. Il portait un blouson de cuir noir à fermeture Eclair et un pantalon foncé. A la main, il portait un objet genre talkie walkie dont l'antenne aurait dépassé d'une vingtaine de centimètres, qu'il portait à la main droite, bras replié, comme l'on porte ce genre d'appareil.

« La présence de cet homme m'a frappée, et je me suis demandé ce qu'il faisait dans l'immeuble avec un tel appareil. Je n'en ai pas parlé à mon mari ; je ne sais pas s'il avait remarqué la présence de cet homme. »

« Je n'en ai pas parlé à mon mari. » Silence stupéfiant, incompréhensible si Rosette avait vraiment partagé la vie de l'homme qu'un grand hebdomadaire français avait accusé d'être le « patron des réseaux d'aide au terrorisme ». Silence étonnant même pour ceux qui avaient rejeté d'un haussement d'épaules la violente accusation. Henri Curiel était en tout état de cause un homme menacé – ne fût-ce qu'en raison des articles qui l'avaient ciblé – et l'on pouvait s'attendre à plus de vigilance de la part de sa femme. Mais Rosette avait cessé de militer depuis plus de quinze ans. Elle savait ce que faisait son mari sans être informée du détail. Henri ne recevait aucun militant chez lui, ne se servait pas de son téléphone privé pour ses affaires politiques et s'abstenait d'en parler à sa femme. Elle-même s'attachait à faire de leur foyer le refuge où Henri se sentait à l'abri des contraintes et des angoisses. Dans leur répartition tacite des rôles, il ne revenait pas à Rosette d'alerter Henri sur les dangers qu'il courait ; ou bien elle l'eût fait du matin au soir.

En l'occurrence, elle crut à une surveillance policière.

Le signalement de l'homme au talkie-walkie était

conforme à celui que les témoins de l'attentat avaient donné de l'un des deux tueurs : allure athlétique, cheveux assez longs, blouson de cuir sombre. Il était posté dans le hall d'entrée, devant l'ascenseur. On pouvait raisonnablement en déduire que l'assassinat d'Henri Curiel avait été programmé pour ce jour-là mais que la présence inattendue de Rosette en avait dérangé l'exécution. L'homme était seul. L'autre tueur s'était-il déjà éclipsé ? Tous deux seraient entrés dans l'immeuble sur cour mais, au dernier moment, un échange de mots entre les Curiel aurait fait comprendre aux hommes chargés de l'écoute que Rosette accompagnait son mari, et l'ordre de repli aurait été immédiatement transmis par talkie-walkie aux deux tueurs. Dans cette hypothèse, pourquoi l'homme porteur du talkie-walkie était-il resté sur place, ne s'engageant dans l'escalier qu'en dernière extrémité et attirant ainsi l'attention de Rosette ? Il est vrai que l'individu ne manquait pas de sang-froid puisqu'il avait fait aussitôt demi-tour, et, doublant les Curiel dans la cour, était sorti dans la rue Rollin juste devant eux. On comprend que Rosette ait cru avoir affaire à un policier pouvant, le cas échéant, justifier sa présence le plus officiellement du monde.

Pour la Criminelle, quatre jours plus tard et le cadavre d'Henri Curiel reposant à la morgue, le doute n'était pas permis : l'homme au talkie-walkie était mêlé à l'assassinat. Et son appareil de transmission renvoyait à la donnée la mieux établie et la plus spectaculaire de l'affaire : une extrême précision dans l'exécution.

Malgré cela, aucune vérification technique ne fut effectuée pour découvrir chez les Curiel ou dans les locaux voisins les micros qui avaient pu permettre un minutage aussi précis.

L'enquête dite de voisinage fut cependant exhaustive. Les locataires des deux immeubles du 4, rue Rollin et de plusieurs immeubles avoisinants donnèrent leur témoignage, soit au total soixante-quinze personnes. Les policiers n'hésitèrent pas à revenir sonner à des portes qui ne s'étaient pas ouvertes lors de leur première visite. L'enquête s'étendit aux immeubles et magasins de la rue Monge, à plusieurs dizaines de mètres du lieu du crime : cinquante-deux personnes furent entendues. Beau travail, même si les résultats furent proches du néant.

Mais par l'une de ces malchances foudroyantes qui portent à la compassion pour la police, la brigade criminelle oublia un témoin. C'est peu compréhensible car ce témoin habitait au même étage que les Curiel un appartement dont les fenêtres donnaient sur leur salle de séjour. C'était dommage car il avait une histoire intéressante à raconter, et qui concernait précisément des micros.

LE grand-père, Nessim Curiel, était usurier. Son fils Daniel avait accédé à la qualification plus gratifiante de banquier mais ses opérations n'avaient guère changé de nature. C'était, dans les bureaux miteux de la rue Chawarbi Pacha, l'éternel et pitoyable défilé de paysans venant hypothéquer leur lopin de terre après une mauvaise récolte pour avoir de quoi acheter des semences. Si la récolte suivante décevait une nouvelle fois leurs espérances, ils sautaient ; les locaux résonnaient alors des supplications et des menaces de débiteurs aux abois. Toute l'Egypte rurale saignait de la plaie usuraire. Mais Daniel Curiel possédait aussi un important portefeuille d'actions, jouait en bourse, se livrait à des opérations de change : toutes activités plus conformes à l'image d'un banquier moderne.

Les bureaux étaient minables, presque sordides, parce que le maître des lieux se souciait peu du décor : il était devenu aveugle à onze mois à la suite d'on ne sait quel accident ou maladie. Il ne parlait jamais du passé. Ses deux fils le savaient veuf d'un premier mariage mais ignoraient jusqu'au prénom de sa première épouse. Un homme secret. Les photos qu'on possède de lui le montrent massif, la tête ronde, retranché derrière ses lunettes opaques, l'air placide, avec quelque chose de Charles Vanel à soixante ans.

Il était profondément artiste. La musique était sa plus ancienne passion. Il avait même envisagé une carrière de virtuose en dépit de sa cécité, passait des heures devant son piano et avait bien entendu sa loge à l'Opéra du Caire. Une autre de ses passions était la numismatique ; sa collection de pièces et médailles, dont il effleurait les reliefs avec volupté, était estimée à cinquante mille livres égyptiennes, soit trois à quatre cents millions de nos centimes. Plus étrange : il marquait un vif intérêt pour la peinture – les couleurs en général. Il s'était formé une représentation théorique des couleurs et, lors de l'annuel voyage estival en Europe, écumait inlassablement les musées ; sa femme Zéphira lui racontait les tableaux en détaillant leurs plus infimes nuances ; de même lui faisait-elle chaque soir la lecture, ses préférences allant à Pierre Loti et à Anatole France.

Zéphira Behar sortait d'une famille juive d'Istamboul dont l'opulence dura jusqu'à la mort du père, les aînés ayant rapidement dilapidé une belle fortune acquise dans le négoce des tapis d'Orient. Ses parents l'avaient mise au couvent de Notre-Dame de Sion, dont les sœurs la convertirent au catholicisme. Elle avait, elle aussi, connu les épreuves physiques et subi l'ablation d'un sein. Les amis de la famille la dépeignent sans charme ni beauté. Les photos prises au soir de sa vie montrent une solide vieille dame au visage bien structuré, avec un grand air de bonté et un regard chaleureux. C'était une personne extrêmement mystique. De l'avis unanime, elle serait entrée dans les ordres et n'aurait jamais épousé Daniel Curiel s'il n'avait été aveugle. Le mariage avec un aveugle fut pour elle oblation et accomplissement. Alors que son mari ne montrait aucun intérêt pour la religion, elle resta jusqu'à la fin de sa vie d'une piété méticuleuse et tout à fait œcuménique, partageant ses visites et ses offrandes entre l'église, la synagogue et les lieux saints musulmans. Sa bienveillance était sans limites. Lorsqu'un domestique vola dans la maison une collection de tapis précieux, elle refusa de porter plainte. Il y en avait pour une petite fortune.

Le ménage était heureux. Il n'y eut pour croire le contraire qu'Henri Curiel lui-même, qui évoqua un an avant son assassinat une vie conjugale mutilée par la « tendance à l'autodestruction » dont auraient souffert ses parents. Pour Raoul et pour tous les familiers de la maison, l'entente entre Daniel et Zéphira était au contraire exemplaire. Raoul n'a pas souvenir d'une seule vraie dispute. Le seul nuage fut d'origine musicale : Zéphira, excellente pianiste comme son mari, se trouva atteinte d'une douloureuse névrite aux mains ; elle dut renoncer au piano, qui lui faisait endurer le martyre, et Daniel accepta mal d'être privé de l'entendre jouer. Quoi qu'il en soit, Henri Curiel écrivit en 1977 : « Il ne fait pas de doute que l'exaltation maternelle et l'infirmité de mon père ont dû marquer mon enfance, ainsi que le drame qu'avait constitué pour mes parents la mort d'une petite sœur adorable, des suites d'un accident. » L'unique portrait de cette enfant, photographiée avec ses deux frères aînés, révèle en effet une fillette vive et gracieuse. Elle ne mourut cependant pas « des suites d'un accident » mais d'une ostéomyélite qui l'emporta à l'âge de quatre ans et demi.

La maison familiale était appelée au Caire la « villa Curiel ». Il faut entendre le mot dans son sens romain. Selon les normes actuelles, ce serait plutôt un grand hôtel particulier ou un petit palais, assez massif mais en quelque sorte allégé par ses couleurs ocre et vert qui vont bien avec le ciel du Caire. Outre les pièces de réception et de service, dix-sept chambres. Un parc spacieux planté de palmiers et d'arbustes l'enveloppe agréablement. Il est bâti à l'extrémité nord de l'île de Zamalek, entre deux bras du Nil, tout près du fameux Ghezireh Sporting Club, sanctuaire de l'occupant britannique, avec son terrain de golf, ses tennis, sa piscine, son magnifique club-house (lorsqu'un Egyptien fut admis pour la première fois à l'honneur d'adhérer, peu avant la deuxième guerre mondiale – c'était un parent du roi Farouk mais un Egyptien tout de même –, on évita de justesse une démission massive des gentlemen indignés). L'île de Zamalek était alors le quartier copurchic du Caire et le fait que Daniel Curiel lui-même y fût né atteste l'ancienneté de l'opulence familiale. Les immigrants juifs sans le sou, tels les grands-pères de Chehata Haroun, posaient d'abord leur besace dans l'antique quartier de Haret el-Yahoud, où vivaient dans une misère noire des dizaines de milliers de juifs dont les familles étaient en Egypte depuis les temps bibliques. Ils parlaient arabe, ne se distinguaient en rien, religion mise à part, de la masse égyptienne, et la plupart ne survivaient que grâce aux généreux subsides de leurs coreligionnaires fortunés. La deuxième étape menait dans le quartier européen, sur la rive droite du Nil, en face de l'île de Zamalek. Les plus riches s'installaient enfin à Zamalek même ou à Garden-city, quartier dominé par la magnifique ambassade d'Angleterre, vrai centre du pouvoir en Egypte.

Daniel Curiel avait dessiné lui-même le plan de sa maison mais l'aménagement intérieur devait être exécuté par le célèbre décorateur Jansen. La crise de 1929 lui fit annuler l'exécution du projet, qui était somptueux. Ce fut peut-être un prétexte : sa cécité l'eût de toute façon empêché d'apprécier le décor, et la bonne Zéphira n'était pas femme à se passionner pour ces futilités. Ainsi la grande pièce de réception était-elle un hall immense aux murs tapissés d'Aubusson, avec sur le parquet des jonchées de tapis d'Orient, mais meublé en tout et pour tout de deux fauteuils et d'un divan sur lequel le maître de maison tenait ses assises. Le reste était à l'avenant : un bric-à-brac où voisinaient du mobilier Louis XVI et des laideurs modern style ; les murs n'étaient même pas peints. Les Aghion ricanaient en douce (une sœur de Daniel avait épousé un Aghion) mais les Aghion sont un peu mauvaises langues envers les Curiel. Eux, c'est la pointure au-dessus. Il y avait eu l'ancêtre Aghion fournisseur de Bonaparte, puis un autre ancêtre Aghion, ministre des Finances occulte sous le brave vice-roi Ismaïl, qui avait crié casse-cou au point de se faire exiler mais qu'on avait rappelé tarbouche bas après que la banqueroute eut confirmé ses sinistres prédictions. Les Aghion avaient fondé des banques – de vraies banques –, s'étaient lancés dans l'industrie et continuaient de subventionner des écoles juives créées par leurs aïeux : la classe. Ils vivaient fastueusement à Alexandrie. Lorsque Jean Aghion, cousin d'Henri Curiel, allait d'Alexandrie au Caire, il louait tout un wagon pullman afin d'avoir ses aises. André Weil-Curiel, cousin lui aussi (une autre sœur de Daniel avait épousé à Paris un Weil), connut avec les Aghion ce qui lui parut longtemps le comble du luxe : à leur club, le Sporting d'Alexandrie, des domestiques faisaient office de ramasseurs de balles de ping-pong lors des parties enfantines. Le train de vie des Curiel était plus modeste : « La bonne bourgeoisie simple, estime Raoul. Nous avions une dizaine de domestiques, ce qui n'était pas énorme. » Presque tous ces domestiques étaient des hommes. Un cuisinier et un marmiton œuvraient en sous-sol ; trois serveurs officiaient à table ; un chauffeur conduisait Daniel Curiel ; le reste se répartissait les tâches ménagères. On tenait table ouverte. Les gens arrivaient sans façon et prenaient place ; sauf exception rarissime, ils appartenaient à la colonie juive. Point de repas sans une dizaine au moins de ces convives impromptus. La chère était abondante et succulente. Une partie des légumes venait de la grande propriété familiale de Mansourieh. La moitié du domaine était en exploitation directe sous l'autorité d'un ingénieur agronome, le reste étant affermé. Daniel Curiel avait aussi la passion de la terre.

***

Plus récents et moins riches, les autres vivaient à l'aise.

Le fils du banquier Stambouli avait débuté au Caire par le négoce puis s'était inscrit au barreau, obéissant à la vocation qu'avaient éveillée en lui les tribulations judiciaires paternelles. Il avait épousé la fille d'un autre banquier damascène, fermier des impôts ruraux pour la province syrienne, qui avait racheté le caravansérail familial après la mort du vieux Stambouli. Spécialiste de droit commercial et du statut des juifs en Egypte, Me Stambouli avait un cabinet prospère, un bel appartement au Caire et des domestiques. Sa femme retournait à Damas à chacune de ses grossesses, de sorte que c'est dans le caravansérail de ses ancêtres que Raymond naquit en 1923.

Lydia Allony vit le jour un an plus tard à Meadi, le Neuilly cairote. Son grand-père avait été le médecin du pacha ottoman ; son père devint l'avocat du roi d'Egypte, Fouad, géniteur du sinistre Farouk. Me Allony, honoré du titre d'Allony Pacha, habitait une maison somptueuse entourée d'un jardin de rêve, avec des caves si vastes qu'on y donnait des bals. Il adorait le droit et les fleurs, consacrant à l'étude du premier ses journées et la plus grande partie de ses nuits – trois heures de sommeil lui suffisaient. Sa femme, originaire d'une famille juive du Midi de la France, était une pianiste confirmée qui avait donné des concerts avant son mariage. Lydia conserverait de son enfance l'image nostalgique d'une parfaite harmonie : sa mère au piano dans la grande maison silencieuse et, les yeux papillotant d'avoir trop lu ses recueils de jurisprudence, son père se promenant dans le jardin parmi les fleurs innombrables auxquelles il vouait une savante tendresse.

Le terrible grand-père Hazan avait mené ses deux fils, gourdin au poing, jusqu'aux études universitaires qui étaient son obsession. L'un s'était établi en France, où il deviendrait sous-directeur du PLM, directeur du casino d'Evian et agent du Deuxième Bureau. L'autre était agronome et occupait un poste de direction au Crédit foncier d'Egypte, émanation de la Banque d'Indochine. Il gagnait gros mais dépensait tout à la mode de Damas. Trois domestiques à la maison et pas un repas qui comportât moins de cinq plats. Son fils Joseph, né en 1917, n'aurait pas à étudier jusqu'à minuit à la lueur jaunâtre des réverbères publics.

Invité à venir s'établir en Egypte par le vice-roi en personne, le père de Rosette était devenu directeur du laboratoire de chimie du ministère de l'Agriculture. Il se consacrait à l'analyse des eaux du Nil et des sols égyptiens. Parallèlement, il avait des intérêts dans la fructueuse importation des nitrates de soude chiliens. Un chauffeur et deux domestiques étaient à son service. La jeune Rosette, lorsqu'elle irait passer ses étés en France comme toute la jeunesse dorée du Caire, aurait bien entendu sa gouvernante.

Le grand-père Setton, maquignon d'Alep, veuf prématuré, était arrivé au Caire avec les deux enfants survivants d'une nichée de dix. Le père d'Aymée fit des études rapides, entra dans la banque mais s'établit bientôt négociant en cotonnades. Il était imbattable sur le crépon, la batiste et le madapolam. C'était un homme heureux. Aymée garderait un souvenir tendrement ému des repas familiaux qui ne réunissaient jamais moins de onze convives (les parents, six enfants, trois domestiques), scandés par les rires contagieux du père, illuminés par le sourire maternel. On gagnait bien sa vie mais on dépensait tout à la mode d'Alep.

Le grand-père paternel de Chehata Haroun avait vendu ses tapis dans les rues du Caire sans en faire un drame car il était dépourvu d'ambition. Son fils entra à dix ans au grand magasin *Cicurel*, y travailla quarante-huit ans et finit chef de rayon. Il faut à tout peloton sa lanterne rouge.

***

Voilà des gens dont les racines enfoncées ici ou là n'étaient pas si robustes qu'elles résisteraient à l'attraction d'une nouvelle aventure à courir, d'un recommencement à tenter, mais qui, au terme de longues tribulations, avaient trouvé au bord oriental de la Méditerranée, dans le vieil empire ottoman, le lieu propice à une rare symbiose avec le milieu ambiant. On vivait comme l'autochtone ; on participait de sa culture, et si l'on priait un dieu différent, c'était souvent dans sa langue. Les grands-pères étaient totalement intégrés à la texture humaine du Proche-Orient. Leurs fils s'installent au bord du Nil et le simple fait d'entrer en bourgeoisie, modèle européen, va accomplir ce que ni la race, ou ce qu'on nomme ainsi, ni la religion n'avaient jamais déterminé : une coupure radicale avec le peuple environnant. Ce n'est pas l'arbre égyptien qui rejette le greffon juif, mais l'inverse. Le grand-père recevait les meilleurs poètes de Damas ou d'Alep, ou fréquentait l'élite cultivée d'Istamboul ; le petit-fils dit avec condescendance « les Arabes » parce que les seuls qu'il connaît sont ses domestiques.

Chez les Cohen, la grand-mère est vêtue comme une musulmane, passe ses journées derrière le moucharabieh et ne parle qu'arabe. La mère sait l'arabe mais l'utilise le moins possible. Lorsque son fils Alfred atteint ses trois ans, elle lui en interdit définitivement l'usage. Chez les Arié, la mère enrage de voir le père, né à Istamboul, s'obstiner à fréquenter des Egyptiens : « C'est un Arabe ! Il est toujours fourré avec eux ! » Mais aucun ne franchira le seuil de la maison s'il n'est domestique ou artisan, et le jeune Albert chantera avec ses copains : « Nous sommes les louveteaux, les petits loups de France. » Chez les Curiel, les Aghion, les Setton, les Allony, les Stambouli, même chanson. Aucun des futurs compagnons d'Henri Curiel n'entrera au musée du Caire ; aucun ne remontera le Nil pour jeter un coup d'œil sur les trésors de la Vallée des Rois ou d'Assouan. Retranchés dans leur ghetto bourgeois (pas une seule enseigne en arabe dans le quartier européen), les « étrangers » ont des intérêts avec les Egyptiens mais aucun intérêt pour l'Egypte.

Suprême insulte au pays : personne ne sollicite sa nationalité – l'idée en paraîtrait cocasse. Même les Curiel, sur place depuis plus d'un siècle et dont les ascendants identifiés reposent tous au cimetière du Caire, se sont bien gardés de prendre le passeport égyptien. Ils sont de nationalité italienne comme le vieux Stambouli était sujet de Buckingham Palace, et pour la même raison : le régime capitulaire. L'exorbitant privilège de juridiction accordé aux étrangers conduit chaque famille à rechercher par tous les moyens un passeport européen. La ville italienne de Livourne était de ce point de vue commode car un incendie avait ravagé son hôtel municipal et détruit ses archives : faute de moyen de contrôle, elle délivrait sans barguigner les extraits de naissance, et c'est ainsi que les Curiel étaient devenus italiens comme une flopée de familles juives du Caire qui ne parlaient pas un mot d'italien. (Mais tout le Caire savait compter jusqu'à dix dans la langue de Dante car les demoiselles du téléphone étaient d'authentiques italiennes...) Les Hazan avaient le passeport français, s'étant dégotté un ancêtre passé par Alger. Le passeport autrichien était recherché pour son prix modique mais l'économie devait se révéler désastreuse car ses possesseurs juifs seraient considérés par l'occupant anglais, lors de la deuxième guerre mondiale, comme des sujets hitlériens. On n'en est pas là. Pour l'heure, le jeune Raymond Stambouli s'amuse à casser les réverbères avec sa bande de garnements et lance, goguenard, au policier égyptien qui accourt en brandissant son bâton : « Ne me touche pas ! Tu n'as pas le droit : je suis un protégé. » C'était le premier degré du privilège, auquel succédait l'état de sujet, puis la dignité de citoyen. A la moindre difficulté avec la police locale, il suffisait de se déclarer protégé français, grec, italien, et le planton du consulat, alerté, se présentait aussitôt pour confirmer et faire classer l'affaire. Au dire de ceux-là même qui ont passé dix ans dans ses camps de concentration, le peuple égyptien est le plus doux et le plus patient de la terre[1].

Ainsi s'étaient-ils assis à leur aise sur l'Egypte et regardaient ailleurs.

Vers la France.

(1) Jacques Hassoun raconte délicieusement dans ses *Juifs du Nil* une naturalisation collective peu ordinaire. Le consul d'Italie au Caire ayant beaucoup gonflé pour des raisons pécuniaires les effectifs des Chemises noires fascistes parmi la colonie italienne, l'annonce d'une visite d'inspection du maréchal Badoglio, en 1938, eût dû le déterminer à la fuite ou au suicide. Mais le consul venait du pays de la Commedia dell'arte et vivait sur la terre des Mille et une Nuits. Il recruta plusieurs centaines de volontaires parmi les juifs misérables d'Haret el-Yahoud, leur distribua passeports italiens et chemises noires, et leur apprit à défiler au pas de charge en criant « Viva Italia ! » Badoglio fut ravi du nombre et de l'ardeur martiale des Chemises noires cairotes mais repartit en laissant des instructions qui assombrirent la mine réjouie du consul. Le lendemain, les juifs fascistes, qui croyaient leur contrat terminé, furent convoqués au consulat pour apprendre qu'ils étaient mobilisés et partiraient la semaine suivante combattre en Ethiopie. Il s'ensuivit une véritable émeute. Les Chemises noires de Haret el-Yahoud ne partirent pas, ce qui leur valut en 1945 d'être honorés par le gouvernement italien comme de courageux déserteurs antifascistes.

Comment faire comprendre aujourd'hui le coup de cœur, la longue passion de ces gens qui sortaient des souks syriens ou d'un village pouilleux de Bulgarie, d'un hameau de Valachie ou d'un faubourg turc, et qui se choisirent pour patrie une France que la plupart chérissaient avant d'avoir foulé son sol ? Elle était le pays de la grande Révolution, des Lumières, des Droits de l'homme ; le parangon de la culture universelle ; l'arbitre du bon ton et de l'élégance. C'était encore pour eux « la grande nation » de Gœthe, et si en vérité elle ne l'était plus tout à fait, ils ne risquaient pas d'en avoir la révélation dans les beaux quartiers parisiens et les villes d'eau qu'ils fréquentaient de préférence à ses noirs faubourgs. Ils étaient amoureux d'une France écrite par Victor Hugo, racontée par Michelet, peinte au quotidien par un Fragonard auquel Delacroix arrachait son pinceau quand les choses tournaient mal. Ils trouvaient magnifique qu'elle réhabilitât Dreyfus, oubliant qu'elle l'avait d'abord condamné. Ils la voyaient en somme à l'instar du petit Charles de Gaulle, leur contemporain, « telle la princesse des contes ou la madone aux fresques des murs, comme vouée à une destinée éminente et exceptionnelle ».

Ce n'était point engouement superficiel ou simple snobisme. Alors qu'ils se rencognaient dans une égoïste altérité au sein de leur pays d'accueil, ils étaient disposés à bien des sacrifices pour leur patrie d'élection, jusques et y compris le don de soi. On les avait vus à La Bourboule ou à Vichy : on en retrouva à Verdun et au Chemin des Dames. Ainsi deux oncles de Rosette et un oncle d'Henri s'engagent-ils avec beaucoup d'autres dans l'armée française dès 1914 alors que rien ne les obligeait à laisser la douceur méditerranéenne pour la sanglante bouillasse champenoise. Ceux qui restent sont tout français. L'oncle Aghion, Egyptien de fait depuis plus d'un siècle, Italien par le passeport, est surnommé Maurice Déroulède à cause de son intraitable chauvinisme gaulois (il prénommera son fils Raymond en hommage à Poincaré). Daniel Curiel évoquera toujours la naissance d'Henri, le 13 septembre 1914, en précisant : « Il est arrivé le jour même où nous apprenions la victoire de la Marne. » Lorsque Raoul et Henri se présenteront à leur tour, le 3 septembre 1939, au consulat de France du Caire pour s'engager dans l'armée française, ils auront le sentiment non de poser un acte exemplaire mais d'accomplir un devoir évident. A un an de son assassinat, Henri Curiel écrira : « La seule patrie à laquelle je me sentais rattaché était la France. »

En une génération, ce qui est d'une brièveté foudroyante pour un fait de société, la France est devenue la référence première, sinon unique. Fils du médecin d'un souverain turc, avocat lui-même du roi d'Egypte, Me Allony accorde moins d'importance à son titre honorifique de pacha égyptien qu'à son grade de grand officier de l'ordre de la Légion d'honneur. Le père de Rosette, fonctionnaire éminent du ministère égyptien de l'Agriculture, chérit sa médaille du Mérite agricole français. Le père de Joseph Hazan porte toujours le tarbouche, persiste à lire un journal arabe en souvenir de Damas mais s'abonne comme tout le monde à un quotidien en français. Chaque soir, Daniel Curiel se fait lire *Le Temps* par la bonne Zéphira. La vaste maison de Zamalek est grande ouverte aux artistes français en tournée, les musiciens étant naturellement les plus choyés. Pour les livres, les Curiel ont un contrat de fourniture avec un libraire parisien qui les leur expédie par caisses : la bibliothèque familiale comporte plusieurs milliers d'ouvrages. L'été, chaque famille boucle ses malles et part pour la France. Les enfants en garderont le souvenir de journées interminables passées dans les jardins publics des villes d'eau sous la férule trouvée sévère de gouvernantes à col amidonné. Raoul et Henri, les trois semaines de cure expédiées, partent avec leurs infatigables parents dans un rallye toujours recommencé de musée en musée, avec des pointes en Belgique, en Angleterre, en Hollande, où Henri s'emballe pour Rembrandt.

Bien sûr, l'éducation est française. Il n'est de choix possible qu'entre l'enseignement religieux, bonnes sœurs et jésuites, et le lycée de la Mission laïque française. Dans l'un et l'autre cas, la qualité est exceptionnelle. La Mission laïque, émanation en Egypte de l'Education nationale, aligne décennie après décennie des maîtres hors de pair, passionnés pour un travail qu'ils vivent comme un apostolat, pétris de certitudes. L'impérialisme culturel est total. On offre bien le choix entre deux baccalauréats, l'un arabe, l'autre français, mais l'immense majorité des élèves choisit le second. L'étude du latin est préférée à celle de l'arabe. Les élèves ânonnent sans complexes « nos ancêtres les Gaulois » et l'histoire de l'Egypte n'est étudiée qu'en classe de sixième, comme à Rennes ou à Romorantin, et pour la seule période pharaonique. Le vieux Stambouli savait par cœur les plus beaux poèmes de l'Arabie ; son petit-fils connaît sur le bout des doigts la liste des chefs-lieux de départements français.

***

Là-dessous, l'Egypte bougeait.

Les Anglais sont les seuls à juger que leur colonisation de l'Egypte fut profitable au pays. Certes, il est rare que l'applaudissement universel consacre un impérialisme, et le colon doit le plus souvent se contenter d'un brevet d'autosatisfaction, mais enfin les experts impartiaux tiennent le bilan anglais en Egypte pour très inférieur à ce que firent, par exemple, les Italiens en Libye. Leur accomplissement le plus spectaculaire fut la mise au point d'un système de canaux permettant l'irrigation permanente du delta du Nil. Ils achevaient ainsi de brillante manière l'ouvrage entamé par les ingénieurs français de Mohamed Ali. La conséquence en fut une révolution économique et humaine telle que le pays n'en avait sans doute jamais connu. Au lieu de la récolte unique autorisée par la crue annuelle du Nil, c'étaient trois récoltes que l'irrigation permanente accordait au paysan grâce à la conjugaison infiniment propice de l'humidité du sol et de la chaleur du ciel. En quinze ans, la production de coton est doublée ; l'Egypte devient le premier fournisseur des filatures anglaises. Humainement, le bilan est plus équivoque. Le fellah gagne désormais sa subsistance mais s'épuise à un travail sans relâche. Comme l'écrivent joliment Jean et Simonne Lacouture : « Le voilà passé de la condition de demi-marmotte à celle de castor[1]. » Et puisque la culture du coton exige une main-d'œuvre nombreuse, que les enfants s'y prêtent à merveille, les familles paysannes croissent et se multiplient au point de reposer, à la première baisse du cours mondial du coton, l'effrayant problème de la subsistance.

Pour le reste, le maître anglais se contente de gérer et d'administrer après avoir rétabli l'ordre et assaini les finances. Ce n'est pas rien mais c'est fait sans grâce. Il affiche la pire des morgues : celle qui naît d'un sentiment, non pas de supériorité, mais de différence. Sa manie de se brosser trois fois les dents après avoir fait l'amour avec une autochtone. Sa certitude que la piscine du Ghezireh Sporting Club serait polluée si un corps égyptien s'y plongeait. On est loin des grasses promiscuités franchouillardes. Mais une lucidité qui contraste avec la folle cécité du colon français, toujours convaincu d'être éperdument aimé du colonisé. Lord Cromer écrit en 1908, au terme d'un règne de vingt ans sur le pays : « Rien ne prévaut contre ce fait que nous ne sommes pas

(1) Jean et Simonne Lacouture, *L'Egypte en mouvement*, Editions du Seuil, p. 57.

musulmans, que nous ne mangeons, ni ne buvons, ni ne nous marions comme eux. »

La première guerre mondiale conforte au début la domination anglaise et l'ébranle à la fin. L'ultime lien d'allégeance avec la Turquie est rompu, puisqu'elle s'est rangée dans le camp allemand, mais le protectorat britannique, officiellement proclamé, consacre un pouvoir qui n'a rien de symbolique. Un million de soldats campent en Egypte tandis qu'un corps expéditionnaire indigène part pour la France. Cependant, les prix du coton flambent, les fournitures aux armées font lever une moisson de millionnaires, des industries locales se créent pour pallier l'arrêt des importations de produits manufacturés. Selon les estimations les plus raisonnables, la richesse du pays aurait doublé en quatre ans. Comme toujours en pareil cas, l'inflation galopante enrichit les riches et appauvrit les pauvres. Le malheur du plus grand nombre s'exaspère de l'insolente prospérité des profiteurs de guerre. La classe intellectuelle trouve insupportable la tatillonne censure anglaise. Et sur cette nation revigorée mais déséquilibrée, dynamique et malheureuse, tombent comme autant de volées de tocsin les « Quatorze points » du président américain Wilson, les appels de La Mecque à la révolte arabe, les déclarations franco-anglaises consacrant le démembrement de l'empire ottoman et l'accession à l'indépendance de ses anciennes provinces.

Le 13 novembre 1918, deux jours après l'armistice, trois Egyptiens demandent audience au haut-commissaire britannique et revendiquent l'indépendance pour leur pays. Le meneur est Saad Zaghloul, ancien ministre de l'Instruction publique, nationaliste tranquille, rusé, indomptable. Il a rongé son frein tout le temps des hostilités, ne voulant pas se prêter à l'accusation de poignarder dans le dos les Alliés. L'heure est venue. Les trois se présentent comme le *Wafd*, c'est-à-dire « la Délégation ». Trouvaille merveilleuse, coup de culot admirable : trois types sonnent à la porte du maître anglais qui vient de triompher sur les champs de bataille européens, dont l'empire est le plus puissant que l'Histoire ait connu, et disent avec simplicité : « Nous sommes délégués par le peuple pour réclamer en son nom l'indépendance de l'Egypte. » Personne ne les a officiellement mandatés et ils n'ont aucune structure organisée derrière eux – rien que la nation. Mais la nation tout entière, et qui va prouver, après la rebuffade du maître anglais, qu'elle est prête à mourir sous le feu de ses mitrailleuses. Grèves et manifestations submergent le pays. La répression, brutale, échoue à endiguer le raz de marée populaire. Saad Zaghloul et ses deux compagnons, déportés à Malte, sont libérés au bout d'un mois. A la poussée de fièvre succèdent résistance passive et propagande intelligente auprès des gouvernements étrangers et de l'opinion publique mondiale. En 1922, Londres est contraint de reconnaître solennellement l'indépendance de l'Egypte. Certes, elle est assortie de réserves restreignant fâcheusement sa souveraineté. Un auteur anglais, écrivant sur l'Egypte, intitule son livre *Le Pays le plus important*. Elle est la nation la plus nombreuse du Proche-Orient arabe né de la première guerre mondiale, le verrou essentiel de la route des Indes, un irremplaçable grenier à coton pour les filatures du Royaume-Uni. Londres restera donc présent militairement et s'arroge la mission de protéger « les intérêts étrangers et les minorités », ce qui laisse la porte entrouverte à bien des initiatives. Mais le principe de l'indépendance est posé, à partir de quoi tout redevient possible, probable, inéluctable. Pour la première fois depuis la constitution des grands empires coloniaux du XIXe siècle, le pouvoir européen a été contraint au recul. Ce n'est qu'un début.

*
**

Intelligente bourgeoisie !

Voyez la jeune et jolie Didar Rossano en route pour le lycée. Elle porte l'uniforme obligatoire : béret, robe et corsage blancs brodés des initiales MLF (Mission laïque française), le tout d'une propreté impeccable car Mlle André, la directrice, inspecte les rangs chaque matin d'un œil sourcilleux. Le père de Didar est directeur à la Banque nationale d'Egypte. Seuls les privilégiés peuvent envoyer leur progéniture au lycée français, où les droits d'inscription sont élevés. A quelques exceptions près, les compagnes de Didar sont juives. On se moque beaucoup d'Amira Hamoud qui s'affirme juive pour être comme tout le monde alors que son père est égyptien et sa mère italienne (elle épousera l'acteur David Niven) et il y aura du remue-ménage le jour où l'on découvrira qu'une autre élève prétendument juive n'est qu'une catholique honteuse. C'est dire que l'antisémitisme n'est pas à l'ordre du jour. Quant à une éventuelle xénophobie, il faudrait pour en éprouver l'inconvénient avoir un vrai contact avec l'autochtone ; or les seuls Egyptiens fréquentés par Didar sont le *bawwab* de son immeuble, le cocher de la calèche louée par sa mère, le valet toutes mains et la brave Nefissa qui, avec l'aide de sa fille, s'acharne à « ravoir » les uniformes blancs imprégnés de la poussière du Caire. Quelques années plus tard, devenue une jeune fille dégourdie, Didar rencontre dans une surprise-partie un officier si beau qu'elle en tombe aussitôt amoureuse (elle l'épousera). Histoire de parler, elle lui demande dans quelle unité anglaise il exerce son commandement. Le jeune homme, soudain guindé, répond qu'il ne sert pas dans l'armée anglaise. Mais alors, dans quelle armée ? L'armée égyptienne. Stupeur de la pauvrette : elle ignorait qu'il existait une armée égyptienne. C'est dur pour l'indigène. En revanche, comment celui-ci pourrait-il éprouver de la xénophobie pour une demoiselle qui, même si elle est née dans le pays, vit à sa surface telle une touriste de passage ? Cela vaut aussi pour Aymée Setton, élève à l'école Jeanne d'Arc avant d'entrer au lycée, et dont le cœur vibre davantage pour l'Alsace-Lorraine redevenue française (la directrice, Mme Corfmatt, sort d'un dessin de Hansi) que pour la question du Soudan. Cela vaut toujours pour le banquier Daniel Curiel, beaucoup plus attentif à la vie politique française (l'arrivée au pouvoir du Cartel des gauches, en 1924, le frappe comme une catastrophe : il est convaincu que la France va sombrer dans le bolchevisme) qu'aux péripéties égyptiennes. Et quel prétexte l'autochtone devrait-il inventer pour se prendre de bec avec l'oncle Aghion, intraitable sur Raymond Poincaré mais que Saad Zaghloul laisse indifférent ?

On ne prétendra pas la ruse délibérée. Le rayonnement français s'exerçait si fort que certains – le père de Rosette, celui de Raymond Stambouli – l'avaient subi avant même d'aborder la terre égyptienne, et ceux qui témoignèrent pour leur patrie d'élection jusque dans les tranchées de la Grande Guerre protesteraient à juste titre de la pureté de leurs sentiments. Aussi bien n'est-il pas question de suspecter chacun dans son particulier mais de constater un phénomène collectif échappant à la manigance. Ils ont tous partie liée avec le capitalisme européen, dont les baïonnettes anglaises garantissent les privilèges, mais leur affiliation de cœur et d'esprit à la France les exonère du soupçon de complicité avec l'occupant. Mieux encore : la francophilie est en Egypte manière d'affirmer son anglophobie, et cela jusqu'au paradoxe. Bonaparte est absous puisque Napoléon souffrit de la perfide Albion. Anouar el-Sadate rapporte dans ses Mémoires que dans son enfance villageoise, au fin fond du delta, son père aimait à lui conter comment le malheureux prisonnier de Sainte-Hélène avait réussi à tromper la méchanceté du gouverneur anglais, qui avait fait surbaisser la porte de sa maison afin de l'obliger à courber la tête : Napoléon se mettait à croupetons et passait tête haute... L'homme qui avait fait froidement canonner Le Caire canonisé dans les villages égyptiens comme martyr des Anglais – quel tour de passe-passe !

Accrocher son char à l'étoile française, c'était jouer sur le velours car elle brillait sur l'Egypte d'un éclat bénéfique et elle avait l'inégalable avantage d'être une étoile filante. On l'a dit : une heureuse fortune avait réservé à l'Egypte l'élite des voyageurs français ; savants, artistes, ingénieurs, archéologues faisaient meilleure figure que les marchands et soldats anglais ; surtout, c'étaient oiseaux de passage ; ils vous déchiffraient l'hiéroglyphe, dessinaient un barrage, révolutionnaient le coton, et adieu l'Egypte ! L'Anglais restait. Un demi-siècle d'assujettissement contemplait le peuple égyptien du haut de son ambassade, et cela semblait déjà une éternité.

La France était pour chacun une authentique passion ; pour tous, un alibi, au sens premier du terme. On avait le ventre au Caire et le cœur à Paris ; la digestion s'en trouvait heureuse. Rarement le pavillon de contrebande d'une nationalité, fût-elle culturelle, aura si agréablement recouvert l'obscène réalité économique et sociale.

Aussi garderont-ils un souvenir éperdument nostalgique de leur jeunesse égyptienne, y compris ceux qui passèrent une décennie au camp et demeurent aujourd'hui encore des militants révolutionnaires. L'Egypte de leurs jeunes années était le paradis terrestre puisqu'ils y savouraient le délicieux fruit colonial sans encourir le péché originel de colonialisme. Ils étaient avec innocence dans la beauté des choses et leur vie se levait comme une aube sur Le Caire, dans la poussière dorée de l'incomparable lumière sur le grand fleuve lisse, avec les sereines certitudes d'un avenir heureux.

Le premier drame d'Henri Curiel fut d'être privé de France.

*
**

Raoul et lui avaient d'abord été mis au petit collège tenu par les bonnes sœurs, puis étaient entrés en sixième chez les jésuites de Fagallah. Certains professeurs du lycée laïque affichaient des idées trop avancées pour Daniel Curiel, réactionnaire décidé ; Zéphira ne pouvait qu'approuver le choix d'une éducation religieuse.

La mère préférait l'aîné, Raoul, plus mystique. Le père, peu expansif, s'en tenait à quelques principes d'éducation et faisait confiance pour le reste. Son amour du piano, seule occasion de discorde conjugale, dégoûta à jamais les garçons de la musique. Il s'était mis en tête de la leur enseigner mais ne supportait pas la moindre fausse note. Raoul et Henri faisaient des gammes à longueur de journée dans une pièce lointaine pour ne pas écorcher les oreilles paternelles et un domestique, assurant la liaison, tenait Daniel informé des progrès de l'exercice.

La charité était vertu d'obligation. Daniel Curiel donnait des sommes considérables aux organismes de bienfaisance grâce auxquels subsistaient les juifs démunis du quartier de Haret el-Yahoud. Lorsque Raoul et Henri eurent quatorze et treize ans, il les emmena dans un orphelinat juif et leur présenta un gamin qu'il leur avait choisi pour filleul. Dix pour cent de leur argent de poche devait lui être consacré. Le malheureux gamin venait une fois par semaine dans la grande maison de Zamalek et passait une journée inconfortable en face des deux frères Curiel, tout aussi gênés que lui. Cela dura trois ans. (Mais Raoul conservera le pli et, toute sa vie, donnera dix pour cent de ses revenus à des œuvres de bienfaisance.)

Les études furent sans problème. Henri, très brillant, apprenait avec facilité. Il perdit naturellement la foi chez les jésuites, suscitant un vrai scandale avec cette interrogation navrante de potache :

« Vous nous parlez toujours de la Sainte Vierge, mais qui est allé vérifier ? » – tout cela ne tirait pas à conséquence : il était heureux à Fagallah. Plus tard, ses adversaires le taxeraient volontiers de jésuitisme, et même parmi ses fidèles, beaucoup s'irriteraient d'une certaine manière enveloppante et hypocrite très conforme à la caricature répandue de la Compagnie de Jésus. Lors de discussions importantes, sa technique favorite consistait à répondre en reprenant pour commencer la dernière phrase de l'interlocuteur, comme si ce dernier avait formulé une évidence incontestable. L'opposant venu avec la ferme volonté de casser le morceau se retrouvait au bout de quelques minutes verbalement échoué dans des sables mouvants. Henri Curiel avait du reste la franchise de son jésuitisme, si l'on ose dire, et saisissait les occasions les plus bizarres de rendre hommage à ses maîtres. Plus d'un responsable politique n'en crut pas ses oreilles. Peu avant sa mort, il voulut mettre à profit les loisirs forcés d'une assignation à résidence pour rédiger une sorte d'autobiographie politique. L'entreprise tourna court. Elle commençait par cet avertissement : « Je souhaite arriver à n'exprimer que la vérité, mais je sais – et je le dois avant tout à mes maîtres, les pères jésuites – combien celle-ci est facile à farder, combien il est facile de mentir en ne disant pourtant que des choses exactes. » Lorsque Raoul le verra pour la dernière fois, quinze jours avant sa mort, les deux frères évoqueront les jours anciens de Fagallah et concluront que s'ils avaient eu des fils à élever, ils les auraient à coup sûr mis chez les jésuites.

Comme Daniel Curiel l'avait bien vu, le collège ne risquait pas de semer dans les jeunes cervelles les graines de la subversion. L'éducation était classique et les disputes du siècle restaient à la porte. Lorsque Raoul Curiel, assommé de douleur par la déroute française de 1940, ira chercher réconfort auprès d'un de ses anciens maîtres de Fagallah, celui-ci, docteur en théologie et en philosophie, l'écoutera avec bienveillance et répondra d'une voix apaisante : « Mais non, l'armistice n'est pas un tel drame ! C'est la juste punition encourue par la France pour s'être alliée à une nation protestante. »

Des embarras financiers retardèrent le départ de Raoul pour Paris. Ses affaires ébranlées et son esprit inquiet redoutant toujours un raz de marée bolchevique sur le monde, Daniel Curiel fit commencer à son aîné une licence en droit à l'Ecole de droit française du Caire. Raoul s'y résigna pendant deux ans, puis, la situation s'étant rétablie, obtint de faire sa troisième année à Paris.

Mais le verdict paternel tomba sur Henri, définitif, foudroyant : il n'irait pas en France poursuivre ses études universitaires. Sa voie était tracée : une licence en droit au Caire et le travail à la banque.

Henri Curiel fut au désespoir. Le départ pour la France n'était pas l'un de ces rêves qu'on caresse avec la crainte de ne pas les réaliser. C'était le sort commun. De ses oncle et tantes paternels, seule Linda, épouse du richissime Maurice Aghion, était restée en Egypte. Evelyne avait épousé à Paris le très savant Charles Braibant, qui finirait directeur des Archives nationales de France. La tante Léonie s'était elle aussi mariée à Paris avec un Weil et son frère Max y menait une vie de bâton de chaise après s'être brillamment battu dans l'armée française ; il courait la gueuse, buvait sec et s'adonnait à la drogue ; on disait à Raoul et Henri : « Continue comme cela et tu finiras comme l'oncle Max ! » (Il avait été l'amant de Mata-Hari mais cette liaison était restée confidentielle et ne serait donc pas retenue par les détracteurs d'Henri Curiel pour être inscrite à son passif.) Du côté maternel, la tante Angèle, très jolie sœur de Zéphira, mais très peu sage, travaillait dans une grande maison de couture parisienne. Cousins, cousines, amis ou camarades de collège : tous partaient à un moment ou à un autre pour la patrie d'élection. Même Raoul, son aîné d'un an, moins brillant aux études parce que plus paresseux (il allait vivement se rattraper), s'était tiré des flûtes après avoir piaffé pendant deux ans. Il n'y aurait donc que lui, Henri, pour rester à quai...

Le pire était de devoir entrer dans la banque paternelle. Il n'avait jamais envisagé pareil cauchemar : quitter la passerelle, où l'œil ne rencontrait qu'élégance et beauté, pour descendre dans l'entrepont au milieu des rameurs en galabieh crasseuse qui faisaient avancer la galère ; sortir de Proust, sa passion, pour entrer dans la routine hideuse des prêts plus ou moins usuraires, avec les menaces et les supplications des débiteurs aux abois...

Le père était aveugle. Henri resta.

LA revendication de l'assassinat par un groupe Delta rencontra l'incrédulité générale. La campagne de presse lancée deux ans plus tôt avait accusé Henri Curiel d'être « le patron des réseaux d'aide au terrorisme ». C'était le placer au cœur d'une actualité lancinante. Avec Delta, on replongeait dans les péripéties révolues de la guerre d'Algérie. Les groupes Delta, émanation de l'OAS, avaient été créés et commandés par le lieutenant Degueldre. Leur nom venait de la lettre grecque en forme de triangle, figure reine de toute clandestinité : comme la troïka bolchevique, chaque groupe Delta était composé de trois hommes dont un seul avait le contact avec l'échelon supérieur. Durant de longs mois, les tueurs de Degueldre avaient semé la mort dans les villes d'Algérie, abattant indifféremment partisans de la politique gaulliste et femmes de ménage musulmanes, puis le chef avait été pris, condamné à mort et passé par les armes tandis que des équipes de policiers républicains venus de métropole réduisaient peu à peu ses séides. Les rescapés avaient fui en Espagne ou en France à la veille de l'indépendance algérienne. Tout cela remontait à plus de quinze ans.

Le communiqué téléphoné à l'AFP par une voix anonyme rassemblait plusieurs imputations. Henri Curiel y était traité d' « agent du KGB » : ses détracteurs journalistes avaient insinué qu'il travaillait pour les services soviétiques. « Militant de la cause arabe » pouvait se référer à son action passée en faveur des patriotes algériens ou à ses efforts pour faire aboutir un règlement du conflit israélo-palestinien. En revanche, la phrase : « Il a été exécuté en souvenir de tous nos morts » sonnait OAS et devait émaner d'une organisation ou d'un groupe profondément impliqué dans la guerre d'Algérie : aucun conflit civil n'avait entraîné mort d'homme en France depuis 1962 dans des conditions justifiant pareil vocabulaire.

La rapidité de la revendication lui conférait du sérieux. L'appel téléphonique à l'AFP se situait exactement une heure après les quatre coups de feu des tueurs. Certes les radios avaient diffusé dans l'intervalle, en flash spécial, l'annonce de l'attentat contre Henri Curiel, mais on imaginait mal qu'un plaisantin fanatique eût improvisé un communiqué dont les termes étaient à l'évidence pesés. Enfin, le groupe Delta restait le seul à s'être manifesté.

La sinistre signature n'en était d'ailleurs pas à sa première apparition. Compulsant leur documentation, les journalistes datèrent au 2 décembre 1977 son retour dans l'actualité. Ce jour-là, à Paris, six balles avaient tué Laïd Sebaï, gardien de nuit de l'Amicale des Algériens en Europe, 23, rue Louis-le-Grand. Trois heures et demie plus tard, un homme téléphonait au bureau parisien de l'AFP pour revendiquer l'attentat au nom de l'organisation Delta. Le lendemain, un correspondant anonyme téléphonait à l'antenne lyonnaise de l'AFP, toujours au nom de l'organisation Delta, mais en précisant « section Progrès et Révolution ». Des actions ultérieures étaient annoncées, notamment à Lyon. C'était la première fois qu'on reparlait de Delta depuis la fin de la guerre d'Algérie.

Neuf jours plus tard, le 11 décembre 1977, trois cocktails Molotov avaient été lancés contre un foyer de travailleurs immigrés à Strasbourg, occasionnant des dégâts matériels. Un appel téléphonique à Police-Secours avait revendiqué l'action au nom de Delta.

Le 14 décembre, attentat analogue contre un foyer d'immigrés à La Garde, dans le Var. Le journal *Var-République* est bénéficiaire de la revendication téléphonique de Delta.

Le 26 décembre, un engin de fabrication artisanale explose devant la Maison des syndicats de Cambrai. Les dégâts sont minimes. Le journal communiste *Liberté* reçoit le communiqué de Delta.

Le 15 mars 1978, deux bouteilles de camping-gaz explosent au siège toulonnais de l'Amicale des Algériens en France. Delta en prend la responsabilité auprès de *Var-Matin.*

Le 24 mars 1978, Delta revendique un nouvel attentat à La Garde. Cette fois, l'explosif a été placé devant une permanence du parti communiste.

Processus classique de mimétisme débile : à partir d'un attentat meurtrier ressuscitant Delta, quelques fanatiques racistes d'extrême droite allument des pétards en se réclamant du mythe réprouvé. Un suspect est interpellé à Strasbourg puis relâché. Un jeune homme et un lycéen, appréhendés à La Garde, sont également remis en liberté sans suite judiciaire.

Laïd Sebaï était mort, comme Curiel. Mais quel rapport entre cet obscur gardien de nuit et une personnalité de l'envergure d'Henri Curiel ? Les amis de ce dernier, comme l'immense majorité des observateurs, estimèrent que les assassins avaient exhumé la vieille défroque sanglante de l'OAS pour en recouvrir leurs véritables mobiles.

Le 12 mai 1978, huit jours après la mort d'Henri Curiel, le professeur Ceccaldi, chef de service à l'Identité judiciaire de Paris, directeur du laboratoire de police scientifique, signait son rapport d'expertise sur les projectiles tirés par les assassins de la rue Rollin. Il concluait : « Les douilles et balles ont été percutées et tirées dans un pistolet de calibre .45 ACP déjà utilisé le 2 décembre 1977 lors du meurtre de Laïd Sebaï. »

***

Sa veille de nuit terminée, Laïd Sebaï, père de sept enfants, était sorti prendre un café avec deux autres membres de l'Amicale. De retour entre 9 h 35 et 9 h 38 au siège de l'organisation, rue Louis-le-Grand, il prenait l'ascenseur au fond de la cour lorsque des tueurs surgis dans son dos avaient ouvert le feu. Laïd Sebaï s'écroula, atteint de six balles. Cinq projectiles avaient été tirés par une arme de calibre 7,65 ; le sixième par le pistolet .45 ACP qui devait servir cinq mois plus tard contre Curiel.

Les policiers récupérèrent sur les lieux sept douilles et cinq balles de 11,43. Tirant sept fois, le tueur au .45 n'avait logé qu'une seule balle dans sa cible humaine ; rue Rollin, à bout portant, l'homme au .45 serait plus précis. Son complice avait fait mouche cinq fois sur cinq.

Deux témoins croyaient avoir vu les tueurs.

Le premier, capitaine de l'armée de l'air, était ce matin-là à une fenêtre de l'école Berlitz. Entre 9 h 27 et 9 h 28, selon son estimation, il vit sortir du 23, rue Louis-le-Grand un homme jeune dont la main droite était enfouie dans son blouson. Il marchait vite. L'officier lui donnait vingt-cinq ans. Sa taille était d'un mètre soixante-quinze. Il avait les cheveux châtain clair. Son blouson bleu comportait un col de fourrure d'un bleu plus foncé et son pantalon était gris. Il avait une allure sportive.

Le second témoin était le marchand de journaux du kiosque situé à l'angle de la rue Louis-le-Grand et du boulevard des Capucines. Il avait remarqué un homme arrivant d'un pas très rapide de la rue

Louis-le-Grand. Il était grand – un mètre quatre-vingts – et pouvait avoir trente ans. Il avait les cheveux longs. Le seul détail vestimentaire remarqué par le témoin était un pull beige. Lors d'une seconde audition, il précisait qu'il n'avait vu l'homme que de dos, situait sa taille entre un mètre soixante-quinze et un mètre quatre-vingts, et indiquait que son vêtement était « une chemise couleur beige, genre tenue d'été de l'armée ».

A 13 h 07, l'AFP recevait une communication téléphonique : « Nous revendiquons l'exécution des responsables des Amicales des Algériens en Europe. C'est une première sommation en réponse à l'assassinat de certains otages par les mercenaires d'Alger. Vengeance pour les époux Fichet. Nous exigeons la libération de tous nos compatriotes avant dimanche treize heures. Passé ce délai, la situation des Algériens en France deviendra intenable. »

Sept mois plus tôt, le 1er mai 1977, les forces du Front Polisario avaient lancé un raid sur la ville mauritanienne de Zouérate, où étaient installés avec leurs familles des cadres ou ingénieurs français de la société exploitant le minerai de fer. Les époux Fichet avaient été tués au cours de l'attaque. Six Français avaient été capturés par les Sahariens du Polisario. Le coup de main terminé, leurs ravisseurs les avaient emmenés vers une destination inconnue mais qu'on pouvait situer sans grand risque d'erreur en Algérie puisque ce pays, protecteur du Front Polisario, lui servait de base arrière – de là l'expression « mercenaires d'Alger » pour désigner les combattants sahariens. Le 25 octobre, deux cheminots français avaient été à leur tour enlevés en Mauritanie. L'affaire suscitait en France une légitime émotion et une partie de la presse avait attaqué le gouvernement algérien avec violence, lui imputant la responsabilité première de l'opération.

Laïd Sebaï ne pouvait être considéré comme un responsable de l'Amicale des Algériens en Europe mais l'audition de son président, Abdelkrim Gheraieb, révéla que le malheureux gardien de nuit avait été victime d'une méprise. L'Amicale avait été plastiquée en 1975. Depuis cette date, M. Gheraieb ne cessait de recevoir lettres et coups de téléphone de menace. L'ambassade d'Algérie était intervenue auprès des autorités françaises pour qu'il bénéficiât d'une protection. Elle lui avait été refusée en raison de l'insuffisance des effectifs de police. M. Gheraieb avait donc pris quelques mesures de sécurité. Son chauffeur-garde du corps descendait avec lui de voiture à leur arrivée devant l'immeuble, le matin à 9 h 30, et un membre de l'Amicale l'attendait devant la porte, de sorte que le président allait prendre son ascenseur encadré par deux personnes. Vu de dos, il avait la même silhouette que Laïd Sebaï.

Les tueurs, voyant entrer dans l'immeuble un trio d'Algériens à l'heure exacte où M. Gheraieb et ses gardes y pénétraient d'habitude, avaient ouvert le feu sur un homme qui était pour eux le président de l'Amicale.

La description des présumés tueurs correspond à celle des assassins de la rue Rollin sans qu'on puisse conclure à une identité certaine. Ils sont grands, plutôt jeunes, d'allure sportive. Rares sont les sexagénaires ventripotents tirant dans la rue au Colt 45.

Le communiqué revendiquant le meurtre d'Henri Curiel se concluait par la phrase : « Lors de notre dernière opération, nous avions averti. » Cette conclusion sibylline faisait-elle référence au message Delta concernant Sebaï ? Il exigeait la libération des « otages » du Polisario : ceux-ci, libérés sains et saufs six mois plus tôt, avaient unanimement déclaré que leurs ravisseurs les avaient bien traités.

Mais la même haine des Arabes, spécialement des Algériens, le même cadre – un ascenseur –, et surtout la même arme.

Pas de micros.

IL a vingt ans et il est déjà au bout du rouleau. Un dandy las qui ne sait plus quoi faire de sa vie bousillée.

Là-bas, à Paris, son frère Raoul assouvit une boulimie de culture. Il termine sa licence en droit, fait Sciences po, obtient une licence de philosophie, se passionne pour la linguistique et s'inscrit à l'Institut de civilisation indienne, à la Sorbonne, afin d'étudier le sanskrit, ce qui le mène de fil en aiguille aux langues iraniennes, slaves, germaniques. Tout l'intéresse. Nul souci trivial de l'avenir pour endiguer ou canaliser ces coups de foudre culturels : « Il ne me serait pas venu à l'idée que je dusse un jour gagner ma vie. » (Cinquante ans plus tard, je retrouverai Raoul Curiel dans un petit logement du quartier Beaubourg, au fond d'une rue bordée de bouis-bouis arabes où rissolent les merguez, mais l'implacable restauration asiatique était à l'offensive, de sorte que se mélangeaient aux fenêtres de Raoul les âcres odeurs de sa jeunesse cairote et les senteurs plus sucrées de ses années afghanes et pakistanaises. Le mobilier était modeste mais d'un goût parfait. Un perroquet jaune et vert piétait deçà delà. Bel homme au cœur fragile mais nimbé de sérénité – « J'ai eu une vie profondément heureuse et j'attends la mort sans angoisse » –, Raoul Curiel, à la retraite depuis trois ans, continuait de se rendre bénévolement, pour le plaisir, à son bureau de la Bibliothèque nationale, où il s'occupait des collections de médailles orientales. Il consacrait aussi cinq heures par jour à l'étude de la biochimie.)

Henri s'étiole dans sa serre chaude de Zamalek.

Il avait été un beau garçonnet coiffé « aux enfants d'Edouard », le visage ovale, une très jolie bouche, le regard sérieux et pensif, vêtu comme un jeune grand bourgeois de Neuilly ou de Passy. L'adolescent s'allonge démesurément, n'épaissit guère, attrape une voussure qu'il gardera toute sa vie, chausse des lunettes, promène un air maussade qu'abolit tout à coup un sourire rayonnant. Le sourire d'Henri Curiel. Il le conservera, lui aussi, toute sa vie. Les uns diront : « Il souriait et l'on se sentait fondre. Un sourire où passait sa générosité, son infinie gentillesse. C'était irrésistible. » Les autres diront, qui l'aimaient aussi : « Il avait ce sourire exaspérant, racoleur, qu'il vous balançait en pleine figure quand vous n'étiez pas d'accord avec lui. C'était son côté curé, cœur sur la main mais la tête froide, on sentait trop qu'il vous faisait le coup du charme. » Les exaspérés sont presque tous des hommes ; les femmes fondent. Il a partie liée avec elles. Cela commence dès ses seize ans. Raoul, moins sensible aux attraits du sexe opposé, s'irrite de voir son cadet monopoliser le téléphone pour papoter pendant des heures avec une foule de demoiselles qu'il balade sur les itinéraires bis de la carte du Tendre. Zéphira, la mère, se rongeait les sangs, hantée par le funeste précédent de Max le débauché. Le père, bonhomme, levait le doigt et grommelait : « Aimez-les toutes mais n'en aimez aucune. » Il craignait le fil à la patte. C'était un écheveau que trimbalait Henri. Avec cela, aussi peu rodomont que possible, le contraire d'un hussard. Il aimait séduire et être conquis. On devait presque toujours le violer un petit peu. Comme il résista quelquefois, la rumeur s'enfla vite et le poursuit jusque dans la tombe : « Henri Curiel ? Mais il était impuissant, voyons ! » Les hommes posent l'évidence tranquillement, sans en faire une histoire, et leurs femmes vous regardent avec des yeux bavards. Il les aimait toutes. Il y avait entre elles et lui un pacte de non-belligérance alors qu'il était sur le qui-vive avec les hommes – les jeunes gens exceptés. Certes, il eut des amitiés masculines, et d'une qualité rare. Elles se forgeaient au feu de l'action, devenaient comme inéluctables, mais la première rencontre laissait souvent l'autre sur une déception. Avec les femmes, l'entente était immédiate, totale, définitive, et la connivence des cœurs survivait toujours à la gymnastique des corps.

Le travail à la banque avait confirmé ses pires craintes : sordide et ennuyeux. Il faisait le strict nécessaire. Le meilleur de son temps était consacré à la lecture et aux filles. Comme il aimait passionnément la *Recherche du temps perdu,* quelques demoiselles qui n'en demandaient pas tant se virent astreintes à des travaux pratiques proustiens sur l'absence, la jalousie, les intermittences de la passion, selon des scénarios mis en scène par Henri. On le trouvait merveilleusement compliqué, exquisement morbide ; son martyre bancaire touchait les cœurs et l'on s'émouvait de sa fragilité : gavé de remontants et de somnifères, il semblait toujours au bord de la brisure. Sa plus belle amoureuse le surnomme « le lilas foudroyé ». Il a vingt ans.

Trois ans plus tard, un accident de santé – une pleurésie – lui valut sa levée d'écrou. La tuberculose menaçait. Ses parents l'envoyèrent respirer l'air de la Savoie ; il séjourna aussi dans la belle propriété que sa tante Weil-Curiel possédait dans l'Oise. Les médecins avaient prescrit un an de repos. Le plus important était que Daniel, sans doute conscient de faire le malheur de son fils cadet en le rivant prématurément à la banque, lui avait donné permission de s'installer à Paris au terme de sa convalescence pour y reprendre des études universitaires.

Un an passa et ce fut Munich – septembre 1938. Raoul et Henri reçurent de leur père l'ordre de rentrer au Caire pour s'y mettre à l'abri. Mais la tempête qui levait en Europe allait souffler jusque sur l'île de Zamalek.

*
**

Raoul n'avait pas remis les pieds en Egypte depuis 1933 ; les retrouvailles familiales se faisaient à Paris lors du pèlerinage annuel des Curiel. Il avait vingt-cinq ans et n'envisageait pas d'autre avenir que la poursuite de ses chères études. La décision paternelle de le faire entrer à la banque avec Henri devait d'autant plus l'accabler qu'il avait beaucoup évolué depuis son arrivée en France. En classe de troisième, à quinze ans, il s'était inscrit à l'Association des amis de l'URSS. C'était poser un acte non conformiste. Il avait beaucoup lu sur le marxisme, mais il lisait sur tout. A Paris, il s'engage pour de bon. Son arrivée coïncide avec la prise de pouvoir par Hitler. L'année suivante, les ligues d'extrême droite françaises échouent de justesse le 6 février. Puis c'est le Front populaire, la guerre d'Espagne, l'Anschluss. Raoul Curiel choisit son camp et devient membre des Etudiants socialistes. Il se rapproche des communistes après la décision de Léon Blum de ne pas intervenir aux côtés des républicains espagnols. Son cousin Raymond Aghion, de sept ans plus jeune que lui, est venu faire ses études de médecine à Paris : il s'engage sur le même chemin politique, admire Trotski et milite dans le groupe socialiste gauchisant de Marceau Pivert, où il côtoie André Weil-Curiel, autre cousin.

De retour au bercail, ils le trouvèrent changé. La bourgeoisie juive s'inquiétait pour la France, bordée sur trois frontières par des pays totalitaires. Surtout, la montée en puissance de Hitler et les premières persécutions raciales concernaient chaque juif, fût-il banquier cairote et propriétaire à Zamalek. Le fascisme frappait enfin à la porte de l'Egypte puisque Mussolini était en Libye et s'emparait de l'Ethiopie.

Raoul Curiel et Raymond Aghion avaient suivi à Paris l'intense mobilisation des intellectuels antifascistes. Ils décidèrent de lancer au Caire un hebdomadaire de la même veine que *Vendredi* ou *Marianne*. Le poète surréaliste Georges Henein, ami d'André Breton, se joint à eux, ainsi que les peintres Ramses Younane, Kamel el-Telmisany et quelques autres égyptiens européanisés. Ils choisissent pour titre *Don Quichotte*, en hommage à Gabriel Alomar, ancien ambassadeur de l'Espagne républicaine au Caire, personnage extraordinaire alliant une culture rare à une générosité sans bornes (on l'enterrera en grande pompe, son cercueil recouvert du drapeau républicain dont il s'était ceint en quittant l'ambassade). Henri Curiel entre au comité de rédaction. Un grand bal de lancement est donné dans les caves de l'avocat du roi Farouk, Me Allony, dont la fille Lydia, l'une des confidentes d'Henri, est également du comité de rédaction. Beau succès mais assombri par une déception financière : Raoul Curiel avait été chargé de tenir le bar, dont les recettes devaient servir au financement du journal. A l'aube, la caisse était vide. Raoul, qui aurait un rapport à l'argent toujours difficile, n'avait pu se résoudre à faire payer les consommations.

Don Quichotte, dont l'existence sera courte – six mois –, se présente au lecteur comme un « hebdomadaire dirigé par des jeunes ». De fait, l'importante rubrique de politique internationale est tenue par Raymond Aghion, dix-neuf ans. (Relus à près d'un demi-siècle de distance, les éditoriaux du gamin tiennent admirablement le coup. Ses analyses allaient à l'essentiel et ses prévisions ont été vérifiées par l'événement...) Georges Henein, auréolé de ses amitiés surréalistes, règne sur les pages littéraires, dont la qualité est évidente. En novembre 1939, les quatre livres conseillés au lecteur sont : *Au château d'Argol* de Julien Gracq, *Les Javanais* de Jean Malaquais, *Le Mur* de Jean-Paul Sartre, *S'il est minuit dans le siècle* de Victor Serge. Ce n'était pas mal jugé. Bien sûr, on peut estimer après coup que les jeunes don Quichotte cairotes se trompaient parfois de moulins à vent. Lorsque Georges Henein donne un article d'une violence inouïe intitulé « A propos de quelques salauds », avec pour conclusion une citation de René Char : « Je ne plaisante pas avec les porcs » (il s'ensuivra une vaste polémique dans les colonnes du journal), on est surpris de découvrir que les salauds-porcs sont La Fontaine, La Bruyère « et leurs semblables ». Mais « l'hebdomadaire dirigé par des jeunes » ne se cantonne pas dans le règlement de compte littéraire. Si la politique intérieure égyptienne est évoquée avec une prudence respectueuse, l'approche humanitaire permet de traiter quelques problèmes de société. Ainsi l'équipe s'associe-t- elle à la campagne lancée par le père Ayrout, jésuite de choc, géant barbu qui sillonne les campagnes en installant partout où il le peut maîtres d'école et infirmières (il a recruté Lydia Allony dès ses quinze ans, au grand dam de ses parents, et l'entraîne aux vacances dans ses expéditions en Haute-Egypte ; ils voyagent à dos d'âne, couchent sur une paillasse dans les masures paysannes ; Lydia est chargée de photographier la misère du peuple pour que l'exposition annuelle de ses clichés, au Caire, remue les cœurs et draine les fonds nécessaires). Thème de la campagne : « Cinq piastres par jour, minimum vital du paysan égyptien pour le distinguer des animaux domestiques au milieu desquels il vit. » Un homme se louait alors trois piastres et demie ; un âne, quatre piastres.

Un seul article d'Henri Curiel dans les numéros qui nous sont parvenus. Il est bref, plat, prémonitoire. Du « lilas foudroyé », on attendait quelque exercice alambiqué de critique littéraire ou l'un de ces poèmes qu'il récitait au téléphone à ses belles amies. L'article commence par une citation insolite de deux journaux du Caire, *La Caravane* et *La Bourse égyptienne*, dont les lecteurs de *Don Quichotte* ne font pas leurs choux gras. *La Caravane* déclare passible de « mise sous conseil judiciaire » une société qui paie trop généreusement ses employés. *La Bourse égyptienne* revendique pour les industriels le droit de s'organiser mais le dénie aux ouvriers, dont les revendications mettraient en danger l'économie égyptienne. Henri Curiel écrit : « Ce qui manque à l'Egypte pour que son industrie progresse plus rapidement, ce n'est ni capitaux, ni matières premières, ni initiatives privées, c'est une main-d'œuvre qualifiée. Or, tant que le métier d'ouvrier restera un enfer, ceux qui sont obligés de le faire resteront ce qu'ils sont. Mais donnez-leur un salaire décent qui améliorera leur condition, des loisirs qui leur permettront de se délasser et de s'instruire, un logement où ils seront à l'abri de la vermine et de la contagion : alors, l'industrie aura à sa disposition des mains habiles et robustes qui accroîtront à la fois son rendement et ses débouchés. » La conclusion est évidemment faite pour les lecteurs de *Don Quichotte,* qu'aurait pu choquer ce traitement pragmatique d'une réalité déplaisante : « Que la façon calme dont j'écris ne fasse pas supposer que mon indignation est moins grande que celle de tous les honnêtes gens. » Il n'empêche : le futur Henri Curiel est déjà dans cet articulet, avec sa faculté d'aller à l'essentiel – en l'espèce, aux rapports de production – et sa capacité dialectique à se placer sur le terrain de l'adversaire – ici, la prospérité de l'économie égyptienne – pour démontrer que les moyens préconisés vont à la traverse de la fin officiellement poursuivie.

Un seul article, et qui n'est même pas dans le ton

du journal. Au vrai, Henri Curiel se lasse vite de *Don Quichotte.* Le naturisme l'intéresse autant que la politique. Il prône la maîtrise du corps, devient végétarien forcené, pratique la natation et le tennis, s'épuise en longues marches à travers le désert. Il s'affuble d'un short et d'une chemisette, va pieds nus dans des spartiates ; tenue ridicule à l'époque, surtout dans son milieu, et qui frôle le grotesque sur cet échalas squelettique (cinquante kilos pour un mètre quatre-vingt-deux) : on dirait d'un épouvantail. Naturisme n'est pas ascétisme. Zéphira voit avec affliction son cadet s'engager sur le chemin infernal où l'a précédé l'oncle Max. Henri est flanqué d'un compagnon de débauche d'origine grecque, Georges Joannidès, qui a fait des études de chirurgie dentaire à Paris mais a préféré, de retour au Caire, reprendre le cabaret *le Tabarin,* tenu par sa mère, où prospèrent entraîneuses et prostituées. Henri tombe amoureux d'une Roumaine, Lydia, ancienne reine de beauté de son pays, danseuse au *Kit-Kat Club,* qu'il entretient pendant deux ans. Il court les bordels du Caire et va jusqu'à louer une maison close pour y installer la rédaction de *Don Quichotte* (la mère de Lydia Allony, épouvantée, vient l'en arracher à grand fracas et lui interdit d'y remettre les pieds). Les amis d'Henri sont invités à l'accompagner dans ses virées bordelières au prétexte que les putains sont pour les bourgeois le meilleur raccourci vers la prise de conscience politique. Parallèlement, il prêche les filles pendant des heures et les exhorte à sortir de leur condition d'outils sexuels. Dostoïevsky a supplanté Proust. Mais Lydia, la Roumaine, convaincue, renoncera en effet à la prostitution, quittera l'Egypte pour la France, travaillera plus tard au quartier général du SHAPE à Fontainebleau (les détracteurs d'Henri Curiel ignoreront ce détail et ne le retiendront pas comme un indice de son appartenance au KGB soviétique) puis finira téléphoniste dans un grand hôtel parisien. Henri Curiel continuera de la voir jusqu'à son assassinat.

C'est alors qu'il rencontre Rosette Aladjem.

Petite, brune, l'œil noir et vif, une allure très comme il faut avec un je-ne-sais-quoi d'opiniâtre dans l'expression, elle avait roulé sa bosse plus que lui. Jusqu'à l'adolescence, études au lycée français et séjours estivaux à La Bourboule et à La Baule, où elle s'ennuyait à mourir. Baccalauréat à Paris, puis un an à Londres, dans une pension de famille pour jeunes gens fortunés, afin de perfectionner son anglais. Retour au Caire et licence de lettres à l'Université américaine. Elle tombe malade. Les médecins décèlent une « anorexie par excès de sport ». Huit mois d'hôpital et diagnostic de tuberculose. Ses parents l'envoient en Suisse. A son retour, elle s'inscrit dans une petite école d'infirmières.

Elle avait mauvaise conscience. Les seuls Egyptiens qu'elle connût étaient les domestiques de ses parents, et elle jugeait qu'on les traitait rudement. Sa mère était pourtant une bonne personne mais elle en usait avec la domesticité selon les normes en vigueur dans son milieu. Rosette protestait en vain et s'enfermait dans sa chambre pour pleurer. Le métier d'infirmière lui permettrait de se pencher sur la misère égyptienne. Après un an d'études, elle prit un emploi bénévole à l'hôpital Papayohanou. Elle aperçut pour la première fois Henri à un thé que donnait une amie : « J'ai vu un grand jeune homme si maigre que je me suis dit : « Le pauvre, comme il a l'air malade. » Il ne m'a pas adressé la parole. Il ne parlait d'ailleurs à personne et on sentait qu'il s'ennuyait beaucoup. J'ai trouvé cela peu sympathique. Je n'envisageais pas de le revoir mais mon amie s'intéressait beaucoup à lui et elle m'a téléphoné pour me demander d'organiser un rendez-vous. Nous nous sommes donc revus tous les trois à mon club de bridge et de ping-pong ; c'était bien sûr un club européen dont les rares membres égyptiens appartenaient à la grande bourgeoisie. Mon amie a été déçue car Henri n'a manifesté aucun intérêt pour elle. Nous nous sommes revus, lui et moi, toujours au club. A cette époque, il lisait énormément sur le marxisme. C'était son frère Raoul qui l'avait amené à se passionner pour l'étude du marxisme. Raoul était alors beaucoup plus politisé que lui. Et puis, très vite, il est tombé malade. Un état pré-tuberculeux. Il vivait en dépit du bon sens, s'épuisant en exercices physiques et sortant toutes les nuits avec son ami grec. Les médecins ont prescrit des injections de calcium. Il avait horreur des piqûres. J'ai réussi à le convaincre de venir me voir chaque jour à l'hôpital pour que je lui fasse sa piqûre. Cet hôpital, c'était terrible. On voyait ce qu'était la misère des gens. J'en avais été bouleversée. Nous avons décidé d'aller soigner les paysans travaillant sur la terre des Curiel, une grande propriété d'une centaine d'hectares à cinquante kilomètres du Caire. Cent hectares dans le delta du Nil, c'est énorme. Beaucoup de familles vivaient sur deux ou trois ares. Nous partions donc en voiture avec des litres de collyre et des caisses de remèdes. Le diagnostic était aisé : trachome ou bilharziose. Presque tout le monde souffrait des yeux et nous distribuions le collyre. La bilharziose aussi faisait des ravages. C'est une maladie transmise par un parasite proliférant dans les canaux d'irrigation : autant dire qu'un paysan ne pouvait pas y échapper. Nous avons ainsi passé des journées et des journées à soigner les gens. Ils nous témoignaient beaucoup de gratitude mais je les sentais gênés envers Henri. Il restait quand même le fils du patron. Et son père, Daniel Curiel, était furieux contre lui. Il était capable d'une grande bonté, donnait généreusement aux œuvres de bienfaisance juives, mais les fellahs égyptiens, c'était autre chose. Dans son milieu, il n'était pas bien vu de s'occuper d'eux. Cela ne venait même pas à l'esprit. Le père d'Henri trouvait de très mauvais goût nos visites à la propriété.

« Elles ont duré quelques mois, et puis Henri a décidé d'arrêter. Nous étions écrasés par le contraste entre la misère rencontrée et les pauvres remèdes que nous apportions. Ce n'était pas la bonne méthode. Il fallait changer les choses de fond en comble et non pas se contenter d'apporter du collyre. Il a décidé de s'engager dans l'action politique, seule façon d'être vraiment efficace. Mais il n'a jamais oublié ce que nous avions découvert dans les masures des fellahs. Le choc qu'il a éprouvé en découvrant la misère égyptienne, je peux dire qu'il ne s'en est jamais remis. »

***

Le choc.

Ce qui suit devrait être imprimé en rouge.

Rouge sang.

Rouge feu.

Ayrout était le fils d'un riche entrepreneur de travaux publics du Caire. Un jour – il a quinze ans –, il voit, sur un chantier de son père, un contremaître tuer à coups de gourdin un enfant qui ne travaillait pas assez vite. Il s'enfuit d'Egypte le jour même, va chez les jésuites de Beyrouth, entre dans les ordres, revient quinze ans plus tard pour se consacrer au fellah.

Marcel Israël, futur camarade de lutte d'Henri Curiel : « Mon père possédait une usine d'égrenage de coton. Des revers financiers l'ont obligé à la vendre mais il y est resté comme cadre supérieur. Les ouvriers étaient pour la plupart des fils de paysans âgés de sept à treize ans. Ils travaillaient au minimum seize heures par jour. Cela se passait dans les années trente. Lorsque je suis allé à l'usine, j'ai vu les contremaîtres, armés de fouets, circuler entre les machines et frapper les enfants pour les faire travailler plus vite. Ces contremaîtres, d'origine européenne, portaient des masques pour se protéger de la poussière suffocante. Les enfants n'en avaient pas. Quand j'ai demandé pourquoi, on m'a répondu : « Ce sont des Arabes. » Les enfants, venus de la campagne, étaient logés dans des chambres où ils s'entassaient à cinquante ou soixante. Un tiers devenait phtisique et mourait dans l'année. C'est à partir de cette usine, à cause d'elle, que je suis allé au communisme. »

Raymond Aghion : « Une fois qu'on avait ouvert l'œil sur l'invraisemblable, l'innommable misère des gens, il n'y avait que deux attitudes possibles : ou bien accepter le système, les affaires, l'argent ; ou bien devenir révolutionnaire. » Bachelier à dix-sept ans, il part faire ses études de médecine à Paris avec l'intention de s'établir, au retour, dans quelque village pour soigner les fellahs. Son frère Jean reste à Alexandrie et crée une usine de verre où André Weil-Curiel découvrira, en 1945, des enfants de huit ans soufflant dans la pâte à verre.

Pour Didar Rossano, l'horreur se dévoile dans une rue familière. Elle est passée maintes fois devant la loque humaine affalée dans le couloir d'entrée d'un immeuble et ne saura jamais pourquoi, certain jour, elle s'en est approchée. La chaleur humide affole les mouches. Elles grouillent sur l'homme avachi, dans ses orbites, et surtout sur ses jambes : « Il avait ses jambes étendues devant lui, comme posées. Je les voyais enflées, tuméfiées, violâtres, pourries par endroits. » Les mouches pullulent dans les plaies. Didar se sent proche de la syncope. « Devant un tel spectacle, il n'y a pas place pour la pitié. Ou bien l'angoisse vous porte à fuir l'enfer et à insulter l'homme, ou bien la révolte vous conduit à décider que rien n'est plus important que de renverser le système qui aboutit à une telle dégradation humaine. » Didar prend le second parti. Elle ne variera pas.

Joseph Hazan : « J'ai fait l'Ecole d'agronomie de Grignon. A mon retour, je suis entré au Crédit foncier. Je gagnais cent livres par mois ; mes collègues égyptiens, dix livres. Bon, ils n'avaient fait que l'Ecole égyptienne, ce n'était pas Grignon. Mais ma cousine, vendeuse dans un magasin, touchait seize livres ; ses collègues égyptiennes, pour le même travail, quatre livres. Puis j'ai été nommé directeur technique général d'une propriété de la famille Agnelli – les usines Fiat. Deux mille hectares au Fayoum, c'est-à-dire dans la partie la plus fertile de l'Egypte. J'avais vingt et un ans.

« Le premier jour, j'ai vu une petite foule de deux cents personnes encadrées par des gardes armés de fusils Lebel du dernier modèle. J'ai demandé au surveillant-chef : « Mais qui sont ces gens ? Qu'attendent-ils ? » Il m'a répondu : « Ici, on embauche à la journée. Combien en voulez-vous ? » Mon plan de travail prévoyait trente ouvriers agricoles. Il est allé le long de la queue en tapant avec son bâton sur l'épaule de ceux qu'il choisissait : « Toi, tu restes. » Les autres sont repartis, désespérés. J'avais l'impression de les avoir condamnés. Un ouvrier travaillait en moyenne deux ou trois jours par semaine et, au Fayoum, il était payé deux piastres et demie. Il faut cent piastres pour faire une livre. Un âne se louait plus cher qu'un homme. J'étais atterré. J'essayais bien de gonfler mes plans de travail mais il y avait toujours des candidats qui restaient sur le carreau. J'ai même fait cultiver le désert en dehors des limites de la propriété Agnelli pour donner un peu plus d'ouvrage ! On a planté comme ça des oliviers qui ne devaient rien à personne... Une fois, je me souviens, on m'a annoncé qu'un taureau attelé à une charrue s'était brisé les vertèbres : le socle s'était bloqué sur une pierre. J'ai ordonné de l'égorger et de distribuer sa viande aux ouvriers. Je croyais bien faire. Mais non. On a amputé leur salaire du prix de la viande. Les femmes hurlaient de désespoir. C'était comme ça pour tout. On les payait avec du blé avarié, charançonné. Le scribe les volait sans qu'ils osent protester. Comme la nourriture se limitait au pain et au sel, ils se faisaient parfois tuer à coups de fusil par les gardiens en essayant de voler des oignons. Ils avaient un besoin physiologique des vitamines contenues dans l'oignon. Une famille de fellah mangeait de la viande en moyenne quatre fois par an. Ils ne mouraient pas de faim parce que la solidarité entre eux était extraordinaire mais les épidémies faisaient des ravages. J'ai vu la malaria emporter des villages entiers. 95 % des paysans étaient atteints de bilharziose. Quant aux maladies des yeux, c'était épouvantable. L'Egypte détenait le rccord mondial du nombre d'aveugles – son seul record. La longévité moyenne était de vingt-sept ans, et on ne tenait pas compte des enfants morts dans leur première année. Le taux de mortalité infantile était de près d'un tiers. Un bébé sur trois.

« Ces chiffres, je ne les ai pas seulement dans la tête. L'Egypte me les a mis dans le cœur, dans le ventre. »

Est-ce clair ?

Des jeunes gens pareils à ceux qui, à Paris, lisent Malraux, Nizan, le Gide des aller-retour, tournent autour du marxisme, ont un œil perplexe sur Moscou, et que la mobilisation antifasciste fait entrer en politique. Une génération. Ceux du Caire se pensent européens et ont la naïveté de se croire égyptiens : les remises en ordre, en ce domaine, sont pour plus tard. Ce qui distingue la cohorte des « Egyptiens étrangers » de la grande armée militante qu'elle rejoint à la veille de la deuxième guerre mondiale, c'est d'être née au sein de ce qu'on ne nomme pas encore le tiers monde, dans un système de production réalisant avec un cynisme indépassable les conditions optimales de l'exploitation de l'homme par l'homme ; c'est d'avoir reçu comme une gifle la révélation de l'inhumaine condition des offensés et des humiliés. Révélation non point abstraite, tirée de quelque ouvrage doctrinal, déduite d'un calcul de plus-value, mais physique, viscérale, respirée dans la puanteur des jambes pourries d'un infirme, vue dans les regards aveugles, touchée en même temps que les scrofules des fellahs, entendue dans la longue plainte enfantine couverte par le cliquetis des égreneuses. Ils ne vont pas à la politique selon une démarche intellectuelle : ils y sont précipités par une révulsion-pulsion de tout l'être. « Ces chiffres, je ne les ai pas seulement dans la tête. L'Egypte me les a mis dans le cœur, dans le ventre. »

Ils y sont toujours.

Si l'on veut comprendre la vie d'Henri Curiel, il faudra en éclairer chaque épisode par la phrase de son ami Joseph Hazan : « Il n'a jamais oublié que c'est la misère du peuple égyptien qui l'a conduit à la politique. » Elle avait allumé en lui une flamme qui ne s'éteindrait plus.

MME L., chirurgien-dentiste, fut entendue pour la première fois par la brigade criminelle le 13 novembre 1979, dix-huit mois après l'assassinat d'Henri Curiel.

Elle le fut de sa propre initiative. Les enquêteurs avaient interrogé cent vingt-sept personnes habitant les rues Rollin et Monge mais ils avaient omis de sonner à la porte de Mme L., voisine des Curiel au huitième étage de l'immeuble. Il y a de ces malchances.

Sa déposition fut passionnante mais bien un peu étrange.

Elle n'avait jamais lié conversation avec Henri Curiel. Il lui semblait être « un homme tranquille, très discret, très doux, souriant ». Elle gardait le vague souvenir d'avoir lu avant sa mort un article le décrivant comme « un homme politique de gauche aux multiples activités dont certaines étaient considérées comme pouvant être dangereuses pour la France ». Ou bien était-ce à la télévision qu'elle avait entendu cela ? Elle ne savait plus. Elle avoua : « Ma mémoire se montre parfois défaillante, surtout quand il s'agit de faits qui n'ont aucun intérêt pour moi. » Cet aveu rangeait Mme L. dans la catégorie des témoins exemplaires qui insistent davantage sur leurs doutes que sur leurs certitudes. Toujours est-il que ses fenêtres donnaient sur la salle de séjour des

Curiel, qu'elle les voyait mener une existence paisible et qu'elle avait été très étonnée d'apprendre par la presse qu'Henri Curiel était un homme « très occupé et actif ».

L'après-midi du crime, elle avait emmené ses deux enfants au jardin du Luxembourg, puis les avait conduits chez sa mère. Ils étaient rentrés tous les trois rue Rollin pour le dîner, mais assez tard. L'annonce du meurtre la choqua car elle considérait Henri Curiel comme « un brave homme ».

Sa déposition concernait une visite vieille de plusieurs années. Elle ne pouvait pas préciser la date. Un homme lui avait demandé un rendez-vous par téléphone. Elle l'avait invité à se rendre à son cabinet dentaire, rue Croulebarbe. Deux visiteurs se présentèrent. Ils lui déclarèrent appartenir à la DST et exhibèrent des cartes de police. L'un d'eux demanda « compte tenu de la situation de mon appartement du 4, rue Rollin, si je pouvais les autoriser à placer un appareil chez moi ». La nature de l'appareil ne fut pas spécifiée, ni sa destination. Mme L. avait l'impression que son interlocuteur voulait en dire le moins possible tout en s'efforçant de la rassurer : l'affaire resterait enveloppée de discrétion et aucun inconvénient ne pourrait en résulter. Elle se dit qu'il s'agissait sans doute de détecter un émetteur pirate. L'immeuble du 4 surplombait tout le quartier. Indécise, elle demanda un délai de réflexion. Ses visiteurs lui laissèrent leurs noms, qu'elle avait oubliés, et deux numéros de téléphone et de poste où elle pouvait les joindre. Elle appela quelques jours plus tard pour donner une réponse négative. « Mon interlocuteur n'était pas content ; il s'est montré très déçu ; il m'a demandé de n'en parler à personne. »

L'épisode est ancien et Mme L. insiste sur la faiblesse de sa mémoire : « Je ne me souviens pas des dates ni des événements qui ne m'intéressent pas, je les gomme de ma mémoire. » Or, d'évidence, cette singulière visite ne l'a pas passionnée à l'époque et elle n'est pas sûre de la trouver plus intéressante aujourd'hui. Mme L. n'est même pas en mesure d'affirmer que la démarche a eu lieu après l'arrivée des Curiel dans l'immeuble, de sorte que son lien éventuel avec l'assassinat d'Henri Curiel reste très hypothétique.

C'est flou.

Mais Mme L. ouvre un espoir ténu : à l'époque, elle avait noté sur un agenda les coordonnées laissées par ses visiteurs. Peut-être ne l'a-t-elle pas jeté... Elle va s'efforcer de le retrouver.

Par l'une de ces chances sidérantes qui compensent les malheurs policiers, Mme L. retrouve l'agenda. La visite est de novembre 1972, six mois après l'installation des Curiel dans l'appartement voisin. L'un des visiteurs est l'inspecteur Rey, qu'on peut joindre au 265.28.30, poste 3454 ou 3455. Le second, Dulac, a le poste 3450. Mme L. a noté : « Il s'agit d'installer un ampli ? un relais rue Rollin. Je rappelle pour dire non. Aucune précision demandée après mon refus. Seulement : détentrice d'un secret – je vous fais confiance – que cela ne s'ébruite pas. » Mme L. a conclu ses notes par un triple point d'interrogation. Il y avait de quoi.

La bonne surprise de l'agenda retrouvé a la vertu de faire sortir le directeur de la DST du bois, c'est-à-dire du « secret-défense » dans lequel il se retranche chaque fois qu'un juge témoigne d'une frivole curiosité à propos de son service. Interrogé par écrit six mois plus tard sur les révélations de Mme L., il répond par écrit que la DST n'avait pas à l'époque un Dulac dans ses rangs mais qu'au mois de novembre 1972, un inspecteur Rey servait chez elle et pouvait être joint au 265.28.30, poste 3454. C'est tout. C'est beaucoup. Miraculeux agenda qui réussit le prodige de faire parler le sphinx des Saussaies !

Mais M. Rey, malade, a quitté le service le 1er juillet 1973 et a pris depuis une retraite anticipée. Il sera néanmoins entendu, sur commission rogatoire du juge chargé du dossier Curiel, dans la ville du sud-ouest où il séjourne provisoirement. Sa déposition intervient plus d'un an après les révélations de Mme L. : on ne peut pas dire que M. Rey a été pris à brûle-pourpoint. Ainsi va la Justice, lente et majestueuse.

M. Rey est un témoin savoureux mais décevant. Il ignore Mme L. et ne se rappelle pas lui avoir jamais rendu visite. Né à Paris, ayant passé dans cette ville toute sa vie active, il répond rue Ledru-Rollin quand on lui parle rue Rollin. Il a une phrase troublante : « La description qui est donnée des deux inspecteurs ne me paraît pas correspondre à notre aspect général et en tout cas pas au mien. » Or Mme L. avait dit de ses visiteurs : « Le premier était un homme d'une cinquantaine d'années, assez grand, svelte, les cheveux grisonnants, vêtu d'un imperméable mastic et coiffé d'un chapeau. Quant au second, j'ai le souvenir confus qu'il pouvait avoir le même âge, vêtu de la même façon, sans que je puisse préciser davantage si ce n'est qu'un des deux hommes avait les yeux clairs. » Une cinquantaine d'années : M. Rey en avait à l'époque quarante-neuf. S'il ne se reconnaît dans aucun des portraits, c'est, signale-t-il, qu'« il y avait bien longtemps à l'époque que le chapeau avait été supprimé ». Il précise drôlement : « N'étant pas intervenu, je ne puis vous indiquer le nom et le prénom du collègue qui m'accompagnait. » Mais il conclut avec bon sens que les noms de Dulac et de Rey sont fort répandus et que « n'importe qui peut se présenter dans ces conditions et se faire passer pour un agent de la DST, quel que soit le service ou l'organisation française ou étrangère à laquelle il peut appartenir ».

C'est l'évidence même. Aussi bien l'incident sera-t-il ainsi clos, encore qu'on eût pu imaginer la démarche simple consistant à présenter à Mme L., sinon M. Rey en personne, du moins une photo de lui datant de 1972. Il s'agit après tout d'un crime de sang.

Exit M. Rey.

Reste le téléphone.

Car, incontournable, le fait demeure que Mme L. a bel et bien téléphoné aux numéro et poste indiqués, qui relèvent de la DST. Il faut admettre qu'elle n'a pas eu au bout du fil M. Rey puisque celui-ci ne se souvient de rien, mais il est évident qu'elle a conversé avec un fonctionnaire de la DST. Si ce personnage n'avait pas été au courant de l'affaire, il aurait manifesté surprise et intérêt car on sait à la DST mieux qu'ailleurs que la pose d'un appareillage d'écoute dans un local privé est absolument illégale. M. Rey fait très justement observer que des agents d'un service étranger peuvent se faire passer pour des membres de la DST dans l'accomplissement de leur sinistre besogne : raison de plus pour qu'un fonctionnaire de ce service s'alarme en apprenant que des imposteurs ont procédé de la sorte. Une enquête eût été ouverte. Elle ne l'a pas été. Elle n'avait pas à l'être puisque nous savons que l'interlocuteur de Mme L. était parfaitement au courant de l'affaire, qu'il a marqué du dépit en apprenant son refus et lui a demandé de garder le secret.

⁂

Douze ans après les faits, cinq ans après la première audition de Mme L., trois ans après l'élection de François Mitterrand à la présidence de la République, la DST admet qu'elle a bien tenté, en 1972, d'installer chez Mme L. un dispositif d'écoute permettant d'enregistrer les conversations tenues chez Henri et Rosette Curiel. Elle affirme que l'échec de cette tentative la découragea de recommencer et que le micro – si micro il y eut – placé dans le studio de Joyce Blau ne l'avait pas été par les soins de ses spécialistes.

CHEZ tous, le choc fulgurant de la rencontre avec la misère égyptienne. Pour la plupart, l'étincelle jaillie d'une lecture. L'une ne se comprend pas sans l'autre. Si un livre a sur eux pareil pouvoir, c'est que chaque paragraphe est illustré par la réalité ambiante. La théorie marxiste du prélèvement capitaliste de la plus-value est aisément assimilée dans un pays où les grands propriétaires féodaux louent souvent la terre moyennant la moitié de la récolte. D'une manière générale, il suffit de poser son livre et d'ouvrir la fenêtre pour voir comment fonctionne l'exploitation à un niveau d'efficacité rarement égalé. Marx est un contemporain qu'ils lisent au présent puisqu'ils vivent dans une société du XIXe siècle (au même moment, l'étudiant français issu de la bourgeoisie – pléonasme ! – ouvre le *Manifeste* ou *Le Capital* tandis que passent sous sa fenêtre les gais tandems des premiers congés payés).

Le livre initiateur n'est pas forcément marxiste, ni même politique. Marcel Israël commence par Tolstoï : « Je suis devenu tolstoïste à un degré fanatique. *Guerre et Paix*, je l'ai relu au moins dix fois. Je pouvais en réciter par cœur des pages entières. Par lui, je me suis intéressé aux Russes, et j'ai trouvé quelque part un livre de Boukharine, *Matérialisme dialectique et matérialisme historique*. Alors-là, la révélation, l'enthousiasme, je me sentais des ailes. Je n'ai plus arrêté de lire des livres marxistes. »

Raymond Stambouli : « Comme tous les étés, nous étions partis pour Damas, et de là au Liban. L'été 38-39. J'avais treize ans. J'ai rencontré un vieil Arménien – enfin, il avait une quarantaine d'années – membre du parti communiste libanais. Il m'a demandé : « Tu as lu *L'Espoir ?* – Non. Qu'est-ce que c'est ? – Le bouquin d'un type qui a eu le Goncourt à Paris. » Il me l'a passé et nous l'avons lu ensemble. J'ai été très choqué par certaines grossièretés mais cette lecture a été la première étincelle. »

Hillel Schwartz découvre le marxisme au lycée dans le manuel de Cuvillier, bible philosophique de tous les potaches. Cuvillier évoque très brièvement Marx, et toujours pour le réfuter. Mais le jeune Hillel subodore que la grille de déchiffrement marxiste décode avec une exactitude bouleversante la société égyptienne. Il écume les librairies à la recherche de livres marxistes. On en trouve quelquefois sous les revues pornographiques.

Chehata Haroun joue aux cartes avec sa bande de joyeux fêtards (« Je menais une vie idiote. Les boîtes de nuit, le jeu, les filles. ») Son ami David Nahum entre dans la pièce, sourcils froncés, un gros livre sous le bras. « Excuse-moi, dit Chehata, tu vois bien qu'on fait un poker. » L'autre, avec un mépris écrasant, lui tend le livre : « Tiens, lis ça. » C'est un recueil de textes de Lénine.

Albert Arié : « J'avais douze ans quand ma sœur aînée (elle fréquentait déjà Henri Curiel) m'a traîné dans un centre culturel où j'ai découvert le livre qui a changé ma vie : *La Mère* de Gorki. Un choc mémorable. Je me souviens de la préface de Victor Margueritte : « C'est l'évangile de la Russie nouvelle. » Je l'ai apprise par cœur, cette préface. Gorki m'a donné un grand coup de cœur pour l'Union soviétique. Je me suis procuré tous les livres disponibles – la plus grande partie grâce à Curiel. »

La belle Didar Rossano, adolescente difficile, ne s'est pas présentée au baccalauréat et s'ennuie à compter des billets du matin au soir à la Banque nationale où l'a fait entrer son père. Elle a un flirt avec René Farfara, antifasciste italien, de passage au Caire. Avant de retourner à Alexandrie, où il réside, Farfara lui tend une liasse de feuillets : « Tu devrais lire ça. » Il s'agit de cours ronéotypés sur le matérialisme historique. « J'ai eu l'impression que tout ce qui m'entourait était expliqué. Tout me semblait devenir simple. Je me souviens qu'en lisant ces cours, je m'exclamais sans cesse : « Comme c'est vrai ! Comme c'est clair ! » C'était comme un éblouissement. » Cette lecture clôt pour elle le temps du doute, de la recherche, des interrogations. Elle ne révoquera jamais en doute la révélation reçue à l'âge de dix-neuf ans.

Aucun ne deviendra au demeurant docteur ès marxisme – Henri Curiel pas plus que les autres. Vieil ami d'Henri, le célèbre Maxime Rodinson constate : « C'était un esprit un peu simplet. Il s'était forgé des idées simples dans sa jeunesse ; elles sont devenues sa raison de vivre ; il n'a jamais voulu les remettre en cause. Henri ne s'est jamais intéressé à la théorie marxiste. Il n'y aurait du reste rien compris. C'était le militant type. Il était d'un niveau tout juste supérieur à la moyenne et son raisonnement était d'une simplicité biblique. D'un côté, le bien ; de l'autre, le mal. A mon avis, il a dû lire seulement Lénine. Même Marx devait être trop abstrait pour lui. »

Maxime Rodinson, qui sait sa théorie marxiste sur le bout des doigts et que personne, Dieu merci, n'assassinera jamais, ne donne qu'une moitié de l'explication. S'il est vrai que Marx était trop abstrait (sinon pour Curiel, du moins pour quelques autres), il est non moins vrai que l'Egypte était trop concrète. Elle n'interpelle pas, comme on dit aujourd'hui : elle hurle au secours. Aussi l'entendent-ils à un âge où, d'ordinaire, l'oreille adolescente est à l'écoute d'appels moins dramatiques. Ils ont presque tous moins de vingt ans lorsqu'ils entrent en politique. Henri Curiel, vingt-cinq ans en 1939, fait figure d'ancien (ils le surnommeront Abouna – « Notre père » – pour son côté jésuite mais aussi à cause de son grand âge). Une précocité si rare liée à un tel sentiment d'urgence devait forcément déboucher sur le besoin d'action. Le marxisme, ils le lisaient à livre ouvert dans le paysage social étalé devant eux. Paysage plus complexe qu'ils ne croyaient, et qui révélerait à l'occasion quelques béances dans le corps de doctrine marxiste-léniniste, mais d'une simplicité biblique, comme dirait Rodinson, pour qui l'aborde le cœur en révolution. « D'un côté, le mal ; de l'autre, le bien. » La définition ne rend pas compte de l'Egypte, où le mal règne si souverainement sur le présent que le bien se décline au futur.

Seule question admissible : « Que faire ? »

Une réponse raisonnable eût été l'adhésion au parti communiste égyptien, mais il n'y avait plus de parti communiste égyptien.

***

Trois hommes l'avaient créé en 1920. Leurs origines étaient contrastées et leurs destins ne le furent pas moins. Le bijoutier Joseph Rosenthal serait exclu pour déviationnisme de droite. Hosni el-Orabi, délégué du parti auprès du Komintern, déchirerait sa carte et finirait agent nazi. L'avocat Anton Marun, premier secrétaire général, mourrait dans une prison égyptienne en 1924. Le parti disparaîtrait la même année sans avoir jamais atteint, semble-t-il, le millier d'adhérents. L'histoire du communisme en sa jeunesse offre peu d'exemples d'échec aussi navrant dans un pays offrant autant de potentialités que l'Egypte.

Une constante pour les communistes de 1920 et

leurs éventuels successeurs : la présence anglaise. L'Egypte (« le pays le plus important ») est l'un des pivots de la stratégie britannique et il n'est point question pour Londres de laisser se développer au bord du canal de Suez, artère impériale vitale, un foyer révolutionnaire – surtout s'il est attisé par Moscou. Les services britanniques aideront à la répression de toute leur force et de toute leur expérience. Ils le feront habilement, en sous-main, de manière à ne pas compromettre leurs partenaires égyptiens, mais en sachant donner quand il faut le coup de pouce décisif. C'est sur leur initiative que les policiers égyptiens les plus prometteurs vont se former dans les capitales étrangères à la lutte contre le bolchevisme. C'est grâce à eux que ces mêmes policiers, parvenus aux postes de commande, bénéficient discrètement de toutes les informations utiles à la lutte anticommuniste. Ainsi la police politique égyptienne est-elle à deux niveaux. A la base, un personnel participant du sous-développement général, masse de braves types mal payés et frustes qui égaient les beaux esprits du Caire en arrêtant dans les trains les voyageurs lisant Darwin sous prétexte que le nom sonne comme Lénine ou Staline ; au sommet, un état-major rompu aux techniques de renseignement, d'infiltration et de manipulation.

Mais le parti communiste fondé par les pionniers de 1920 souffrait d'une maladie infantile qui eût suffi à le condamner : son recrutement se limitait à quatre-vingts pour cent aux communautés étrangères – juive, grecque, arménienne. Une percée décisive permettant de déboucher sur la population autochtone était dans ces conditions improbable : seule une poignée de communistes parlait ou écrivait l'arabe... Théoriquement illimité, l'espace politique restait en fait étriqué. La masse rurale égyptienne était encadrée par le Wafd, le puissant parti nationaliste né de la « délégation » de 1918. Si certains éléments se satisfaisaient mal du Wafd, c'était pour aller vers les nationalistes véhéments ou les extrémistes religieux, non pas vers des éléments étrangers issus de communautés privilégiées par la puissance occupante.

Le peuple citadin, ravagé par l'inflation, subit après 1918 le choc en retour de la concurrence internationale qui ruine des pans entiers de l'économie. La plupart des ouvriers travaillent douze heures par jour pour un salaire de misère. Les grèves sont multiples, violentes, quelquefois victorieuses, souvent brisées par le feu meurtrier de la répression, toujours sporadiques, plus proches des « émotions populaires » de notre Ancien Régime que des offensives syndicales contemporaines. La majorité de la main-d'œuvre usinière traînait encore à ses semelles la terre rouge du delta et n'avait pas accédé à la conscience de classe. Là où existaient traditions ouvrières et combativité (usines de tabac, transports publics, textile), la prolifération syndicale émoussait l'efficacité. Un congrès prévu pour octobre 1925 (il fut interdit par le gouvernement) devait rassembler près de sept cents délégués représentant plus de cent syndicats dont le total des membres était de soixante-dix mille. Les communistes, minorité agissante, ne sont à aucun moment en posture de peser sur le mouvement revendicatif, encore moins de le contrôler. La répression gouvernementale saura les isoler pour les neutraliser.

Dernier handicap – le plus grave peut-être : le parti s'était isolé lui-même par l'application stricte de la stratégie du front de classe. Son programme réclamait l'évacuation de l'armée anglaise et l'accession du pays à une souveraineté complète. Il rejoignait en cela l'objectif affirmé du Wafd. Mais cette identité d'objectif ne devait pas assoupir la lutte du « parti de la classe ouvrière » contre la « bourgeoisie nationale ». C'était sous-estimer la force du sentiment patriotique. Pour le peuple, la revendication de l'indépendance était absolument première. En donnant la priorité à la lutte de classe, le parti se coupait des masses, et d'autant plus que l'origine étrangère de la quasi-totalité de ses membres prêtait le flanc à la suspicion.

En juillet 1924, une grève générale fut sauvagement réprimée, notamment à Alexandrie. Un gouvernement wafdiste dirigé par le héros national, Saad Zaghloul, accéda au pouvoir et frappa à gauche. Tous les dirigeants communistes furent arrêtés et condamnés. Un an plus tard, un gouvernement de droite parachevait la liquidation. Les cadres furent arrêtés ; les publications, interdites. A l'automne 1925, le parti égyptien avait cessé d'exister.

Moscou, imperturbable, ignora superbement la triste réalité. Chaque congrès du Komintern adressa au parti défunt des directives d'autant plus ambitieuses qu'elles n'avaient aucune chance de recevoir un début d'application. Ainsi lui ordonnait-on de passer à l'offensive contre le Wafd, « mouvement félon pseudo-nationaliste ». Le Wafd était l'Egypte ; les communistes n'étaient qu'une centaine, peut-être deux cents, répartis entre Le Caire et Alexandrie, isolés les uns des autres, dépourvus de toute possibilité d'action.

Le Komintern s'efforça de combler le vide. En 1925, une société commerciale russo-turque, dirigée par un Américain, ouvrit des bureaux au Caire. Deux ans plus tard, un citoyen soviétique et un communiste allemand installaient à Alexandrie la firme Textilimport. Les autorités égyptiennes, bien conseillées, procédèrent aux expulsions après de longues et fructueuses filatures.

En 1928, le Kremlin désigna d'autorité un secrétaire général égyptien chargé de ranimer le parti momifié. Ses rapports rassérénèrent Moscou : il recrutait massivement, implantait des cellules à travers le pays, préparait la publication d'un journal clandestin. Tout cela exigeait des fonds. Il les eut. Le secrétaire général disparut avec eux et la police égyptienne, dont il était l'agent provocateur, rafla quelques adhérents ahuris. En 1934, un communiste syrien, entré clandestinement en Egypte, reprit le flambeau. Ses activités aboutirent à l'arrestation de quarante militants rescapés des précédents coups de filet. Moscou n'insista pas.

Au Komintern, le dossier noir égyptien s'alourdissait d'un élément gardé confidentiel : plusieurs émissaires secrets envoyés au Caire avaient disparu sans laisser de traces. Cela s'oublie difficilement. Pour l'Internationale, une sale odeur de trahison flottait sur l'Egypte.

*
**

Un jour, Raoul Curiel, Rosette, Raymond Aghion et Marcel Israël (Henri vivait sa période *Kit-Kat)* décidèrent qu'ils étaient le parti communiste égyptien. C'était émouvant. Il n'y eut pas de suite.

Des cercles d'études marxistes se forment, éclatent, se recomposent au gré des affinités. Analyse des textes disponibles, exposés, débats interminables. Impression de tourner en rond. Volonté passionnée de trouver une issue permettant de déboucher sur l'action concrète. Exaspération de se retrouver entre soi, toujours la même petite bande, dans l'un ou l'autre salon bourgeois du Caire. Cela ne fait pas sérieux. Chacun vit avec gravité son entrée en politique et s'irrite de trouver aux autres une inacceptable frivolité. Mais ils sortent tous du même moule. Ce qu'ils récusent chez autrui, c'est leur propre reflet.

Marcel Israël a créé son groupe d'études. Il invite Henri Curiel. Curiel, épouvanté par le « sectarisme », l' « étroitesse des conceptions », tire bientôt sa révérence. Lorsque Henri anime son propre cercle avec Raoul, Raymond Aghion et Rosette, il invite le jeune Hillel Schwartz. Schwartz est atterré par le dilettantisme : « Rosette avait les yeux fardés. J'ai été très choqué. Pour moi, c'était incompatible d'être fardée et communiste. Gaby, la femme de Raymond Aghion, c'était encore pire. Elle était outrageusement fardée, avec des robes très courtes. Elle s'asseyait en croisant les jambes, la jupe bien relevée, et elle commençait à se faire les ongles. De temps en temps, elle venait en retard ou ne venait pas du tout, et elle s'excusait en disant que c'était à cause de son coiffeur ou de sa couturière. Et on était là pour étudier le marxisme ! Quand j'engueulais Gaby, elle me répondait : « Le marxisme c'est pas l'inconfort. » La formule a eu beaucoup de succès parmi nous. Cela dit, Gaby était une fille très sympathique. Le seul avantage, c'est que j'ai eu accès à une masse de bouquins. J'ai lu énormément. Mais je n'étais pas d'accord avec leur fixation sur la théorie abstraite, et leur dilettantisme m'exaspérait. Je suis parti au bout de trois mois en me disant : « Il faut faire quelque chose. »

Mais quoi ?

Pèlerinage respectueux auprès des aînés dont on murmure qu'ils ont été de l'aventure déjà légendaire du parti défunt. Le fameux marchand d'éponges grec Yannakakis hausse des sourcils effarés : « Moi communiste ? C'est une provocation ? » (Plus tard, il révélera son adhésion au parti grec et l'impossibilité d'une double appartenance.) Un ancien reçoit avec bienveillance la délégation et accepte de reprendre du service à condition d'être assuré du poste de secrétaire général. Les autres sont disponibles pour une nouvelle militance mais n'ont à offrir que leur bonne volonté : ils ne disposent d'aucune structure, n'ont aucun contact avec l'extérieur et sont sans moyens d'action sur l'intérieur.

Un asthme tenace ouvre à Marcel Israël une porte inattendue (il lui avait fermé celle des Brigades internationales pour lesquelles il s'était porté volontaire). Il part en convalescence pour le Liban et s'y lie d'amitié avec Nicolas Chaoui, futur secrétaire général du parti communiste libanais et homme en tous points remarquable. Chaoui organisc par la suite une rencontre clandestine avec le responsable du Komintern pour le Moyen-Orient, l'Arménien Midoyan. Israël lui brosse un tableau de l'effervescence cairote, avec la floraison de cercles d'études marxistes et le désir général de passer à l'action concrète. Midoyan l'écoute et demande : « Mais les Egyptiens... Où sont les Egyptiens ? » (Phrase terrible, question injuste, même si elle est justifiée, et qui n'a pas fini de sonner à leurs oreilles ! Qu'est-il donc, Marcel Israël ? Et Henri Curiel, dont les aïeux reposent depuis un siècle et demi en terre égyptienne ?) « Ton premier devoir, conclut Midoyan, est d'aller au contact des masses égyptiennes et de former des cadres. » Le conseil était judicieux ; il ne manquait qu'un mode d'emploi.

En attendant une problématique fusion dans les masses égyptiennes, la seule ouverture passait par des étrangers – quelques Français, deux Suisses. Les premiers, professeurs au lycée du Caire, étaient membres plus ou moins officieux du parti communiste français. Grâce à une qualité humaine exceptionnelle (on l'a dit : la Mission laïque française rassemblait de tradition une élite), au prestige que leur procuraient leur nationalité, une réelle expérience et une vision politique ne se bornant pas aux faubourgs du Caire, leur influence fut profonde. Ils furent des éveilleurs de conscience, des fournisseurs de textes, puis des dispensateurs d'oxygène lorsque l'enfermement dans le ghetto européen menaçait d'anémier la flamme politique de leurs anciens élèves.

Jacquot-Descombes, communiste, avait fondé la Ligue pacifiste en liaison avec le mouvement Amsterdam-Pleyel. Tout le monde passa à un moment ou à un autre par la Ligue pacifiste ; peu y restèrent. Le niveau intellectuel était élevé ; le débat politique s'ouvrait largement aux événements mondiaux ; mais la Ligue avait l'inconvénient de ne compter qu'un seul Arabe égyptien. L'accès aux masses ne passerait pas par elle. A son retour de Beyrouth, Marcel Israël, membre du comité de la Ligue, fit part à Jacquot-Descombes des conseils de l'homme du Komintern. « La réponse fut nette et cassante, rapporte Israël : « Ici, on s'occupe exclusivement de la lutte pour la paix. » J'ai été déçu. Paul Jacquot-Descombes était pourtant un vrai communiste mais il était très prudent – trop prudent. Il ne pouvait pas oublier la trahison du secrétaire général du parti qui avait fait arrêter des dizaines de militants. C'était son obsession. Elle entraînait un sectarisme total, une suspicion incroyable. J'étais en contact avec un groupe d'Italiens antifascistes et j'ai proposé leur adhésion à la Ligue. Jacquot-Descombes a refusé. Il voyait des provocateurs partout. Pointet était pour lui un flic dangereux – Pointet ! »

Georges Pointet, l'homme essentiel.

Communiste suisse, membre du parti du Travail helvétique, il était professeur à l'École de police égyptienne. Ses trente-cinq ans en faisaient un aîné recru d'expérience. Plutôt grand, le cheveu châtain, il était vif, chaleureux, entraînant, séduisant, avec une passion pour les femmes compliquée d'un grand amour pour une enseignante française au Caire, Marguerite Fouilloux, logée avec lui dans une modeste pension de famille tenue par un Russe blanc. « Il faisait bouger les gens et les choses », dit Raoul Curiel, qui fut avant Henri son ami intime. Etranger, il avait compris l'impérieuse nécessité de l'« égyptianisation » et avait créé, avec ses collègues et élèves arabes, un cercle marxiste où il s'ingéniait à prôner une approche pragmatique des problèmes.

Son influence sur Henri Curiel fut décisive. Il n'eut pas besoin de lui infuser le goût de l'action mais il légitima en quelque sorte une tendance innée d'Henri que certains de ses amis qualifiaient déjà de déviation opportuniste : le rassemblement du plus grand nombre sur des objectifs simples et mobilisateurs. Raoul Curiel : « Nous étions enfermés dans la théorie. On parlait de passer à la pratique mais on ne le faisait jamais. C'est grâce à Pointet qu'Henri a compris, l'un des premiers sinon le premier, la nécessité et la possibilité de se lancer dans l'action. Pointet était un homme pratique, très proche de la réalité. Il sentait parfaitement tout ce qu'il était possible de faire en Egypte. Alors, pourquoi attendre ? Cela lui a valu de solides inimitiés parmi les communistes dogmatiques, ceux qui croyaient qu'il fallait connaître *Le Capital* par cœur avant de rédiger un tract. Pour moi – pour nous tous – il n'est pas douteux que c'est Pointet qui a fait d'Henri un communiste. Henri ne l'a jamais oublié. Nous en parlions souvent et toujours avec beaucoup d'émotion. » Quand Henri Curiel s'établira clandestinement en France, en 1951, son premier pseudonyme sera Pointet en hommage à son ami disparu.

Des communistes, mais point de parti. Des clubs, des cercles, des séminaires : aucune organisation structurée pour l'action politique. Les Egyptiens, rarissimes, appartiennent à l'intelligentsia ; beaucoup sont dans la mouvance surréaliste et évolueront vers le trotskisme. Les autres sont quelquefois grecs, italiens, et le conflit mondial aura tôt fait de les recentrer sur leur patrie d'origine. Le reste – l'immense majorité – sort de la communauté juive égyptienne, plus précisément de la bourgeoisie retranchée dans le quartier dit européen. Combien sont-ils ? Difficile à dire. Sans doute quelques dizaines. Une infime minorité même parmi les leurs, déjà infiniment minoritaires en Egypte. Raymond Aghion l'a dit : « Deux attitudes possibles : ou bien accepter le système – les affaires, l'argent – ou bien devenir révolutionnaire. » Aucune échappatoire à l'alternative. L'engagement dans la vie politique égyptienne « normale » ? A la veille de la guerre, c'est devenu impossible. Le Wafd avait été jadis accueillant aux juifs, leur conférant même des postes ministériels.

La radicalisation du mouvement national et la concurrence des partis extrémistes ont changé cela. Le sionisme ? Il tente de s'implanter. La Fédération sioniste mondiale a même pignon sur rue. Son officine de la rue Soliman Pacha déborde de matériel de propagande. Joseph Hazan, un peu tenté, y découvre une carte du futur Israël : il devrait s'étendre de l'Euphrate au Nil, c'est-à-dire amputer l'Egypte de tout le Sinaï. Hazan est aussi choqué qu'un jeune Français devant une carte allemande récupérant l'Alsace et la Lorraine. C'est un antisioniste en colère qui sort du bureau. Au reste, le mouvement sioniste ne fait guère recette car les juifs d'Egypte n'éprouvent aucunement la nécessité d'un sanctuaire national. Et puis, comme le dit drôlement Raymond Stambouli : « Nous ne comprenions pas pourquoi les juifs d'Europe orientale, les Ashkenazes, faisaient une telle histoire de la Palestine. Pour nous, Jérusalem, c'était le train de 9 h 45 à la gare du Caire... » La guerre changera cela.

La guerre est là, imminente, avec pour prologue le pacte germano-soviétique. Il ne suscita pas chez les novices du Caire le même trouble que chez tant de militants français rompus à la dialectique stalinienne mais qui ne pouvaient rester indifférents au fait que les signatures échangées à Moscou signifiaient que la Wehrmacht, assurée de ses arrières, aurait les mains libres à l'ouest. Pour Pointet et ses jeunes amis, tout s'était joué à Munich, où les démocraties occidentales avaient clairement signifié leur refus d'une large alliance européenne contre le nazisme. Staline se bornait à leur rendre la monnaie de leur pièce en détournant in extremis la foudre hitlérienne que Londres et Paris souhaitaient voir s'abattre sur lui. Le temps gagné serait utile pour préparer l'Armée Rouge au choc inévitable car il ne faisait de doute pour personne que le pacte ne ménageait qu'un répit très provisoire.

Curieusement, Henri Curiel fut le seul à ne pas

admettre la poignée de main entre Ribbentrop et Staline. La villa de Zamalek retentit de ses disputes avec Raoul, à qui il hurlait : « Mais vas-y : colle donc la photo de ton Staline au-dessus de ton lit ! » Même Pointet échoua à le raisonner. On fut au bord de la rupture. Mais son ami ayant décidé de quitter l'Egypte pour s'engager dans l'armée française (il n'y voyait à juste titre aucune contradiction avec son acceptation du pacte), Henri Curiel décida de l'accompagner au train pour Alexandrie. Et là, sur le quai de la gare du Caire, au milieu de la cohue et dans les jets de vapeur de la locomotive sous pression (les témoins de la scène en gardent un souvenir romanesque), Georges Pointet, au terme d'un plaidoyer d'autant plus vibrant qu'il le savait ultime, convainquit Henri du bien-fondé du pacte. Les deux amis s'étreignirent. Puis Pointet embrassa Marguerite Fouilloux en fixant la date de leur mariage au lendemain de la victoire. Mais il murmura en aparté à Henri : « Je sais que je vais mourir. Tu diras à mes camarades du parti du Travail que je suis resté fidèle jusqu'au bout. » (Quelques mois avant son assassinat, Henri se reprocherait de n'avoir jamais transmis le message.) Georges Pointet monta dans son wagon et, tandis que le train s'ébranlait, cria aux jeunes gens qui le saluaient : « Nous vaincrons ! »

Il sera tué sous l'uniforme français lors du débarquement d'août 1944 dans le Midi.

Le crime politique est rarement mystérieux par carence d'explication plausible ; il le devient presque toujours par la surabondance des mobiles prêtés aux tueurs. Sur le mort s'abattent en essaim serré aventuriers, faux spécialistes, vrais mythomanes, et leur délire a tôt fait d'ensevelir la possible vérité sous l'accumulation d'hypothèses fantastiques. Ainsi, à des degrés divers et dans des genres différents, de John Kennedy, Mehdi Ben Barka, Pierre Goldman, Jean de Broglie.

Henri Curiel n'échappa pas aux extravagances nécrophages. A peine était-il inhumé que la rumeur fleurissait sur sa tombe. On compte, ouvertes par des explorateurs intrépides mais voyageant court, une dizaine de pistes dont la moitié se perdent dans les sables.

Un journaliste chassé de deux hebdomadaires parisiens raconta qu'un informateur lui avait annoncé, peu de jours avant l'assassinat, qu'un militant de gauche allait être abattu – « un type de gauche, mêlé à beaucoup d'embrouilles et, entre autres, aux comités de soldats ». Henri ne s'était jamais intéressé aux comités de soldats. Interrogé par la police, le journaliste refusa de citer sa source. L'informateur fut néanmoins identifié. Il était parti pour les Etats-Unis, où il travaillait pour le compte d'une société vendant du matériel de sécurité. On le retrouva à Téhéran en pleine révolution khomeiniste, dans l'entourage du ministre des Affaires étrangères, Sadegh Ghotbzadeh, fusillé depuis. Interrogé après une arrestation en France pour complicité d'escroquerie avec un ancien dirigeant du SAC, il nia avoir tenu les propos qu'on lui prêtait. Il affirma qu' « il ne savait pas qui avait tué Curiel, mais qu'avant sa mort, les trafiquants d'armes, les agents secrets parlaient de la prochaine mort de Curiel ». L'homme, lié à l'extrême droite espagnole, appartient à la catégorie des maniaques du renseignement, vraie plaie des professionnels qu'ils submergent de leurs constructions fantasmagoriques.

Gaétan Zampa fut évoqué. Successeur des Guérini à la tête du gangstérisme marseillais, lié aux mafias sicilienne et américaine, il aurait été l'exécutant-exécuteur d'un marché conclu entre le SDECE français et la Sécurité militaire espagnole. Moyennant l'élimination de Curiel, les services français acceptaient de fermer les yeux sur l'assassinat de membres de l'ETA réfugiés en France. Une funèbre chronologie donnait un peu de corps à l'hypothèse. Un premier réfugié basque espagnol était assassiné le 2 juillet 1978, deux mois après le meurtre de Curiel. Six autres le seraient dans les mois suivants. Quatre gangsters bordelais, arrêtés et jugés pour l'un de ces meurtres, déclarèrent « travailler » pour la Sécurité espagnole avec la bénédiction de services français « bien connus ». Un autre gangster, inculpé pour le meurtre d'une réfugiée, avait été cité au procès Ben Barka en raison de ses liens avec Figon.

Le *Quotidien de Paris* annonça le 30 juin 1981 que l'assassinat d'Henri Curiel avait été décidé et préparé en mars 1978 au cours d'une réunion tenue à Lérida, en Espagne, à laquelle participaient un officier français, un membre des services secrets espagnols, plusieurs anciens de l'OAS, le tout sous la présidence de Gomez Benet, dit « le parrain », inculpé mais acquitté dans l'affaire de l'attentat contre le journal satirique espagnol *El Papus* (un mort, vingt blessés). Pour le journaliste du *Quotidien,* l'homme clef de l'assassinat de Curiel, présent à la réunion, était un certain Martin Ribenier, alias Ignacio Sorosastegui. Interpol Madrid, interrogé par le juge d'instruction, déclara ignorer son existence.

On parla aussi de l'« escadron de la mort » qu'auraient constitué à Tarbes, en septembre 1977, des officiers de réserve redoutant la victoire de la gauche aux élections législatives de 1978. *L'Humanité-Dimanche,* révélant l'affaire, précisait : « Au sommet de cette association se trouverait un groupe plus restreint (quelques dizaines d'hommes, uniquement des officiers de réserve) constituant un « escadron de la mort » à la brésilienne. Ce seraient les fameux « commandos Delta » qui n'auraient fait que reprendre purement et simplement cette appellation de l'OAS. » Les fusiliers marins étant, selon le journaliste, nombreux au sein des groupes Delta, on évoqua le témoignage d'un membre de l'Amicale des Algériens en Europe qui, le matin de l'assassinat de Laïd Sebaï, avait entendu un enquêteur dire : « Ce n'est pas la peine de chercher : c'est encore un coup des marins. » Henri Curiel aurait été le numéro deux sur la liste noire. Selon les informations de l'hebdomadaire communiste, reprises et développées par *Libération,* les nouveaux commandos Delta auraient récupéré un certain nombre de jeunes extrémistes de droite à leur retour de Beyrouth où ils avaient combattu avec les Phalanges de Gemayel. Le capitaine de gendarmerie Paul Barril croyait savoir que Curiel avait été tué par deux extrémistes français de retour du Liban.

L'irrésistible marée ne m'épargna pas. Un fonctionnaire de la DST que je ne puis qualifier d'informateur – nos rencontres, très espacées, consistaient en de longs monologues au cours desquels il m'exposait ses déboires professionnels avec références nourries aux échelles et indices de la Fonction publique – me dit un jour tout à trac : « Curiel ? Ce sont deux jeunes de chez nous. Un coup de sang. Ils ne s'étaient pas remis de la rue Toullier. Ils ont pris leurs flingues sans demander l'avis de personne. » Le 27 juin 1975, un commissaire de la DST accompagné de deux inspecteurs et d'un indicateur libanais avait interpellé dans un appartement de la rue Toullier, près du Panthéon, un homme dont les trois premiers ignoraient qu'il était Carlos. Les deux inspecteurs moururent, le commissaire tomba grièvement blessé, l'indicateur fut exécuté d'une balle entre les deux yeux. A la douleur de perdre deux hommes s'ajoutait pour la DST la rage suscitée par les commentaires compatissants sur sa maladresse : les services ne sont pas tendres entre eux. Elle avait un compte à régler. Mais pourquoi l'apurer trois ans plus tard sur le dos de Curiel ? Sans doute la violente campagne de presse déclenchée contre celui-ci l'associait-elle à Carlos, publiant leurs photos côte à côte, mais cette campagne datait de 1976 et la mort d'Henri de 1978 : pourquoi avoir patienté deux ans avant d'assouvir une vengeance qui, selon mon interlocuteur, résultait d'un « coup de sang » ?

Il ne savait pas que je travaillais sur l'affaire. Le sachant, il devint évasif. Il resta silencieux lorsque je lui fis observer que sa phrase sur les deux vengeurs qui avaient « pris leurs flingues » méritait analyse. Ils n'avaient pas pris n'importe quels flingues. L'une des deux armes avait servi à tuer Laïd Sebaï. La DST avait-elle un compte à régler avec l'Amicale des Algériens en Europe ? Ce fut notre dernier rendez-vous. J'y ai cru. Je n'y crois plus. La DST est un service de police homogène et hermétique. Elle ne l'est pas assez pour que la bourrasque du 10 Mai n'ait pas ouvert quelques fenêtres. Si mon homme, dont les fonctions étaient paperassières, avait été informé du « coup de sang » de ses jeunes collègues, d'autres l'avaient su aussi. Quelqu'un, me semble-t-il, aurait parlé.

***

Gaétan Zampa, des journalistes douteux, le milieu bordelais, un escadron de la mort, des aventuriers paranoïaques, un flic anguille, un « parrain » espagnol, des services de renseignement et d'action français ou étrangers, un invraisemblable méli-mélo de rumeurs, d'informations invérifiables, d'élucubrations bizarres : grande est la tentation de rejeter ce fatras. Ce serait se condamner à ne jamais savoir la vérité. Le crime politique serait d'une élucidation plus aisée s'il mettait en scène des notaires et des conseillers d'Etat. L'abominable troupe est plus disparate, même si la distribution se répète d'un épisode à l'autre. On trouve dans l'affaire de Broglie un policier déchu, des truands, des aventuriers internationaux, des services de police au rôle ambigu. Il est vrai que Jean de Broglie fréquentait ces milieux interlopes. Mais Mehdi Ben Barka, plus comparable à Henri, a été victime d'une machination où trempaient des truands de haut vol, anciens de la Gestapo française et collaborateurs officieux de services français, un voyou mythomane ayant des antennes partout, des journalistes à la déontologie indécise, deux policiers dévoyés, un « honorable correspondant » du SDECE, et il est avéré qu'au moins trois services de renseignement participaient au complot : c'est grosso modo le même échantillon humain qu'évoquent les diverses pistes de l'affaire Curiel.

Force est donc, quoi qu'on en ait, d'explorer cette jungle.

Le premier juge d'instruction, Guy Joly, s'y engagea sans excès de vitesse mais avec détermination et ténacité. Clémenceau disait du juge d'instruction qu'il est l'homme le plus puissant de France. C'est en tout cas un homme débordé. M. Joly l'était d'autant plus qu'il avait la spécialité des affaires d'attentats et que le mitan du septennat de Valéry Giscard d'Estaing, outre un taux de mortalité violente très aggravé pour les ministres ou anciens ministres, voyait un accroissement spectaculaire des crimes racistes, plasticages de librairies ou de locaux d'organisations progressistes, menaces de mort ou tentatives de meurtre sur des personnalités de gauche.

M. Joly pouvait bien entendu faire travailler la brigade criminelle sur commission rogatoire mais il était clair que le meurtre d'Henri Curiel n'avait pas déclenché un coup de sang chez les policiers de la Criminelle. On le vit bien lorsque Rosette Curiel les informa des menaces de mort dont elle était harcelée par téléphone : ils lui conseillèrent de garder son sang-froid, soulignant la difficulté de pincer des individus téléphonant de cabines publiques. Rosette leur annonça une bonne nouvelle : les coups de fil étaient passés d'un lieu privé car elle entendait en fond sonore des disques de musique militaire ou de chants nazis. On lui répondit que le manque d'effectifs empêchait de prendre des mesures appropriées. La Criminelle, qui n'avait point cherché de micros rue Rollin et s'était abstenue d'interroger Mme L., persistait dans son superbe mépris pour les possibilités de l'électronique. Le 14 août 1980, un engin incendiaire placé devant la porte de Rosette Curiel ravagea son appartement où, prise au piège, elle manqua d'être grillée vive. La malheureuse changea de domicile. Etranges mœurs que celles d'un pays démocratique où la veuve d'un homme assassiné doit déménager en catimini et vivre sous un faux nom afin d'échapper à la persécution, peut-être à la mort...

Le 10 Mai fit une révolution. Le Premier ministre, Pierre Mauroy, annonça au juge d'instruction Joly, par lettre du 19 mars 1982, que les dossiers concernant Curiel détenus par le SDECE et la DST seraient mis à sa disposition. Au cas où la communication de certaines pièces risquerait de compromettre la sécurité nationale, le ministre de l'Intérieur et celui de la Défense rendraient leur arbitrage. En fait, le juge pourrait tout lire mais le ministre de tutelle de chaque service pourrait s'opposer à ce que certaines pièces fussent versées au dossier destiné à devenir public. Une procédure similaire était prévue pour le dossier Ben Barka.

La décision était historique. Plus d'une fois, « l'homme le plus puissant de France », effectuant ce qu'on nomme un transport de justice, avait été refoulé sans ménagements par le concierge du SDECE. Un dossier du SDECE était hors d'atteinte ; la DST ne communiquait des siens que ce qu'elle voulait bien. Les services, se plaçant au-dessus de la justice, considéraient qu'ils n'avaient pas de comptes à lui rendre et se retranchaient efficacement derrière le « secret-défense ». Convoqué par M. Joly, M. de Marenches, directeur du SDECE, lui répondit avec insolence que ses obligations l'en empêchaient et qu'il n'avait au demeurant rien à lui dire. M. Chalet, directeur de la DST, consentit à se rendre pour la première fois dans le cabinet du juge d'instruction le 6 mai 1981, entre les deux tours de l'élection présidentielle. La lettre de M. Mauroy équivalait à faire rentrer dans l'ordre légal des services qui affectionnaient d'opérer sur ses marges. Bien sûr, une bonne exécution de la décision gouvernementale impliquait la bonne volonté des intéressés. Si ceux-ci écrémaient leurs dossiers avant de les soumettre à examen, l'effet était manqué.

Le SDECE était devenu DGSE mais restait stupide : il communiqua un dossier étique. La DST joua apparemment le jeu. Comme ses copieuses fournitures comportaient un certain nombre de rapports à elle transmis par le SDECE et qui ne figuraient pas dans le dossier de la DGSE, la mauvaise foi de celle-ci fut établie. Son nouveau directeur, l'amiral Lacoste, effaça la fâcheuse impression par une communication sérieuse.

Le juge Verleene, successeur de Guy Joly, est un homme débordé. Au jour où nous écrivons ces lignes (15 janvier 1984) il n'a pas encore ouvert les volumineux dossiers mis à sa disposition voici dix mois.

L'Histoire a plus d'un méchant tour dans son sac à malices. Elle va se faire zigzagante jusqu'à l'écœurement pour ces jeunes gens qui s'enchantaient déjà de lui avoir trouvé un sens rectiligne dans la vulgate marxiste, et leur fera découvrir qu'une voie royale peut finir en impasse. A ces braves cœurs soudain enflammés pour le peuple souffrant qu'ils avaient si longtemps côtoyé sans le voir, elle suggère le divorce avant les épousailles.

Et pourtant le choix politique n'apparaît-il pas, pour le coup, d'une simplicité biblique ? Quand on est juif et communiste, est-il concevable de ne pas souhaiter la défaite du racisme fasciste ? Quand on a si fort rêvé la France, peut-on assister sans frémir à la plus grotesque de ses débâcles ? Lorsque Winston Churchill annonce d'une voix rauque que son peuple se battra jusqu'au dernier sang plutôt que de se rendre, est-il au monde un seul homme épris de liberté qui ne soit avec les *Spitfire* contre les *Messerschmidt ?*

Raoul et Henri Curiel ont le même réflexe que leur ami Pointet : dès la déclaration de guerre à l'Allemagne, ils se présentent au consulat de France pour s'engager. On note leur nom d'une plume condescendante en les avertissant que l'armée française se passera probablement de leur concours. Ce fut le cas.

Juin 40 stupéfie et accable.

Albert Arié a dix ans. Son grand-père paternel était de Constantinople ; la branche maternelle avait ses radicules en Russie et en Roumanie. « A partir de l'offensive allemande de mai 40, se souvient-il, l'angoisse s'est installée dans la maison. C'était presque insupportable. Le jour de la prise de Paris fut un jour de deuil. On se parlait à voix basse, comme s'il y avait eu un mort dans la famille. Et puis le 18 juin, en tripotant mon poste de TSF General Electric, je suis tombé par hasard sur l'appel de de Gaulle. On l'a écouté avec l'impression d'assister à un miracle. C'était comme une résurrection. Personne ne peut comprendre aujourd'hui ce que cela représentait pour nous. On s'est remis à vivre. Pendant toute la guerre, j'ai écouté les Français libres à la radio de Londres. Maurice Schumann parlait le soir à dix heures et demie et les parents m'engueulaient à cause de la classe le lendemain. Je ne l'aurais manqué pour rien au monde. Un soldat français avait donné à mon père une croix de Lorraine : je l'ai portée à la boutonnière jusqu'à la victoire. »

L'Union démocratique devint l'un des hauts lieux de l'espérance. Elle avait été créée en 1939 avec l'objectif d'opérer un vaste rassemblement antifasciste. A son origine, Raoul Curiel, Georges Pointet et Marcel Israël (l'association est fondée le lendemain de l'entrevue négative entre Israël et Jacquot-Descombes). Avec eux, les antifascistes italiens Sandro Rocca et Pajelli, le communiste grec Kypreou, le professeur égyptien Ahmed el-Ehwani. Henri Curiel adhère mais refuse d'entrer au comité directeur. L'Union loue des locaux spacieux (les fonds sont fournis par Daniel Curiel) avec salle de conférences pour quatre cents personnes, salons de réunion, bibliothèque, etc. Le succès est immédiat, total.

Henri participe également à la création des Amitiés françaises. Le but est de ranimer la flamme vacillante de la patrie de cœur, de défendre sa culture alors que les liens physiques sont tranchés pour un temps indéfini, d'épauler les indomptables qui luttent pour sa libération. L'entreprise gaulliste n'apparaît à personne chimérique ou vaine. Solitaire, dénué de moyens, réfugié en terre étrangère, le

Général parle d'une France qui étonne quarante millions de Français à quelques milliers d'exceptions près, mais où se retrouvent tout naturellement ces étranges étrangers qui, la voyant de plus loin, la voient probablement mieux. Une antenne gaulliste – la Délégation française – s'installe au Caire, dirigée par Georges Gorse. Rosette Curiel y travaillera à mi-temps, la seconde partie de sa journée étant consacrée à la librairie du Rond-Point.

« Le Rond-Point », comme on dit bien vite au Caire, est la troisième initiative d'Henri Curiel en quelques mois. C'est une papeterie-librairie située au centre de la ville européenne, rond-point Mustapha Kamel, tout à côté du magasin du père d'Albert Arié (après maintes tribulations commerciales, il a eu l'idée d'ouvrir une boutique d'articles de sport et fait des affaires d'or grâce à l'afflux de soldats britanniques).

Le rayon papeterie était surtout destiné à rassurer Daniel Curiel. Il avait avancé les fonds et entendait bien rentabiliser son investissement. Pour son fils Henri, l'assommant négoce des stylos et des rames de papier ne se justifiait que par la possibilité d'offrir en librairie des ouvrages politiques introuvables au Caire. Le mot « offrir » doit être ici pris à la lettre car les employés avaient instruction de détourner pudiquement la tête lorsqu'un jeune homme d'apparence modeste s'apprêtait à barboter un ouvrage recommandable. C'est dire que l'ambiance était plutôt celle d'un salon engagé ou d'un club de gauche que d'un établissement commercial. Daniel Curiel aimait à venir s'y asseoir après sa matinée de travail à la banque, sa cécité lui épargnant de découvrir des titres et des auteurs qui l'eussent scandalisé, comme de repérer les gestes furtifs des faucheurs de livres dont se fût offusquée son honnêteté foncière. Au reste, il était heureux car beaucoup d'officiers et de soldats britanniques fréquentaient la librairie et il s'enchantait d'avoir permis l'ouverture d'un nouveau lieu propice à la cause des Alliés. La villa de Zamalek tenait table ouverte pour les officiers anglais et, chaque dimanche, Daniel et Zéphira donnaient dans les jardins un thé dansant pour deux cents à trois cents soldats gavés de gâteries qui oubliaient les rigueurs de la guerre dans les bras des jolies cavalières fournies par la meilleure bourgeoisie cairote. Tout cela coûtait les yeux de la tête mais Daniel Curiel n'était pas homme à regarder à la dépense alors que Rommel poussait ses blindés vers le Nil.

La communauté juive savait que son sort particulier, sinon le destin du monde, était suspendu à la bataille décisive qui opposerait sous les murs du Caire l'Afrika Korps de Rommel aux Rats du désert de Montgomery.

*
**

L'Egypte parie sur Rommel et beaucoup d'Egyptiens souhaitent sa victoire.

Le Wafd, l'historique « délégation » conduite le 13 novembre 1918 par Saad Zaghloul pour réclamer l'indépendance, était devenu rapidement le parti le plus puissant du pays. Enorme mais composite, il décourage l'analyse politique par des contradictions si nombreuses qu'on pourrait presque le définir par leur somme. Il est aux mains des propriétaires féodaux et les masses se reconnaissent en lui. Il se pose comme l'intraitable adversaire de l'Angleterre mais bénéficie, au-delà des antagonismes d'estrade, de la secrète complaisance du Foreign Office, qui préfère cet interlocuteur pétri d'ambiguïtés rassurantes à un mouvement nationaliste pur et dur ou à un parti socialiste remettant en cause des structures sociales favorables aux intérêts anglais. Des scissions continuelles le mutilent sans entamer sa confuse identité. Il barbote en permanence dans un brouet peu ragoûtant de vénalité et de concussion mais aucun scandale n'altère la confiance que lui voue le peuple. On l'a souvent comparé au parti radical français, dont l'histoire se confond avec celle de la Troisième république. Jean et Simonne Lacouture notent très justement que le parti radical ne rend compte ni de Maurras ni de Jaurès alors que le Wafd intègre et incarne la totalité égyptienne. En vérité, son nom rend mieux compte du phénomène politique que la plus fine des analyses : le Wafd demeure envers et contre tout la « délégation » d'un peuple aspirant à l'indépendance.

Malgré cela, tenu en lisière par le roi Fouad, à l'autorité ombrageuse, il n'exerce le pouvoir que deux ans durant la période 1923-1936. Il survit pourtant à toutes les machinations de Fouad et joue avec habileté sa partie dans le combat triangulaire qui l'oppose au palais royal et à la résidence anglaise. En 1936, Fouad meurt ; son fils Farouk monte sur le trône. Le Wafd remporte un succès triomphal aux élections suivantes et accède au gouvernement. La même année, il négocie avec l'Angleterre un traité censé abolir les ultimes vestiges du protectorat britannique. La signature déchaîne dans le pays un enthousiasme disproportionné qui confirme la confiance absolue que lui voue le peuple et révèle paradoxalement combien Londres avait raison de le choisir pour son adversaire préféré : seul le Wafd pouvait faire recevoir comme une victoire éclatante un accord ne prévoyant pas le retrait immédiat et total des forces armées britanniques mais leur simple repli sur la zone du Canal, avec permission de se redéployer en cas de crise internationale. C'est, au mieux, l'indépendance dans l'interdépendance. Le Wafd feint d'ignorer ces contingences et célèbre à grand fracas « le traité de l'honneur et de l'indépendance ». Conquête bien réelle, celle-là : l'antique et humiliant régime des Capitulations est aboli. La honte en était d'autant plus vivement ressentie qu'elle accablait la seule Égypte, toutes les autres nations du vieil empire ottoman ayant l'une après l'autre secoué le joug hérité des temps anciens. Avec la mise en place du nouveau système (elle prendra plusieurs années) la justice égyptienne s'appliquera à tous sans discrimination ni privilège. Il y va de beaucoup plus que d'une dignité élémentaire reconquise : ce n'est qu'avec l'abolition des Capitulations que l'Egypte dispose de la maîtrise de sa législation financière.

L'euphorie passée, force est de voir les Anglais toujours présents, encore plus présents avec la déclaration de guerre qui les ramène dans les villes, plus que jamais présents lorsque l'attaque germano-italienne fait converger sur le pays près d'un million de soldats, employés, fonctionnaires venus de tout le Commonwealth. L'Egypte a le sentiment désagréable de n'avoir jamais été tant occupée que depuis qu'elle est indépendante.

Cette guerre n'est pas sa guerre. Le palais royal et la classe politique résistent à toutes les pressions exercées par Londres pour les obliger à choisir leur camp (l'Egypte ne déclarera la guerre à l'Allemagne qu'en février 1945, à deux mois de la victoire alliée...) Les wafdistes, une fois de plus congédiés par le roi, ont cédé le pouvoir à un gouvernement de droite dirigé par Ali Maher. Il favorise autant qu'il peut les forces de l'Axe. Lorsque les troupes de Mussolini passent à l'attaque, l'ancien Premier ministre Ismaïl Sedky exprime le sentiment général en déclarant : « L'offensive italienne n'est pas une agression dirigée contre l'Egypte, mais contre un autre belligérant sur le territoire d'une tierce puissance occupée. » On ne saurait être plus clair.

Les Anglais, lassés, finissent par perdre patience. Le 4 février 1942, leurs chars encerclent le palais royal, canons pointés, et l'ambassadeur d'Angleterre offre au roi une sèche alternative : ou il désigne un gouvernement favorable aux Alliés ou il perd son trône. Pour une fois, l'ultimatum ne procède pas de la morgue mais d'une manière de panique. Rommel vient de débarquer en Afrique à la tête de son Afrika Korps. Affronté à un ennemi autrement pugnace que l'adversaire italien, le commandement britannique refuse le risque de livrer bataille avec, sur ses arrières, la menace mortelle d'un soulèvement progermanique du Caire. On en est là. Beaucoup plus tard, dans ses Mémoires, le maréchal anglais Wilson révélera la surprise éprouvée en retrouvant, au lendemain d'El Alamein, dans les dossiers du commandement italien en déroute, les plans de défense britanniques qu'il avait lui-même communiqués au chef d'état-major égyptien... Ce chef d'état-major, le général Aziz el-Masri, avait du reste montré où allaient ses préférences en tentant de rejoindre en avion, avec l'approbation tacite des officiers égyptiens, les Irakiens pronazis de Rachid Ali el-Kilani.

Farouk cède et installe un gouvernement wafdiste probritannique. Ni le roi ni le Wafd ne s'en relèveront. On a dit l'immense prestige du Wafd : il est altéré à jamais. La popularité du roi n'était pas moindre. Jeune, magnifique, pieux, il avait accédé au trône dans la ferveur populaire. Les fêtes du couronnement avaient transporté l'Egypte. (Lydia Allony, invitée au palais avec son avocat de père, se rappelle la réception somptueuse : « Farouk était tout jeune, seize ou dix-sept ans, et beau comme un dieu. Le banquet a été servi dans de la vaisselle d'or et nous avions comme attraction la Comédie française venue de Paris. ») La soumission au diktat anglais met sur le visage du souverain une tache indélébile. « C'est là une date, écrira Sadate trente-cinq ans plus tard, que notre génération ne pourra jamais oublier. » Plusieurs officiers égyptiens ulcérés présentent leur démission au roi ; parmi eux, un certain commandant Neguib. Le jeune capitaine Nasser écrit à un ami : « Que faire après cet événement déplorable que nous avons accepté avec une résignation faite de soumission et d'abaissement ? En vérité, l'impérialisme n'a qu'une seule carte pour nous intimider ; mais le jour où il sentira que les Egyptiens sont résolus à s'offrir en holocauste, il se retirera, tel un bravache poltron. » Plus tard, devenu le maître de l'Egypte, Nasser commentera : « Le coup du 4 février tira quelques apathiques de leur torpeur et leur apprit qu'il y a une dignité qui mérite d'être défendue à tout prix. » Ces convulsions bien un peu étranges pour le lecteur européen d'aujourd'hui (Quoi ! ces gens ne se rendaient donc pas compte que la civilisation et la liberté étaient en jeu ?), les Mémoires d'Anouar el-Sadate les restituent avec une candeur révélatrice de sa bonne conscience. C'est même le seul passage du livre où l'on ne sent point l'auteur acharné à peaufiner son autoportrait – livre écrit après le célèbre voyage en Israël qui a fait de lui une star mondiale et une sorte d'apôtre de la paix révéré par des centaines de millions d'hommes, et où il se présente avec aplomb comme un bon garçon soucieux de se rendre utile et qu'accablent honneurs et pouvoir puisque son plus cher désir serait de retourner cultiver la terre dans son village natal. Sadate, sachant pourtant que l'entreprise hitlérienne a laissé un souvenir controversé, abandonne ici tout souci de son image de marque : il révèle carrément ses efforts pour poignarder les Alliés dans le dos et ouvrir à l'Afrika Korps les portes du Caire. Avec un groupe d'officiers égyptiens – les futurs « Officiers libres » que le monde découvrira dix ans plus tard lorsqu'ils renverseront Farouk – il décide de passer à l'action. Un projet de traité est rédigé à l'intention de Rommel par lequel les conjurés s'engagent à entrer en guerre à ses côtés et à ne pas laisser un seul soldat anglais quitter Le Caire en échange de la garantie allemande de l'indépendance de l'Egypte. Cadeau de bienvenue joint au traité : les photographies des positions anglaises à El Alamein. Le tout est confié à un pilote égyptien dont l'avion est malencontreusement abattu par la Flak allemande en dépit de ses signaux amicaux, tant et si bien que la tentative capote dans les sables. Sadate n'en fait pas moins acheter dix mille bouteilles vides pour confectionner des cocktails Molotov et prend langue avec deux espions nazis plutôt pittoresques dont le repaire est un bateau amarré au bord du Nil, en plein Caire, où ils mènent joyeuse vie grâce à une réserve inépuisable de fausses livres sterling. Sadate propose de réparer leur poste émetteur en panne, ravi de pouvoir ainsi entrer en contact direct avec Rommel, mais le contre-espionnage anglais le prendra de vitesse et le coffrera avec les deux Allemands.

Coïncidence spectaculaire mais peu surprenante si l'on considère que les mêmes causes produisent les mêmes effets : en Palestine occupée par les Anglais, le sioniste Abraham Stern, fondateur du groupe terroriste le plus expéditif, établit une distinction entre l'adversaire anglais et l'ennemi nazi : « L'adversaire, c'est une puissance étrangère qui domine notre territoire et dénie au peuple hébreu son indépendance au sein de sa patrie. L'ennemi, lui, est celui qui hait les juifs, c'est celui qui les traque et les tue partout où il les trouve, qui désire les anéantir. » Mais Stern constate : « La haine que nous porte l'ennemi s'exerce grâce à la sujétion dans laquelle nous maintient l'adversaire. Si celui-ci ne nous empêchait pas de disposer souverainement de notre patrie, nous pourrions y accueillir tous les juifs menacés par l'ennemi et les soustraire ainsi à sa fureur meurtrière. Ainsi, notre devoir primordial est de combattre l'adversaire et de libérer notre patrie. Pour y parvenir, nous devons utiliser tous les moyens, y compris une alliance avec notre ennemi si ce dernier est en même temps l'ennemi de notre adversaire. » Au terme de ce raisonnement d'une rationalité hardie, Stern dépêche un émissaire aux futurs usiniers nazis d'Auschwitz et de Treblinka pour leur proposer « un projet de traité entre les puissances de l'Axe et le mouvement de libération nationale hébreu en Palestine. Au terme de ce projet, l'Irgoun (armée secrète juive) intensifierait son effort de guerre contre la Grande-Bretagne en échange de la reconnaissance formelle par les autres parties du droit du peuple hébreu à établir un Etat souverain en Palestine[1]... » La proposition n'eut pas de suite.

(Le Caire, l'une des grandes métropoles où se joue en permanence une partie du drame politique mondial avec, comme en cet été 42, des temps forts polarisant sur le théâtre égyptien l'attention internationale. Mais aussi un village, ou, si l'on préfère, l'une de ces villes de province dont chaque habitant connaît tout le monde, de sorte que l'événement le plus spectaculaire pour l'extérieur est vécu par ses acteurs sur le mode intimiste, s'intègre à la chronique locale, conserve sous ses apparences brutales une manière de familiarité qui lui ôte beaucoup de tranchant. L'épisode des deux agents nazis de Rommel figure à juste titre dans toutes les histoires de l'espionnage – les bougres avaient accompli un réel exploit en franchissant des milliers de kilomètres de désert, déguisés en officiers britanniques, avant de faire surface au Caire. La sœur de Didar Rossano, la plus fidèle compagne de lutte d'Henri Curiel, était de toutes les folles nuits sur le bateau du Nil. L'un des deux espions avait pour maîtresse une entraîneuse du *Kit-Kat Club* où travaillait la belle Lydia, ancien amour d'Henri. Fouad Habachi, curiéliste indéfectible, est sergent mécanicien dans l'escadrille de ce pilote chargé par Sadate et ses amis d'atterrir derrière les lignes allemandes. Ces emmêlements typiquement égyptiens n'abolissent certes pas les antagonismes mais y mettent du mœlleux. Le pire ennemi, qui suscite la panique et engendre la haine, c'est toujours l'ennemi sans visage.)

Qui ne parierait sur la défaite des Alliés ? Seuls les

(1) Nathan Yalin-Mor, *Israël, Israël...*, Presses de la Renaissance, p. 92.

experts pressentaient que le ressort allemand était tendu à se briser. Cet été 1942, l'empire hitlérien atteint son apogée et jamais l'Allemagne n'a paru si près de tenir le monde dans sa poigne. En Union soviétique, l'offensive de la Wehrmacht a enfoncé le flanc sud de l'Armée Rouge ; les troupes d'assaut du maréchal von Kleist ont une tête de pont à l'est du fleuve caucasien Tcherek, dernier obstacle avant le pétrole de Bakou. En Egypte, Rommel a les Pyramides en ligne de mire et prépare l'ultime assaut qui lui ouvrira Le Caire et Suez – « la suprême conquête », comme il l'écrit dans ses *Carnets.* Encore un coup de reins, et le monde effaré verra réussir le plus fabuleux coup de poker stratégique de l'histoire militaire moderne : l'avant-garde de von Kleist donnant la main aux éclaireurs de Rommel quelque part du côté de Bagdad.

Le Caire est au bord de la crise de nerfs. La Luftwaffe bombarde la nuit les casernes anglaises du centre de la ville, là où s'élève aujourd'hui l'hôtel *Hilton.* Le jour, un flot ininterrompu de soldats et de matériel militaire montant vers le front coule d'est en ouest le long des avenues. Dans les faubourgs, le petit peuple sort dans la rue et manifeste au cri de « En avant Rommel ! » L'ambassade britannique brûle ses archives, recouvrant la ville de la pluie de cendres prémonitoire de défaite. La communauté juive s'angoisse. Tous ceux qui ont milité pour la cause alliée – et au premier rang les membres de l'Union démocratique – savent ce que signifierait pour eux l'arrivée victorieuse des soldats hitlériens. Les autorités anglaises, conscientes du péril, décident d'organiser l'évacuation des plus menacés et mettent à leur disposition plusieurs trains spéciaux à destination de la Palestine. Terrible dilemme : faut-il fuir de possibles représailles ou rester en misant sur la victoire de Montgomery ? Souvent, le choix se fait en fonction de touchantes futilités. Le père d'Albert Arié refuse de quitter un quartier où il a ses habitudes. Chez les Blau, les bagages sont déjà bouclés quand les trois enfants refusent d'abandonner leur chien qui n'a pas droit au train spécial : on ne partira pas. Chez les Stambouli, où l'on a vu avec effarement les soldats anglais d'une caserne voisine brûler une montagne de papiers et partir drapeau en tête et au pas cadencé en direction... de la Palestine, le père réunit son monde et déclare : « Je suis avocat, j'ai des procès en cours et je ne peux pas abandonner mes clients. Mais voici vos passeports. Partez pour Damas. » Personne ne part. « La grande frousse de notre vie », se rappelle néanmoins Raymond Stambouli.

Mais ils sont des milliers à s'entasser dans les wagons salvateurs.

Raoul Curiel et Raymond Aghion partent très officiellement. Rosette, de nationalité égyptienne, doit se déguiser en auxiliaire féminine de l'armée grecque pour monter dans le train. Elle a endossé l'uniforme à contrecœur mais garde aux pieds des chaussures en peau de serpent et se fait accompagner à la gare par un domestique portant une grosse valise remplie de toilettes. Voyage de cauchemar au milieu d'un grouillement de punaises, et une grosse émotion à la frontière palestinienne lorsqu'un sergent anglais demande ses papiers à la soldate aux pieds étonnants. Mais c'est Sam Bardell, hôte assidu des thés dansants de Zamalek ! Il fait les yeux doux à la compagne de Rosette, Henriette, cousine d'Albert Arié, employée à la librairie du Rond-Point, qu'il finira d'ailleurs par épouser : c'est l'Egypte.

Marcel Israël eut un voyage mouvementé. Il avait été arrêté quelques mois plus tôt pour « activités communistes ». A sa grande surprise, Hosni el-Orabi, ancien secrétaire du parti communiste de 1920 devenu agent nazi, avait été arrêté avec lui : ils habitaient le même immeuble. Tandis que ses camarades étaient rapidement relâchés, Israël avait été transféré dans un camp d'internement à cause du passeport italien qui en faisait un ressortissant ennemi – effet boomerang du privilège capitulaire... La Délégation française était intervenue pour l'en faire sortir. Encore l'adjoint de Georges Gorse avait-il dû se porter personnellement garant auprès des autorités britanniques que son protégé ne descendrait pas du train avant le terminus de Jérusalem. Voyage difficile car un espion nazi s'est glissé dans le convoi et alerte la Luftwaffe par signaux lumineux. Harcelé par les *Junkers,* le train mettra deux jours pour gagner Jérusalem au lieu d'une nuit. A l'aube du deuxième jour, en plein désert, vision surréaliste d'une compagnie de Pygmées encadrée par deux caporaux anglais blonds et gigantesques. Israël restera un an et demi en Palestine dans le dénuement le plus complet. Quelques mois après son arrivée, il a la bonne surprise de recevoir, expédiées par Henri Curiel, avec qui les relations sont déjà aigrelettes, deux grandes valises bourrées de vêtements d'enfant. C'est l'Egypte. Mais les vêtements sont à la taille d'un enfant de dix ans alors que le fils d'Israël n'a pas encore un an. C'est Henri. « J'ai vendu le lot pendant une semaine à la porte de Jaffa. Nous étions dans une misère noire, vraiment affamés. A table, j'avais un accord avec ma femme : celui qui coupe, c'est l'autre qui choisit. Henri nous a permis de manger. »

Hillel Schwartz fait aussi retraite à Jérusalem.

Et qui pourrait leur reprocher leur repli stratégique ? Ils se battraient si on leur confiait des fusils mais l'armée britannique n'enrôle pas en Egypte. A quoi bon se laisser piéger bêtement par les troupes allemandes ? Rommel n'est pas pour eux l'officier chevaleresque si populaire chez les Rats du désert que l'état-major anglais a cru devoir pondre une piteuse note de service recommandant de ne plus prononcer son nom : il est le bras armé du racisme assassin, le détachement précurseur des Eichmann et des Barbie. Juste avant l'offensive, l'amiral Canaris, chef de l'Abwehr, nationaliste allemand de la vieille école, a fait spécialement le voyage d'Afrique pour donner à Rommel ce qu'il appelait « une leçon de choses » ; en l'espèce, il s'agissait de lui mettre sous les yeux des documents révélant l'horreur des camps d'extermination. Le célèbre général, promis à une légende posthume bien mal fondée de héros anti-nazi, a repoussé les documents en se bornant à répondre : « Je suis un soldat et je fais mon devoir de soldat. » Vainqueur au Caire, il n'eût pas considéré de son devoir de soldat de s'opposer au départ des bateaux pour Auschwitz.

Mais l'exode à Jérusalem consacre tragiquement un irréductible statut d'étranger – et ce n'est plus affaire de passeport tiré à la loterie. Révolutionnaires par réflexion et par passion, ils avaient voué leur vie à l'Egypte : les voici qui la quittent dans les wagons de l'occupant détesté, sous sa protection. Le train de Jérusalem, quoi qu'ils en aient, c'est pour les Egyptiens le train des collabos.

Henri Curiel a décidé de rester au Caire.

***

Son choix venait de loin.

En 1936, avec l'ouverture des négociations internationales sur le régime des Capitulations, certains avaient senti tourner le vent. Raymond Stambouli, ex-briseur de réverbères narguant les sergents de ville du haut de son privilège de « protégé », prend des leçons d'arabe conformément au conseil paternel et s'inscrit à la faculté de droit égyptienne. Le mouvement s'accélère après l'abolition des Capitulations. Maint jeune homme de bonne famille découvre, non sans perplexité, qu'il serait judicieux d'apprendre la langue de ses domestiques. Les temps sont à l'égyptianisation, maître mot de l'avenir.

Henri Curiel a fait son choix dès 1935, le jour de ses vingt et un ans, alors que nul ne prévoyait une disparition si prochaine des privilèges capitulaires. Sa naissance en Egypte lui permettait d'opter entre les nationalités italienne et égyptienne. A la grande fureur de son père, il se fait égyptien et se met dans le même temps à l'étude de l'arabe. Il ne maîtrisera jamais parfaitement la langue, conservant un accent qui fera sourire plus d'un interlocuteur autochtone, mais l'intention sera appréciée.

Puis il mène bataille au sein de l'Union démocratique pour un objet que beaucoup trouvèrent futile, sinon incompréhensible. Peu après la création de l'association, un émissaire de l'ambassade britannique avait pris contact avec les dirigeants en témoignant un vif intérêt pour leur initiative et en proposant toutes les aides matérielles et financières propices à son épanouissement. Le premier mouvement, presque unanime, avait été d'accepter. L'Union ayant pour but de promouvoir dans l'opinion égyptienne la cause démocratique, il paraissait raisonnable de marcher main dans la main avec l'Angleterre. Henri Curiel, violemment hostile, entra au comité directeur pour mieux défendre une position qu'il partageait avec Georges Pointet. Ils affirmaient bien évidemment l'appartenance au camp antifasciste, mais enfin le champ d'action de l'Union était l'Egypte et non point le Canada ou l'Australie. Inlassablement, Henri répéta ce qui devait rester jusqu'à son dernier jour son credo politique : « Pour que les gens changent d'opinion, il ne faut pas leur imposer vos propres idées mais partir des leurs. » Or les masses égyptiennes, peu sensibilisées à la réalité fasciste, n'admettraient pas qu'on leur propose de composer avec le mal anglais au prétexte que le mal nazi était encore pire. « On ne nous croira pas si nous affirmons que l'Allemagne de Hitler est pire que l'Angleterre, répétait Henri Curiel à ses amis étonnés. On ne nous suivra pas si nous prêchons une alliance, même provisoire, avec les Anglais pour se débarrasser des nazis. Nous pouvons dire que les nazis sont aussi mauvais que les Anglais, mais rien de plus. Et cela implique le refus de toute collaboration avec les gens de l'ambassade. » Au terme de plusieurs semaines de débat et malgré un rapport de force initial de deux contre sept au sein du comité, la thèse de Curiel et de Pointet finit par l'emporter. Victoire devenue sans objet car l'émissaire anglais, probablement informé de la controverse, avait jugé superflu de reprendre contact. L'ambassade allait monter de toutes pièces une organisation portant le beau nom de Frères de la Liberté. L'analyse d'Henri Curiel se vérifierait implacablement : les Frères de la Liberté sombreraient dans le discrédit, et avec eux la juste cause qu'ils défendaient, pour la simple raison qu'ils étaient l'émanation de la puissance honnie.

La création des Amitiés françaises procédait d'une analyse identique : elle représentait une possibilité d'agir pour le camp allié sans compromission avec l'occupant. La marge de manœuvre fut d'autant plus large que les Anglais, jamais en reste de mesquinerie, mirent à profit la rupture des communications avec la France pour tenter d'améliorer leur propre position culturelle, n'hésitant pas, pour faire bonne mesure, à empêcher toute importation de livres français, fût-ce en provenance du Canada ou des Etats-Unis. Les relations entre la délégation gaulliste et l'ambassade britannique, déjà compliquées par la neutralisation en rade d'Alexandrie d'une escadre française vichyste, subissaient le contrecoup de toutes les tensions surgissant entre de Gaulle et ses puissants alliés. Ainsi, lors de la tentative anglo-américaine de remplacer le chef de la France libre par le navrant général Giraud, les autorités du Caire suspendirent la publication de *La Marseillaise*, journal gaulliste créé par Gorse. C'est dire qu'on pouvait travailler aux Amitiés françaises sans être suspect d'anglophilie exagérée.

L'arrivée de Rommel aux portes du Caire ne modifie pas l'analyse politique d'Henri Curiel, même si elle affecte son application d'un coefficient de risque singulièrement élevé. Il prend sa décision sans hésiter et l'annonce à ses amis en la drapant d'un romanesque dont il sourira plus tard : s'il reste au Caire, c'est pour organiser la résistance à une éventuelle occupation nazie – beau résistant qui baragouine la langue du pays, est connu comme le loup blanc de tous les services de police et ne peut se risquer dans un faubourg sans que le premier gamin venu s'interroge sur sa nationalité ! Tel est déjà Henri Curiel : merveilleux et exaspérant. Il ne changera pas. Jusqu'à son dernier souffle, il gardera ce romantisme dont ricaneront ses pairs et rivaux (on imagine les jaunes sourires de ses bons camarades filant se mettre à l'abri à Jérusalem dans le train anglais : pour qui se prend-il ?) tandis que la jeunesse, toujours, et même lorsqu'il sera devenu un vieil homme, aimera en lui une aptitude intacte à passionner la politique. Le secret du pouvoir mobilisateur d'Henri Curiel et de son efficacité militante : un romantisme inné allié à un pragmatisme acquis au feu de l'action.

Les jours suivants furent de fièvre et d'agitation. Il s'agissait de préparer le passage à la clandestinité. Une jeune Egyptienne, Asma el-Bakly se dévoua avec efficacité, ouvrant même au futur résistant la maison familiale de Meadi, le Neuilly cairote, où son père réserva à Henri Curiel un accueil chaleureux. (Asma épouserait bientôt l'un des lieutenants de Marcel Israël, et son père, directeur d'une des grandes prisons du Caire, aurait dans l'une de ses cellules, quatre ans plus tard, un Henri Curiel auquel il témoignerait la même gentillesse qu'à Meadi – toujours l'Egypte.)

Le passage à la clandestinité n'eut pas lieu. Non pas en raison de la victoire de Montgomery sur Rommel mais parce qu'avant même le premier coup de canon de la bataille d'El Alamein, la police égyptienne arrêta Curiel. Un matin, alors qu'il passait au

Rond-Point, une troupe de policiers investit la librairie, fouilla les rayons, confisqua quelques livres et emmena le prisonnier, menottes aux mains, à la villa de Zamalek où une seconde perquisition eut lieu sous l'œil scandalisé de Zéphira. Pour une surprise, c'était une surprise. A quoi rimait l'indigne traitement infligé à une famille dont les sympathies pro-alliées étaient publiques ? Henri Curiel, s'il l'avait voulu, n'aurait-il pas eu sa place dans le train spécial organisé et protégé par les autorités anglaises ? Un fonctionnaire des services de sécurité britanniques avait dû se tromper de fiche. L'explication était simple : l'arrestation d'Henri Curiel avait été opérée à l'insu des Anglais et si la police égyptienne lui mettait la main au collet, c'était pour offrir aux futurs vainqueurs allemands l'un de ces juifs communistes dont on les savait friands. Didar Rossano, bibliothécaire de l'Union démocratique, avait reçu la visite de policiers venus lui demander la liste des adhérents. Elle avait refusé mais elle devait apprendre par la suite que les sbires s'étaient procuré le fichier par une autre filière.

Le soir de son arrestation, Henri Curiel était incarcéré dans une grande villa de la banlieue de Zeitoun, localité proche du Caire, où une cinquantaine de détenus étaient déjà rassemblés.

Ce fut la première des nombreuses circonstances où sa vie fut en danger. Ses codétenus étaient des agents ou sympathisants pronazis capturés par le contre-espionnage anglais. Apprenant qui était le nouvel arrivant, ils décidèrent de lui faire la peau à la première occasion et refusèrent pour commencer de l'accueillir dans une chambre. Un baron balte, anticommuniste viscéral mais homme du monde, reconnut cependant dans l'impétrant un gentleman de bonnes manières : il lui offrit de partager sa chambre (quelques mois plus tard, le baron recevrait avec la même bienveillance Anouar el-Sadate, sauvé du peloton d'exécution grâce à ce réseau égyptien de sympathies souterraines dont le lecteur doit commencer à percevoir l'humanisante efficacité). Dormir était bien ; survivre serait encore mieux. Cette fois, le salut vint bizarrement de cet Orabi, fondateur du parti de 1920 et agent nazi. Ravi d'avoir sous la main quelqu'un avec qui parler du bon vieux temps, peu enclin au sectarisme au terme d'un parcours philosophique contrasté, Orabi sauva Curiel du lacet fatal.

Et les discussions commencèrent.

Maint acteur n'est vraiment lui-même que sur les planches. Pour beaucoup de ses amis, Henri Curiel était à son meilleur en prison. Bien sûr, l'arrestation survient en général en période de crise, au point culminant d'une activité et d'une tension nerveuse épuisantes, et le militant incarcéré goûte la sombre volupté de pouvoir enfin dormir quarante-huit heures d'affilée. Mais pour Henri Curiel la récupération de ses forces n'était que le prélude à une existence carcérale active, harmonieuse, parfaitement satisfaisante. Aucune des lettres qu'il a écrites de ses diverses prisons (et nous en possédons beaucoup) ne trahit le malaise ni même une simple contrariété. Il est bien. La prison n'est pas pour lui une parenthèse obligatoire, un entracte forcé : c'est la continuation de l'action sur un autre théâtre, avec une intrigue et des partenaires différents ; mais la pièce lui convient. On a même le sentiment qu'il s'épanouit dans l'enfermement, asphyxiant pour tant d'autres. Paradoxe : ce militant internationaliste, l'un des rares de sa génération (né dix ans plus tôt, il eût été l'un des « commis voyageurs en révolution » du Komintern) n'est nulle part plus à son aise que dans le monde clos de la prison, où chacun, gardien et détenu, connaît parfaitement ses marques et le rapport de force. Lieu codé, hiérarchisé, apparemment inébranlable, mais qu'une stratégie minutieuse et patiente peut déstabiliser au-delà de toute vraisemblance.

Ici plus qu'ailleurs, la parole est action.

L'application de la technique curiélienne de dialogue aurait peut-être fait problème (« Certes les juifs sont des sous-hommes et les communistes des chiens. J'observe cependant, etc. ») mais il comprit très vite qu'à part quelques agents authentiques, ses codétenus n'étaient que des patriotes dévoyés prêts à s'allier avec le diable pour bouter l'Anglais hors d'Egypte. Henri Curiel avait eu l'intuition de la force du sentiment national ; son séjour à Zeitoun en fit une certitude. « Cette détention, dit-il par la suite, fut mon premier bain dans la réalité politique égyptienne, que je connaissais si mal. Elle m'a permis de comprendre qu'aucune « souplesse » vis-à-vis de l'Angleterre ne pouvait être admise sous aucun prétexte par un véritable patriote égyptien. » Leçon mémorable parce que reçue dans le cas de figure le plus extrême, alors que l'obligation vitale et universelle d'abattre le nazisme échouait à assoupir, même momentanément, la revendication nationaliste. Pour qu'un peuple généreux et pacifique en vînt à jouer Hitler contre Winston Churchill, il fallait vraiment que l'aspiration à l'indépendance fût première, irrépressible, incontournable. La leçon serait entendue et gardée jusqu'à la fin.

Il eut la tentation de se faire musulman. Orabi l'y encourageait vivement pour des raisons d'opportunité : si Rommel entrait au Caire, la mosquée serait mieux cotée que la synagogue. Curiel y voyait la possibilité d'une immersion plus complète dans la population égyptienne. Plusieurs de ses amis juifs avaient déjà pris ce chemin et, dûment convertis, essayaient avec vaillance de se mettre à aimer la cuisine autochtone et la danse du ventre ; l'échec n'était pas rare. Il renonça finalement à Mahomet parce qu'une conversion à portée de canon de l'Afrika Korps n'eût pas été très digne et que « l'important n'est pas ce qu'on est : c'est ce qu'on fait »...

Mais il observa rigoureusement le ramadan par

solidarité avec ses codétenus et participa à une grève de la faim pour protester contre l'éloignement arbitraire du délégué élu par les prisonniers nazophiles pour traiter avec l'administration. Sa première grève de la faim. Il deviendrait plus tard expert en la matière, écrirait un mode d'emploi à l'intention des usagers, et enseignerait oralement à des centaines de militants de tous pays comment préparer, accomplir et terminer une grève de la faim.

Il fit même du zèle. Ses codétenus s'étaient sagement ménagé une journée de transition, avec alimentation normale, entre la fin du ramadan et le début de la grève. Il passa directement du jeûne à la grève selon le principe qu'un militant communiste doit toujours être le meilleur et donner l'exemple. Toute sa vie, il appliquerait ce principe sans bien se rendre compte, semble-t-il, que son zèle suscitait au moins autant d'agacement que d'admiration. En l'occurrence, les hôtes forcés de Zeitoun se fussent sans doute satisfaits qu'un juif observât le ramadan et qu'un communiste fît abstinence pour un détenu nazophile sans bénéficier en prime d'une discrète leçon de perfectionnisme.

Daniel et Zéphira Curiel, légitimement furieux du mauvais tour joué à leur cadet, prirent feu et flamme lorsqu'ils le surent engagé dans une grève de la faim pour eux incompréhensible. Comme ils ne manquaient pas de relations, le sort d'Henri devint une petite affaire d'Etat et le Premier ministre en personne, Nahas Pacha, fit savoir au prisonnier que sa libération interviendrait dès qu'il aurait accepté de s'alimenter. Le gouvernement, conscient de la bévue policière, s'efforçait de ne pas perdre la face. Solidaire à tout crin, Henri Curiel refusa d'interrompre son action avant ses codétenus. Au dixième jour, le pouvoir céda et le jeta hors de l'hôpital où il avait été transféré.

Il trouva à Zamalek une convocation du Bureau spécial, service policier chargé de la lutte anticommuniste. Ses deux patrons, Selim Zaki Pacha – futur chef de la police égyptienne – et Omar Hassan avaient été formés à Moscou (ils parlaient couramment le russe) par la célèbre police tsariste, l'Okhrana. Omar Hassan le reçut avec bienveillance : « Vous savez mes sentiments d'amitié pour vos parents, dit-il, et je vous avoue que j'ai la plus grande sympathie pour vos activités philanthropiques. Cela dit, pourquoi perdre votre temps avec ces communistes ? Vous n'arriverez à rien. Comprenez que vos activités me sont connues dans le moindre détail. Ce n'est pas un informateur ou deux que j'ai dans votre groupe : vous êtes entouré de gens à moi. Croyez-moi : laissez tomber l'action politique qui ne vous mènera nulle part et contentez-vous du travail social. Je sais tout le bien que vous avez fait pour les fellahs de monsieur votre père. Voilà votre avenir : le travail social. »

Henri Curiel s'abstint de répondre que lorsque les bolcheviks s'étaient emparés du pouvoir, en 1917, ils avaient trouvé dans les dossiers de l'Okhrana les preuves surabondantes que la police secrète du tsar savait tout de leur organisation, de leurs conflits internes et de leurs plans d'action ; cela n'avait pas empêché la révolution.

Il fut mis au régime de la surveillance administrative. Appliqué à l'origine aux seuls délinquants de droit commun, dont les méfaits se perpétraient surtout la nuit, ce régime obligeait l'assujetti à rester chez lui de dix-huit heures à six heures du matin ; un policier passait deux fois par nuit au domicile dudit assujetti pour constater sa présence. Les militants égyptiens soumis à la même obligation en conservent un souvenir cauchemardesque car le policier nocturne devait obligatoirement vérifier leur identité et le fait d'être réveillé en sursaut deux fois par nuit entraînait des troubles nerveux à la longue épuisants.

Un Curiel échappait naturellement à ces tracasseries. Le policier, pauvre diable sous-payé, se présentait à la porte de service de la villa de Zamalek ; un domestique l'installait à l'office, lui servait une collation prise sur les reliefs du repas des maîtres, lui glissait vingt piastres dans la main, et l'excellent homme repassait la porte de service en se confondant en remerciements après avoir signé le registre de contrôle attestant son passage. Henri Curiel avait depuis longtemps réintégré son appartement personnel que le manège durait toujours, dans la connivence générale, et le policier vérificateur faisait partie de la famille lorsqu'on s'avisa enfin, en haut lieu, de lever la surveillance administrative – elle avait duré trois ans.

Tout cela à une étape d'El Alamein et tandis que se déroule l'une des trois batailles essentielles de la seconde guerre mondiale... « L'Egypte, dit Chehata Haroun, est à mi-chemin de Kafka et de Courteline. » Et Raymond Stambouli de commenter sombrement : « L'ennui, c'est qu'on ne sait jamais de quel côté on est. »

Zeitoun, programmé pour un épilogue kafkaïen, finissait chez Courteline grâce à la victoire de Montgomery.

AU départ de l'escale de Louxor, sur le Nil, un *Monde* traînant sur une table du salon m'apprit la mort de Léopold Trepper, ancien chef de l'Orchestre rouge.

Je l'aimais. Il m'aimait bien, je crois.

Les siens l'appelaient le Grand Chef. Il avait été toute sa vie mêlé à de grandes affaires. Il avait existé dans la pensée de Hitler et de Staline, et leur avait survécu. Révolutionnaire professionnel, génial chef de réseau, pensionnaire pendant dix ans de la Loubianka, victime en 1970 de l'hystérie antisémite polonaise, il mourait donc à Jérusalem et le général Sharon, ministre israélien de la Défense, viendrait épingler sur son cercueil la médaille des héros de la lutte antinazie. « La vie est pleine d'imprévu », aimait-il à dire. La mort aussi.

Il partageait avec Henri Curiel le dédain des antiquités. Henri n'avait jamais remonté le fleuve prodigieux bordé par l'Histoire. En 1966, Trepper, posant un regard étonné sur les touristes de Pompéi, me demandait : « Mais quel intérêt trouvent-ils à ces maisons démolies ? » (Il allait passer avec vingt ans de retard une lune de miel à Capri en compagnie de son amour du temps de guerre. A l'hôtel de Naples, avant de partir pour des ruines dont je pensais qu'elles le passionneraient, je l'avais vu déchiqueter le coin de journal sur lequel il avait griffonné des dessins machinaux et brûler les lambeaux dans un grand cendrier. « Mais pourquoi ? » – « Ne jamais laisser de traces » répondit-il. C'est un homme qui m'a beaucoup appris.)

Ils avaient le même avocat, Léo Matarasso. Trepper, pour défendre, et triomphalement, son honneur contesté par le directeur de la DST ; Curiel, pour laver sa mémoire de quelques salissures de plume.

Ils avaient en commun d'être aimés des leurs.

Et au bout du compte, ils m'avaient en commun.

Trepper était considéré par les services occidentaux comme mort depuis vingt ans quand j'avais commencé mon enquête sur l'Orchestre rouge. Le ressuscitant, moi qui avais l'âge d'être son fils, je lui donnais une seconde naissance. Ainsi avions-nous des rapports de père à père. Ce ne sont pas les plus simples, ni les moins délicieux.

Etrangement, j'entendis pour la première fois le nom de Curiel le jour de son assassinat. Lorsque la presse l'avait violemment tiré de l'ombre, en juin 1976, j'étais sur un cargo bananier au milieu de l'Atlantique. Les péripéties ultérieures m'avaient échappé. L'assassinat lui-même ne me bouleversa pas : je terminais un livre. (Une guerre nucléaire ? D'accord. Mais après la publication.)

Quatre mois plus tard, en septembre 1978, *Le Pull-over rouge* étant publié, je vis entrer chez mon éditeur un colosse qui semblait chercher quelqu'un sur qui cogner et une femme ruisselante de larmes. Ils me demandèrent s'il m'intéresserait d'écrire un livre sur Henri Curiel. Les braves gens. Chaque année, dix à quinze lettres pour m'annoncer : « Vous êtes un heureux lascar : j'ai mené une vie passionnante et j'ai décidé de vous confier le soin de la révéler au monde. » Ils étaient pressés. A leur idée, une publication dans les douze mois à venir serait la bienvenue. Mais trois ans au minimum, sauf exception rarissime, s'écoulent entre la rencontre d'un sujet et l'écriture de la première ligne. Le temps de rôder autour du sujet, de s'en éprendre, de le rejeter, de le reprendre... A la fin, et dans l'écœurement, commencer à écrire parce qu'il n'est pas d'autre moyen de s'en débarrasser. Les gens ne savent pas. Ceux-ci ajoutèrent, saccageant à plaisir leur dossier : « Naturellement, nous ne pourrons pas tout vous dire. » Si la femme n'avait été secouée de sanglots (l'homme lui jetait des regards d'affection furibonde) la conversation se fût terminée là. Il ne pouvait pas tout me dire « parce que le travail continuait ». Il continuerait en effet jusqu'à l'arrestation, le 5 juin 1980, de Maria Amaral et de Jean-Philippe Elantkowski, qui avaient courageusement repris le flambeau après la mort d'Henri, et leur condamnation pour fabrication de faux papiers. Mais j'aurai obtenu bien avant les ultimes confidences et les dossiers d'archives. Ils étaient trop bons militants pour ignorer que seule la vérité est révolutionnaire. J'étais assez écrivain pour savoir qu'en ces matières seule la vérité est passionnante.

Leur douleur poignante m'ôta le courage de rompre sur-le-champ. Celle de l'homme, moins spectaculaire, était d'autant plus bouleversante. Ils avaient fait entrer la tragédie dans la pièce. Mais sortant de la tragédie d'un meurtre judiciaire, je ne me sentais pas la force de reprendre du service dans l'assassinat politique.

Lâchement, j'acquiesçai à une solution reportant à plus tard l'inévitable refus. Henri Curiel avait une jeune cousine, Sylvie Braibant, fraîche émoulue du Centre de formation des journalistes : elle commencerait l'enquête, débroussaillerait le terrain. Je rencontrai la demoiselle. L'œil vif, le verbe alerte, mais vingt-deux ans aux prunes. Je lui souhaitai bonne chance avec hypocrisie.

L'ancien curé de mon village cotentinais me racontait : « A peine avais-je pris possession de ma première cure qu'on vient me chercher pour les derniers sacrements à un agonisant. La famille me prévient : « C'est un mécréant, un anticlérical, il ne veut pas du prêtre, mais nous vous supplions de venir. Je me dis : « Ça commence bien. » Quand le moribond me voit entrer dans sa chambre, il se retourne d'un bloc et se rencogne face au mur. Je m'assieds devant ce dos tourné et, pour me donner une contenance, je commence à réciter à voix haute le « Notre Père ». Voilà-t-il pas qu'au milieu de la prière, je vois mon type remuer, se retourner lentement vers moi. J'ai enchaîné avec le « Je vous salue Marie », qu'on a fini en chœur, mais intérieurement, je me criais, exultant et stupéfait : « Ça marche ! Ça marche ! »

L'enquête de Sylvie Braibant me décolla du mur. Incisive dans l'interview, acharnée à obtenir la bonne réponse aux bonnes questions, déployant ses investigations sans épargner rien ni personne, on eût dit qu'elle savait d'instinct, si jeune et n'ayant encore rien publié, qu'un livre sur Curiel est évidemment plus important que Curiel. Un pur talent.

Dix-huit mois plus tard, j'étais ferré. Il ne me restait plus qu'à enquêter moi-même pendant trois ans.

TOUTE sa vie, Rosette se souviendrait de l'année 1943 comme de celle de leur plus grand bonheur.

Ils avaient emménagé au treizième étage de l'un des plus hauts immeubles du Caire de l'époque, 33, rue Abdel Khalek Sarroite, en plein cœur du quartier européen, tout près de la banque Curiel et du Rond-Point. Aux quatre pièces de l'appartement s'ajoutait une vaste et agréable terrasse. La vue sur Le Caire et les contreforts rocheux cernant les faubourgs à l'est était à couper le souffle. Une bonne et un petit boy assuraient les besognes domestiques. Le mobilier, sommaire, avait été fourni par les parents Curiel.

Henri travaillait chaque matin à la banque paternelle ; son salaire était de quarante livres par mois. Levée comme lui à sept heures, Rosette passait la matinée à la Délégation française, où elle avait pour voisine de bureau Marguerite Fouilloux, la fiancée de Pointet, et travaillait l'après-midi à la librairie ou aux Amitiés françaises. Elle gagnait quinze livres par mois, ce qui leur faisait un revenu mensuel global de cinquante-cinq livres. Ce n'était pas le Pérou (agronome débutant et célibataire, Joseph Hazan gagnait cent livres) mais leur train de vie était modeste. Toujours végétarien, adepte d'un régime sans concession prôné par un certain docteur Carton, Henri faisait du jus de carotte l'essentiel de son alimentation. En cas de difficulté financière, les parents se laissaient mettre à contribution.

Mais les deux familles étaient malheureuses. Daniel Curiel, « capitaliste lucide » comme dit Rosette, ne parvenait tout simplement pas à entrer dans les raisons de son fils cadet. Pour lui, l'engagement politique d'Henri ressortissait à la trahison – trahison de classe qu'il ressentait avec autant de rage et de douleur que d'autres, la trahison nationale. Zéphira, plus sensible aux motivations humanitaires d'Henri, était écartelée entre son mari et son fils.

Raoul n'avait pas contribué à détendre le climat familial en annonçant un beau matin sa décision de quitter la banque. Il n'en pouvait plus. Son rapport névrotique à l'argent faisait de chaque journée un interminable cauchemar et il avait le sentiment probablement justifié d'être le plus lamentable employé de banque depuis l'invention de la monnaie par les Phéniciens. Daniel Curiel accusa le coup. Après la trahison du cadet, la défection de l'aîné signifiait que l'affaire familiale disparaîtrait avec lui. Il réagit comme eût fait n'importe quel père : « Très bien. Tu peux continuer d'habiter à la maison mais tu n'auras pas un sou. » Raoul, un instant décontenancé (« Il ne me serait pas venu à l'idée que je dusse un jour gagner ma vie »), trouva un poste de professeur d'histoire et de géographie au lycée français d'Héliopolis, dans la banlieue du Caire. A la fin du premier mois, il ne put se résoudre à aller toucher son traitement et le proviseur dut le menacer des foudres administratives pour qu'il se résignât à demander son chèque. Il n'était vraiment pas équipé pour le commerce de l'argent. L'année suivante, il entrait comme professeur de littérature au lycée français du Caire, se liait étroitement à la Délégation de la France libre et, sur le conseil de Georges Gorse, se lançait dans une série d'émissions radiophoniques à destination des marins français neutralisés en rade d'Alexandrie. (Beaucoup rallièrent de Gaulle ; Henri Curiel organisa leur accueil, ce qui conduirait certain de ses détracteurs à écrire, quarante ans plus tard, qu'il avait en Egypte monté son « premier réseau de déserteurs ».) Le succès radiophonique de Raoul – sa voix grave et chaleureuse faisait merveille – conduisit Gorse à refuser son engagement dans les Forces françaises libres. Il espéra tourner l'interdiction lorsque l'avance de Rommel le mit dans le train pour la Palestine mais le consul français de Jérusalem prit la précaution de demander par télégramme l'accord du quartier général gaulliste, à Londres, et reçut une sèche réponse négative rappelant la nationalité italienne du candidat... Rentré au Caire déçu et furieux, il ne put convaincre son ami Gorse d'intervenir pour faire lever l'interdit et se retrouva dans un avion pour Brazzaville, capitale de la France libre, où l'on avait besoin d'un bon speaker pour la radio gaulliste. La Sûreté française, étonnée de voir débarquer un ressortissant ennemi, ne renonça à l'interner que sur les instances du gouverneur Eboué. Raoul se lia d'amitié avec Félix Eboué, donna des leçons de philosophie à sa fille, qui deviendrait la première épouse du futur président Senghor, mais Brazzaville allait être surtout le lieu de sa rencontre avec l'éminent archéologue Daniel Schlumberger, directeur adjoint de la radio, à qui il devrait l'orientation décisive de sa vie. A part une brève escale en 1944, on ne reverrait plus jamais Raoul à Zamalek.

Si les parents de Rosette n'appréciaient guère l'engagement politique de leur fille, c'était surtout son dévergondage qui leur navrait le cœur. La communauté juive imposait à ses filles un rigoureux code de conduite dans l'objectif de les faire aboutir au mariage avec une réputation de virginité ; les écarts inévitables s'enveloppaient d'hypocrisie. Lorsqu'ils devinrent amants, deux ans après s'être rencontrés, Henri et Rosette ne se soucièrent pas de respecter les convenances et les parents de Rosette, effarés de la voir rentrer à des heures indues, l'accablèrent de récriminations et d'exhortations au mariage. Lassée, elle frappa un grand coup en quittant le domicile familial pour s'installer dans une chambre meublée. C'était en 1940 : elle avait vingt-six ans. Le scandale fut énorme. Jamais une jeune fille juive du Caire n'avait agi de la sorte. Et les malheureux parents burent le calice jusqu'à la lie lorsque les concubins emménagèrent carrément en plein ciel, comme s'ils voulaient narguer du haut de leur treizième étage les bonnes mœurs et l'honnête décence. Rosette et Henri tenaient le mariage pour une institution bourgeoise d'un ridicule achevé.

Ils se marièrent le 28 février 1943, bénis par le grand rabbin du Caire qui honora de sa présence la fastueuse réception donnée dans les jardins de Zamalek. Henri, au terme d'un cheminement resté obscur, avait décidé que le mariage, quoique désuet, présentait un intérêt politique. Il est probable que le réel chagrin des parents de Rosette joua son rôle, et aussi le souhait souvent exprimé par Daniel Curiel d'avoir un petit-fils (hélas, sa bru ne pouvait pas avoir d'enfants).

Ce fut une triste journée pour maintes jeunes personnes. A écouter aujourd'hui les commentaires des belles amies d'Henri, à constater leur étonnante alacrité, intacte après quarante ans, il est facile d'imaginer les apartés perfides tenus derrière les massifs de fleurs de Zamalek. Détail significatif : chacune se rappelle, pour en faire des gorges chaudes, qu'Henri arriva en retard à la cérémonie ; c'était bien la preuve qu'il se résignait mal à s'être laissé prendre dans les rets de Rosette. Les commentaires des bonnes amies se résumaient en deux phrases : « Mais qu'est-ce qu'il lui trouve ? » et « Ça ne durera pas. » Le temps allait démontrer qu'Henri avait trouvé un être dont l'amour était sans faille ; et cela dura.

⁂

Il avait fait attendre le grand rabbin parce qu'il avait un rendez-vous important. L'essentiel de ses journées était consacré à rencontrer des gens, à convaincre, à recruter. Il avait le projet de créer un mouvement politique – non plus un club de discussions ou un cercle d'études : une organisation structurée pour l'action.

Beaucoup plus tard, au soir de sa vie, il dira que sa décision de se vouer à la militance datait du 22 juin 1941. Il revenait en train de la campagne et lisait un ouvrage sur l'éducation en Union soviétique. Lutte contre l'analphabétisme, formation ex nihilo d'une masse d'ingénieurs et de techniciens, ouverture à la culture d'un peuple arriéré : le bilan soviétique était impressionnant, incontestable, et chaque page du livre était à la dramatique réalité égyptienne comme le jour à la nuit. En descendant du train, Henri Curiel trouva la gare du Caire enfiévrée d'une nouvelle sensationnelle : l'Allemagne nazie avait envahi l'Union soviétique et sa radio diffusait déjà des communiqués spéciaux annonçant une victoire sans précédent.

Il dira encore à Jean et Simonne Lacouture : « Le communisme est né en Egypte du canon de Stalingrad. » Pour qui a vécu, même enfant, cette période en France occupée, et dont les yeux se sont mouillés quand Bir Hakeim tint seize jours devant Rommel, et dont le cœur s'emballa lorsque Montgomery rompit l'Afrika Korps à El Alamein parce que c'était, après tant et tant de raclées mémorables, replis stratégiques, évacuations provisoires, la première vraie victoire sur Hitler (il n'avait pas réussi à mettre Londres à genoux ni à s'emparer de Moscou, mais nulle part encore ses soldats n'avaient eu aux reins l'aigre sueur de la déroute et de la peur), pour celui-là et sans doute pour beaucoup d'autres, l'impression demeure – peut-être exagérée – que la victoire britannique fut accueillie avec sobriété par les étrangers d'Egypte. S'étaient-ils déjà identifiés au peuple égyptien au point qu'elle restait un succès anglais, donc ambigu, alors que la vie de la plupart et les biens de tous en dépendaient ? On ne peut le croire. Mais le fait est là : même pour ceux dont l'inclination vers le communisme n'était qu'amorcée, sinon nulle, le lointain canon de Stalingrad étouffa le fracas tout proche de celui d'El Alamein. C'est qu'il n'annonçait pas seulement une victoire : il révélait un pays.

En 1932, Joseph Hazan a quinze ans et prépare la première partie du baccalauréat. Il fait figure d'oiseau rare car ses parents l'ont mis au lycée arabe. Un jour, son oncle exhibe sa montre en or. Joseph s'étonne : le métal est blanc. L'oncle précise : « C'est de l'or blanc moscovite. » Joseph demande naïvement ce que signifie « moscovite ». L'oncle, à son tour stupéfait, découvre que le futur bachelier ignore l'existence de Moscou. Sur les cartes de son manuel de géographie, l'Union soviétique est représentée par une grande tache blanche, sans indication d'aucune sorte, ni de ville ni de fleuve, telles les *terrae incognitae* d'antan. « L'URSS était un non-pays, dit-il. Elle ne devait même pas être nommée. C'était magique. »

Ce qu'on en disait, lorsqu'on en parlait, était d'un niveau d'absurdité inégalable, même de nos jours. Articles de presse et conférences décrivaient un pays au bord de l'effondrement, ruiné par une politique économique aberrante, en régression accélérée, mais aussi – et cela constituait une note originale, typiquement égyptienne, dans le concert antisoviétique – une société livrée à la débauche avec une caste dirigeante consacrant son énergie à l'invention de perversions toujours plus bizarres et des masses oubliant leurs malheurs quotidiens dans des orgies sexuelles absolument bestiales. La prude Egypte s'effarait de ces descriptions fantastiques ; rares étaient ceux que venait effleurer le doute. Pour la quasi-totalité du peuple et l'immense majorité de la bourgeoisie, grande ou petite, les deux villes à inscrire en priorité sur les cartes blanches de l'Union soviétique étaient Sodome et Gomorrhe ; lorsque Hitler déchaîna la guerre éclair à l'est, nul ne douta que le feu purificateur allait consumer la bauge communiste.

Les premiers mois semblèrent le confirmer. L'échec devant Moscou ne modifia pas le pronostic : c'était le général Hiver qui sauvait la ville rouge. Stalingrad changea tout. Un pays ravagé par l'invasion, ses principaux centres industriels occupés, avait mobilisé des ressources économiques suffisantes pour tenir le choc face à une Allemagne pour laquelle travaillaient les usines de l'Europe occupée. Un peuple rassemblé, galvanisé, avait, au terme d'un bras de fer d'une violence inouïe, fait plier le colosse nazi. Ce pays et ce peuple ne pouvaient pas ressembler à leurs grotesques caricatures.

La révélation fut d'autant plus bouleversante qu'inattendue. Elle rendrait compte de l'attitude égyptienne vis-à-vis de l'URSS bien au-delà des années de guerre. « L'impérialisme, dit Joseph Hazan, a payé très cher le fait de nous avoir caché l'Union soviétique. »

En 1940, Chehata Haroun, étudiant à la faculté de droit, est renvoyé de l'Université pour un mois. Assistant à une manifestation de jeunes pour l'indépendance, il avait vu les policiers matraquer l'un de ses camarades et s'était élancé à son secours. Lors de l'enquête subséquente, il assiste à l'interrogatoire de l'étudiant brutalisé. « Es-tu wafdiste ? » lui demande-t-on. Le garçon répond : « Non, je suis communiste. » Chehata, vingt ans, fréquentant des milieux présumés éclairés, disposant de sources d'information nombreuses, entend pour la première fois prononcer le mot « communiste ».

1er mai 1946. Pour Joseph Hazan, le défilé traditionnel se termine au commissariat. Il y retrouve l'ordinaire contingent de petits mendiants et de ramasseurs de mégots raflés par la police. Un petit voyou haut comme trois pommes proteste contre son arrestation. Un policier lui balance une lourde claque sur la nuque – geste aussi humiliant en Egypte qu'un coup de pied au cul chez nous. Le gamin se retourne et lance au flic : « Demain, quand le moustachu sera là, tu verras qui claquera l'autre ! » Il est analphabète, n'a jamais vu un film soviétique, mais connaît la moustache de Staline.

Avant Stalingrad, les rares communistes d'Egypte sont perçus comme les tenants d'une secte étrange qui serait très inquiétante si elle n'était absolument dépourvue d'avenir. Après Stalingrad, ils sont adossés au formidable prestige de l'Armée Rouge et constituent l'avant-garde égyptienne d'un mouvement communiste dont la poussée s'annonce irrésistible. Churchill, dans ses Mémoires – et pour le déplorer, bien sûr : « Le communisme dressait la tête derrière le front soviétique, tout grondant du tonnerre des canons : la Russie devenait la rédemptrice et le communisme, l'évangile qu'elle apportait. »

L'heure est à l'action.

***

Il tenait en général ses assises chez *Groppi*, salon de thé célèbre dans tout le bassin méditerranéen, ou au bar *Big Ben*, rue Soliman Pacha. C'est peu de dire qu'il n'enthousiasmait pas du premier coup ses interlocuteurs. Physiquement, il surprenait par son incroyable maigreur de fakir, sa chemisette à manches courtes, son short ridicule et ses spartiates. A la simplicité ostentatoire de la mise s'opposait un comportement complexe, avec des allusions énigmatiques et des sous-entendus mystérieux. La plupart des jeunes gens venus chercher la bonne parole repartaient avec le sentiment désagréable d'avoir rencontré un homme peu franc du collier qui se racontait des histoires en espérant faire croire à son personnage.

Hillel Schwartz le rencontre à l'âge de dix-sept ans, tout plein d'un enthousiasme marxiste pêché dans le manuel de Cuvillier : « Une de mes cousines, sachant que je cherchais des communistes, m'a dit qu'elle pouvait me faire rencontrer le représentant du Komintern en Egypte. J'étais jeune et inexpérimenté mais j'ai quand même été surpris d'apprendre que le nom du représentant de la Troisième internationale courait dans la bonne société du Caire. Bref, j'ai sollicité une rencontre et je me suis retrouvé en face d'Henri Curiel. Il n'était évidemment pas le représentant du Komintern et je suis sûr qu'il n'avait pas lancé la rumeur – ce n'était pas son genre. Mais il ne l'avait pas démentie – et cela, c'était son genre. »

Joseph Hazan : « Il m'avait donné rendez-vous au *Big Ben,* un bar très chic. J'ai vu un type très grand, très maigre, recroquevillé sur lui-même comme un faucheux. Il avait un premier abord glacial. Moi, c'est le contraire. Après, j'ai compris qu'il était surtout très timide. On a parlé. J'ai été choqué par certaines de ses idées, surtout à propos de la réforme agraire. J'étais un agronome diplômé de Grignon et je trouvais un peu étonnant qu'il m'assène ses certitudes comme s'il connaissait quoi que ce soit au problème. Il voulait morceler la terre au maximum, avec des propriétés descendant jusqu'au quart d'hectare, pour que le paysan se sente partie prenante. Hérésie ! Je voyais large, avec tous les spécialistes. Il avait raison, bien sûr : la terre égyptienne est cultivée à la main, comme un jardin. Pas question d'y créer des kolkhozes. Mais je suis reparti très déçu. Il faut dire que pendant tout notre entretien, j'ai eu l'impression qu'il voulait jouer au grand chef clandestin, au personnage mystérieux qui tire les ficelles.

J'avais dû me retenir pour ne pas rigoler. Un premier contact exécrable. »

Il aurait toujours cette faiblesse de se présenter aux jeunes recrues enveloppé de mystère et en laissant entendre que de lourds secrets l'habitaient (c'était aussi le péché mignon de Pointet) : compensation probable à une existence monotone, réglée comme papier à musique. Et s'il est vrai qu'à la fin ses mains actionnaient plus d'une ficelle, ce n'était certes pas le cas au Caire en 1943. Agent du Komintern, il l'eût été sans aucun doute s'il était né dix ans plus tôt, mais c'est précisément en 1943 que Staline dissout l'Internationale... Faute de Komintern, restait la représentation soviétique officielle en Egypte, assurément moins prestigieuse pour un jeune bourgeois sensible au romanesque mais dont le soutien pouvait faciliter grandement la création d'un mouvement communiste.

Là encore, le premier contact fut raté. Jusqu'en 1942, l'Egypte n'avait aucune relation diplomatique avec l'URSS – ce non-pays – mais le gouvernement wafdiste installé par les tanks britanniques ne pouvait éviter de reconnaître l'alliée de l'Angleterre. Au grand émoi d'Henri, l'ambassade soviétique s'installa juste en face de la villa de ses parents. Impatient d'entrer en relations mais trop intimidé pour le faire lui-même, il dépêcha Rosette avec mission de souhaiter la bienvenue aux camarades soviétiques et de les assurer que s'ils avaient besoin de quoi que ce soit, des sympathisants dévoués étaient à leur disposition de l'autre côté de la rue. Rosette délivra son message mais se fit sèchement rabrouer. On imagine la tête des camarades soviétiques en voyant sortir de la villa Curiel, qui devait représenter pour eux le prototype de l'antre capitaliste, une pimpante jeune personne venue leur proposer ses services. Pour qui a fréquenté tant soit peu cette rude génération stalinienne, nul doute que le nom de Curiel fut aussitôt inscrit sur la liste des agents provocateurs de l'Intelligence Service.

Rosette retourna cependant à l'ambassade, et le portier lui en ouvrit cette fois la porte, non pas en sa qualité de trésorière du « Fonds d'aide à la Russie de Madame Winston Churchill » (association distinguée à laquelle elle avait adhéré en grinçant des dents : « Russie » fleurait bon son tsarisme) mais en tant qu'émissaire officiel de la Délégation française. Georges Gorse avait décidé de célébrer l'amitié franco-soviétique en organisant une soirée de gala pour la première projection d'un film soviétique en Egypte. Une seconde occasion de prendre langue fut le passage au Caire de pilotes français en route pour l'Union soviétique où ils serviraient dans l'escadrille Normandie-Niemen. Comme Joséphine Baker était aussi au Caire, la Délégation donna, dans le plus grand cabaret de la ville, une brillante soirée en l'honneur de Normandie-Niemen. Rosette s'était occupée de la partie Niemen. Et Maurice Couve de Murville, qui connaissait son engagement politique, de commenter plus tard en souriant : « Mme Curiel entre à l'ambassade soviétique comme chez elle. »

Henri s'y rendit trois fois grâce au Rond-Point. Une librairie créée en pleine guerre au Caire pour la diffusion de la pensée marxiste devait trouver à Moscou une source d'approvisionnement privilégiée tant du point de vue idéologique que géographique. Ouvertes par le Rond-Point dans l'enthousiasme, les tractations débouchèrent sur une sévère déconvenue : l'Armée Rouge était à l'évidence plus efficace que les services commerciaux soviétiques. Commandes perdues en route, livraisons indéfiniment différées, erreurs constantes sur la marchandise – rien ne fut épargné aux Curiel (Henri se désolait du manque à gagner idéologique ; Daniel, son père, s'effarait d'un déficit considérable qu'il devait éponger de sa poche). Un épisode particulièrement pénible concerna une grosse commande de dictionnaires russe-arabe. Au lieu des ouvrages permettant au peuple égyptien d'accéder à la langue de la patrie du socialisme, Henri et Rosette ouvrirent avec consternation des colis contenant des centaines de dictionnaires russe-allemand. Dans le contexte politico-stratégique, l'erreur était malvenue. Henri, reçu à l'ambassade pour de légitimes représentations, rencontra, non pas l'ambassadeur, Daniel Solod, mais le secrétaire d'ambassade Abdel Rahman Sultanov, originaire d'une république socialiste musulmane. Sultanov devant être identifié par la suite comme un responsable important des services soviétiques, les futurs détracteurs d'Henri Curiel dateraient de cette rencontre son enrôlement dans le NKVD, ancêtre du KGB.

Au témoignage d'Henri Curiel lui-même, l'entrevue fut décevante. L'affaire des dictionnaires n'était qu'un prétexte : il comptait procéder à un large tour d'horizon avec Sultanov et lui confier ses projets politiques. La démarche, pour un communiste de l'époque, était des plus normales. Mais le conseiller commença par lui déclarer que l'Union soviétique n'entendait mener aucune activité en Egypte, pays dont elle ignorait tout. Henri Curiel s'efforça d'exposer brièvement ce que ses amis et lui-même pensaient de la situation et des perspectives d'avenir. Il sut qu'il n'avait pas été convaincant en lisant, peu de temps après, un article de Sultanov publié par une revue moscovite dans lequel le conseiller notait l'inexistence de communistes en Egypte. La deuxième rencontre ne fut pas plus fraternelle. A la troisième, Sultanov déclara tout de go son souhait de voir le Rond-Point renoncer à la diffusion de livres soviétiques car la réputation progressiste de la librairie risquait de compromettre l'ambassade. Abasourdi, Henri Curiel rentra chez lui et rédigea une note indignée rappelant les mécomptes du Rond-Point, les sacrifices consentis, les résultats obtenus, et avertissant Sultanov qu'il ne trouverait pas au

Caire une librairie « bourgeoise » se dévouant pour la bonne cause dans des conditions aussi ingrates. L'incident n'eut pas de suite mais il mit un terme aux relations avec l'ambassade. Henri Curiel devait le déplorer bien souvent. Il était prêt à fournir aux Soviétiques toutes les informations dont il disposait, sur tous les plans, sans réticence d'aucune sorte. La prudence de l'ambassade relevait à son sentiment d'une pusillanimité excessive. Bien sûr, l'Union soviétique, trop heureuse de voir s'entrouvrir à la faveur de la guerre la porte de l'Egypte, souhaitait se faire aussi discrète que possible pour ne pas effaroucher l'opinion publique (au même moment, à Alexandrie, des jeunes communistes tiraient avec enthousiasme la sonnette du consulat soviétique et se voyaient pareillement éconduire). Et Sultanov, s'il ignorait l'Egypte, connaissait au moins le dossier du défunt parti communiste égyptien, sa pénétration par la police, et l'énigme non résolue de l'escamotage définitif de plusieurs agents du Komintern. Dans un environnement aussi problématique, la règle des services soviétiques – de tout service – est de tenir pour suspectes les offres d'assistance se manifestant comme par génération spontanée, et de ne jamais recruter sur candidature. Si les conditions avaient été différentes, et si Sultanov, ayant sondé Henri Curiel, avait détecté en lui son évidente aptitude à devenir un agent de haut vol, nul doute que son offre eût été acceptée sans hésitation.

Le fait est que, dans l'instant, Henri Curiel n'envisagea même pas pareille hypothèse. Il avait cru que ses informations sur la situation politique égyptienne seraient de nature à éclairer les nouveaux venus soviétiques. Il espérait surtout recevoir avis, conseils et soutien dans l'objectif ambitieux qu'il s'était fixé : la création d'une organisation communiste.

Abdel Rahman Sultanov le laissait à sa solitude.

*
**

Mouvement égyptien de libération nationale (MELN).

« Mouvement » par modestie et réalisme. Avant la dissolution toute récente de la Troisième internationale, il suffisait à cinquante communistes d'un pays quelconque de témoigner d'un minimum de sérieux et d'accepter les fameuses thèses léninistes pour être reconnus comme « le Parti ». Celui-ci devenait une section de l'Internationale, appliquait la tactique et la stratégie définies par le Komintern, recevait conseils ou réprimandes, accueillait des conseillers plus ou moins occultes venus mettre à son service leur expérience révolutionnaire. Cette procédure était terminée. Il faudrait inventer, tâtonner, expérimenter. On était donc en mouvement vers un parti communiste mais ce parti ne naîtrait qu'au terme de ce qu'Henri Curiel appelait une « période utérine », après un long et âpre travail sur soi-même accompli par étapes. Dans le vide laissé par la disparition du Komintern, il ne suffisait plus de créer un parti : il fallait l'édifier.

« Egyptien » allait de soi. Le premier parti était mort en 1924 de n'avoir pas pu sortir du ghetto des « étrangers ». Le choix du mot avait sans doute valeur incantatoire puisque les fondateurs, Curiel en tête, appartenaient eux aussi aux communautés étrangères. Il indiquait au moins la volonté d'égyptianiser à outrance.

« Communiste » eût été concevable. Ce fut l'objet d'un long débat. On y renonça pour trois raisons. La sécurité conseillait l'abstention puisque le communisme était en Egypte hors-la-loi. L'efficacité souffrirait d'une étiquette qui, selon une propagande effrénée, recouvrait vices et dépravations sexuels. Le réalisme commandait de ne point user d'un terme qui, même sans l'adjonction de « parti » risquait de faire croire aux masses qu'une avant-garde était prête à conduire la lutte de classe.

« Libération nationale » constituait l'apport original d'Henri Curiel, son idée-force, la seule certitude de ce néophyte nageant dans un océan de doute car la seule qui fût née d'une expérience. Il avait mesuré le sentiment d'humiliation nationale éprouvé par tous les Egyptiens lors du diktat imposé au roi Farouk sous la menace des canons anglais. Il était au Caire, contrairement à beaucoup d'autres, quand des milliers de manifestants avaient scandé dans la rue le nom de Rommel. Il n'avait pas oublié ses compagnons de détention de Zeitoun prêts à marcher avec Adolf Hitler contre Winston Churchill. L'aspiration à l'indépendance constituait le plus grand dénominateur commun. Refuser d'en prendre acte serait politiquement suicidaire. Epouser la vague permettrait au contraire de naturaliser une doctrine et des militants perçus comme étrangers. Aux accusations d'opportunisme qui ne tarderaient pas à s'élever, à ceux qui lui reprocheraient de dissoudre le front de classe dans un amalgame nationaliste où les communistes allaient se retrouver compromis aux côtés de la grande bourgeoisie wafdiste, Curiel répondrait par la formule de Lénine : « Impérialisme, stade suprême du capitalisme. » La lutte anticapitaliste passait en Egypte, pays sous dépendance, par le combat contre l'impérialisme.

Le programme social du MELN suffisait d'ailleurs à le démarquer sans équivoque des formations nationalistes bourgeoises. Avec un sens inné de la formule simplificatrice sans être réductrice, Henri Curiel avait défini en trois mots le mal égyptien : « Pauvreté, maladie, ignorance. » Ces trois fléaux n'étaient pas inéluctables. Le capitalisme ne pouvait les supprimer parce que fondé sur l'injustice et incapable de libérer les forces productives nécessaires à leur liquidation. Le socialisme ouvrait la seule voie efficace, comme l'avait prouvé l'Union soviétique où, en vingt ans, des progrès inouïs avaient été accomplis dans la lutte contre la pauvreté, la maladie et l'ignorance.

Paradoxalement, la définition du programme politique donna beaucoup moins de peine que la mise au point des structures internes du mouvement et de ses règles de fonctionnement. Il suffisait de regarder l'Egypte pour répondre à la question : « Que faire ? » La rédaction des statuts fut plus ardue. Une chose était de se réunir à la terrasse de *Groppi* ou dans le salon paternel pour discuter marxisme ; une autre de construire une organisation clandestine efficace. Les vieux communistes « historiques » fichés par la police, maintes fois incarcérés, devaient-ils être tenus à l'écart dans un souci de prudence ? Suffirait-il de faire acte de candidature pour être intégré ou une mise à l'épreuve serait-elle imposée aux futurs adhérents ? Comment concilier démocratie interne et sécurité ? Quel processus adopter pour la sélection des cadres du mouvement ? Où trouver l'argent, les imprimeries, le papier nécessaires à la propagande ? Quelle démarche suivre pour réaliser l'indispensable égyptianisation ?

Chacun eut loisir de prendre la mesure de son inexpérience.

Mais le MELN finit par exister, avec statuts, règles de sécurité, comité central, bureau politique – et quelques centaines de militants presque tous issus des milieux étrangers.

Trois mois plus tard, en octobre 1943, Henri Curiel organisait dans la propriété familiale de Mansourieh la première école de cadres. Elle réunissait une vingtaine de stagiaires, tous égyptiens.

***

Fouad Habachi, gros, grand, taillé à coups de serpe, mal fringué, placide et serein mais sous-tendu par une volonté attestée par sa biographie militante (dix ans de bagne politique). Il parle lentement, comme s'il pesait chaque mot :

« Je suis né le 11 mars 1920 à Zifta, en Basse-Egypte. Mon père était tailleur. Ma mère possédait cinq feddans [deux hectares]. C'était beaucoup plus que la majorité des gens mais nous étions onze enfants. Nous n'avions ni l'eau ni l'électricité. Le cinquième enfant faisait le porteur d'eau. Chez nous, à Zifta, c'était mouvementé. Il y avait toujours des manifestations contre les Anglais. Mon père était né au moment de la révolte d'Orabi Pacha, à la fin du siècle dernier. Il nous parlait souvent d'Orabi.

« On cultivait le coton. Dans chaque village, il y avait deux ou trois commerçants qui achetaient toute la récolte. C'était le vol organisé. On volait le paysan en déqualifiant son coton, en le plaçant en catégorie inférieure. Un seul propriétaire foncier possédait pratiquement toute la région. Il avait sa police privée. Comme tous ses collègues, il interdisait la construction d'écoles dans les villages. Même le gouverneur de la province était à sa botte. Quand le propriétaire faisait sa tournée à cheval, entouré de ses gardes du corps, si tu étais à âne, tu descendais, si tu étais assis, tu te levais. Quand il serrait la main du maire d'un village, on lui apportait aussitôt de l'eau pour qu'il se nettoie la main. En 1930, à Zifta, il y avait de vrais esclaves.

« Tout le monde ou presque allait pieds nus. Mon seul vêtement était une gallabieh bleue de madapolam et une calotte. Les maisons étaient en terre, avec les bêtes dormant à l'intérieur. Pas de soleil, pas de lumière. Une vermine incroyable : poux, moustiques, cafards... On s'éclairait avec une lampe à pétrole sans verre ; seuls les riches pouvaient mettre un verre. Mais pour le logement, on n'était pas les plus malheureux, loin de là. Certains allaient sur la colline, creusaient un trou, mettaient une planche par-dessus, et c'était leur maison. On mangeait du pain de maïs, ou maïs et orge, et un fromage très fait, le mish. Pas de légumes. La viande était réservée aux grandes fêtes. C'était la sous-alimentation. On buvait dans la grande jarre, le zir, l'eau que le frère allait prendre au canal. Pour décanter l'eau, on passait des noyaux d'abricot sur les parois à l'intérieur de la jarre. La bilharziose faisait des ravages incroyables. Beaucoup mouraient très jeunes de sous-alimentation et de bilharziose. Attention : ce n'était pas la famine, mais une sous-alimentation qui t'affaiblissait. J'ai vu une seule épidémie de malaria tuer plus de dix mille personnes. Les soins sanitaires n'existaient pas. On était laissé à soi-même. J'ai vu mon instituteur mourir d'appendicite.

« Mon père m'a poussé aux études. Je suis devenu ouvrier qualifié. En 1937 – j'avais dix-sept ans – le journal a annoncé que l'armée de l'Air ouvrait une école de mécaniciens. Je me suis présenté au concours. Il y avait entre huit et neuf mille candidats pour quatre-vingt-quinze places. J'ai été reçu. Tout de suite, la déception : on nous a obligés à mettre des uniformes dégueulasses, des vraies guenilles.

« Les Anglais tenaient l'école. Le directeur officiel était un général égyptien mais le vrai patron était un simple sous-officier anglais. Il touchait quarante-cinq livres, autant que le général égyptien. Nous, on touchait une livre. Après le diplôme : trois livres. Maximum en fin de carrière : six livres. La nourriture était si dégueulasse qu'on s'est mis en grève. Cinq élèves ont été renvoyés.

« Les études n'ont duré qu'un an : la guerre approchait. On a été envoyés en escadrille, toujours avec des instructeurs anglais. C'était censé être l'aviation égyptienne mais les Anglais contrôlaient tout puisqu'il fallait passer par eux pour avoir des pièces détachées. Les pilotes sortaient tous de grandes familles riches. Pour nous, les humiliations sans arrêt. Une fois, le chien de notre sergent anglais est mort. Il l'a mis dans un cercueil ouvragé, tapissé de feutre, et on a dû suivre en cortège son enterrement. Les gars étaient furieux.

« Beaucoup de ces pilotes sont devenus pronazis au moment de la guerre. On ne peut pas dire qu'ils avaient vraiment réfléchi à la chose. Plus tard, quand ils ont su que j'étais communiste, toute une bande est venue me voir pour me demander de leur parler du programme du MELN. Ils ont eu l'air très intéressés et, à la fin, ils m'ont dit : « Tout ça nous paraît très bien. Voilà ce qu'on vous propose : on prend des choses dans votre programme, des choses dans *Mein Kampf*, et on travaille ensemble. » Ce n'étaient pas des gens qui passaient beaucoup de temps à réfléchir. Mais ça, c'est seulement à la fin de la guerre.

« Il y a eu des problèmes sérieux avec eux. Saudi s'est envolé pour porter des renseignements à Rommel et on a su qu'il avait été abattu. Radouane, un autre officier pilote, a essayé lui aussi de passer chez les Allemands, mais il a été obligé de faire demi-tour et il a été condamné à quinze ans de prison. Un troisième avion s'est écrasé dans le désert avec le chef d'état-major égyptien à bord : eux aussi, ils voulaient passer du côté allemand. C'est pour dire l'ambiance.

« Chez nous, les mécanos, les problèmes étaient différents. Les Anglais s'y entendaient pour nous dresser les uns contre les autres en jouant sur les différences de solde, les primes, etc. Saïd Soliman Rifaï, mécano comme moi à cette base d'Helouan, avait déjà rencontré Henri Curiel. Lui et un autre dont je ne dirai pas le nom ont lancé le slogan : « Solde égale entre Egyptiens ». On a commencé à s'organiser, à faire des réunions secrètes à l'intérieur de chaque escadrille. Après, on a désigné un comité de direction de cinquante-deux membres – deux par escadrille – et le comité a élu un secrétariat permanent de onze membres. J'ai été élu premier secrétaire. A ce moment-là, Saïd Soliman Rifaï m'a dit qu'il était communiste.

« Comme aucune de nos revendications n'aboutissait, on a décidé de faire une grève illimitée qui serait le refus de toucher les soldes. C'était une décision très grave. On m'a dit qu'il fallait que je rencontre Henri Curiel.

« On s'est parlé dans sa voiture. Ce qui m'a tout de suite frappé, c'est son mauvais arabe. Ecoutez-moi bien : si cet homme-là avait été un Egyptien parlant arabe, la carte du Moyen-Orient aurait été changée. Il m'a écouté avec attention, il a réfléchi et il m'a dit : « En tant que militaires, vous êtes dans la gueule du loup, sans réserve d'argent pour tenir et avec la menace du conseil de guerre. Une grève illimitée, à mon avis, finira mal. Vous devriez refuser d'encaisser la somme pendant les trois jours qui suivront la date de paiement. Pas plus de trois jours. Les autorités sauront que vous êtes organisés et ça devrait suffire à les faire reculer ».

« Je suis rentré et j'ai fait le tour des escadrilles pour expliquer le coup. Partout, j'ai été contré par des extrémistes qui m'accusaient de reculer. Ils ont été les plus forts. On est donc partis en grève illimitée avec occupation des ateliers jusqu'à six heures de l'après-midi.

« Le premier jour du paiement de la solde, refus de tout le monde. Pas de problème. Le deuxième jour, on a essayé de nous raisonner. Aucun résultat. Le troisième jour, le commandant de la base a fait défiler les gars en proposant à chacun sa solde : « Tu prends ou tu prends pas ? » Celui qui refusait partait directement en prison. Un copain a répondu : « Discutons. » – « D'accord. » Le copain a exposé nos revendications. « C'est tout ? a demandé le commandant. Tu peux encaisser : je suis d'accord. » J'ai immédiatement fait passer le mot pour qu'on cesse la grève. On avait gagné. Après, on a découvert que tous les extrémistes étaient des provocateurs, des flics du palais royal. J'ai été très frappé de voir à quel point Curiel avait eu raison. Moi, au fond, je n'étais pas très fixé. Mais sa ligne était juste : trois jours avaient suffi pour faire reculer les autorités et obtenir satisfaction.

« Après, Henri m'a fait venir à l'école de cadres, qui reste pour moi quelque chose d'inoubliable. C'était comme une seconde naissance. »

Saïd Soliman Rifaï, dit Badr (en arabe, « croissant de lune »), lui aussi grand et fort, lunettes à monture d'écaille, cheveux et moustache poivre et sel, pull à col roulé beige et grosse veste de cuir, l'allure d'un bolchevik d'image d'Epinal.

« Je suis né en 1919 dans un village près de Zifta. Mon père avait hérité de ses parents un quart de feddan. Il était paysan mais il est parti au service militaire. A l'époque, c'était la catastrophe. Des jeunes gens se mutilaient pour échapper à la conscription. Il est resté cinq ans au Soudan. Il est devenu tireur d'élite, sous-officier, et finalement il est passé dans la police comme instructeur de tir des gardes champêtres surveillant les champs la nuit. Il gagnait six livres par mois ; un garde champêtre en gagnait une. Malgré cela, il est toujours resté du côté du peuple, avec une haine farouche pour les féodaux. Il était patriote mais se méfiait de tous les partis, même du Wafd. J'en ai été influencé.

« J'étais l'aîné de sept enfants et j'ai eu la chance de faire des études. Dans notre village de quatre mille habitants, il n'y avait chaque année que deux ou trois enfants qui entraient à l'école. La sélection était impitoyable. Ensuite, j'ai étudié cinq ans pour devenir mécanicien auto. La discipline était très dure. On nous brimait. J'ai été temporairement renvoyé pour avoir participé à une manifestation pour l'indépendance. La police avait tiré. Il y avait eu des morts. A dix-neuf ans, j'étais nationaliste convaincu. Et je lisais énormément – Victor Hugo, Alexandre

Dumas –, je lisais le jour et la nuit. Mon père me grondait : « Laisse tes livres et viens manger ! » Mais aucun livre politique. Et surtout pas communiste. On m'avait toujours dit que les communistes étaient contre la religion. Le premier livre politique que j'ai lu était de la propagande anticommuniste. J'y ai découvert que les communistes avaient exproprié les grands propriétaires. J'ai pensé : « Il faudrait garder ça, qui est bon, qui est juste, et rejeter le côté antireligieux. »

« J'ai eu mon diplôme en 1939 et j'ai demandé à mon père d'entrer dans une école formant des officiers de marine marchande. Une école privée, payante. Mes parents se sont saignés aux quatre veines. Et c'était une escroquerie, cette école-là. Le diplôme n'avait aucune valeur. Le jour où j'ai dû l'avouer à mon pauvre père reste l'un des pires souvenirs de ma vie. J'ai fait des démarches pour embarquer comme radio sur un bateau mais la guerre a éclaté et je me suis retrouvé bloqué.

« L'armée de l'Air recrutait. Je me suis présenté. On nous a promis que nous recevrions une formation de pilote ou de photographe aérien. J'ai signé pour cinq ans. Et on s'est tous retrouvés mécanos. Floués ! Trompés ! Voilà ce qui m'a mené au communisme. L'injustice insupportable.

« La première semaine, les instructeurs ont voulu nous faire faire l'exercice avec des fusils. On a lâché les fusils et on est retournés sous les tentes. Il y a eu une grève de la faim. Elle a été réprimée à coups de fouet.

« J'ai été en escadrille au Caire, sur *Gladiator.* Toujours enragé par l'injustice. Je rêvais de bombes, d'attentats. Les brimades étaient continuelles. Quand un copain m'a dit que des organisations s'occupaient de renverser le régime, j'ai sauté en l'air en criant : « Trouve-moi le moyen de les connaître ! » Mon premier contact s'est fait par hasard avec le groupe Pain et Liberté du poète Anouar Kamel. Plus tard, j'ai su que Georges Henein en faisait partie. C'était un groupe d'intellectuels. On m'a fixé un rendez-vous dans la campagne, près des Pyramides. Nous nous sommes retrouvés à une douzaine de personnes. Kamel est arrivé. Je le revois encore avec sa grande mèche noire qui lui tombait sur l'œil et son cigare au bec. Il nous a salués et a dit : « On va chanter l'hymne. » Comme ça, en plein désert, ils ont chanté un hymne commençant par « En avant, camarades, la vie, c'est la lutte ! » J'étais étonné. Et puis Kamel a fait un discours en agitant son cigare. Je l'ai trouvé creux.

« La fois suivante, le rendez-vous était dans une maison. J'ai retrouvé trois gars de l'armée de l'Air, et toujours Kamel. Il nous a fait un cours sur le matérialisme historique. Je n'y ai rien compris. Mais rien ! Les autres non plus, d'ailleurs. Je suis reparti totalement déprimé, découragé. J'étais convaincu d'être un bon à rien. Il n'y a pas eu de troisième rendez-vous parce que Kamel a été arrêté. Le groupe a dû se dissoudre. En tout cas, j'ai perdu le contact. C'était en 1942. J'essayais sans cesse de trouver des livres progressistes, des livres de philosophie. Je voulais arriver à comprendre. Mais il était presque impossible de trouver ces livres-là en arabe. Et je cherchais le contact. Un copain m'a dit : « Il y a un groupe qui se réunit à Zamalek. » J'y suis allé. Un palais magnifique. J'ai à peine osé entrer. Il y avait une dizaine de personnes qui discutaient. Ils ont parlé du monde entier pendant des heures sans mentionner une seule fois l'Egypte. Je n'y suis pas retourné.

« Ensuite, mon escadrille a été envoyée à Suez. J'étais dans un état épouvantable. Tout se mélangeait, le nationalisme et l'injustice, les vexations comme Egyptien et les brimades comme mécano. On nous faisait la vie si dure qu'un copain mécano est devenu complètement neurasthénique. Les officiers ont refusé de le laisser partir. Il s'est caché dans un hangar et il s'est jeté dans le four à métaux. L'odeur de la chair brûlée nous a alertés. Il ne restait que ses pieds : tout le reste était en cendres. Moi aussi, je me suis souvent dit que j'allais me suicider. A d'autres moments, j'avais envie de prendre un fusil et de tirer. Nous avions même formé un groupe pour liquider d'un coup l'état-major de l'armée de l'Air. Je suis sûr que ça aurait mal tourné si un copain ne m'avait pas dit un jour : « On a un contact. Un type très bien. » C'était Moussa Kazem, un employé de librairie. Il connaissait Henri Curiel. Il nous a parlé des trois plaies de l'Egypte : pauvreté, ignorance, maladie. Pour la première fois, j'ai eu l'impression d'être dans la réalité. On nous parlait de politique avec notre vie de tous les jours. Par la suite, Moussa Kazem m'a envoyé à une réunion où j'ai rencontré Henri Curiel. Rosette aussi était là. Et des Egyptiens. J'ai été surpris de trouver un type parlant si mal l'arabe. Il employait tout le temps le féminin au lieu du masculin, ou le contraire, ça prêtait à sourire. Et malgré cela, c'était la seule personne compréhensible de la réunion. Il exposait les choses simplement, clairement. J'avais l'impression qu'il disait ce que je ressentais sans savoir l'exprimer. Et tu le sentais près de toi, tête et cœur. Tu sentais le dévouement, le sérieux, l'humanité.

« J'ai été choisi pour l'école de cadres, où tout s'est éclairci. »

***

L'école de cadres d'octobre 1943 resta pour Henri Curiel l'épisode le plus exaltant et le plus émouvant de sa longue vie de militant. Jamais il ne devait retrouver pareil sentiment d'accomplissement. Il participerait par la suite à des actions d'une ampleur sans comparaison avec ce modeste rassemblement d'une vingtaine de stagiaires auxquels quelques moniteurs improvisés s'efforçaient de communiquer des rudiments de marxisme, mais aucune de ses initiatives politiques ne devait lui donner à ce point la certitude d'avoir fait œuvre utile.

L'école se tint dans la propriété de Mansourieh, à l'insu de Daniel Curiel. Henri, chargé par son père de la gestion du domaine, pouvait aller et venir sans éveiller la suspicion. Des mesures très strictes devaient préserver le secret des lieux. Les stagiaires furent amenés en voiture, de nuit, les yeux bandés. Les moniteurs n'arrivaient à leurs cours qu'après de longues randonnées à travers la campagne pour casser d'éventuelles filatures. Mais Badr, au cours d'un vol ultérieur sur *Gladiator*, crut reconnaître un pigeonnier familier. Il obtint du pilote un passage en rase-mottes et identifia, parmi les silhouettes au nez levé, l'un des gardiens de la propriété...

Les stagiaires étaient logés dans la grande maison, la ezba. Ils dormaient sur des nattes. La nourriture était frugale. Les cours commençaient au lever du soleil et finissaient à son coucher, avec la seule interruption du déjeuner et quelques pauses consacrées à des chants révolutionnaires. Les stagiaires, dont aucun ne parlait une langue étrangère, apprirent *La Marseillaise* en français mais l'événement choral fut la première interprétation en arabe, sur la terre égyptienne, de *L'Internationale* : l'un des moniteurs, Taher el-Masri, en avait fait la traduction. Après le coucher du soleil, la soirée était consacrée à des discussions libres entre stagiaires et à la rédaction de résumés des cours entendus depuis le matin.

Les moniteurs étaient une demi-douzaine. Joe Matalon et David Nahum sortaient comme Henri Curiel de la communauté juive cairote. Taher el-Masri, Zaki Hachem et Ahmed el-Touni venaient de la bourgeoisie égyptienne. Chargés de transmettre un enseignement, ils avaient surtout conscience de leur insuffisance. Dès le premier jour, ils surent la partie gagnée.

Le cours initial était consacré aux trois fléaux de

la société égyptienne. Quelques semaines auparavant, Henri Curiel avait fait une conférence sur la mortalité en Egypte à la Société royale d'économie politique, de statistique et de législation. Devant un brillant parterre, il avait pu brosser un tableau dramatique en s'appuyant sur les seules statistiques officielles (à la suite de sa conférence, le gouvernement cessa de publier lesdites statistiques). A la ezba, son auditoire n'avait pas la révélation d'une tragédie plus ou moins volontairement ignorée : il s'entendait décrire son enfance dans les villages ravagés par la sous-alimentation chronique, dévorés par la maladie, aveuglés et bâillonnés par l'ignorance. Mais le cours, enrichi de données géographiques, économiques, sociologiques, nourri de chiffres, rassemblait la diversité des destins particuliers pour un diagnostic global. Il faisait passer de la mosaïque du vécu individuel à la fresque d'un peuple tout entier. Le village natal où les parents continuaient de s'échiner et où les frères et sœurs restaient incarcérés parce qu'ils n'avaient pas eu, eux, la possibilité d'un minimum d'études – ce village, c'était l'Egypte.

Les cours suivants portaient sur l'évolution des sociétés et les classes sociales. Là encore, l'expérience individuelle trouvait dans l'analyse scientifique la plus élémentaire un foudroyant détonateur. La pauvreté, c'était le propriétaire féodal accapareur de terres qui exigeait souvent la moitié de la récolte pour fermage. L'ignorance, c'était encore le propriétaire féodal interdisant la construction de nouvelles écoles. La maladie, c'était le résultat des deux premiers fléaux mais encore le fait du féodal peu soucieux de voir s'installer sur ses domaines de jeunes médecins porteurs d'idées nouvelles. Et les stagiaires qui avaient quitté la terre pour l'usine savaient qu'ils n'avaient fait que changer d'exploitation – la seconde tout aussi féroce que la première, avec cette circonstance aggravante que l'usinier invisible n'enveloppait même pas la sienne dans les voiles d'une tradition si ancienne que pour le fellah, vivre et souffrir étaient devenus synonymes.

Le cours sur le matérialisme dialectique avait été soigneusement épuré de toute implication antireligieuse mais les stagiaires, après l'avoir entendu, conclurent que Dieu n'existait pas et organisèrent le soir une fête pour célébrer l'événement.

Les derniers jours du stage furent consacrés à l'avenir, c'est-à-dire au socialisme. Il permettrait l'éradication des trois fléaux égyptiens comme il avait permis, en Union soviétique, le fantastique bond en avant d'une population qui partait pourtant de moins loin. Réforme agraire, expropriation des moyens de production industriels, diffusion de la culture grâce à la construction de milliers d'écoles, amélioration radicale de la condition sanitaire par la multiplication des médecins et des hôpitaux : tout n'était-il pas simple, évident, nécessaire ? Et possible.

Les stagiaires se séparèrent dans l'exaltation. Quinze jours plus tôt, ils étaient venus avec leur révolte contre l'injustice. Ils repartaient pourvus des armes de la connaissance. L'expérience avait été « comme une seconde naissance ». Aucun d'eux n'oublia jamais la ferveur, l'amitié, l'ivresse intellectuelle des journées de Mansourieh.

Henri Curiel et ses amis étaient profondément heureux. Ils avaient transmis le flambeau. Fils de la bourgeoisie, participants comme tels de l'exploitation capitaliste mais bénéficiant aussi du privilège d'accès à la connaissance, ne serait-ce que par la lecture de livres étrangers, ils s'étaient faits les relais de la révolution. Il était symbolique que la première école de cadres révolutionnaires égyptiens se fût tenue au cœur du vaste domaine d'un banquier cairote. Henri Curiel, Joe Matalon et David Nahum avaient la certitude d'avoir enfin lancé le message par-dessus le mur invisible ceignant le ghetto européen.

Car les stagiaires étaient l'Egypte. Ils étaient le peuple, même si la possession d'un simple certificat d'études et l'exercice d'un travail qualifié les privilégiaient par rapport à la multitude. Mécaniciens de l'Air, comme Fouad Habachi et Badr, mais si peu militaires que leur dénomination était « ouvriers de l'armée » ; ouvriers du textile ; petits employés d'administration. Et les azharistes qui, peut-être, permettraient au message révolutionnaire d'aller jusqu'au fond des campagnes... El-Azhar, la plus ancienne université coranique – mille ans – et la plus prestigieuse de l'Islam, abritait au Caire vingt-cinq mille étudiants venus des plus petits villages, expédiés dès l'enfance par leurs parents ou le cheik local, vivant dans un dénuement total, pauvres parmi les pauvres (une distribution de soupe et de pain par jour), recevant gratuitement un enseignement islamique qui n'avait guère évolué depuis des siècles puisqu'il était fondé sur la religion intangible. Pour des révolutionnaires, il y avait là, à portée de la main, une pâte humaine d'une richesse exceptionnelle si l'on savait démontrer l'évidence que l'islam n'était en rien incompatible avec le socialisme (sans parler des nombreux jeunes gens arrivés bon gré mal gré à l'Azhar et peu préoccupés de religion). Car chaque azhariste était destiné à retourner dans son village, dans les cent mille villages dont le total fait l'Egypte, là où la parole révolutionnaire aurait le plus de mal à pénétrer si elle n'était annoncée de l'intérieur. Les azharistes détenaient peut-être la clef de la campagne égyptienne, donc du pays.

Tel Moubarak Abou Fadl, rencontré un peu clandestinement dans une banlieue du Caire au mois de janvier 1982. Je sortais d'un de ces hôtels gratte-ciel qui sont au Caire le nouveau et vertical ghetto européen ; il sortait d'un camp de concentration de Sadate. Rues de terre rouge, enfants innombrables, bâtisses déglinguées avant d'avoir été finies. Et la découverte, après une semaine de fréquentation des momies pharaoniennes, de ce petit homme en pyjama rayé, la peau très noire, lunettes fumées car un œil mort et l'autre malade, l'épuisement du visage sans cesse effacé par un sourire rayonnant. Il était l'Egypte militante. Cinquante-sept ans, dont quatorze en prison ou en camp. Badr et Fouad Habachi, militants légendaires, ont fini par raccrocher, laissant à de plus jeunes la charge du combat. Moubarak Abou Fadl continue, inébranlable, impressionnant de foi, de solidité, irradiant une force gaie. Seule la mort l'arrêtera sur le chemin choisi voici quarante ans au terme d'une longue conversation avec Henri Curiel dans l'auto garée à Bab-el-Foutouh, tout près de l'Azhar. Mort, Henri Curiel ? Oui, puisque Moubarak murmure : « Je ne pleure pas. Je ne pleure que pour la mort d'un camarade. Alors j'ai pleuré pour la mort d'Henri. » Mais c'est d'un Curiel vivant que parle ce jeune militant venu nous rejoindre, né bien après qu'Henri eut quitté l'Egypte pour toujours, et qui sait pourtant que la parole vivace envers et contre tout a été donnée pour la première fois dans une ezba de Mansourieh.

DANS son *Histoire de la Guerre froide* désormais classique, André Fontaine propose de situer le déclenchement de la guerre froide au 4 avril 1944, plus d'un an avant le terme de la seconde guerre mondiale. « Ce jour-là, écrit-il, les équipages de cinq unités de la flotte royale hellénique au mouillage dans le port d'Alexandrie se mutinèrent pour réclamer la proclamation de la République et la constitution d'un nouveau gouvernement [1]. »

Cet événement singulier ponctuait un processus entamé de longue date. Il allait poser à Henri Curiel et à ses amis du MELN un problème dramatique.

Huit ans plus tôt, le 4 août 1936, le roi Georges II de Grèce avait donné la dictature au général Metaxas. Celui-ci, qui devait bientôt se proclamer « chef à vie du gouvernement », mit en place un régime très comparable à ceux de Hitler et de Mussolini : syndicats domestiqués, jeunesse encadrée sur le modèle des Jeunesses hitlériennes, traque impitoyable des communistes, internement et déportation des politiciens centristes libéraux, censure, terreur policière avec torture institutionnalisée et exécutions sommaires. En quatre ans, le pays est mis au pas.

(1) André Fontaine, *Histoire de la Guerre froide*, Librairie Fayard, p. 232.

Mais Metaxas, fasciste autonome, repousse l'ultimatum envoyé par Mussolini le 28 octobre 1940. Les soldats grecs, mal armés, mal commandés, trahis par une Cinquième colonne omniprésente, battent à plate couture l'armée italienne, puis résistent courageusement à l'avalanche de la Wehrmacht accourue à la rescousse de l'allié italien déconfit. Metaxas meurt dans son lit en janvier 1941. La guerre était perdue. Un banquier lui succède et, dans un désordre indescriptible, la clique royale se replie au Caire, accompagnée de centaines de métaxistes fuyant sans armes mais avec bagages, bientôt rejointe par la quasi-totalité de la flotte et quelques milliers de soldats qui ont échappé à la capture en jouant à saute-mouton sur l'archipel des îles Ioniennes.

Le gouvernement en exil reste aux mains de métaxistes. Si les circonstances obligent à se draper de démocratie, il n'est question à la cour et dans les cercles ministériels que de restaurer, après la fin de la guerre, « l'ordre du 4 août » : celui de Metaxas.

La Grèce saigna plus qu'aucun autre pays occupé à l'exception évidente de la Pologne et de l'Union soviétique. Un peloton d'exécution dans chaque bourgade ; trois cent mille morts de faim durant le seul hiver 1941 ; Athènes peuplée de faméliques silhouettes concentrationnaires. Aucun pays occupé ne lutta comme la Grèce. Le 24 février 1943, en réplique à l'instauration du service du travail obligatoire, la foule athénienne, chantant l'hymne national, charge à mains nues sur les mitrailleuses allemandes. Le 4 mars, deux cent mille patriotes – le quart de la population d'Athènes – descendent dans la rue et, au prix de centaines de morts et de blessés, s'emparent du ministère du Travail, assommant ou étranglant des dizaines d'Allemands. Peuple digne de l'antique, soulevé par une fureur sacrée, littéralement fou d'héroïsme ! Le 7 mars, le travail obligatoire est supprimé sous la menace d'un soulèvement général. Dans les montagnes, la Résistance s'organise et taille des croupières aux forces d'occupation. Elle est à direction communiste. Patiemment, en dépit de pertes effroyables, elle entame le processus libérateur qui aboutira, en mars 1944, à la proclamation du « gouvernement de la montagne ».

Deux brigades grecques avaient été formées en Egypte avec les rescapés de la campagne de 40-41 et des volontaires venus des communautés grecques du Proche-Orient. La Première s'était admirablement comportée à El Alamein. Mais les soldats enrageaient de devoir se battre contre les armées fascistes sous les ordres d'officiers grecs fascistes : l'état-major était métaxiste. Ils savaient – Le Caire, capitale de l'intrigue, bruissante de rumeurs, rendez-vous d'agents de toute obédience, d'envoyés spéciaux, d'émissaires officiels ou officieux, était une fabuleuse caisse de résonance – ils savaient, ces soldats, les manœuvres en cours pour voler au peuple grec sa liberté gagnée au prix du sang. L'amiral Sakellariou, ancien ministre de la dictature, est commandant en chef de la flotte grecque repliée à Alexandrie. Il envoie ses sous-marins cueillir sur le continent politiciens et officiers supérieurs à la dévotion du pouvoir, et la troupe lit leurs déclarations redondantes tandis que là-bas, dans la montagne grecque, les vrais résistants meurent en silence. Le divorce est radical. Une organisation communiste est assurément à l'œuvre au sein des deux brigades mais, bien loin de souffler sur le feu, elle s'efforce de canaliser la colère des soldats, sachant que la clique royale et le gouvernement anglais n'attendent qu'un prétexte pour frapper. Les provocations des officiers métaxistes déclenchent la rébellion redoutée – simple mutinerie sans violence de soldats exaspérés dont l'immense majorité est tout bonnement démocrate. Les Anglais, impitoyables, imposent aux deux brigades une « marche de la mort » de trois cents kilomètres à travers le désert syrien. Par une température oscillant entre 30° et 40°, les vainqueurs d'El Alamein vont payer durement leur attachement à la démocratie. Délicatesse britannique : on leur apprit avant le départ qu'un bataillon anglais avait été condamné à la même punition pour avoir un peu pendu son commandant ; sur sept cents hommes, quarante seulement étaient arrivés à la dernière étape...

Le Rond-Point, peu fréquenté par les Egyptiens de souche, était en revanche l'un des rendez-vous favoris des officiers et soldats progressistes appartenant aux contingents de toutes nationalités passant par l'Egypte : britannique, néo-zélandais, australien, français, sud-africain, indien, etc. La librairie était ainsi devenue l'épicentre d'un travail internationaliste de grande envergure, en direction notamment des camps de prisonniers allemands et italiens. Leur surveillance était assurée par des unités juives de Palestine tenues à l'écart des combats par un commandement anglais peu soucieux de leur donner l'occasion de s'aguerrir. Ces juifs, généralement progressistes, distribuaient à leurs prisonniers les livres antifascistes en langues allemande et italienne acheminés par le Rond-Point, puis un bulletin d'informations politiques rédigé par le MELN et traduit en italien et en allemand. Henri Curiel et ses amis organisèrent même l'évasion de prisonniers italiens dont l'antifascisme était avéré mais la police anglaise en reprit plusieurs. De son côté, Raymond Aghion se consacrait à l'aide aux réfugiés yougoslaves, dont vingt-huit mille campaient sur les bords du canal de Suez. Il s'agissait pour l'essentiel des familles de résistants combattant avec Tito. Aghion réunit pour eux des sommes considérables et publia à leur intention un bulletin d'informations politiques et sociales.

Les relations avec les Grecs étaient beaucoup plus intimes grâce à l'importante communauté hellène du Caire, renforcée après le 4 août 1936 par l'arrivée de démocrates chassés par Metaxas, qui vivait en symbiose naturelle avec les hommes des brigades.

Toute l'aide matérielle possible fut fournie à l'organisation clandestine grecque : mise à disposition de locaux, impression de tracts et de journaux, organisation de meetings de soutien. Mais les soldats grecs n'avaient guère besoin d'être convaincus de la justesse de leur cause. Leurs responsables, placés dans la situation de devoir se battre contre un commandement fasciste au sein des armées alliées, cherchaient avec anxiété la tactique permettant de survivre à une situation stratégique épineuse. Dans des conditions si complexes, la ligne juste s'apparentait à une corde raide.

Une nouvelle sensationnelle leva toutes les interrogations, abolit les angoisses : Marty était au Caire.

***

Il est presque impossible de faire comprendre aujourd'hui ce que pouvait représenter pour un néophyte communiste, en 1943, le personnage d'André Marty. En lui s'incarnaient légende et puissance. Mutin de la mer Noire, commandant en chef des Brigades internationales en Espagne, dirigeant éminent du parti communiste français, secrétaire de l'Internationale, il était un destin individuel fulgurant transcendé par l'aventure collective du communisme. Il avait déjà sa statue en marbre dans une ville d'Union soviétique.

En ce mois d'octobre 1943 à jamais mémorable puisqu'il resterait celui de la première école de cadres, Rosette Curiel travaillait un matin à la Délégation française lorsqu'une compagne, sachant ses opinions, lui dit avec un grand sourire : « Connais-tu la nouvelle ? André Marty est dans nos murs, arrivé ce matin de Moscou. » Revenue de sa surprise, Rosette alerta Henri qui n'en crut pas ses oreilles. André Marty au Caire... arrivant de Moscou... sortant pratiquement du bureau de Joseph Staline... C'était trop. (Le très fin et très intelligent Togliatti montrant sa paume ouverte à sa compagne et lui disant, confit en dévotion : « Regarde cette main : elle a serré celle de Staline. ») Henri, exultant, supplia Rosette de lui ménager une rencontre avec Marty. Elle prit son courage à deux mains, se présenta au grand homme et lui dit : « Nous sommes communistes, mon mari et moi. Si vous avez un problème, nous sommes à votre disposition. »

André Marty faisait au Caire l'escale obligatoire pour tout voyage aérien entre Moscou et l'Europe occidentale : que la destination finale fût Alger ou Londres, la guerre contraignait au détour méditerranéen. Il se rendait avec sa femme à Alger, où s'était installé le Comité français de libération nationale. Voyage en tout point problématique. D'abord, c'était lui, Marty, qui partait prendre en Algérie la direction de la représentation communiste. Thorez avait maintes fois demandé au délégué de de Gaulle à Moscou une autorisation toujours refusée : il traînait comme un boulet sa condamnation pour désertion en 1939. Staline, pour d'obscures raisons, préférait d'ailleurs le garder sous la main. Mais il restait le secrétaire général du parti communiste français, détestait Marty et saurait utiliser contre lui le moindre pas de clerc. Or, Alger est un guêpier (« Ce fleuve de boue » écrira de Gaulle). En octobre 1943, la partie n'est pas jouée entre de Gaulle et Giraud. Le Parti hésite à placer sa mise. Les communistes d'Algérie sont eux-mêmes divisés – séquelle des longues souffrances endurées dans le camp d'internement de Vichy. Complots et manœuvres se succèdent sans interruption. Jusqu'au comte de Paris qui intrigue pour remonter sur le trône de France !... L'homme le plus carré du monde se fût fait souci de devoir plonger dans cet imbroglio. André Marty était d'une méfiance maladive. En Espagne, il avait fait fusiller avec une sombre désinvolture des hommes dont l'innocence avait été prouvée alors que leurs cadavres étaient encore tièdes. Partout, toujours, la police et les services capitalistes étaient à l'œuvre, prenant dans leurs rets les militants trop peu vigilants ; partout, toujours, le virus de la trahison pouvait contaminer le camarade le moins soupçonnable. Marty, par ailleurs sincère et courageux, vivait dans un univers paranoïaque.

L'escale du Caire devait cacher pour cet esprit malade des pièges infinis. Plutôt que l'hôtel choisi par la Délégation gaulliste, qu'il imaginait à juste titre truffé d'agents de l'Intelligence Service, il accepta l'offre de cette jeune camarade d'honnête apparence et s'installa avec sa femme dans le trois-pièces du treizième étage, Henri et Rosette se repliant provisoirement sur la villa de Zamalek.

Marty ne tarderait pas à regretter l'hospitalité offerte. Henri Curiel, dix ans plus tard, la paierait cher.

Dans l'instant, le jeune fondateur du MELN n'en croyait pas sa chance. Il avait la possibilité de s'entretenir chaque jour, quelques heures durant, avec l'un des dirigeants de la révolution mondiale. Accessoirement (mais ce n'était peut-être pas si accessoire...) le fait qu'André Marty eût choisi d'habiter chez lui valait investiture. Le MELN avait des rivaux. Hillel Schwartz, Marcel Israël, d'autres encore, créèrent leur propre organisation communiste. Dans la course à la suprématie, Henri Curiel prenait plusieurs longueurs d'avance grâce à l'onction conférée par l'ancien secrétaire de l'Internationale.

Quant aux camarades grecs, le hasard leur apportait sur un plateau l'homme le plus apte à les comprendre et à les conseiller : un ancien mutin de la mer Noire savait comment en user avec un commandement réactionnaire.

Marty se fit quelque peu tirer l'oreille avant d'accepter d'entendre le principal responsable de l'organisation communiste clandestine au sein des brigades. La rencontre eut finalement lieu dans la voiture d'Henri Curiel qui, pour d'évidentes raisons de sécurité, ne cessa de rouler dans les faubourgs du Caire pendant les deux heures que dura l'entretien. Marty et le Grec étaient installés sur la banquette arrière. Marty ponctuait de grognements le long discours du Grec. Il devait se sentir piégé. Accablé de conseils de prudence avant son départ de Moscou, porté par nature à la circonspection, il se retrouvait embringué dans l'histoire abracadabrante de deux petites brigades grecques prêtes à en découdre en plein conflit mondial avec l'armée britannique... Pénible situation ! On imagine la commotion dans le camp allié si la nouvelle s'était répandue qu'André Marty, à mi-chemin entre Moscou et Alger, avait prêté la main à une entreprise relevant objectivement de la démoralisation des troupes devant l'ennemi... Lorsque le Grec sollicita à la fin son conseil, Marty répondit : « Vous pourriez diffuser largement l'article que je viens d'écrire sur la flotte de Toulon... » Et il sortit de sa poche un texte condamnant les amiraux français qui, lors de l'invasion de la zone dite libre par la Wehrmacht au moment du débarquement américain en Afrique du Nord, avaient préféré se saborder plutôt que de résister ou de rallier un port allié. Le rapport avec le problème posé n'était pas évident mais le responsable grec ne put rien tirer de plus de son éminent camarade, sinon la promesse qu'il rendrait compte à qui de droit. Marty quitta la voiture avec un soulagement ostensible ; le lendemain, il s'envolait avec sa femme pour Alger. L'escale avait duré quatre jours.

Il ne tint pas rigueur à son hôte de l'avoir fourvoyé dans une péripétie explosive, acceptant volontiers les colis de ravitaillement que les Curiel lui firent parvenir à Alger. Le Rond-Point servit même de relais entre Moscou et Alger pour l'acheminement de littérature marxiste vers les communistes installés en Afrique du Nord. Tout cela ne tirait pas à conséquence.

Mais le problème grec demeurait, et s'aggravait.

Marins et soldats souhaitaient aller se battre en Grèce, main dans la main avec les maquisards, pour porter un coup final aux forces d'occupation désorganisées par la défection italienne. Le commandement allié préparait au contraire leur départ pour le front italien. Puis, en mars 1944, la Résistance, maîtresse de vastes secteurs libérés de vive force, forma le « gouvernement de la montagne » dont le programme en trois points obtenait l'adhésion massive du peuple : organisation de la lutte nationale jusqu'à la victoire ; administration des régions déjà libérées ; garantie de la souveraineté populaire après la cessation des hostilités. La censure rigoureuse imposée par les Anglais n'empêcha pas la nouvelle de parvenir aux soldats des brigades et aux marins de la flotte. Un comité de coordination réunissant des délégués de toutes les unités proposa une motion, votée à une large majorité, réclamant la démission du gouvernement en exil au Caire et la formation d'un gouvernement d'union nationale intégrant des résistants de la montagne. La demande n'avait rien d'exorbitant – on en viendrait d'ailleurs, en fin de compte, à la formule d'union nationale. Mais pour Winston Churchill, la question n'était pas de savoir si les soldats et marins avaient raison ou tort. Il considérait la Grèce comme faisant partie de la sphère d'influence britannique. Sept mois plus tard, à Moscou, il jouerait avec Staline un ahurissant impromptu de marchand de tapis shakespearien (mais les tapis étaient des nations), l'un se gardant la Grèce, l'autre empochant la Bulgarie et la Roumanie, l'un et l'autre s'accordant, des arrière-pensées plein la tête, une influence égale en Yougoslavie. Au Caire, déjà, l'ambassade soviétique avait refusé de recevoir une délégation de soldats grecs venue remettre un exemplaire de la motion.

Churchill n'était pas disposé à se laisser dicter la loi dans sa chasse gardée grecque, fût-ce par des combattants grecs, maquisards ou soldats réguliers.

Le régime qu'il réservait au pays ne ressemblait en rien au « gouvernement de la montagne ». Et il savait être implacable.

Les tanks britanniques encerclent le 4e régiment grec stationné à Kassassin et le désarment. A Heliopolis, un régiment d'artillerie est également désarmé ; deux cent quatre-vingts soldats grecs sont placés en camp d'internement. La communauté grecque s'agite. A l'initiative des dirigeants progressistes, dont ceux du MELN, meetings et manifestations se succèdent au Caire et à Alexandrie. Les Anglais répliquent en arrêtant une cinquantaine de responsables syndicaux. Puis c'est le tour d'une unité stationnée au Caire d'être désarmée. Les officiers métaxistes, sentant le vent tourner en leur faveur, lancent une opération destinée à éliminer de tout poste de commande leurs rivaux démocrates. L'organisation clandestine réagit en force. Les officiers et soldats républicains de la Première brigade – héros d'El Alamein – arrêtent les factieux. Le mouvement gagne la flotte en rade d'Alexandrie. Les marins du contre-torpilleur *Pindos* jettent à l'eau leurs officiers métaxistes ou les enferment à fond de cale. Même scénario sur quatre autres navires de guerre, dont le croiseur *Averof*, où des officiers démocrates prennent le commandement.

L'état-major anglais négocie (il avait de l'estime pour les combattants grecs mais Churchill lui tenait les rênes courtes) et promet d'expédier les brigades sur le front italien si les officiers prisonniers sont libérés sans délai. Accord conclu. Les métaxistes sont relâchés. Mauvaise foi ou consigne de Londres : l'état-major du Caire exige de nouveau le désarmement total des brigades. L'organisation rebelle répond : « Nous garderons nos armes : elles sont destinées à libérer la patrie. Nous les avons glorifiées en Albanie, en Macédoine, en Crète, à El Alamein, et nous ne les rendrons pas. Que l'ordre soit annulé et que l'on nous envoie sans délai sur le front d'Italie [1]. »

Le 11 avril, les quatre mille cinq cents hommes de la Première brigade sont encerclés par des unités britanniques appuyées par des chars. L' état-major a choisi pour cette besogne des Gurkhas indiens, troupe professionnelle parfaitement imperméable à toute compréhension du drame grec. S'il faut tirer, elles tireront. Un cordon sanitaire naval isole en rade d'Alexandrie les navires mutinés. Churchill câble le 14 : « Avant de recourir à l'emploi des armes, il faut assurément laisser l'absence de ravitaillement produire son effet dans le camp et dans le port. » Un blocus rigoureux est instauré. Sans eau et sans vivres, la rébellion est condamnée à brève échéance.

On se bat en Italie, sur le front soviétique, en Extrême-Orient. Des millions d'hommes s'affrontent dans un conflit d'une violence sans précédent dont l'enjeu est la victoire ou la défaite du fascisme. A-t-on le droit de rompre l'union sacrée pour soutenir le combat des démocrates grecs, même s'il est juste ? Faut-il, à cause de la péripétie grecque, courir le risque effrayant de voir des soldats alliés tirer sur d'autres soldats alliés ?

Les organisations communistes rivales du MELN répondirent par la négative. Parmi les proches d'Henri Curiel, nombreux furent ceux qui refusèrent de franchir le Rubicon. Raymond Aghion, son cousin : « J'avais participé à l'aide aux Grecs, notamment en organisant des collectes d'argent. Mais je me suis séparé d'Henri au moment de la mutinerie. Pour moi, marcher avec les mutins était une déviation gauchiste. Nous étions en guerre contre Hitler et il fallait gagner cette guerre. » Marcel Messiqua eut la même réaction. Homme d'affaires très influent

(1) Cité par Dominique Eudes, *Les Kapetanios, la guerre civile grecque de 1943 à 1949*, Librairie Fayard, p. 174.

au Caire (il représentait en Egypte la firme Boussac qui achetait chaque année une partie de la récolte de coton pour ses usines textiles), il était devenu marxiste et avait fait avec Henri Curiel une tournée de conférences très suivies, rédigeant entre deux voyages des articles pour un dictionnaire sur « l'idée marxiste de la guerre » dont Henri était l'initiateur. « J'ai commencé à me séparer politiquement de lui à propos de cette histoire de Grecs. Un jour, il m'a emmené en plein désert pour me faire rencontrer des soldats grecs qui se cachaient là. Il voulait que je les aide. Nous avons parlé avec leur président, ou plutôt leur responsable. Je ne comprenais rien à cette histoire. Je leur ai dit : « Vous travaillez contre les Alliés, donc contre la victoire. Ce n'est pas possible. » On a discuté pendant des heures mais je n'ai pas réussi à les faire bouger, Henri et lui. Henri pouvait être d'un entêtement incroyable. Je l'aimais beaucoup mais la vérité, c'est qu'il était stalinien. Je veux dire : un esprit stalinien. La certitude d'avoir raison. Le refus de bouger. Bref, la rencontre a été un échec et je suis reparti en me demandant ce que j'étais venu faire là. Aujourd'hui encore, je ne comprends pas comment il a pu me fourrer dans une pareille histoire. »

Réaction compréhensible et estimable. Pour beaucoup, l'affaire était un épisode choquant, une fausse note dans le concert allié, mais surtout une péripétie secondaire dont il eût été ridicule de faire un enjeu politique réel. Qui eût pu prévoir qu'un observateur aussi avisé qu'André Fontaine écrirait du bain forcé de quelques officiers réactionnaires dans les eaux sales d'Alexandrie qu'il marquait le commencement de la guerre froide, suivant en cela le publiciste américain James Burnham, théoricien de ladite guerre froide ?

Henri Curiel avait pris la juste mesure de l'événement. Il admettait que si la mutinerie de quelques milliers de soldats grecs présentait le risque le plus infime de retarder la victoire alliée, les démocrates condamnés à la faim et à la soif devraient être abandonnés à leur sort. Mais la guerre était d'ores et déjà gagnée (dans moins de deux mois, le débarquement en Normandie confirmerait le pronostic). Ce qui eût été inconcevable en 1942 ou 1943 ne l'était plus au printemps 1944. Il était désormais possible d'aider les démocrates dans leur juste combat. Et puisque c'était possible, la solidarité internationaliste devait jouer sans réticence en faveur des camarades grecs.

Curiel, comme l'a bien vu Maxime Rodinson, n'était ni un idéologue ni un théoricien. (Ah ! l'ingratitude et l'injustice de cette phrase perfide, un peu plus haut, par laquelle je reproche en somme à Rodinson de n'avoir pas été assassiné... Si la mort d'un compagnon de combat devait obligatoirement conduire les siens au discours saint-sulpicien, le biographe en serait réduit à l'hagiographie. Et qui ne sait que Maxime Rodinson eût volontiers risqué sa vie pour sauver celle d'Henri ?) Ni idéologue ni même théoricien, mais analyste d'une lucidité supérieure. Il avait été le premier parmi ses amis à prendre conscience de la force du sentiment national égyptien. Il est pratiquement le seul à saisir le véritable enjeu du drame grec en Egypte. Toute sa vie, il démontrera une capacité hors du commun à discerner, sous le foisonnement événementiel, la ligne de force politique.

Et il était homme d'action.

***

Sans eau, les mutins étaient condamnés. Mais la flotte possédait des réserves et les hommes de la Première brigade, encerclés en plein désert, réussirent à placer une dérivation sur une grosse conduite passant à proximité et essentielle à l'armée britannique. Problème résolu. Restait celui des vivres. L'approvisionnement des équipages rebelles fut réalisé par quelques bateaux de pêche se faufilant nuitamment entre les mailles du blocus. La Première brigade était mieux bouclée. Henri Curiel utilisa une nouvelle fois les ressources familiales. La propriété de Mansourieh, qui avait déjà abrité une école de cadres, était au bord du désert : elle devint dépôt de vivres. La nuit, au volant de voitures particulières ou de camions bourrés de ravitaillement et de bidons d'essence, Henri et une poignée de fidèles partaient pour des rendez-vous hasardeux en plein désert avec les camarades grecs. Chaque voyage pouvait finir sous le feu des mitrailleuses britanniques : les Gurkhas tiraient au moindre mouvement suspect. La fatigue de ces randonnées nocturnes pesait d'autant plus que les journées étaient consacrées à un intense travail de propagande – impression de journaux clandestins, de tracts, d'appels à l'opinion publique, etc. Henri ne résista au manque de sommeil que par des prises massives de benzédrine ; ses nerfs en resteraient longtemps ébranlés. Rosette, infatigable, témoignait d'une audace proche de la témérité.

Les militaires progressistes familiers du Rond-Point furent mis à contribution. Le sergent anglais Sam Bardell, devenu l'ami d'Henriette, employée à la librairie, après leur rencontre à la frontière palestinienne, se souvient d'un voyage en catastrophe à Alexandrie pour trouver des fonds. On avait un besoin urgent de cinq mille livres. Ce samedi après-midi, les banques étaient fermées. Les militantes locales réunirent l'argent en mettant leurs bijoux en gage. Un sergent américain, Al Kuchler, recruté par Bardell, fit plusieurs voyages clandestins au volant de son camion pour livrer du ravitaillement : les Gurkhas, impressionnés par son assurance yankee, lui ouvraient le passage. Mais à quoi bon citer des noms destinés à nourrir les entrailles du grand ordinateur de Langley (Virginie) et à grossir l'éventuel dossier des petits-enfants de ces braves gens ? Il était natif de Coventry, l'officier anglais qui réussit le coup magnifique d'escamoter une cargaison de tracts à larguer par la RAF sur les mutins pour les inciter à se rendre. Grâce à ses bons offices et à l'imprimerie clandestine d'Henri Curiel, l'avion lâcha des milliers de tracts exhortant les encerclés à tenir bon...

Au Caire et à Alexandrie, la police militaire multiplie en vain perquisitions et arrestations pour démanteler l'organisation de soutien. L'appartement des Curiel est fouillé à plusieurs reprises.

Churchill perd patience. Les officiers démocrates du croiseur *Averof* avaient fait passer à l'état-major du Caire le message suivant : « Nous tiendrons tant que nos revendications ne seront pas prises en considération, mais nous nous engageons à ne faire en aucun cas usage de nos armes. » Churchill câble à l'amiral anglais : « Ne laissez aucune illusion à l'officier de l'*Averof*: nous ne répondrons pas par la réciprocité à l'assurance qu'il a donnée de ne pas utiliser ses armes contre nous. Nous tirerons sur les mutins chaque fois que ce sera nécessaire. » Quant au général Paget, responsable du blocus de la Première brigade, il voit sa mission définie sans ambiguïté : « Nous sommes prêts à un usage illimité de la force mais éviterons le massacre si cela se peut[1]. » Dans la nuit du 23 avril, l'assaut est donné aux navires mutinés. En quelques minutes, douze morts et trente blessés chez les insurgés. Si ceux-ci répondent au feu par le feu de leurs canons lourds, la flotte alliée ancrée dans la rade risque l'embrasement général. L'*Iphestos,* bâtiment léger, a trente-neuf torpilles dans ses cales. Ils préfèrent se rendre. Le lendemain, la Première brigade dépose à son tour les armes pour éviter l'effusion de sang.

Mais ils ne tombèrent pas tous dans la nasse anglaise. Les plus décidés ou les plus compromis – quelques centaines – filèrent par les pistes du désert

(1) Cité par Dominique Eudes, *op. cit.*, p. 178.

et se cachèrent comme ils purent. Henri Curiel organisa leur récupération, puis leur essaimage dans des cachettes sûres au Caire et à Alexandrie. La police anglaise déclencha contre les clandestins une traque impitoyable, n'hésitant pas à torturer sauvagement ceux qu'elle capturait pour leur faire révéler les filières. L'un de ses supplices favoris consistait à entourer la tête du captif d'une corde et à serrer au maximum : la souffrance était insupportable.

Nul doute que le couple Curiel, évidemment connu de la police politique égyptienne, fut dans cette circonstance fiché par les services britanniques comme un adversaire d'envergure. Le dossier qui suivrait Henri Curiel jusqu'à sa mort, de capitale en capitale, fut ouvert au Caire en ce printemps 1944.

Il connut quelques chaudes alertes. Un jour, au lieu des deux fugitifs prévus au rendez-vous, il trouva dix-sept hommes à transporter et à coucher. La chance aidant, il les déroba aux patrouilles et dénicha les planques nécessaires. Une autre fois, alors qu'il cachait un responsable grec dans son propre appartement – infraction aux règles de sécurité imposée par la nécessité : les cachettes sûres étaient surpeuplées –, la police militaire anglaise encercla l'immeuble et commença à le fouiller minutieusement, étage par étage. La situation semblait désespérée. Mais les Curiel avaient mis une chambre à la disposition d'une jeune camarade, Ruth Gresh, engagée à fond dans le soutien aux Grecs (elle bourrait de tracts le landau de son bébé et les passait à la barbe des policiers). Ruth recevait ce jour-là son ami et futur mari, Robert Browning, universitaire anglais dont on disait qu'il connaissait tant de langues qu'il en avait perdu le compte. Le major Browning, progressiste, était au quartier général du Caire l'un des responsables des liaisons avec la résistance yougoslave. Il endossa son uniforme, prit le responsable grec par le bras et sortit avec lui de l'immeuble, salué par les policiers au garde-à-vous.

La traque dura six longs mois. Elle prouvait la volonté de Churchill de neutraliser jusqu'au dernier les activistes susceptibles de contrarier ses plans. Mais il avait gagné la partie, même si plusieurs dizaines de fugitifs échappèrent à sa police. Dix mille soldats et marins grecs, vaincus, désarmés, humiliés, attendent la fin de la guerre dans des camps de concentration britanniques en Libye et en Abyssinie. On ne les laissera rejoindre la Grèce qu'à la fin de 1945, et par petits paquets. L'armée démocratique a vécu. Elle ne gênera pas la récupération du pouvoir par la clique royale. C'était le seul but de l'opération.

On le vit bien quand Churchill organisa au Liban, le mois suivant l'écrasement de la révolte, une conférence réunissant représentants du gouvernement en exil et émissaires de la résistance intérieure. La formation d'un gouvernement d'union nationale, revendication essentielle des soldats démocrates, ne souleva curieusement aucune difficulté de principe. Les résistants, adroitement manipulés, se laissèrent même arracher une condamnation sévère de la mutinerie, de sorte que le désespoir d'être abandonnés par les leurs vint s'ajouter pour les soldats prisonniers à l'amertume de la défaite.

Lorsque le principal responsable du mouvement quitta clandestinement l'Egypte, il dit à Henri Curiel, qui l'avait caché pendant six mois : « Nous n'oublierons jamais ce que tu as fait pour nous. En Grèce, nous ne sommes pas sans moyens. Dans l'avenir, nous serons beaucoup plus puissants. Ta situation est déjà critique. Si elle s'aggrave, fais-nous signe : nous enverrons un sous-marin pour t'évacuer et te mettre à l'abri. »

La promesse était émouvante mais l'avenir avorta.

Vaincue en Egypte, roulée au Liban, la résistance progressiste à direction communiste avait pourtant gagné en Grèce. A l'instar de sa voisine yougoslave, elle avait libéré seule le territoire national, tuant aux

Allemands plus de vingt mille soldats. Elle jouissait du soutien massif de la population. Le pouvoir n'était plus au bout de ses fusils : elle l'avait.

C'était compter sans Churchill.

Les premiers contingents anglais débarqués au Pirée en novembre 1944 sont accueillis à Athènes dans la liesse populaire. La division indienne arrive à son tour, sombre présage. Lorsqu'une force de frappe suffisante est en place sous les ordres du général Scobie, la provocation prévisible se produit : des mitrailleuses mystérieuses ouvrent le feu sur une foule manifestant contre le retour des politiciens de l'ancien régime. Vingt-huit morts, plus de cent blessés. Churchill a son prétexte. Il câble à Scobie : « Il nous faut tenir et dominer Athènes. Ce serait pour vous une grande chose d'y parvenir sans effusion de sang, si c'est possible, mais aussi avec effusion de sang si c'est inévitable... N'hésitez pas à agir comme si vous vous trouviez dans une ville conquise où se serait déclenchée une révolte locale. » Il commentera dans ses Mémoires : « Ces choses-là ne doivent pas se faire à moitié[1] . »

Les combats durèrent trente-trois jours et le sang grec ruissela de nouveau sur les pavés d'Athènes. Aux murs, des graffitis criaient : « Les Allemands sont revenus. »

Bien sûr, Scobie l'emporta.

« Succès moralement discutable », écrit André Fontaine – c'est, sous sa plume, une rude condamnation. Massacre cynique que rien ne pouvait justifier, pas même l'épuration entamée sous direction communiste et qui se révélait aussi dure – parfois sauvage – qu'on pouvait le prévoir dans un pays soumis à cinq ans de dictature fasciste, puis à quatre ans d'occupation nazie. Tragique hécatombe que l'Histoire telle qu'on l'écrit passerait quiètement par profits et pertes, tout comme elle ne tiendrait pas

(1) Cité par André Fontaine, *op. cit.*, p. 250.

rigueur excessive au colonialisme français des trente ou quarante mille Algériens massacrés dans le Constantinois le 8 mai 1945, jour de la Victoire. Tout est question de date, peut-être aussi de plume. Budapest 1956 reste dans chaque mémoire : qui sait encore qu'Athènes 1944 fut le lieu d'un forfait perpétré de sang-froid par l'Angleterre, « mère des démocraties » ?

« L'affaire grecque marqua pour nous l'accession à la maturité, à la majorité politique », devait dire par la suite Henri Curiel. Ils avaient vu l'impérialisme à visage nu.

Le Mouvement égyptien de libération nationale.

Mais aussi l'Avant-Garde, l'Aube Nouvelle, la Ligue marxiste, Citadelle, Iskra, Vers un parti communiste égyptien, Libération du peuple, Noyau du parti communiste, l'Etoile Rouge, l'Unité des communistes, etc. ; chacune de ces organisations essaimant de nouvelles fractions au gré des incessantes crises et scissions secouant le microcosme communiste cairote. Si un Buffon de la politique en réussissait la classification, il faudrait encore un Sherlock Holmes pour découvrir, sous la gloriole des apparences, le dur noyau de la réalité. Citadelle revendiquait cent mille adhérents et en possédait cinquante (non pas cinquante mille : cinquante. Mais le chef réussit le tour de force de faire croire à ses cinquante braves que les autres attendaient l'heure H dans une clandestinité rigoureuse). Phénomène rare en politique : une organisation ne dépassa pas le chiffre d'un adhérent – son fondateur. Le parti communiste des peuples de la vallée du Nil regroupait sous un nom impressionnant quelques dizaines d'employés du fisc et était plus familièrement appelé parti communiste de l'administration des impôts. Réserve faite de ces bizarreries marginales, on peut estimer qu'une dizaine d'organisations aspirèrent un peu sérieusement à devenir *le* parti communiste égyptien –

c'était beaucoup –, et que trois pouvaient y prétendre – c'était encore trop : le MELN d'Henri Curiel, Iskra d'Hillel Schwartz et Libération du peuple de Marcel Israël.

De taille menue, la stature frêle, un très beau visage irradiant l'intelligence, Hillel Schwartz avait vingt ans en 1943. Ses parents, d'origine roumaine mais de culture française, s'étaient trouvés bloqués en Egypte lors d'un voyage touristique par le déclenchement inopiné de la guerre de 1914. Le père, médecin, détestait la Roumanie. Il s'était engagé dans l'armée anglaise, avait accédé au grade de major et s'était fixé en Egypte à la fin des hostilités. C'était l'un de ces hommes hauts en couleur fatigants pour leur famille : coureur, joueur, bretteur. Bon médecin au demeurant, avec une brillante clientèle allant jusqu'à la famille royale égyptienne. Le jeune Hillel avait eu l'enfance ordinaire dans son milieu : maison magnifique peuplée de domestiques, voyages annuels en France (le séjour se prolongeait lorsque le père avait envie d'être tranquille au Caire avec une maîtresse), mépris de l'indigène (la mère : « Tu es sale comme un Arabe » ; le père, tout en se proclamant de gauche, voire communiste, considérait les Egyptiens comme des sous-hommes). La singularité d'Hillel Schwartz parmi ses futurs rivaux et camarades est probablement d'avoir cherché dans la politique une issue à des difficultés intimes liées à une classique révolte contre la famille : « Après avoir adoré mes parents, je les ai haïs. Je me suis rendu compte que mon père était un homme brutal et autoritaire ; ma mère, une pauvre chose. » Ses lectures et le manuel de philosophie de Cuvillier l'amenèrent au marxisme. Itinéraire typique d'un jeune intellectuel européen. Il lui manque le sceau égyptien dont resteront à jamais marqués Curiel et Israël : la découverte physique, bouleversante, d'une misère abyssale. Et tandis que les deux autres n'envisagent pas un seul instant d'agir ailleurs qu'en

Egypte, Schwartz ne s'y résoud que bloqué par la guerre : « Mon action politique, je la voyais à l'étranger. L'Egypte ne m'intéressait pas du tout. Je trouvais le pays laid, désagréable. La France était le phare unique. Je gardais un souvenir extraordinaire de mes séjours en France et je n'aspirais qu'à y retourner. »

Sa rencontre avec le mystérieux « délégué du Komintern au Caire » n'ayant abouti qu'à des palabres frivoles où il s'éprouvait distrait par les cuisses de Gaby Aghion, le jeune Hillel rompt avec la ferme volonté de faire quelque chose. Il est malheureux. Le consulat espagnol l'a trouvé trop jeune pour s'engager dans les Brigades internationales. Ses parents vont mal. Le père se marginalise à force de liaisons tapageuses et de duels ridicules. Ses clients, lassés d'être traités comme des chiens, désertent son cabinet. Un seul domestique à la maison. Des disputes à propos d'argent. « Ce n'était pas la gêne mais ce n'était plus la grande prospérité. » Hillel doit travailler. On lui trouve une place de gratte-papier dans la société pharmaceutique Delmar. La médiocrité des débuts importe peu puisque son parrain est propriétaire des grands magasins *Cicurel :* « Tu commences au bas de l'échelle mais tu finiras au sommet. » Peu lui chaut. Il s'ennuie à crever. L'une de ses tâches consiste à passer commande de modes d'emploi de remèdes à un artisan-imprimeur égyptien. L'homme est sympathique. Ils conversent dans un sabir franco-anglo-arabe. C'est suffisant pour que Schwartz comprenne le désir de son interlocuteur de se lancer dans l'action syndicale. Il faudrait un journal. Où trouver l'argent ? « Très simple, décide Schwartz. Je gonflerai les commandes de prospectus et tu paieras le papier avec la différence. » Hillel y mettra aussi la quasi-totalité de son salaire personnel. (Un troisième larron, évadé lui aussi des palabres marxistes, participe à l'entreprise mais disparaîtra rapidement car, juif de nationalité anglaise, il sera mobilisé en 1941.)

Le journal *Aliana* paraît. C'est un hebdomadaire rédigé en arabe. « A ma connaissance, le premier journal ouvrier publié en Egypte. » L'artisan, Zaki, et une poignée de syndicalistes rédigent les articles. Aveu modeste et infiniment symbolique : « Je ne peux pas dire, reconnaît aujourd'hui Schwartz, ce que valait *Aliana* puisque j'étais bien incapable de le lire. De temps en temps, Zaki me traduisait un article. Nous avons eu un certain succès et nous avons été plusieurs fois saisis par la police. Nous reparaissions alors sous un autre titre. Un petit noyau de militants ouvriers s'est ainsi formé, augmenté de quelques artistes égyptiens que Marcel Israël m'a fait connaître. On avait l'impression que quelque chose démarrait. »

Rommel interrompt l'expérience en contraignant Hillel Schwartz au repli sur la Palestine. De retour au Caire trois mois plus tard, il décide avec ses amis de structurer leur groupe en se constituant en parti politique. Le nom choisi est « Chaara », qui veut dire en arabe « étincelle » et renvoie évidemment à la fameuse *Iskra* (« étincelle » en russe) de Lénine, mais tout le monde usera du mot russe au grand dam de l'égyptianisation.

Le but était d'aboutir à un authentique parti communiste égyptien. Pour Schwartz et ses amis, la condition première était la formation de cadres politiques. Iskra serait donc une pépinière de cadres formés à la double école de la théorie et de la pratique, et destinés à fournir l'avant-garde de la révolution égyptienne. Un objectif aussi ambitieux impliquait une sélection sévère des candidats à l'adhésion ; Iskra ne serait pas l'un de ces clubs de discussion à la mode où les jeunes bourgeois en rupture de classe venaient jeter leur gourme politique. Tout candidat devait être parrainé par deux militants et suivre un certain nombre de cours préalables. Jaugé, pourvu d'un bagage marxiste, il était admis à l'honneur d'adhérer et affecté à une cellule. Le parti fonctionnait sur le mode pyramidal, avec cloisonnement horizontal entre les cellules, chacune d'entre elles – la cellule-fille – n'ayant en principe de contact qu'avec la cellule-mère de l'échelon supérieur. Un comité central coiffait l'ensemble et répartissait les tâches par secteur. Si la formation théorique interne formait l'essentiel du travail, Iskra se préparait à intervenir dans le champ politique avec son hebdomadaire *el-Gamahir (Les Masses),* et à la Maison de la recherche scientifique se donnaient des conférences très suivies par les étudiants égyptiens sur les sujets les plus divers. Les débats étaient d'un niveau nettement supérieur à celui des divers séminaires ou cercles ressassant sempiternellement la vulgate marxiste. Iskra avait enfin pris le contrôle de l'Amicale des anciens élèves du lycée français du Caire, où la plupart de ses militants avaient fait leurs humanités, mais cette conquête, de peu de conséquence sur le plan politique, lui valait les railleries de ses rivaux. « Hillel a indiscutablement l'étoffe d'un grand dirigeant, répétait Henri Curiel avec son sourire chaleureux, mais pour l'Amicale du lycée français. »

Marcel Israël était curieusement lavé du péché originel de bourgeoisie. Aujourd'hui encore, ses anciens camarades rendent hommage à la dureté de son existence et parlent de lui comme s'il avait émergé des profondeurs du prolétariat égyptien. « Il a été ouvrier. » Si son père avait été contraint de vendre son usine de textile de Mit-Ghamr, à une heure et demie du Caire, et de s'installer dans une maison située, ô disgrâce, en quartier arabe, il avait cependant été embauché comme cadre par ses successeurs et conservait au Caire un appartement où résidait Marcel, qu'il entretenait sans barguigner. Une arrière-grand-mère facilitait au surplus les fins de mois de Marcel en lui glissant des pièces d'une livre sterling en or ; mais les arrière-grand-mères sont éphémères. Lorsque le travail devint nécessaire à sa subsistance, il se fit embaucher comme chef-magasinier dans une usine fabriquant des tuyaux en ciment, puis fut employé à la Bourse des valeurs du Caire ; besognes sans joie, certes, mais qui ne sont pas le lot des damnés de la terre. Toujours est-il qu'il ne sortait pas d'un palais de Zamalek, que son père n'était ni l'avocat du roi ni son médecin, et que son sort devait paraître digne de compassion à la plupart de ses camarades. Il avait sur eux l'avantage non négligeable de parler couramment la langue du pays. A cela s'ajoutait une personnalité hors du commun. Aujourd'hui septuagénaire, l'homme conserve une vitalité inouïe, un dynamisme ravageur, un insatiable appétit de vivre et d'agir : à vingt ou trente ans, il devait davantage tenir de la plante carnivore que du lilas foudroyé.

Secrétaire de l'Union démocratique, il s'en était éloigné à la suite d'un différend avec Henri Curiel : « Henri avait fait entrer tous ses amis grands bourgeois et l'Union démocratique s'est transformée en union aristocratique. Nos locaux étaient l'un des endroits les plus chics du Caire. Je ne voyais pas l'intérêt. Pour moi, au-delà de son action pour le camp démocratique, l'Union devait être un vivier. Je voulais y amener des jeunes fonctionnaires égyptiens, des intellectuels, des érudits. Et je me retrouvais entouré de dames en fourrure. Alors je suis parti. C'était en 1939. Je connaissais bien Baron, professeur au lycée français, membre du PCF, dont j'ai tout lieu de croire qu'il était en contact avec Midoyan, le délégué du Komintern au Moyen-Orient. Baron m'a fait connaître Tahsin el-Masri, qui avait adhéré au parti français durant ses études à Paris. Je lui ai présenté la dizaine de camarades que j'avais initiés au marxisme et nous avons créé en 1940 Tahrir el-Chaab, Libération du peuple, première organisation communiste clandestine en Egypte. »

Deux associations légales permettent d'agir sous couverture. Pain et Liberté travaille en milieu ouvrier (c'est le groupe grâce auquel Badr, futur stagiaire de l'école de cadres d'Henri Curiel, entendra le poète Anouar Kamel prêcher le marxisme à l'ombre des Pyramides). Culture et Loisirs, animé par Jeannette Israël, s'adresse aux intellectuels égyptiens.

« Pendant un an, je n'ai pratiquement pas cessé de donner des cours de marxisme. Les résultats étaient convaincants. Nous formions de plus en plus de cadres. En 1941, j'ai écrit avec deux camarades égyptiens une brochure exposant les revendications de la classe ouvrière. La réaction du pouvoir a été immédiate et brutale : tout le groupe s'est retrouvé en prison. Les autres y sont restés deux mois. En 1941, il était difficile de garder des communistes en prison. Moi, j'ai été transféré dans un camp de concentration pour fascistes à cause de mon passeport italien. J'en garde un très mauvais souvenir. Chaque fois que Rommel approchait, nos gardiens britanniques nous menaçaient de mort. La Délégation française de Georges Gorse a obtenu ma libération et je suis parti pour la Palestine, où je suis resté un an et demi à crever de faim avec ma femme. Je militais au sein du parti communiste palestinien en donnant des cours de marxisme.

« A mon retour au Caire, à la fin 43, j'ai été convoqué par le chef de la police politique égyptienne. Il m'a paternellement conseillé de devenir raisonnable. Puis j'ai retrouvé Henri, toujours charmeur, toujours séduisant, avec son énorme capacité d'écoute et cette technique de commencer ses raisonnements avec la dernière phrase de l'interlocuteur – c'était un bonheur de discuter avec lui, on se sentait intelligent. Il m'a appelé « vieux camarade » et m'a dit : « Viens avec nous. Ta place est à la direction du MELN. » J'en ai parlé à mes amis égyptiens. Ils m'ont conseillé d'entrer au comité directeur du MELN. J'ai assisté à deux réunions dans la garçonnière de Joe Matalon. Le frigo était toujours bourré. L'unique ouvrier, un Arménien, bouffait tellement qu'il s'endormait. Tout le monde était d'origine étrangère. Il paraît qu'il y avait un autre comité directeur avec quelques Egyptiens. Tout cela ne m'a pas paru très sérieux. J'ai rendu compte à mes amis. Ils m'ont conseillé de laisser tomber et nous avons reconstitué le groupe Libération du peuple. J'étais le seul non-Egyptien. Je travaillais à la base en donnant des cours de marxisme. Il n'était pas question pour moi de prétendre jouer un rôle dirigeant quelconque. Je n'oubliais pas la leçon que m'avait donnée Midoyan avant la guerre : « Où sont les Egyptiens ? » C'était à eux de prendre les commandes. Mais il est vrai que j'avais une place un peu à part grâce à mes liaisons internationales. C'est moi qui assurais le contact avec Nicolas Chaoui, le dirigeant communiste libanais, et avec la direction du parti communiste palestinien.

« Je suis resté en termes très amicaux avec Henri, que je voyais fréquemment, mais nous ne travaillions pas sur la même ligne. »

***

Trois crocodiles dans le marigot égyptien. A quoi bon nier le jeu de l'humaine ambition ? Ils étaient convaincus que l'Egypte attendait son Lénine et chacun proposait sa candidature – au moins jusqu'à la prise du Palais d'hiver. Ils savaient que leur origine les obligerait à l'effacement mais cela ne les gênait pas. Leur ambition n'était pas médiocre. La révolution les passionnait : le pouvoir irait à d'autres. Au mitan du siècle, aucun communiste n'aurait eu l'idée saugrenue que l'origine étrangère d'un camarade pût le disqualifier pour un travail révolutionnaire dans un pays donné. L'Internationale dépêchait ses experts sur les points chauds de la lutte de classe mondiale : Borodine en Chine, Fried en France, Walter en Espagne. Pourquoi pas Curiel ou Schwartz ou Israël en Egypte ? Mais ils étaient deux de trop.

Trois orphelins de l'Internationale. L'injustice serait grande de les imaginer en petits chefs sûrs d'eux-mêmes et dominateurs aspirant à régner sans partage sur le fief égyptien. Si Staline n'avait pas dissous le Komintern en 1943 pour des raisons d'opportunité internationale, le destin de l'Egypte eût peut-être été changé car le mortel éparpillement des forces communistes n'aurait pas eu lieu. A tout moment, l'investiture donnée par Moscou à l'une des organisations rivales aurait opéré le ralliement sans hésitation ni murmure de toutes les autres. Cette investiture, faute d'être octroyée d'en haut, fut inlassablement quémandée d'en bas, mais de manière si criarde et si incohérente qu'elle ne vint jamais. Chacun des groupes rivaux usait de ses contacts internationaux pour obtenir au moins la disqualification des autres. Déjà en 1942, lors du repli stratégique imposé par Rommel sur la Palestine, le parti communiste palestinien, très écouté à Moscou, avait été assiégé par les factions égyptiennes ; s'il était difficile à chacune de présenter un bilan positif ou des perspectives tangibles, le dénigrement des rivaux était plus aisé. Les dirigeants étrangers acquirent rapidement le sentiment que les communistes égyptiens n'étaient qu'une poignée de petits ou grands bourgeois engagés dans d'inexpiables combats de coqs relevant davantage de la politicaillerie que de la lutte révolutionnaire.

L'investiture si ardemment recherchée dépendait désormais du parti communiste français. La règle voulait que les communistes d'un pays colonisé dépendissent du parti communiste de la puissance colonisatrice. Ainsi le parti français guidait-il, à travers l'un de ses organes appelé – cela ne s'invente pas – le Bureau colonial, les organisations communistes de l'empire colonial français, auxquelles il ne se lassait pas de répéter, selon une conception politique jacobine, que leur victoire serait la conséquence inéluctable de la victoire du socialisme en France. Le « grand frère » naturel des communistes égyptiens aurait dû être le parti anglais, mais ce parti restait une si petite chose, et le rayonnement de la France en Egypte était si grand (sans parler de la proximité géographique du Liban et de la Syrie) que le PCF avait été désigné pour guider les pas des camarades égyptiens sur le chemin de la révolution. On assista donc, dès la fin de la guerre, à une démarche pittoresque sans précédent dans l'histoire du mouvement communiste international : les diverses organisations égyptiennes se mirent d'accord pour embarquer sur le premier bateau en partance pour la France – le *Ville de Lumière* – une délégation composée de représentants de chaque faction afin que le « grand frère » entende plaidoiries et réquisitoires, et tranche en connaissance de cause. Le voyage fut maussade, les délégués s'observant en chiens de faïence ; le résultat, décevant. A la tête du Bureau colonial régnaient André Marty, Léon Feix, Elie Mignot – hommes tout d'une pièce formés à la sévère école stalinienne, peu sensibles aux froissements d'âme égyptiens, portés par principe à la méfiance envers les transfuges de la grande bourgeoisie, avertis au surplus des tristes antécédents du mouvement communiste en Egypte. Le Bureau colonial exhorta à l'union. Il eût fallu l'imposer. Mais c'était s'obliger à choisir. Le choix n'était pas facile entre le fils du banquier de Zamalek et celui du médecin de la famille royale égyptienne. Même un Marcel Israël faisait pour Marty ou Mignot un prolétaire un peu coquet. Et les rivalités opposant les hommes étaient si fortes qu'elles occultaient les différences entre programmes et lignes politiques qui eussent dû fournir le critère de sélection le plus sérieux.

Quarante ans après, alors que le rouleau compresseur de l'Histoire a passé sur la grande espérance qui souleva leur jeunesse, les vétérans ne font pas la tâche aisée à l'enquêteur. L'exil conserve dans son formol le fœtus du combat avorté ; la patine du temps n'a point assoupi l'éclat des querelles, et c'est avec une passion toujours adolescente que les sexagénaires évoquent les dérives droitières ou gauchistes de leurs lamentables rivaux. La voix assassinée d'Henri Curiel ne manque pas au concert grâce à quelques cassettes enregistrées juste avant sa mort : emporté par une fureur intacte, il y fulmine des anathèmes vieux d'un demi-siècle et l'oreille s'étonne de l'entendre exalter sur le ton de l'épopée « la juste ligne de Younès » (Younès était son pseudonyme). On serait porté à sourire ou à s'irriter si une telle pugnacité ne témoignait pas de l'authenticité d'un engagement absolu, irréversible, qui ne se dégrada chez aucun dans l'obscène scepticisme rétrospectif habituel à leurs contemporains européens.

Le plus difficile est de reconstituer le problématique schéma des lignes politiques, stratégies, tactiques : l'ordre de bataille des forces politiques en présence. Les documents d'archives n'existant pas, sauf exceptions rarissimes, Hillel Schwartz a probablement raison de mettre en doute la possibilité d'une histoire du mouvement communiste égyptien fondée sur des témoignages partiels et partiaux. La mémoire recompose agréablement la réalité sans que la bonne foi s'en trouve offusquée. Ainsi Henri Curiel, évoquant le pacte germano-soviétique, affirmera-t-il que Georges Pointet mettait dans le même sac nations démocratiques et pays fascistes pour conclure au caractère strictement impérialiste de la guerre, ce que lui-même contestait. Au vrai, tous les témoignages assurent le contraire : rallié au pacte par Pointet, Henri afficha pendant quelques mois le zèle des nouveaux convertis et exaspérait son entourage – spécialement Raoul – en se réjouissant bruyamment chaque fois qu'un cargo anglais était coulé par un sous-marin nazi ; Pointet avait dès le début montré meilleur discernement. Or le respect et la profonde amitié d'Henri Curiel pour son mentor en communisme excluent toute manipulation consciente des faits ; simplement, trois décennies avaient passé. De même Curiel écrira-t-il peu avant sa mort qu'il eût volontiers rejoint le groupe de Marcel Israël dont allait naître Libération du peuple, mais qu'il fut « horrifié » d'apprendre sa volonté de mener une lutte vigoureuse en faveur de l'athéisme. Sautant sur l'occasion de rendre une fois de plus hommage à « ce merveilleux collège des jésuites de Fagallah dont je garde un si bon souvenir et à qui je suis reconnaissant d'avoir développé en moi des valeurs morales élevées et de m'avoir dispensé l'enseignement d'une philosophie – le néo-thomisme – qui m'a donné l'exigence d'une conception du monde véritablement globale que j'ai retrouvée dans le marxisme » (son verbe était ailé mais sa plume pesait lourd), Henri Curiel de conclure avec bon sens : « En Egypte, pays où la foi était si profondément enracinée, lutter contre la religion était une entreprise véritablement suicidaire. » Mais Marcel Israël, taxé de crétinisme résolu, s'étrangle d'indignation : « C'est fou ! Je n'étais quand même pas si idiot ! Sachez que j'interrompais toujours mes cours de marxisme – et j'en ai donné des centaines – pour que mes étudiants fassent leur prière. J'aimais bien Henri mais vous avez là un exemple typique, etc. »

Ils ont quitté l'Egypte avec un Waterloo dans la musette mais s'entendent à vous faire entrevoir au bout de leur juste ligne politique le triomphal Austerlitz dont les a frustrés tel « vieux camarade » obtus.

Marcel Israël et Libération du peuple prônaient l'égyptianisation à tous crins et la prolétarisation du mouvement. Tout le monde s'accorde à leur reconnaître un pourcentage d'Egyptiens prolétaires sans équivalent ailleurs, mais si la qualité de l'échantillon militant était excellente, sa quantité limitée réduisait son influence politique. Libération du peuple avait la pureté d'une expérience de laboratoire.

Hillel Schwartz sait son Iskra attaquée sur sa composition majoritairement européenne, moquée pour une certaine tonalité bourgeoise, contestée à cause de la préférence donnée à la théorie sur la pratique : il est aujourd'hui intarissable sur sa volonté d'égyptianiser, sa pénétration dans les milieux populaires et l'efficacité de sa pratique militante.

Henri Curiel savait que son MELN était taxé d'opportunisme, de faiblesse organisationnelle congénitale et d'activisme politique, aussi n'avait-il pas son pareil pour structurer a posteriori (« 1943-1945 : période utérine où le parti est en travail sur lui-même, etc. ») un mouvement qui inventait sa façon de marcher en mettant un pied devant l'autre.

Il serait vaniteux de prétendre juger quand le Bureau colonial lui-même s'est abstenu. Mais l'Egypte n'allait pas hésiter à trancher, et vite.

*
**

L'Histoire, dit-on, ne se répète pas : elle bégaie. L'Egypte s'inscrit en faux, qui voit la seconde guerre mondiale répéter en l'amplifiant la déjà formidable commotion de 14-18. « Le premier conflit, écrivent Jean et Simonne Lacouture, avait fait de l'Egypte une nation. La guerre de 1939-1945 fit d'elle une sorte de puissance[1] . » La présence sur son sol d'armées et de services alliés frôlant le million d'hommes donnait un coup de fouet à son économie tandis que la rupture des communications avec l'Europe débarrassait son industrie de toute concurrence sérieuse. Les Lacouture citent des chiffres révéla-

(1) *Op. cit.*, p. 92.

teurs : « De 1940 à 1943, les dépôts dans les banques passaient de 45 millions de livres à 120 millions. Les sociétés comme « Egyptian hotels » triplaient de 1940 à 1944 les dividendes payés à leurs actionnaires. Le nombre des millionnaires (en livres) passait dans le même temps de 50 à 400... La « Société Misr pour la filature et le tissage », qui payait 11 % de dividendes en 1938, en payait 22 % en 1942... Au mois de mars 1942 Monsieur Ali Chamsy signalait dans son rapport à la National Bank dont il était le président « la prospérité due à l'afflux des capitaux étrangers à la suite des achats de coton effectués par la Grande-Bretagne et aux dépenses des armées alliées », et il relevait que « les bénéfices des sociétés industrielles ont doublé depuis la guerre ». Enfin, l'Egypte se trouvait à la fin de la guerre détenir sur la Grande- Bretagne une créance de 300 millions de livres : fournitures, indemnités, dommages de guerre. »

Tandis que le nombre des millionnaires en livres était multiplié par huit, l'indice des prix passait de 131 à 353 ; les petits paysans ne parvenaient plus à payer leurs impôts ; les besoins alimentaires, avec l'arrêt des importations de céréales et un million de bouches supplémentaires à nourrir – dont chacune mangeait comme cinq Egyptiens – n'étaient plus couverts par la production nationale, malgré une réduction des surfaces consacrées au coton. « A la tribune de la Chambre, Ismaïl Sedky accusait les troupes alliées d'"affamer le peuple". » En janvier 1942, un député wafdiste déclarait au journal *el-Misri :* « A la veille de la Révolution française, le peuple de Paris criait : « Nous voulons du pain ! » Ainsi vient de faire le peuple du Caire en attaquant les convois de blé... La situation de ce pays peut être qualifiée de révolutionnaire. »

L'industrialisation galopante avait augmenté de près de moitié le nombre des ouvriers et drainé vers les grandes villes une masse de déracinés campant dans les faubourgs. Le déluge humain commençait de s'abattre sur Le Caire, qu'il finirait par submerger.

La guerre et l'occupation de l'Europe par les nazis avaient enfin fait de l'Egypte une plaque tournante de la politique internationale. Le Caire, escale obligée entre Londres et Alger d'une part, Moscou d'autre part, avait été l'un des hauts lieux de la diplomatie alliée. La Ligue arabe, créée en octobre 1944 sur initiative anglaise, y avait installé son siège permanent, promouvant la capitale égyptienne à la dignité symbolique de capitale du monde arabe. La Grande-Bretagne sortait de la guerre auréolée de sa plus haute gloire, mais rompue, ruinée, croulant désormais sous ce que son poète impérial appelait drôlement « le fardeau de l'homme blanc » – l'empire.

Renversement du rapport de force international et, dans le pays, fossé vertigineux entre les profiteurs de la guerre et ceux qu'elle affamait : l'Histoire frappait à la porte de l'Egypte.

L'incomparable mérite d'Henri Curiel est de l'avoir entendue. Son oreille, c'est vrai, était et resterait infiniment sensible à l'appel à l'action. Il a toujours cru qu'il y avait quelque chose à faire. Les attentistes l'agacèrent d'abord parce que son tempérament était à l'inverse ; puis l'expérience lui apprit que pour certains dirigeants ou militants politiques, la situation n'est jamais assez mûre que lorsqu'elle est blette. Il n'était pas homme à prier l'événement de repasser à une date ultérieure sous prétexte qu'il manquait un bouton de guêtre. Mais s'il lui arriva d'être imprudent et de confondre action et activisme, ce n'est certes pas en Egypte.

Son intuition majeure, qui suffirait à elle seule à le hisser au rang des grands politiques (ils ne sont pas forcément des théoriciens de haut vol) est d'avoir pressenti la puissance de la volonté de libération nationale. C'était prévoir le fait politique majeur de la deuxième moitié du XXe siècle. Aux années quarante, cette clairvoyance fut très peu partagée. Il n'était point besoin d'être grand clerc pour supputer que la planète, chamboulée par un conflit sans précédent, roulait vers des avenirs sidérants. Mais qui, même et surtout parmi les communistes, imaginait que la nation, tarte à la crème du XIXe siècle un peu escamotée par Marx et Lénine, opérerait un tel retour en force ? Combien avaient prêté l'oreille au surprenant vocabulaire de Staline qui, la Wehrmacht sous les murs de Moscou, s'adressait aux siens en les appelant « frères russes » et exaltait le souvenir des généraux tsaristes vainqueurs de Napoléon ? Lequel des experts du Bureau colonial aurait pris au sérieux l'hypothèse que le prolétariat des peuples serfs ne recevrait pas l'émancipation politique et sociale des mains expérimentées du prolétariat « grand frère » mais que ces peuples, bourgeoisie et prolétariat mêlés, avec dans le sac à dos le vieux bric-à-brac folklorique, légendaire, historique, religieux, culturel – affirmant leur existence à partir de leurs différences – partiraient en guerre pour accéder à la dignité de nation ? Qui prévoyait que les grandes batailles de la seconde partie du siècle seraient livrées, non pas par les austères régiments en bleu de chauffe du prolétariat conscient et organisé, mais par des bataillons aussi hétéroclites qu'hétérodoxes prenant pour uniforme le chatoyant costume national ?

Schwartz, Israël – tous les autres – entendaient eux aussi l'Egypte gronder dans ses chaînes et revendiquer sa dignité nationale. Le mur invisible ceignant le ghetto européen n'étouffait pas les rafales de mitrailleuse qui, à intervalles réguliers, couchaient les patriotes dans la poussière des rues. Simplement, ils appliquaient au phénomène la grille de déchiffrement marxiste et posaient la question infiniment pertinente : « L'indépendance pour quoi faire ? » (et les peuples, ces simples, de répondre : « Pour être indépendant. ») Ils tenaient pour duperie une indépendance consistant à échanger le maître anglais contre l'exploiteur égyptien, refusaient de servir d'infanterie à la grande bourgeoisie autochtone dont les intérêts se mélangeaient depuis cinquante ans avec ceux de l'occupant, proclamaient que le front de classe ne pouvait se dissoudre, à peine de trahison, dans un front national impur. La position était théoriquement impeccable et d'un bon sens écrasant, mais la pratique allait démontrer que le front de classe serait enfoncé partout où l'on tenterait de le mettre en place et que les luttes d'émancipation nationale menées sur trois continents iraient à la victoire sous l'égide d'un front national imposé par la volonté populaire. Sauf à dissoudre le peuple et à en élire un autre, comme disait Brecht, il faut bien faire avec. Pour l'avoir compris au terme d'une analyse intellectuelle, pour l'avoir ressenti viscéralement par un étonnant processus de symbiose qui ferait d'un juif apatride l'un des grands citoyens du tiers monde, pour avoir prévu que la lame de fond de la revendication nationale allait déferler, mêlant le pur et l'impur, mais gigantesque, irrésistible, et qu'il fallait la chevaucher ou se condamner à rester sur le sable, Henri Curiel serait traité par ses camarades et rivaux communistes de « criminel de bas étage vendu à la police », d' « agent fasciste » et de « chien de garde du capitalisme » (toutes expressions qui, dans le contexte de l'époque, tendaient à exprimer un sérieux désaccord politique).

A la fin de la deuxième guerre mondiale, et malgré le boom économique, le prolétariat industriel égyptien représentait trois pour cent de la population.

*
**

En octobre 1944, Farouk avait sèchement congédié Nahas Pacha, chef d'un cabinet wafdiste imposé deux ans plus tôt par les chars d'assaut britanniques.

On vit bien, au calme complet de la rue, la désaffection où était tombé le Wafd. Le choix du roi se porta sur Sedky Pacha, homme habile et brutal dont les méthodes de gouvernement étaient franchement dictatoriales.

Tout commença en 1945 par un échange de notes apparemment anodin entre Le Caire et Londres. La guerre était finie mais l'armée anglaise continuait d'occuper le pays, villes comprises, et la partie égyptienne souhaitait éclaircir certaines obscurités du fameux « traité de l'honneur et de l'indépendance » de 1936. Sous le ton paterne du vocabulaire diplomatique, la question posée était celle de l'avenir du pays : l'Angleterre était-elle enfin disposée à l'évacuer, fût-ce pour regrouper ses forces militaires dans la zone stratégique du canal de Suez ? Les négociations traînant en longueur, la colère monta dans les faubourgs ouvriers et chez les étudiants, prompts à s'embraser. Tous regardaient vers le Wafd, assurés que le vieux parti de l'indépendance saisirait l'occasion de se réhabiliter. Il était influent chez les étudiants, qui formaient son aile gauche et lui servaient de fer de lance. La rentrée des cours était fixée au 6 octobre. D'un mot, le Wafd pouvait faire descendre l'Université dans la rue.

Le MELN imprima et distribua dix mille tracts, les uns s'adressant aux « masses » ; les autres « à l'armée et à la police ». Les militants conservent un souvenir exalté de cette distribution massive : pour la première fois, le mouvement sortait de la clandestinité et signait un appel à l'action.

Le Wafd resta muet. La rentrée universitaire fut fiévreuse mais sans incident. Le MELN connut sa première scission. Un cadre, convaincu que l'analyse curiélienne du « flux révolutionnaire inéluctable » se révélait fausse, partit avec ses troupes et fonda le parti communiste des peuples de la vallée du Nil, seul parti au monde à être formé exclusivement d'employés du fisc.

Le 9 février 1946, les étudiants sortent en foule de l'Université du Caire en criant des slogans antibritanniques. Ils s'engagent sur le pont Abbas, face à l'Université, pour se rendre au Parlement. A l'époque, le pont est tournant. Le chef de la police, Selim Zaki, a massé ses hommes sur l'île de Rodah, à l'autre extrémité du pont. Un général anglais supervise les opérations. Lorsque les étudiants arrivent au contact, Zaki donne l'ordre de tirer et, dans le même temps, fait ouvrir le pont tournant sous les pieds des manifestants. Des dizaines d'étudiants sont précipités dans le Nil. Officiellement, une vingtaine de noyés. Raymond Stambouli, qui était de la manifestation, estime leur nombre au double. Plus de cent étudiants sont blessés. Le soir même, le général anglais est fourré par l'ambassade dans un avion pour Londres.

Le Caire s'embrase. Le lendemain de la tuerie, les étudiants élisent en présence de leurs professeurs un comité exécutif de cent quinze membres chargé d'organiser la lutte. Des comités de base se créent spontanément dans les écoles secondaires et techniques. Le faubourg de Choubrah el-Kheima, avec ses centaines de petites usines textiles représentant la plus forte et la plus combative concentration ouvrière du pays, se mobilise, entraînant dans son sillage le centre industriel de Mehalla el-Kobra. Chez les étudiants comme chez les ouvriers, les communistes sont à l'initiative, toutes organisations confondues tant la passion est vive, et ils sont l'âme du Comité national des étudiants et ouvriers créé pour regrouper et représenter les centaines de comités de base, même si l'on y trouve aussi des syndicalistes progressistes, des wafdistes de gauche et des Frères musulmans (ces derniers ne resteront pas). Le secrétaire du Comité national est Hussein el-Kazeim, militant de Libération du peuple ; les réunions se tiennent au sous-sol de la Bourse des valeurs du Caire où Marcel Israël a créé une cellule communiste, à la librairie du Rond-Point et aux Amitiés françaises. « On peut dire, déclare Israël, que les communistes étaient à cent pour cent à la tête du mouvement. » Le constat est pour une fois unanime.

Le Comité appelle la population à manifester massivement le 21 février : « Ce jour-là, le peuple égyptien montrera à l'Angleterre et au monde qu'il est prêt à un combat qui ne se terminera qu'avec l'indépendance. » Les syndicats décrètent la grève générale. En face, Sedky bourre de soldats Le Caire et les grandes villes. Ce sera l'épreuve de force.

Au matin du 21, l'Egypte est totalement paralysée par la grève. Un pays mort. Puis, l'après-midi, les villes, tel un cœur se reprenant à vivre, battent de la sourde et lourde pulsation scandée par le pas de centaines de milliers de manifestants. Au Caire, les cortèges convergent vers la place d'Ismaïlia, où se dressent, sinistres, les casernes de l'occupant. Les mitrailleuses anglaises en batterie derrière les grilles ouvrent le feu. On relève trois morts et cent vingt blessés.

Le Comité national décrète le deuil pour le 4 mars, date des obsèques des trois patriotes abattus. Il est suivi. Alexandrie prend le relais du Caire et organise une manifestation rassemblant la quasi-totalité de la population.

Le 8 mars, le Premier ministre Attlee annonce aux Communes l'évacuation par l'armée anglaise de la vallée du Nil égyptienne. Les troupes resteront désormais concentrées dans la zone du canal de Suez.

Le mouvement patriotique avait remporté une victoire. Pour le gouvernement Sedky, le problème était de faire en sorte que cette victoire ne débouchât pas sur une révolution. C'était si peu acquis que, trente-cinq ans après, des historiens engagés écrivent des thèses pour déplorer l'occasion manquée. La situation économique et sociale était explosive. La fin de la guerre et de ses juteux profits ; la réouverture du pays à la concurrence internationale ; le licenciement massif de cinquante mille ouvriers travaillant dans des entreprises devenues non compétitives et de deux cent cinquante mille autres, surnommés « ouvriers de la guerre » parce qu'ils travaillaient pour les armées alliées ; la flambée des prix ; les difficultés lancinantes de la petite paysannerie ; dans les villes, l'alliance des ouvriers et des étudiants scellée dans le sang ; un réseau serré de comités de base courant à travers le tissu urbain : tout concourait à faire lever sur l'Egypte une tempête révolutionnaire.

Sedky Pacha, impavide, donna audience au Comité national des étudiants et ouvriers. Et la délégation ne trouva très exactement rien à lui dire, sauf à exprimer, ce qui allait de soi, la volonté populaire de voir l'Egypte accéder à une complète indépendance. Né au pont Abbas dans la douleur et l'indignation, le Comité n'avait ni programme à long terme ni perspectives à court terme.

« A l'époque, devait écrire beaucoup plus tard Henri Curiel, on peut dire que les masses étaient prêtes à continuer à nous suivre. Mais nous ne savions plus où les mener : notre inexpérience était totale. Nous n'avons pas été les seuls à en prendre conscience. Sedky Pacha s'en rendit parfaitement compte... On peut nous le reprocher mais il faut se rappeler que nous avions tout juste six mois d'expérience dans la direction politique et que nous avions affaire à une situation interne qu'on pourrait qualifier de complètement anarchique. Notre structure d'organisation n'existait plus, tous les compartimentages avaient sauté... » Ailleurs, il précise : « Le nombre de nos cadres n'atteignait pas la vingtaine et les plus vieux avaient moins de trois années d'activité au sein d'une organisation encore dans l'enfance. »

Sévère autocritique qui semble donner raison à Hillel Schwartz et aux tenants de la construction progressive d'un parti pourvu de cadres bien formés.

D'un autre côté, Henri Curiel et ses camarades du MELN avaient été les seuls à prévoir dès le mois d'octobre la vague populaire qui déferlerait en février. Et l'expérience avait démontré que dans la passion brutale de l'événement, les militants d'Iskra n'étaient pas les derniers à passer à l'action...

En quelques semaines, Sedky Pacha disloqua le Comité national en enfonçant un coin entre ouvriers et étudiants non communistes, le coupa de sa base par une répression sélective, effaça l'un après l'autre les comités locaux.

Mais, pour la première fois depuis 1919, le peuple égyptien s'était battu sous une direction qui n'était pas celle du Wafd. Une poignée de dirigeants et quelques centaines de militants communistes l'avaient conduit à une victoire spectaculaire contre l'occupant britannique. Un pareil succès obtenu dans le désordre donnait à imaginer ce que permettrait le regroupement de toutes les forces se réclamant du communisme. Le problème de l'unité était posé.

De toutes les accusations de trahison portées au cours de sa vie contre Henri Curiel, la seule fondée est sans doute celle que lui répétait son malheureux père : « Tu es traître à ta classe. » Il était passé avec armes et bagages dans l'autre camp. Nombreux sont les transfuges de la bourgeoisie mais rarement en vit-on franchir la ligne avec autant de simplicité et sans même un regard jeté par-dessus l'épaule.

Ce naturel écrasant compliquait les relations avec ses interlocuteurs de même origine. Ils trouvaient que Curiel en remettait dans l'authenticité prolétarienne. Après tout, l'itinéraire menant d'un petit palais de Zamalek aux prises de parole dans les usines de Choubrah méritait un regard distancié, sinon amusé. Sans tomber dans le dégoûtant « quel roman que ma vie ! », mot de midinette prononcé par Napoléon, le fondateur du MELN aurait pu indiquer que le pittoresque de la situation ne lui échappait pas. Mais Henri Curiel, s'il était d'une grande gaieté dans le quotidien, n'avait guère le sens de l'humour, surtout s'agissant de lui-même. Ses origines, la banque paternelle, la douzaine de domestiques, les grands domaines agricoles : il ne lui venait même pas à l'esprit qu'il dût les assumer, fût-ce dans la dérision ; il se réjouissait simplement que tout cela existât parce que c'était commode pour l'action.

Mansourieh avait servi d'école de cadres et de dépôt de vivres pour les démocrates grecs ; il fit embaucher Ruth Gresh à la banque, où elle s'occupa fort peu de questions bancaires ; le Rond-Point, repaire marxiste, ne tenait que grâce au financement capitaliste ; et la Citroën traction avant plus rapide que les voitures des flics égyptiens permettait de casser les filatures. On eût dit que son itinéraire subjectif était à l'inverse de la réalité. Il ne se comportait pas comme un transfuge de la bourgeoisie retournant contre sa classe d'origine, avec un sourire cynique, les facilités offertes, mais comme un agent introduit subrepticement dans le dispositif ennemi et utilisant sans vergogne les moyens trouvés sur place. Il ne comprit jamais quel malaise engendrait chez beaucoup une attitude qui lui semblait aller de soi. Il n'envisagea même pas, tant sa métamorphose était naturelle, que certains, se souvenant d'où il sortait, en viendraient à douter de ce qu'il était, ou s'efforçait selon eux de paraître, et que la double personnalité qu'on lui imputerait avec ou sans malice conduirait quelques-uns à supposer du double jeu.

Il fut toujours effroyablement mal à l'aise avec les grands bourgeois progressistes, les intellectuels de haut vol, les hommes de pouvoir. Ahmed Ben Bella, qui le recevait avec amitié au palais de la présidence algérienne, avait en face de lui un Curiel crispé, rétracté, et la tension était telle que la fin de l'entretien intervenait comme une délivrance. Ben Bella était pourtant bonhomme, qui demandait au détour d'une phrase : « De combien avez-vous besoin ? », piochait dans le profond tiroir de droite de son bureau et en extirpait des liasses serrées de billets de banque qu'il emballait tant bien que mal dans un numéro du *Moudjahid*. Rien ne parvenait à dénouer Henri. Didar Rossano, présente à la plupart des entretiens, en sortait malade d'énervement. Paralysé par le trac, il se faisait en effet accompagner par l'un ou l'autre de ses fidèles à ses rendez-vous avec des personnalités importantes et concluait à la sortie d'une voix résignée : « Je lui ai fait très mauvaise impression. »

Dès l'Egypte, ses rapports avec les militants de base furent au contraire de totale connivence. Ils étaient les siens ; il était des leurs. Symbiose étonnante qui, autant que la gêne avec les autres, est probablement au cœur du mystère de l'homme Henri Curiel. Par quel mécanisme d'occultation psychologique, abolissant sa vie antérieure comme on efface un enregistrement sur une bande magnétique, pouvait-il se comporter comme s'il sortait d'un taudis de banlieue ou d'une masure de village ? Où trouvait-il l'assurance que leurs regards posés sur lui ne verraient pas *aussi* le rejeton de la caste honnie ?

Mohamed Hassan Gad, dit Boorok, rencontré en 1982 au siège du Parti du rassemblement – seule organisation de gauche tolérée par Sadate – dont il garde les locaux ; petit, maigre, enveloppé de plusieurs chandails superposés, lunettes d'écaille, drôle de casquette à oreillettes, fumant cigarette sur cigarette malgré un cancer à la gorge (il rentrait de se faire opérer à Moscou, où son petit-fils étudie l'économie et les sciences politiques), né en 1910 au Caire, ouvrier menuisier, wafdiste, une balle anglaise dans la jambe lors d'une manifestation dans les années trente, rallié au MELN en 1943 après trois séjours en prison (il en fera encore trois autres, soit un total de quinze ans d'incarcération) : un titi cairote prompt à la repartie et peu porté à la révérence : « Quand j'ai appris la mort d'Henri, j'ai pleuré et il m'arrive encore de pleurer en pensant à lui. En tant qu'ouvrier, il m'a comblé le cœur plus que n'importe qui. C'était quelqu'un qui t'aimait et te respectait. Ça veut dire que tu pouvais compter sur lui, même pour t'engueuler s'il n'était pas d'accord, mais il le faisait comme un frère. Il faut comprendre parce que c'est important. Une fois, le chef des Frères musulmans de mon quartier a annoncé une réunion publique. J'ai décidé qu'elle n'aurait pas lieu. Je me suis barricadé dans le local avec plein de cocktails Molotov. Une heure avant la réunion, Younès arrive – Younès, c'était Henri. « Qu'est-ce que c'est que cette histoire ? » Je lui ai expliqué que l'autre salaud avait essayé une fois de me tuer et que je voulais me venger. Il m'a dit : « Toi, tu ne peux pas être communiste. Tu peux toujours faire un terroriste comme n'importe quel criminel sans idéologie. » – « Pourquoi ? » – « On défend la liberté d'opinion. Comment peux-tu vouloir empêcher les Frères de s'exprimer ? Quelle différence entre toi et la réaction ? » – « Alors, je les laisse parler ? » – « Oui, et tu organises ensuite une réunion pour leur répondre. On ne combat pas une opinion par le terrorisme. » Une autre fois, j'oublie un rendez-vous avec lui parce que j'étais en train de plumer un richard aux cartes – mais en aidant un peu la chance, si vous voyez ce que je veux dire. J'ai expliqué le coup à Henri. Il m'a dit : « Décidément, tu n'es pas capable de faire un communiste. Tu as commis trois fautes. Un : tu as oublié le rendez-vous. Deux : tu joues aux cartes. Trois : tu voles ton partenaire. Tu n'as pas d'honneur. Tu es dans la pourriture du système. » Ça m'a secoué et je lui ai promis de ne plus jamais toucher aux cartes. Il m'a dit : « Ça ne suffit pas. Va chez ton partenaire et rends-lui l'argent avec tes excuses. » Je l'ai fait, bien que le type était vraiment riche. » Etrange dialogue entre le fils de banquier et le menuisier, entre un néophyte de la lutte politique et le vétéran portant dans sa chair la cicatrice laissée par une balle ennemie...

Guindé face à tant d'autres, il s'abandonnait avec les militants à une confiance totale, se liant à eux dans une intimité affectueuse, vivant au plein sens du terme la fraternité formellement invoquée dans les partis, et il s'étonnait sincèrement qu'on s'en étonnât tant le bonheur d'être ensemble lui semblait naturel. C'est bien sûr d'une plume grinçante qu'on rapporte ce souvenir du mécanicien Badr : « En 1946, quand j'arrivais chez lui les pieds meurtris d'avoir marché toute la journée d'un rendez-vous à l'autre, il m'apportait une bassine d'eau chaude pour me laver les pieds. » Le symbole christique nous accable de gêne. Mais Badr, peu sensible aux symboles, surtout christiques, se souvient seulement d'un homme qui était un grand dirigeant politique et se souciait néanmoins de l'état de ses orteils. Et s'il est vrai que ce dirigeant était un théoricien d'une simplicité biblique, écrivons sans fausse honte qu'il fut un homme d'une générosité évangélique (si tant de chrétiens aimèrent ce marxiste convaincu, c'est qu'ils le voyaient vivre au jour le jour selon leur évangile). Lorsque des militants égyptiens rescapés de vingt ans de luttes et de dix ans de bagne vous parlent en pleurant d'un homme perdu de vue depuis trois décennies – non pas du chef politique : de l'homme – il faut croire qu'il a su s'en faire aimer.

Henri Curiel fut en Egypte le seul détenu dont il fallait changer chaque semaine le geôlier : « Il ne traitait jamais son gardien comme un adversaire, bien au contraire. Il l'accueillait avec le sourire, s'informait de sa situation, de ses problèmes. Le deuxième ou le troisième jour, le gardien se retrouvait en train de parler de ses enfants et de leur avenir. Henri le conseillait. Il poussait toujours à faire des études. Alors on parlait école primaire ou secondaire, cycle technique, etc. en fonction du caractère et des aptitudes de chaque enfant. Le geôlier finissait par se dire : « Ce n'est pas possible, ce type est un ami, il est le seul à s'intéresser vraiment à moi. » Au bout d'une semaine, il était totalement conquis et aurait fait n'importe quoi pour Henri. »

⁂

Mohamed Chatta était un homme selon son cœur.

Roger Vailland datait de sa rencontre avec Chatta sa décision de devenir communiste. L'auteur célébré de *Drôle de Jeu* connaissait Gaby Aghion, établie depuis la fin de la guerre à Paris, et lui avait demandé des recommandations pour un séjour au Caire. « Roger était quelqu'un d'un peu farfelu et je pensais qu'Henri lui plairait », dit Gaby Aghion, faisant gentiment d'une pierre deux coups. Le troisième fut un coup de foudre réciproque. Les deux hommes avaient tout en commun et ne se ressemblaient en rien : c'est le terrain le plus fertile pour l'amitié. La leur ne serait rompue que par la mort. Vailland retrouvait en Curiel son romantisme, sa faculté d'enthousiasme, le besoin contraignant d'un environnement de sensuelle féminité ; il l'admirait, aspirant lui-même à devenir « un vrai bolchevik » mais notant dans son Journal : « Acheté aujourd'hui un manteau de cuir qui sera épatant pour faire la révolution », d'avoir franchi la ligne et dépouillé le vieil homme.

Curiel et ses amis connaissaient Vailland de réputation et avaient lu ses livres ; aussi s'étaient-ils résignés d'avance à le voir détourné « par les belles filles d'Iskra ». Mais la visite du faubourg cairote de Choubrah el-Kheima fut l'épisode décisif du voyage. Allant d'un taudis à l'autre, découvrant une misère inimaginable, Roger Vailland éprouva le même choc qu'Henri Curiel avait reçu en soignant les fellahs de son père. Puis ce fut la rencontre avec le militant Chatta.

Mohamed Chatta, ouvrier du textile, vivait et travaillait à Choubrah el-Kheima, où s'entassaient à l'époque plus de cent mille habitants. La main-d'œuvre ouvrière était exploitée dans plusieurs centaines de petites usines ou ateliers de tissage. La multiplicité des entreprises gênait l'organisation de vastes mouvements revendicatifs mais interdisait en revanche une répression efficace de l'activité syndicale. A Mehalla el-Kobra, autre centre textile où la main-d'œuvre était regroupée dans quelques puissantes entreprises, tout ouvrier indocile était renvoyé et porté sur une liste noire. Choubrah comptait trop d'employés pour qu'un barrage efficace fût mis en place par le patronat.

De janvier 1945 à décembre 1946, deux cent vingt-six grèves furent enregistrées à Choubrah. Mouvements d'importance inégale, mobilisant parfois dix mille ouvriers et paralysant la production, limités souvent à quelques usines dont les patrons de combat refusaient d'accorder à leur personnel ce qui avait été concédé ailleurs. Choubrah était le foyer révolutionnaire d'où jaillirent, en février 1946, les colonnes parties prêter main-forte aux étudiants du Caire. La classe ouvrière égyptienne avait les yeux fixés sur lui. C'est à son exemple que les ouvriers des grandes usines de Mehalla el-Kobra votèrent, au mois de septembre 1947, la grève avec occupation des locaux. La police tua quatre hommes et en blessa quarante.

Peu avant son assassinat, Henri Curiel disait de Chatta : « Je vois traiter comme des héros des gens qui n'ont pas fait le centième de ce qu'il a fait. » Si le mot « héros » signifie quelque chose dans l'action politico-syndicale, Mohamed Chatta était en effet le héros de Choubrah el-Kheima. Inventif, courageux, infatigable, il créa les conseils d'usine, sorte de soviets regroupant dans chaque entreprise les éléments les plus dynamiques. Sans cesse sur la brèche, il parcourait les ateliers, grands ou petits, suscitait la riposte, organisait l'offensive. Son rôle fut prépondérant au sein du Comité des étudiants et ouvriers. C'est atteint de typhoïde, rompu par la fièvre, qu'il dirigea les grandes grèves de 1947 ; deux ouvriers le tenaient debout par les épaules tandis qu'il haranguait les foules.

Il entra au comité central du MELN. « Il a été l'un de mes maîtres, écrivit Henri Curiel. Il me disait parfois : « Je ne peux pas répondre à tes arguments, mais tu as tout de même tort... » Et il avait raison. » Avec lui « montèrent » au comité central plusieurs de ses camarades ouvriers. La direction répétait le slogan : « Il faut choubrahiser le parti. » Henri Curiel fit aux ouvriers des exposés sur le livre *Salaire, Prix et Profit,* qui démonte le mécanisme de l'exploitation ouvrière : « Ceux qui m'écoutaient le comprenaient mieux que moi puisqu'ils le vivaient. Ils pouvaient calculer exactement leur taux d'exploitation. Pour eux, c'était véritablement lumineux. Leur adhésion était immédiate et définitive. »

Porté par le « flux révolutionnaire », le MELN recrutait massivement.

***

Le Premier ministre Sedky frappa mais manqua sa cible.

Le 11 juillet 1946 à l'aube, munie de listes établies de longue date par les services de l'Intérieur, la police rafla plus d'une centaine de « communistes ». Le même jour, des journaux étaient suspendus, des clubs politiques contraints à la fermeture, et Sedky Pacha, déclarant la sécurité de l'Etat en danger, promulguait par décret-loi des amendements au code pénal égyptien, déjà fort répressif.

Henri Curiel fut cueilli au saut du lit et conduit à la prison de la cour d'appel après perquisition de son appartement. La villa de Zamalek subit elle aussi une fouille minutieuse mais la domesticité était rodée à l'événement : tandis que les policiers montaient les escaliers menant aux chambres, le monte-charge déposait dans les profondeurs de la cuisine, déjà fouillée, les documents compromettants. La librairie du Rond-Point fut fermée avec apposition des scellés.

De la grande rafle, le Parquet ne devait finalement retenir qu'une vingtaine de suspects aussitôt inculpés. Henri Curiel, vedette incontestée du lot, sut en découvrant ses codétenus que la police avait manqué son coup. C'étaient des « communistes historiques » dont le Tout-Caire savait les opinions ; beaucoup étaient journalistes ou écrivains, tel Kamal Abdel Halim. La plupart n'avaient aucune activité militante. Lui-même avait été arrêté à cause de la notoriété et de l'ancienneté de son engagement politique. Aucun des militants ouvriers n'était pris. Ainsi se trouvait justifiée la tactique préconisée par Henri Curiel à ses camarades : pour échapper à la répression policière, il faut « descendre dans les masses ». Les services de Sedky Pacha avaient d'évidence échoué à suivre le MELN dans son immersion.

Comme il arrive souvent lorsqu'un gouvernement monte une provocation policière et décide, par exemple, que des volatiles promis à la casserole sont des pigeons voyageurs dressés à rallier Moscou d'un coup d'aile, la manœuvre de Sedky Pacha sombra dans la mascarade. La presse aux ordres fit grand cas d'un télégramme saisi au domicile d'Henri Curiel. Il émanait de Paris. Une certaine Soad el-Ramly annonçait qu'elle était bien arrivée et demandait des nouvelles de la santé de Lénine. Un texte si bizarre devait relever du message codé et indiquer l'existence d'une conspiration internationale. On arrêta Fathy el-Ramly, époux de Soad, destinataire du télégramme. Il admit l'avoir oublié chez son ami Curiel. Quant au Lénine en question, c'était son fils. Juliette Hartmann, fidèle de la première heure, se rappelle avoir reçu à Paris, où elle s'était établie en 1945, la malheureuse Soad el-Ramly, déléguée par le MELN au Congrès mondial des femmes : « Politiquement, elle n'était pas du tout formée. Son séjour fut un cauchemar parce qu'elle ne pensait qu'à ses enfants. Elle pleurait tout le temps et je devais sans cesse l'accompagner à la poste pour qu'elle téléphone ou envoie des télégrammes. » Le mari, Fathy el-Ramly, fut sommé d'expliquer pourquoi il avait appelé son fils Lénine. Non sans astuce, il rappela que Lénine avait été le premier dirigeant politique à offrir son concours au héros de l'indépendance égyptienne, Saad Zaghloul, en 1919 ; qu'il avait rendu aux musulmans soviétiques leurs droits religieux et nationaux ; et révélé enfin au monde la diplomatie secrète dans laquelle s'était engagé le tsar, en accord avec les Occidentaux, pour démembrer la Turquie. « C'est pourquoi, en tant qu'Oriental, Egyptien et musulman, j'ai décidé d'appeler mon fils Lénine en humble hommage à la gloire de ce grand homme. » La défense était impeccable. Personne ne lui demanda de justifier le prénom de son cadet, Staline.

Promu chef d'orchestre du « grand complot communiste », Henri Curiel avait droit aux manchettes des journaux. Il était « le millionnaire juif communiste ». Ses photos en short, voûté, décharné, offraient un plaisant contraste avec les titres. On le conduisait aux interrogatoires dans un appareil imposant : huit soldats d'escorte précédés par un officier. D'abord figé dans le mutisme prévu par le code de conduite du révolutionnaire aux mains de l'ennemi de classe, Curiel s'était rendu compte que le juge d'instruction souhaitait surtout noircir du papier pour être en mesure de présenter un dossier. Les séances d'instruction consistaient en longs monologues de l'inculpé développant intarissablement des points obscurs de la philosophie marxiste.

Le régime de la prison de la cour d'appel était bienveillant : le directeur était le père d'Asma el-Bakry, camarade d'Henri depuis cinq ans. La famille avait hébergé Curiel en 1942 lorsqu'il nourrissait l'ambition d'organiser la résistance antinazie au Caire. Grâce à ces liens anciens et affectueux, sa cellule fut la première dans l'histoire carcérale égyptienne à être purgée de sa vermine au DDT.

L'émotion retombée et les dossiers de l'accusation restant vides, les magistrats accordèrent bientôt des libérations sous caution. Le chef du « grand complot communiste » fut l'avant-dernier à être élargi, le dernier étant un trotskiste qui s'était chargé tant qu'il avait pu. Comme il était à l'époque le seul trotskiste connu en Egypte, on pensa qu'il avait voulu compenser l'infériorité numérique par l'inflation activiste. Le principal chef d'accusation retenu contre Henri Curiel était d'avoir « commis le crime consistant à prôner et à propager la doctrine communiste... Il a fondé dans ce but une librairie, et a importé, exposé et vendu au public les livres et documents inscrits dans le procès-verbal de perquisition... Il s'est livré à des activités préparant et rendant possible le changement par la force et la violence des principes fondamentaux de la Constitution et de la Société. »

La police politique ne renonça pas. Cinq mois plus tard, le 5 décembre 1946, un groupe d'inspecteurs en civil appréhendait à une table du *Big Ben* Henri Curiel, Chehata Haroun, Badr et deux autres camarades. Badr excepté, ils passèrent la nuit au commissariat de Cozzika. Chehata pensa mourir de froid (les nuits d'hiver peuvent être glaciales au Caire) et ne dut son salut qu'à la compassion d'un détenu qui lui donna sa couverture. Le lendemain, après perquisition à leur domicile, les détenus étaient écroués à la prison des Etrangers.

Le directeur, sensible à la maigreur d'Henri, lui conseilla vivement de prendre un peu de haschisch pour s'ouvrir l'appétit : le plus grand trafiquant d'Egypte était son hôte forcé et recevait chaque jour une grosse boule de stupéfiant qu'il partageait équitablement entre les gardiens et ses codétenus (lui-même n'en prenait jamais). Henri déclina l'offre mais Chehata Haroun, curieux, goûta pour la première fois à la drogue. Le soir, la prison retentissait des inextinguibles éclats de rire symptomatiques d'une consommation excessive de haschisch.

Badr était en danger. Mécanicien de l'armée de

l'Air, il avait été déjà arrêté un an plus tôt pour activités communistes. Mis en liberté provisoire mais en instance de jugement, ses supérieurs avaient jugé expédient de le muter dans un bureau du ministère de l'Intérieur où on le tiendrait à l'œil. La police politique avait donc manqué de vigilance et la presse en faisait des gorges chaudes. Conduit à la prison militaire, Badr fut reçu par le directeur qui lui déclara d'une voix glaciale : « Tu as ridiculisé l'armée. Nous avons des instructions : tu ne dois pas sortir vivant de cette prison. » A l'entretien assistait le gardien-chef Yassim, célèbre pour sa cruauté. C'était un colosse capable de tuer un détenu à coups de poing. Badr sut que les heures suivantes seraient difficiles. Le cœur point d'angoisse, il s'efforça de retarder l'échéance en exposant les raisons de son engagement politique et développa le programme du MELN. Le directeur, lassé, ordonna de l'emmener. Yassim le conduisit au poste de garde. Les tape-dur, rompus à la routine, se mirent en cercle pour la traditionnelle séance de punching-ball. Mais à la stupeur générale, le gardien-chef leva le bras et hurla : « Non ! Personne ne le touche ! » Et prenant affectueusement le prisonnier aux épaules, il lui dit : « Je t'ai écouté. Je ne savais pas tout ça. C'est vous, les communistes, qui avez raison. Je suis d'accord avec ce que vous voulez. » Badr sortit donc vivant de la prison mais le bagne militaire où il passa les trois mois suivants fut une rude épreuve. Il était systématiquement rossé une fois par semaine, jusqu'à l'évanouissement. Après sa journée de travail, il devait laver sa tenue de forçat et la revêtir toute mouillée : chaque nuit était un supplice, une lutte permanente pour ne pas mourir de froid. Un appel avait lieu à quatre heures du matin, juste au moment où le malheureux, sa tenue enfin sèche, se sentait gagné par un sommeil miséricordieux. Il sortit de ses trois mois de bagne totalement épuisé mais avec dans sa poche une longue liste de prisonniers et de gardiens souhaitant adhérer au MELN.

Henri Curiel connut à la prison des Etrangers une péripétie assez comparable à celle de Badr avec le gardien-chef Yassim. Le détenu le plus célèbre et le plus impressionnant était Ibn Bamba, « brigand » accusé d'une dizaine d'assassinats. Les « brigands » de la campagne égyptienne tenaient alors du bandit d'honneur corse et de Robin des Bois. Dévalisant et massacrant les propriétaires féodaux, redistribuant souvent aux pauvres une partie de leur butin, ils inspiraient aux fellahs une terreur respectueuse non exempte d'affection. La justice, en l'occurrence, ne parvenait pas à trouver un seul témoignage à charge pour un seul des assassinats perpétrés par Ibn Bamba. C'était lui aussi un colosse pesant au moins le double d'Henri Curiel. Non sans arrière-pensée, on le mit en présence du « millionnaire juif communiste ». Ibn Bamba contempla avec stupeur le squelettique Curiel, s'exclama : « Quoi ! C'est ça le grand chef des communistes ? » et éclata d'un rire tonitruant. Puis on parla. Henri, d'une voix un peu contrainte, exposa le projet de réforme agraire du MELN et la nécessité d'une redistribution des terres. Beaucoup plus tard, il devait dire qu'il n'avait jamais autant éprouvé au cours de sa vie, sinon peut-être avec les ouvriers de Choubrah, la force de conviction d'une parole politique. Le brigand était comme une terre desséchée depuis des siècles sur laquelle s'abat une ondée. Lorsque Henri se tut, Ibn Bamba se leva et appela les gardiens en hurlant d'une voix tonitruante : « Le Mahdi est arrivé ! » (le Mahdi est l'envoyé de Dieu). On fit en sorte que les deux hommes ne se revoient plus. Relâché faute de preuves, Ibn Bamba prit contact avec Fouad Habachi et milita parmi les paysans.

Impossible de rien comprendre à cette période, à l'enthousiasme des jeunes communistes, à l'immensité de leurs espérances, à leur activisme forcené, si l'on ne garde pas présente à l'esprit la souffrance d'un peuple accablé de misère, excédé d'injustice, sur lequel le verbe révolutionnaire opérait comme une secousse sismique et qui le recevait comme une révélation. Au même moment, Joseph Hazan sillonne les campagnes, vendant le jour des tracteurs Fordson aux grands propriétaires et haranguant le soir des assemblées de fellahs : « Recruter ? Le mot convient mal. Il suffisait de craquer une allumette et tout s'enflammait. L'allumette, c'était le mot « justice ». Tout le monde voulait adhérer ! » Et cette extraordinaire réceptivité n'était point réservée aux plus frustes. Un jeune Soudanais, étudiant au Caire, reçoit de son professeur communiste, à la veille des vacances, un exemplaire du *Manifeste*. Il fait deux jours de train pour retourner à Khartoum et se met au lit le soir en ouvrant le livre par curiosité. Le lendemain matin, n'ayant pas fermé l'œil de la nuit, il reprend le train, arrive quarante-huit heures plus tard au Caire et se précipite chez son professeur en lui demandant : « Et maintenant ? »

L'affaire du *Big Ben* fut jointe au « grand complot communiste » et Henri Curiel et ses amis bénéficièrent d'une libération sous caution. La justice égyptienne, dans sa sage lenteur, ouvrit le procès vingt ans plus tard – Curiel étant donc jugé par contumace. Il se termina par un acquittement général.

Mais Sedky Pacha avait été mieux servi par ses journalistes que par ses magistrats. A coups de manchettes agressives, la presse aux ordres avait imposé dans l'opinion publique l'image du « juif millionnaire communiste ». L'investissement se révélerait rentable.

***

Tout s'enflammait mais une bonne politique se mitonne à la braise. Joseph Hazan traçait dans les campagnes un sillage fulgurant puis, faute d'être entretenue, la flamme retombait et les fellahs retournaient à leur immémoriale résignation. Choubrah et Mehallah entraient régulièrement en éruption mais une structure politico-syndicale trop fragile empêchait de mettre une stratégie au service de la combativité ouvrière. L'Université et l'Azhar ouvraient de vastes perspectives mais l'effervescence estudiantine restait sporadique, divisée.

Les cadres manquaient. Henri Curiel l'admit par la suite : « Une de nos grandes erreurs a été de ne pas nous rendre compte qu'insensiblement le processus de formation des cadres s'est arrêté alors que l'accroissement rapide de l'organisation exigeait, au contraire, la formation d'un nombre de plus en plus grand de nouveaux cadres ; les urgences étaient telles que chaque nouvel adhérent se trouvait précipité dans l'action avant d'y avoir été sérieusement préparé. »

Curiel ne fut pourtant pas le « spontanéiste-activiste » dépeint par ses adversaires. Sa vision portait bien au-delà du court et du moyen terme, et il négligeait si peu les armes doctrinales qu'on lui doit l'initiative qui, littéralement, ouvrit au marxisme les portes de l'Egypte : la traduction en arabe des textes fondamentaux. Le Rond-Point diffusait des ouvrages en français et en anglais accessibles aux seuls étudiants, et la police égyptienne veillait à ce qu'aucun livre pernicieux ne franchisse les frontières. Une seule exception, mais superbe : le pacha Kamel el-Bindari, seigneur de grande tente, ambassadeur d'Egypte à Moscou pendant la guerre, avait reçu la révélation marxiste et promu la traduction en arabe de *L'Impérialisme* de Lénine. Publié au Caire en 1945, le livre avait pour bouclier le nom du pacha. Les communistes, ravis de l'aubaine, lui avaient fait une énorme publicité – « Lisez le livre du pacha rouge ! » – mais el-Bindari n'avait pas poursuivi et l'on n'était plus en 1945.

Avec Raymond Stambouli, jeune docteur en économie politique de la faculté de droit égyptienne, Henri s'attaqua à l'adaptation du *Manifeste*, dont le texte en arabe syrien rebutait les militants égyptiens. Puis Stambouli traduisit *Que faire ?* en bourrant son texte de notes explicatives pour mettre le lecteur en situation. Suivirent à cadence rapide *Les Principes du léninisme* de Staline, *Socialisme utopique et scientifique* d'Engels, *Salaire, Prix et Profit, La Nouvelle Démocratie* de Mao Ze Dong. Au total, treize ouvrages sous couverture verte publiés par la Librairie du Makchouch – éditeur imaginaire –, portant la marque d'un imprimeur de Beyrouth alors qu'ils étaient fabriqués dans une petite ville égyptienne, stockés dans des caches sûres, distribués dans tout le pays et même au-delà des frontières. Guère de communistes égyptiens qui ne se soient initiés au marxisme grâce aux fameux « livres verts » du MELN.

Le difficile problème soudanais fut abordé avec le même esprit de sérieux et dans un identique souci du long terme.

Il serait absurde de définir le Soudan comme l'Alsace-Lorraine de l'Egypte mais l'Histoire avait épicé de passion l'incontournable réalité géographique. Le Nil traverse le Soudan avant d'irriguer l'Egypte : un garrot sur l'artère nourricière unique signifierait la mort ; un captage excessif, la famine. Les pharaons n'encourageaient certes pas le risque de voir les peuplades rustiques du « pays de Kouch » se lancer dans de pareilles entreprises : cela ne les empêcha pas de pousser leurs armées jusqu'aux quatrième et cinquième cataractes. Le condottiere albanais Mohamed Ali, fondateur de dynastie, lança son fils cadet Ismaïl, sur leurs traces. Il y laissa la vie, brûlé vif dans sa case, mais le Soudan repassa sous la domination égyptienne. Elle fut rude et pillarde. En 1881, un homme se désigna comme le Mahdi – le guide désigné par Dieu – et souleva le pays contre l'occupant. En quatre ans, l'armée des Derviches liquida toutes les garnisons égyptiennes, dont beaucoup étaient commandées par des officiers anglais. Les soldats du Mahdi étaient convaincus que la mort au combat valait entrée immédiate au paradis d'Allah. Lord Kitchener patienta treize ans avant d'estimer ses forces suffisantes pour affronter des guerriers aussi enthousiastes. Son armée était aux trois quarts égyptienne ; dans le contingent anglais servait un jeune officier nommé Winston Churchill qui eut le privilège de participer à la dernière grande charge de cavalerie de l'histoire militaire. Ainsi l'Egypte rebelle à la sujétion britannique avait-elle accepté de placer ses troupes sous le commandement honni pour récupérer sa possession soudanaise... Elle fut bien entendu flouée et complètement évincée par le maître anglais.

Pour simplifier sans doute à l'excès un paysage exceptionnellement complexe (les luttes tribales étaient incessantes et les communautés religieuses jouaient un rôle prépondérant), deux courants politiques se partageaient le Soudan. Le premier, composé d'éléments relativement progressistes, se voulait égyptophile par haine de l'occupant anglais et revendiquait « l'unité de la Vallée du Nil sous la couronne égyptienne ». Le second, de tonalité plutôt réactionnaire, prônait l'indépendance du Soudan ; Londres, enclin à diviser pour mieux régner, l'appuyait de toutes ses forces.

Une fois de plus, l'Histoire imposait aux communistes égyptiens un casse-tête politique. Prendre parti pour « l'unité de la Vallée du Nil sous la couronne égyptienne », c'était faire fi de la réelle aspiration à l'indépendance du peuple soudanais. Comment concilier la lutte pour la libération de l'Egypte avec l'objectif proclamé de maintenir le Soudan dans des liens de sujétion ? Inversement, soutenir le parti de l'indépendance revenait à faire le jeu de Londres et de la réaction soudanaise tout en se coupant de l'ensemble des forces politiques égyptiennes, unanimes à exiger « l'unité de la vallée du Nil ».

Henri Curiel disait avec son habituelle absence de complexe que son intérêt pour les Soudanais lui venait de « l'immense affection » qu'il avait portée dans sa jeunesse à un domestique de ses parents, originaire de la Nubie soudanaise, dont le fils avait été l'un de ses compagnons de jeu. Il admirait la solidarité régnant entre les Soudanais venus étudier ou travailler au Caire, l'efficacité de leurs sociétés d'entraide. L'un de ces émigrés, Abdou Dahab, pauvre comme Job mais débrouillard comme trois titis parisiens, était devenu à la fois un ami et l'un des meilleurs militants du MELN. Grâce à lui, l'organisation commença à recruter parmi les étudiants soudanais, et des cellules homogènes se constituèrent. Un étudiant raconta un jour à Henri Curiel qu'au cours d'une réunion de son association soudanaise, un officier égyptien de mère soudanaise lui avait demandé quelle était la position des communistes sur le problème. L'officier s'appelait Mohamed Neguib. Curiel entreprit la rédaction d'un long rapport qui fixa la ligne politique des communistes égyptiens sur le Soudan.

Inattaquable sur le plan des principes, l'analyse témoignait d'une remarquable habileté politique. Curiel préconisait une approche du problème en deux temps. Dans une première phase, « lutte commune des deux peuples contre l'impérialisme ». Les deux courants soudanais ne pouvaient que souscrire à un tel mot d'ordre. Seconde phase : « droit du peuple soudanais à l'autodétermination après sa libération du joug de l'impérialisme ». C'était respecter la règle intangible du droit des peuples à disposer d'eux-mêmes sans rallier pour autant le courant indépendantiste s'appuyant sur Londres : l'autodétermination ne s'exercerait qu'après la victoire sur l'impérialisme et non pas sous son égide.

Ces propositions semblent aujourd'hui relever

d'un bon sens élémentaire : elles suscitèrent à l'époque des discussions passionnées tant chez les communistes égyptiens que chez les soudanais, et valurent à leur auteur d'être taxé de trotskisme par des membres éminents du parti communiste anglais et d'agent britannique par quelques organisations politiques égyptiennes. Elles furent cependant adoptées par le MELN au terme d'un long débat. La ligne ainsi fixée ne varierait plus jusqu'à l'indépendance du Soudan, acquise en 1956. Mohamed Neguib écrirait dans ses Mémoires qu'elle était la sienne, mais sans en citer l'origine. Nasser, pour avoir voulu un instant s'en écarter, ferait couler le sang et les larmes, et n'empêcherait pas l'inévitable indépendance du Soudan. Mettant en pratique sa théorie, Henri Curiel créa le Mouvement soudanais de libération nationale et le dota d'un hebdomadaire, *Omdurman.* Un ingénieux système permit d'établir une alliance étroite entre MELN et MSLN, devenu assez vite parti communiste soudanais. Les militants soudanais travaillant ou étudiant au Caire avaient accès aux instances du MELN, comité central compris, et y faisaient ainsi leurs classes politiques. De retour chez eux, ils conservaient les responsabilités hiérarchiques acquises au Caire. Inversement, tout militant ou dirigeant venant du Soudan s'insérait dans le MELN au niveau atteint dans son pays. Grâce à la formation ainsi acquise auprès de camarades plus expérimentés ; bénéficiant par ailleurs de l'indigence technique de la police politique de Khartoum, infiniment moins habile que celle du Caire ; épargné enfin par les luttes intestines qui déchiraient le mouvement communiste égyptien, le parti communiste soudanais connut un essor rapide et remporta de grands succès, notamment dans l'organisation du mouvement syndical. Après plusieurs participations au gouvernement, son histoire trouverait une conclusion provisoire mais tragique sous les potences du dictateur Neymeri, qui ferait pendre en 1971 trois de ses dirigeants, dont son secrétaire général, Abdel Khalek Mahjoub, disciple et ami d'Henri Curiel.

On écrit souvent à tort que Curiel a été le fondateur du parti communiste égyptien : il ne fut qu'un militant historique du mouvement communiste égyptien. Mais il y eut un parti communiste soudanais et nul autre que lui ne peut en revendiquer la création.

*
**

Les officiers de l'armée égyptienne étaient l'objet d'un travail patient et discret. L'avenir ne tarderait pas à confirmer de manière éclatante qu'ils détenaient une part de l'avenir de l'Egypte. Le premier contact dans ce secteur crucial avait été réalisé grâce à Didar Rossano.

Didar, destinée à vivre hors de la norme, avait commencé par une adolescence mouvementée, sombrant à l'occasion dans la petite délinquance. Sa première rencontre avec Henri Curiel eut lieu en 1935. Didar, âgée de quatorze ans, avait décidé de s'enfuir aux Etats-Unis avec une camarade du lycée français. Elles prirent le train pour Benha, à une trentaine de kilomètres du Caire, première étape de l'aventure, tandis que les familles, accablées par une disparition sans précédent dans la communauté juive, les croyaient victimes de la traite des blanches et étaient convaincues que leurs lettres d'adieu avaient été écrites sous la contrainte de proxénètes. Reprises par la police après quarante-huit heures de fugue, ramenées au commissariat central du Caire, elles attendirent leurs parents avec une certaine anxiété. La mère de Didar, qu'elle adorait, avait été si bouleversée qu'une attaque la clouait au lit, momentanément paralysée. Ce fut sa sœur aînée qui vint récupérer Didar. Elle était accompagnée d'Henri Curiel, qui lui faisait alors la cour. Dans la calèche à cheval roulant vers l'appartement familial, Didar, plus morte que vive, leva les yeux sur le long et maigre jeune homme de vingt ans. Elle reçut en plein cœur le rayonnant sourire d'Henri. Il exprimait de l'amusement (Didar avait volé un short à son frère et s'était coupé les cheveux à la garçonne pour ne pas être repérée) et une rassurante complicité. Ainsi naquit entre eux un sentiment qui fut tour à tour d'amitié, de camaraderie, d'amour, d'affection, et qui s'achèverait avec les hurlements de bête que Didar s'entendrait proférer au téléphone, à Alger, après que Joseph Hazan, à l'autre bout du fil, lui aurait annoncé, le 4 mai 1978, à quatorze heures trente, l'assassinat d'Henri Curiel – quarante-trois ans après le sourire à l'enfant prodigue dans la calèche cairote.

Renvoyée du lycée français, Didar interrompit ses études avant le baccalauréat et entra à la Banque nationale, dont son père avait été l'un des directeurs. Elle s'ennuyait au bureau mais compensait par une vie sentimentale pleine d'imprévu. Rencontrant à dix-neuf ans le bel officier Osmane, elle eut une rupture mouvementée avec son amoureux de l'époque, qui la convainquit d'avaler du poison avec lui. L'affaire se termina à l'hôpital avec une sérieuse poussée d'urticaire, et elle ne sut jamais si le verre de l'amoureux contenait aussi de la substance maléfique.

Il n'est pas sûr qu'elle ait indigné Osmane en lui révélant qu'elle ignorait jusqu'à l'existence d'une armée égyptienne car le jeune homme sortait lui-même d'une famille – ô complexité infinie de ce vieux pays ! – où l'on considérait l'Egypte comme une colonie : son grand-père, seigneur circassien, avait épousé une adorable Tcherkesse de treize ans et appartenait à la caste ottomane régnant sur la province. Il vivait à cheval et mourut à cheval, âgé de quatre-vingt-dix ans. Sa morgue à l'égard des autochtones pouvait en remontrer à celle de n'importe quel lord anglais. Un jour, obligé d'aller en justice pour l'un de ses nombreux domaines, il eut la surprise d'entendre le juge s'adresser à lui en arabe – ce qui était somme toute assez naturel. Mais le noble seigneur usait du turc, langue de la caste conquérante. Scandalisé de s'entendre apostropher dans le dialecte indigène, il déversa sur le juge un flot d'injures et tourna les talons.

Osmane tenait ses cheveux blonds de sa mère anglaise. Il avait hérité de son grand-père une carrure magnifique, des manières nobles, le goût et la science de l'équitation (il devint champion militaire de concours hippique) mais point d'argent. Les grands domaines s'étaient volatilisés à la génération intermédiaire. Il entra donc dans l'armée, qui était l'une des institutions les moins prestigieuses d'Egypte. Beaucoup se résignaient à la carrière d'officier parce qu'ils n'avaient pas obtenu au baccalauréat un total de points ouvrant la porte de l'Université. A l'exception possible de l'aviation et de la cavalerie, le corps des officiers était majoritairement issu de la petite paysannerie et de la classe des petits fonctionnaires : bourgeoisie si l'on veut, mais minuscule bourgeoisie plus proche du peuple que des féodaux. L'armée égyptienne était une armée populaire au sens socio-politique du terme. Pour l'avoir méconnu, pour s'être forgé de l'officier égyptien une image caricaturale l'assimilant au putschiste néo-fasciste d'Amérique du Sud, l'Occident se condamnerait à ne rien comprendre à la révolution de 1952.

L'ensemble des officiers ressentait comme une intolérable humiliation la présence de l'armée anglaise – et l'on a vu à quelles extrémités la haine de l'occupant portait des hommes de la trempe d'Anouar el-Sadate. Quelques-uns estimaient que le pays n'accéderait à une complète indépendance qu'en sortant de son arriération économique et sociale. Osmane était de ceux-là. Il avait créé dans son unité, de sa propre initiative, des cours d'alphabétisation pour les jeunes recrues. Sa rencontre avec Didar, épousée le 1er septembre 1942, ne pouvait qu'encourager sa vocation progressiste. Il avait vingt-six ans ; elle, tout juste vingt et un.

Didar, convertie au marxisme par la lecture des cours confiés par l'un de ses amis italiens, René Farfara, s'était d'abord, sur ses conseils, intégrée à un groupe d'études servant de couverture à Iskra. Chaque adhérent potentiel se voyait ainsi soumis à un stage probatoire de six mois à un an avant d'être reçu. Conformément aux règles de sécurité, Didar ignorait que le cercle était le sas d'entrée à Iskra et qu'elle était « en observation » ; elle y retrouvait pourtant son amie et collègue de travail à la Banque nationale, Berthe Matalon, devenue la compagne d'Hillel Schwartz. Le cercle et les sempiternelles discussions théoriques commençaient à l'excéder lorsqu'elle rencontra, peu après son mariage, David Nahum, ami de son frère. Nahum était l'un des dirigeants les plus actifs du MELN. Il avait été instructeur à la première école de cadres et avait pris des risques considérables lors du soutien aux démocrates grecs. Une sympathisante communiste mariée à un officier égyptien progressiste devait passionner un homme tel que lui. Il la fit entrer au MELN.

Entracte forcé : Osmane, dont les campagnes d'alphabétisation inquiétaient ses supérieurs, fut envoyé en pénitence « au désert ». Didar l'accompagna dans la triste garnison de Marsa-Matrouh. De retour au Caire à la fin de 1945, elle participa aux événements de janvier 1946 et à la courte mais enivrante aventure du Comité des étudiants et ouvriers. Puis Henri Curiel la retira de l'action politique ouverte – elle parlait mal l'arabe – pour l'affecter au crucial « travail des officiers ». Elle assurait le contact entre la direction du MELN et un groupe informel auquel appartenait Osmane et dont sortiraient les plus dynamiques des Officiers libres de la révolution de 1952. Parmi eux, un jeune cavalier nommé Khaled

Mohieddine, cousin de ce Zakaria Mohieddine qui, avec Gamal Abdel Nasser et Anouar el-Sadate, avait fait le serment, en 1938, à leur sortie de l'Ecole militaire, de libérer l'Egypte. Les deux Mohieddine étaient destinés à devenir des protagonistes de la scène politique égyptienne.

Travail conspiratif, comme on disait au Komintern. Didar menait l'existence d'une jeune femme d'officier sportive et mondaine. Les contacts s'effectuaient au Guezireh Sporting Club, où elle pratiquait le tennis, le squash et l'équitation avec son mari, ou au Club des officiers. Henri Curiel l'y rencontrait souvent mais David Nahum assurait l'essentiel des transmissions. « Il serait faux de dire que j'étais *le* contact avec les Officiers libres, affirme cependant Didar. Henri avait toujours plusieurs cordes à son arc. »

Curiel savait d'instinct les prudences et les patiences nécessaires au travail clandestin. Une grève à Choubrah et le « travail des officiers » ne se situaient pas sur le même plan et nécessitaient la mise en œuvre de moyens différents. Il s'ingénia toujours à protéger les secteurs sensibles. L'armée était en Egypte le secteur le plus sensible, surveillée par les polices militaire et politique, infiltrée par des agents du palais royal, observée sans répit par les services anglais. De même son goût de l'offensive ne lui faisait-il pas oublier qu'une bonne connaissance de l'adversaire, de ses forces et de ses plans, était un préalable indispensable à l'action. Il avait le sens du renseignement. Lorsque Fouad Habachi lui apprit, avec quelque embarras, que son frère, fonctionnaire de police, avait été chargé d'organiser une rencontre avec Kamal Ryad, l'un des directeurs de la police politique, Curiel lui demanda d'accepter, précisant simplement : « Achète mais ne vends pas » – expression coutumière arabe. « Cela m'a appris à me lier sans peur avec tout le monde », constate Habachi. Par la suite, il recruta un substitut du Parquet qui l'informait de l'établissement des mandats d'arrêt. Henri Curiel avait lui-même un informateur non identifié à l'état-major de la police. L'un des pilotes personnels de Farouk appartenait secrètement au MELN, de sorte que l'avion royal servait à assurer des liaisons aux niveaux national et international, sans parler des ballots de tracts ou de « livres verts » dissimulés sous les caisses de champagne et de caviar faisant l'ordinaire de la cargaison. Un assistant d'Ahmed Hassanein, directeur du cabinet royal, communiquait copie des rapports envoyés au palais sur les activités communistes.

Didar Rossano n'allait pas tarder à rencontrer l'homme qui donnerait au « travail des officiers » une impulsion décisive. Lieutenant de DCA, professeur à l'Ecole d'artillerie du Caire, Ahmed Hamrouche, découvert par Citadelle, était passé à Iskra.

ISKRA n'était pas seulement cette tour d'ivoire où de pédants jeunes gens jouaient les docteurs ès marxisme : on le vit bien lorsque l'unité s'accomplit enfin, au mois de mai 1947. La plus néfaste conséquence des interminables querelles entre vétérans du mouvement communiste égyptien est que chacun enfermant l'autre dans une caricature, c'est le mouvement tout entier qui finit par être défiguré.

A ce jeu de massacre, Hillel Schwartz est probablement le grand perdant. Il a abandonné le combat politique en 1953 tandis qu'Henri Curiel restait sur la brèche jusqu'au sacrifice suprême. On ne peut pas avoir raison contre un martyr. Mais la recension des curiélistes indéfectibles dont la vie a été consacrée à la militance amène à constater que la majorité venaient d'Iskra.

Iskra prêtait le flanc à la critique. Son noyau militant originel, issu de la grande bourgeoisie étrangère, faisait alterner surprises-parties et exégèse marxiste ; on murmurait à juste titre que beaucoup de garçons allaient à Iskra à cause des jolies jeunes juives venues s'y délivrer des tabous sexuels (Schwartz jouait délibérément cette carte). Iskra ne s'était pas « choubrahisée » et si elle s'égyptianisait, c'était en intégrant des intellectuels autochtones. Quant à ses préoccupations de sécurité, avec structure pyramidale et strict cloisonnement, on y voyait surtout un prétexte pour refuser les risques de l'action.

Mais Iskra allait publier l'hebdomadaire *el-Gamahir*, dont la diffusion serait sans équivalent dans l'extrême gauche (son statut était typiquement égyptien : il n'avait pas le droit de paraître mais son rédacteur en chef était un fils de grand pacha converti au marxisme ; le chef de la police politique le convoquait assez souvent et le reconduisait respectueusement à la porte de son bureau). La Maison de la recherche scientifique réunissait des centaines d'auditeurs pour des conférences de haut niveau. Une université populaire attirait chaque jour de nombreux ouvriers. Ses militants recevaient enfin une formation théorique plus poussée qu'ailleurs. Hillel Schwartz n'était pas un romantique. Sectaire selon certains, violent de son propre aveu dans le débat politique, farouche sur l'orthodoxie, il avait une vive conscience du caractère transitoire de ses activités en Egypte et estimait que la tâche historique des intellectuels étrangers consistait à propager la doctrine et à former des cadres. Il ne lui serait pas venu à l'esprit de se reconnaître le disciple d'un Mohamed Chatta ou d'un Badr, en qui il voyait d'excellents éléments à former. Henri Curiel l'horripilait avec ses coups de cœur ouvriéristes dont il dénonçait la démagogie.

Le fait demeure qu'Iskra, au moment de la fusion, comptait plus d'adhérents que le MELN et qu'elle déposait dans la corbeille de noces un appareil de propagande et des moyens financiers hors de proportion avec ceux du MELN. Le budget mensuel de la nouvelle organisation représenterait quinze fois celui du MELN.

Mariage de raison plus que de passion. Les pourparlers avaient duré six mois. Tout le monde ressentait la nécessité d'unifier les mouvements, groupes et groupuscules d'une mouvance communiste trop minoritaire dans le pays pour pouvoir s'offrir le luxe de la division. Mais le sectarisme avait fait dans les cœurs ses ravages habituels, et chacun de grincer des dents à l'idée de rejoindre les rivaux abhorrés. Albert Arié, dix-sept ans, membre d'Iskra, avait consigne de refuser le dialogue avec Henri Curiel lorsqu'il allait voir sa cousine Henriette au Rond-Point... Badr était furieux de devoir travailler avec des mondains si méprisants pour les ouvriers qu'ils leur imposaient, croyait-il, une période probatoire deux fois plus longue qu'aux intellectuels...

Le processus commença par la fusion d'Iskra et du groupe de Marcel Israël, Libération du peuple. Une minorité de Libération du peuple préféra cependant la scission à l'union et, s'unissant à Aube nouvelle et à la Ligue marxiste, constitua un front d'irréductibles dénonçant la nouvelle organisation comme « fasciste, impérialiste et sioniste ». Puis Citadelle opéra son ralliement, avec ses cent mille membres imaginaires et ses cinquante membres réels (parmi eux, le précieux lieutenant Ahmed Hamrouche, dont le recrutement justifiait à lui seul l'existence de Citadelle). Un autre groupuscule cairote et une organisation d'Alexandrie rejoignirent à leur tour le nouvel ensemble qui fusionna enfin avec le MELN d'Henri Curiel.

Le résultat de ces additions successives s'appela MDLN : Mouvement démocratique de libération nationale. Le nom symbolisait la victoire de Curiel : à un mot près, c'était celui de son organisation originelle. « Démocratique » remplaçait « égyptien » parce que l'égyptianisation paraissait acquise. La réaffirmation de l'objectif de la libération nationale était évidemment essentielle aux yeux des anciens du MELN. Hillel Schwartz avait encore cédé sur le mode de désignation du nouveau comité central, où MELN et Iskra devaient siéger à égalité. Il aurait souhaité que les membres fussent démocratiquement élus. Curiel s'y opposa au nom de la clandestinité nécessaire et arracha la cooptation. Iskra souhaitait conserver une tribune libre dans *el-Gamahir* pour y exposer ses thèses. Curiel fronça des sourcils étonnés : un mouvement communiste était-il un club de discussion ? La tribune passa à la trappe. Volonté de conciliation d'Hillel Schwartz ou dynamisme supérieur et force d'entraînement de la composante MELN : le fait est que l'union se fit aux conditions d'Henri Curiel. Ce fut sans doute une victoire à la Pyrrhus.

Mais les militants étaient heureux. Ceux d'Iskra, de l'aveu même de Schwartz, s'impatientaient du caractère trop scolaire de leur formation théorique ; ils brûlaient de passer à l'action. Ceux du MELN, sans cesse débordés par l'ampleur des tâches, se voyaient dotés de moyens décuplant leur capacité d'intervention. Les cotisations versées par les étrangers d'Iskra, issus de la bourgeoisie prospère, permirent par exemple de multiplier le nombre des permanents.

« J'étouffais à Iskra, dit Aymée Setton, et je serais certainement partie s'il n'y avait pas eu l'unité. Le cloisonnement nous coupait les ailes. Nous tournions en rond en gagnant un adhérent par-ci par-là mais ce n'était pas possible de continuer à chuchoter indéfiniment la bonne parole. Je crois que pour la plupart d'entre nous, l'unité a été accueillie avec enthousiasme parce qu'elle nous apportait comme une délivrance. Nous sortions enfin de la tour d'ivoire.

« J'appartenais au groupe des femmes. Le MELN était dans ce domaine très en retrait par rapport à Iskra. Nous avions sérieusement travaillé sur la condition de la femme en partant du Coran, qui n'est pas antiféministe, contrairement à ce qu'on croit : c'est l'interprétation donnée par les hommes qui est antiféministe. Avec des camarades comme Inji Efflatoun, artiste-peintre très connue aujourd'hui, nous avions établi un programme par étapes.

La première concernait les droits familiaux. Le consentement de la femme serait nécessaire au mariage et la répudiation sur simple décision du mari deviendrait impossible. Deuxième étape : droit de la femme d'étudier et d'exercer une profession. La troisième concernait la capacité civique, avec le droit de vote et l'éligibilité. Il y avait aussi le problème des enfants qui commençaient à travailler à cinq ans.

« A l'époque de l'unité, je militais à la Maison de la recherche scientifique où j'ai connu mon futur mari. Il travaillait chez son oncle, agent de change spécialisé dans le coton, et faisait partie du comité central d'Iskra.

« Quand Curiel m'a convoquée dans les bureaux de son père, j'y suis allée avec réticence, bien décidée à ne pas me laisser prendre à ses manigances. On m'en avait tant raconté sur lui ! Je l'ai d'abord trouvé très intelligent et très malin mais il m'a finalement convaincue, enthousiasmée, avec cette perspective d'un travail démocratique de masse. Sa grande pensée, c'était le parcours par étapes. Il répétait : « Comment parler de révolution quand l'armée anglaise est en Egypte ? »

« Il a complètement chamboulé l'ancien système. A Iskra l'information était censée remonter au comité central, mais ce qu'il y a de sûr, c'est que les ordres en descendaient. Henri a remplacé la structure verticale, pyramidale, par une structure horizontale. Tous les secteurs de travail devaient être représentés au comité central : c'était la condition d'un vrai travail de masse. Je me suis donc retrouvée au comité central pour représenter les femmes. D'autres camarades représentaient les paysans du Sud, ou ceux du delta, les ouvriers de Choubrah el-Kheima ou ceux d'Helouan, etc. De cette manière, le comité central était vraiment au centre de toutes les actions. Et les réunions étaient passionnantes parce que chacun rapportait ce qui se passait dans son secteur, les problèmes posés, et nous en discutions ensemble. Henri était là, presque toujours silencieux. De temps en temps, il lançait une phrase, une proposition. Sa théorie était que chacun devait apprendre par sa propre expérience et trouver sa propre voie. Il était le contraire d'un dirigeant autoritaire. Je trouvais sensationnelle cette faculté qu'il avait de vous mettre sur la voie et de vous laisser ensuite l'initiative. Je ne me sentais pas une simple exécutante, comme à Iskra. Toutes les discussions se déroulaient naturellement en arabe. Henri, Hillel Schwartz et moi étions les seuls juifs égyptiens du comité central.

« Le revers de la médaille, c'était l'absence de sécurité. Tout le monde était au courant de tout. Les copains d'Iskra, habitués à des règles de sécurité très strictes, étaient effarés par ce déballage public des activités du mouvement. On pouvait quand même supposer que la police n'était pas inactive et que le comité central était infiltré. Il y a eu des discussions passionnées. Les anciens d'Iskra annonçaient la catastrophe. Ils ont eu raison, c'est vrai, mais je continue à croire que Curiel n'avait pas tort. Ce travail de masse ne pouvait pas se faire autrement. Après coup, évidemment, on peut toujours se dire qu'il aurait mieux valu prendre davantage de précautions.

« Nous avons donc foncé. Le secteur « femmes » s'est beaucoup développé, en dépit de toutes les difficultés. Il faut savoir qu'à cette époque, si une Egyptienne portait une simple banderole dans une manifestation, elle était mise au ban de la société. Après l'unité, Le Caire a été ravagé par une épidémie de choléra. Tout le monde s'est mobilisé. Nous avons fait une énorme collecte et formé des équipes de femmes volontaires qui allaient dans les quartiers populaires, accompagnées d'étudiants en médecine, pour distribuer du savon et enseigner l'hygiène. Partout, nous étions merveilleusement reçus et l'on nous offrait une tasse de thé. Il ne faut pas magnifier ce genre d'action, mais je pense que nous avons contribué à faire avancer les gens. Si les femmes égyptiennes ont obtenu le droit de vote dès 1952, je crois que nous y sommes pour quelque chose. »

L'un des organisateurs de la campagne anticholérique était le docteur Sherif Hetata, vingt-quatre ans, venu lui aussi d'Iskra. Il sortait d'une famille de grands notables féodaux – son grand-père avait possédé trois cent cinquante feddans ; sa grand-mère était une nièce du héros de l'indépendance, Saad Zaghloul – mais l'essentiel de la fortune avait été dilapidé en dépenses somptuaires et le reste s'était éparpillé entre de très nombreux héritiers. Le père de Sherif, éduqué en Angleterre, était rentré en Egypte nanti d'un diplôme de Cambridge et d'une jeune épouse anglaise sortie de la petite bourgeoisie. Il avait fait une belle carrière de haut fonctionnaire, couronnée par un portefeuille de sous-secrétaire d'Etat. La famille habitait Zamalek mais n'avait qu'un domestique.

Sherif Hetata avait vécu sans se poser de questions jusqu'à l'Université. Idéaliste, il avait d'abord envisagé de devenir un « homme de religion » sans trop savoir s'il choisirait l'islam paternel ou la chrétienté maternelle. Il avait finalement opté pour la médecine conçue à la manière du docteur Schweitzer. Etudiant brillant, il était sorti premier de sa promotion en 1946. « Mais je n'étais pas satisfait. J'avais découvert que je n'étais pas un Egyptien comme les autres. Je me sentais isolé, aliéné. J'ai plongé dans la politique pour trouver une appartenance. Je voulais rejoindre les autres. » Les journées intenses de février 1946 le révèlent à lui-même : « J'ai découvert l'Egypte, le pays auquel j'appartenais théoriquement mais que je n'avais jamais rencontré dans l'école religieuse anglaise où m'avaient mis mes parents. Les réunions et les manifestations m'ont donné un sentiment d'accomplissement personnel. Nous vivions dans l'enthousiasme. La vie était chaleureuse. Il y avait une camaraderie extraordinaire. Je suis entré à Iskra après avoir fréquenté la Maison de la recherche. L'unité m'a paru une excellente chose parce que le MELN recrutait dans des couches beaucoup plus populaires qu'Iskra et était davantage en prise sur la réalité. J'ai rencontré Henri Curiel à propos de la campagne anticholérique. C'était dans un appartement de la rue Soliman Pacha. L'homme m'a paru étrange par son physique et son accoutrement – personne ne s'affublait d'un short, sinon pour faire du sport. Et je n'ai pas aimé l'atmosphère de cour qui régnait autour de lui. Il y avait des femmes qui s'agitaient en le suppliant : « Il faut que tu manges, que tu te reposes » et il répondait : « Non, je dois travailler. » Mais un sourire auquel on ne résistait pas. Et puis il questionnait, il écoutait, il s'informait. J'ai eu une impression de force, de dynamisme. C'était un homme exceptionnel, et je crois être objectif car nous n'avons jamais eu d'atomes crochus. S'il a été détesté, haï, c'est que les autres dirigeants en compétition avec lui ne supportaient pas sa supériorité.

« Après la campagne anticholérique, il m'a demandé de devenir permanent. J'étais interne à l'hôpital et il était évident qu'une belle carrière m'attendait. C'était une décision grave, un choix difficile. Mais je n'ai pas hésité longtemps. Il y avait un tel enthousiasme, une si grande impatience de changer la vie... On m'a envoyé à Alexandrie avec mission de structurer là-bas la nouvelle organisation. »

Il n'est pas le seul à partir. Des permanents sont expédiés dans toutes les villes de province avec la même mission : unifier, structurer, organiser. Tout bouge. L'hebdomadaire *el-Gamahir* vend quarante à cinquante mille exemplaires, ce qui est considérable pour le pays. La fusion entre les composantes Iskra et MELN s'y est accomplie sans problème. Raymond Stambouli, vingt-deux ans, est responsable de la rubrique de politique étrangère.

A l'Azhar, Moubarak Abou Fadl multiplie les cellules dans les trois facultés d'Oussoul el-dine, de Sharia et de Logha ; il implante le MDLN à l'Institut secondaire préparatoire à ces facultés. Dans l'armée, officiers et sous-officiers tiennent des réunions communes où l'on voit l'officier de cavalerie Khaled Mohieddine attendre pour s'asseoir que le mécanicien Badr, secrétaire de section, ait pris place à la table. Les militants d'origine étrangère ont été regroupés dans un secteur confié à Marcel Israël ; il fonctionne sur une base communautaire : sections grecque, avec le fils du célèbre marchand d'éponges Yannakakis ; arménienne, italienne et surtout juive. Les étudiants sont si nombreux à adhérer (ils dépassent bientôt le millier) que la direction envisage de créer pour eux une structure autonome. En moins d'un an, le MDLN quadruple ses effectifs. Seul inconvénient, mais majeur : la disproportion croissante entre le nombre de cadres expérimentés et celui d'adhérents à former.

On a dit sans fard les petits ridicules de ces jeunes grands bourgeois se vouant avec une passion candide à la révolution, le monde inlassablement refait à la terrasse de *Groppi,* les domestiques analphabètes chargés d'évacuer la prose marxiste sous le nez de flicards prolétaires, les admonestations respectueuses des chefs de la police politique, les papas pachas étendant une main protectrice sur leur progéniture, la Citroën dernier modèle laissant sur place les bagnoles policières... Il faut dire à présent que ce qu'ils accomplirent fut immense. Dépourvus d'expérience, privés de directives internationales, ils devinrent des militants exemplaires qui auraient fait l'orgueil de n'importe quel parti communiste ayant pignon à Moscou. Dans l'ingrate besogne militante toujours recommencée, ils démontrèrent dévouement et ténacité, consacrant quatorze à seize heures par jour à leur organisation s'ils étaient permanents, et pour un salaire de misère, les autres lui vouant leurs nuits et leurs congés. Détail qui paraîtra trivial mais dont les experts en militance savent la valeur de test : le montant des cotisations. Personne ne donnait moins de dix pour cent de son salaire ; la plupart versaient quinze pour cent ; beaucoup allaient à vingt-cinq pour cent ; certains montaient à cinquante pour cent et plus. Lorsque deux militants se mariaient, la dot était souvent versée dans sa totalité au MDLN ; cela représentait jusqu'à quatre ou cinq mille livres sterling, soit vingt à trente millions de nos centimes. Un certain Michel créa une entreprise de commerce de papier ; la première année, il réalisa trois mille livres de bénéfice ; il en donna deux mille au mouvement. « Et il était considéré comme avare », précise impitoyablement Joseph Hazan.

Nulle part sans doute le mouvement ouvrier ne trouva tant de concours, et de si bonne qualité, dans la bourgeoisie adverse. Aucun pays du tiers monde ne suscita pareil dévouement chez les enfants de la caste étrangère complice de l'impérialisme. Tant par l'exemplarité de l'action que par la diversité prodigieuse de ses composantes humaines, le mouvement communiste égyptien est probablement unique.

Il fit beaucoup parce qu'il partait de rien, mais au sommet de sa puissance le MDLN restait encore marginal. Inquiétant pour le pouvoir à cause de son incontestable percée dans le monde ouvrier, il n'était pratiquement pas implanté dans les campagnes, malgré l'ardent prosélytisme des anciens de l'Azhar, alors que les Frères musulmans recrutaient massivement pour cette simple raison que chaque village avait sa mosquée. Dans l'armée, ses militants officiers ou sous-officiers restaient minoritaires dans le mouvement souterrain qui préparait le renversement du régime. A l'Université, les étudiants nationalistes donnaient le ton. Le MDLN était fort de quatre à cinq mille militants. Les Frères musulmans avaient deux cent cinquante mille adhérents. Le Wafd, même affaibli, restait hégémonique. En 1947, la grande question politique n'était pas de savoir si la montée en puissance du MDLN annonçait, fût-ce à long terme, un bouleversement social – une révolution –, mais encore et toujours si le Wafd allait ou non revenir au pouvoir.

***

L'unité dura moins d'un an. Le cœur se serre devant la chronologie. S'ils avaient tenu encore quelques mois – cinq ou six, pas plus – la défaite eût été infligée par l'adversaire au lieu de naître de leurs lamentables zizanies. Mais non. Le coup porté par le pouvoir ne serait qu'un coup de grâce. Ils s'étaient autodétruits. Cela est pire que le pire désastre politique engendré par une conjoncture défavorable, un rapport de forces insoutenable. Beaucoup ne s'en relèveraient pas, jeunes vieillards ressassant désormais leurs rancunes, confits dans l'amertume. Tous garderaient au cœur la cicatrice d'un combat perdu avant que d'être livré. Le contentieux ouvert ne cesserait plus d'empoisonner le mouvement communiste égyptien.

Personne n'est en mesure d'expliquer la genèse de la catastrophe. Henri Curiel lui-même, principal acteur du drame, conclut ses notes hâtives et embrouillées par cette phrase ahurissante : « Du déroulement de la crise, j'ai peu de souvenirs. » Elle allait pourtant anéantir cinq ans de travail militant et ruiner son rêve égyptien. Le refoulement existe aussi en politique.

Hillel Schwartz creusa la première fissure. En novembre 1947, un nouveau comité central coopté donnait neuf sièges aux anciens du MELN, cinq à ceux d'Iskra, un seul à Libération du peuple. La victoire de Curiel était absolue. La composante Iskra grinça des dents, accepta au nom de l'unité, mais lança sans désemparer une campagne contre les « méthodes terroristes du nouveau comité central ». Schwartz présenta un rapport dénonçant « une déviation droitière, le suivisme par rapport à la bourgeoisie, un relâchement inacceptable des règles organisationnelles, un spontanéisme sans principes ». Le débat de fond portait une fois de plus sur la stratégie. Henri Curiel refusait de renoncer à sa ligne visant au regroupement des forces démocratiques et nationales ; Schwartz répétait que l'objectif était d'aboutir à la création d'un parti communiste authentique, avant-garde du prolétariat égyptien, et que le MDLN se perdrait dans des compromissions avec la bourgeoisie nationaliste. Mis en minorité, le fondateur d'Iskra démissionna du secrétariat et du comité central. Deux Egyptiens venus d'Iskra, membres du comité central, allèrent plus loin en opérant une véritable scission et en attaquant violemment Curiel (l'un mourrait sous la torture dans un camp de concentration de Nasser ; l'autre finirait ministre de Sadate). Hillel Schwartz affirme que l'événement le surprit « comme le tonnerre dans le ciel bleu ». Il s'efforça d'éviter l'irrémédiable en proposant l'organisation d'un vaste débat démocratique au sein du mouvement. La majorité le lui refusa. Henri Curiel penchait pour l'exclusion sans ambages de tous les éléments contestataires. Marcel Israël se retira à son tour, entraînant avec lui la plupart des anciens de Libération du peuple. La composante Iskra se fractionna en trois groupes rivaux, dont le seul point commun était leur désaccord avec la majorité du MDLN, tandis qu'un certain nombre de brillantes individualités choisissaient de faire cavalier seul. En six mois, la confusion avait atteint un degré tel que plus personne n'était en mesure de déchiffrer un kaléidoscope politique se modifiant de semaine en semaine, sinon de jour en jour. Une seule certitude : l'unité avait vécu et le mouvement communiste égyptien, rongé par les haines intestines, se retrouvait encore plus divisé qu'auparavant.

Joseph Hazan, préposé par Curiel à la rude tâche de colmater les brèches, attribue le désastre à la montée de la répression. « Les scissions ne s'opéraient pas sur une base politique ni même personnelle, affirme-t-il, et c'est ce qui les rendait difficiles à combattre. En réalité, la menace de la répression en incitait beaucoup à se recroqueviller, à rentrer dans l'ombre. C'était exactement le contraire de ce que préconisait Henri avec son travail démocratique de masse. Les opposants ont réclamé un congrès. Mais comment un mouvement clandestin aurait-il pu prendre le risque de réunir un congrès, d'autant plus que les gens d'Iskra voulaient que les simples sympathisants aient le droit d'y assister ? C'était contradictoire. Il reste vrai que l'absence de discussion favorisait le doute et la suspicion. Dans un climat aussi difficile, rien d'étonnant à ce que des militants sincères en viennent à traiter Henri d'"agent de l'impérialisme"... »

Henri Curiel expliquerait à son tour le désastre par la rigueur accrue du combat politique. Après l'euphorie économique suscitée par la guerre, les débauchages massifs affaiblissaient la combativité ouvrière. Les grèves, de plus en plus difficiles, étaient de moins en moins victorieuses. Il noterait lui aussi le renforcement de l'activité policière. Mais comment imputer à la seule répression l'éclatement du MDLN alors que Curiel lui-même avouerait : « Nous n'avons pas décelé, même pas envisagé, l'offensive de la réaction » ?

Didar Rossano constate : « Nous étions le produit d'une société bourgeoise, et la caractéristique d'une telle société est d'engendrer l'individualisme. » C'était aussi le jugement acerbe de l'ensemble des partis communistes étrangers, fatigués des interminables querelles égyptiennes. André Marty répétait à qui voulait l'entendre : « Des intellectuels petits-bourgeois qui se prétendent communistes et passent leur temps à s'engueuler. Ce n'est pas sérieux. »

Avec la prudence qu'impliquent la complexité du problème et la certitude que tout jugement sur les personnes heurtera des sensibilités encore à vif, on ne célera pas que la responsabilité d'Henri Curiel dans la catastrophe apparaît, à quarante ans de distance, indiscutable et considérable. Elle était la rançon de sa réussite. Il avait voulu et réalisé l'égyptianisation : quoi d'étonnant à ce que les Egyptiens aient à la fin souhaité le contrôle total du mouvement ? Or, si Henri Curiel, Hillel Schwartz et Aymée Setton étaient les seuls étrangers au sein du comité central de quinze membres, la direction effective restait au tandem Curiel-Schwartz, puis à Curiel seul. Aymée Setton : « Il rassemblait tout et était le seul à avoir toutes les données en main. » Sans doute exerçait-il son pouvoir avec une discrétion conforme à son tempérament, pratiquant une maïeutique propre à faire inventer par autrui les décisions qu'il était résolu à prendre, mais enfin le moins ombrageux de ses camarades ne pouvait pas ne pas se rendre compte qu'à travers comité central et secrétariat, c'était toujours Curiel qui tirait les ficelles. Eût-il assumé franchement la situation qu'elle aurait été paradoxalement mieux acceptée. Sa modestie ostentatoire, son affectation de simplicité militante en enrageaient plus d'un. Ses amis invoquaient en soupirant l'imprégnation jésuitique ; les autres divaguaient en soupçonnant de sulfureuses manipulations.

Rifaat el-Saïd, actuel secrétaire général du parti du Rassemblement, s'est fait l'historien d'un mouvement communiste égyptien qu'il connaît parfaitement pour y avoir milité dès l'enfance (cette année 1948, âgé de quinze ans, il sera le seul militant communiste à entrer au camp de concentration en culottes courtes... Au total, il passera quatorze ans en détention). Selon lui, l'erreur d'Henri Curiel reste de ne pas avoir passé la main après l'étape décisive des émeutes de février 1946. Il avait accompli sa tâche historique. Sa ligne politique partait d'une estimation exacte de la volonté d'indépendance nationale mais il aurait dû en tirer la conséquence que le mouvement communiste d'un pays occupé ne pouvait pas être dirigé par un étranger. Pour Marcel Israël, c'est en tout cas au moment de l'unité que Curiel aurait dû se démettre de ses responsabilités : « Moi, j'ai refusé d'entrer au comité central. Nous étions des étrangers. Il n'a pas voulu en tenir compte. » Même parmi les fidèles d'Henri, beaucoup admettent qu'un retrait eût été théoriquement souhaitable tout en ajoutant qu'il était humainement difficile à concevoir et politiquement discutable : le MDLN était la création d'Henri Curiel et, étranger ou non, il restait de loin le dirigeant le plus expérimenté, le plus clairvoyant, le plus apte enfin à tenir la barre d'une organisation encore bien fragile.

Lui-même mit beaucoup de temps à accepter l'évidence – encore le fit-il de mauvaise grâce et avec une touche de paranoïa : « Le second élément de la situation, écrivait-il au soir de sa vie, a été la lutte contre Younès [c'était son pseudonyme]. L'unité avait amené au mouvement de très brillants intellectuels. Ils aspiraient à prendre le parti en main. En tant qu'intellectuels, ils étaient un peu chauvins et ne voyaient pas pourquoi l'égyptianisation ne devait pas être complète par la liquidation de Younès... Donc ils lancèrent, au début de façon un peu confuse, puis de façon de plus en plus décidée et incisive, la lutte contre Younès. »

Situation sans issue : Curiel, Israël et Schwartz avaient trop marqué le mouvement communiste, et depuis trop longtemps, pour que leur effacement fût concevable. Ce n'était pas affaire de situation hiérarchique dans le mouvement. Militant de base, Marcel Israël continuait d'influencer les adhérents qu'il avait formés au marxisme. La démission d'Hillel

Schwartz du secrétariat et du comité central n'avait pas diminué son ascendant sur la composante Iskra. Henri Curiel, même assigné à résidence par le mouvement dans sa librairie du Rond-Point, aurait continué d'inspirer les anciens du MELN.

La meilleure preuve que les facteurs personnels jouaient un rôle déterminant dans la crise est que celle-ci se limita au chaudron de sorcières cairote. Seconde ville du pays, Alexandrie fut épargnée. L'unité s'y était faite sans heurts ; elle se défit sans douleur par contrecoup des convulsions cairotes. « Nous ne comprenions pas grand-chose à ce qui se passait au Caire, avoue Alfred Cohen. Nous étions au départ un petit groupe de communistes limités à des activités culturelles. Puis Hillel Schwartz a débarqué et nous a proposé de fusionner avec Iskra. Pas de problème. Nous étions quinze ; ils étaient deux : un étudiant et un cordonnier, responsable syndical de sa corporation. Nous avons créé un secteur égyptien qui a bientôt dépassé le secteur étranger, ouvert une université populaire, dirigé des grèves très longues et très dures. Il paraît qu'Iskra était considérée au Caire comme une tour d'ivoire coupée de la réalité : ce n'était pas vrai à Alexandrie. Puis Henri Curiel est venu me voir. Je ne le connaissais que par les journaux – « le millionnaire juif communiste » – et par les photos où il arborait ce short ridicule. Il m'a donné l'impression d'être un garçon lucide, calme, convaincant. Il m'a parlé de la nécessité de faire l'unité entre Iskra et MELN. Pas de problème. D'autant moins de problème que le MELN était inexistant à Alexandrie. Après, il y a eu un peu de tirage parce qu'on nous a envoyé deux permanents pour tout reprendre en main. Sherif Hetata, un jeune médecin, était très bien, mais l'autre, le poète Kamal Abdel Halim, était d'un sectarisme épouvantable et il nous agaçait prodigieusement en cherchant toujours un miroir pour se contempler pendant qu'il nous parlait. Je dirigeais le secteur égyptien parce que je parlais un peu arabe. On m'a évincé au profit d'un Egyptien. Pas de problème. Nous n'étions mêlés en rien aux querelles du Caire. Le fameux débat entre la stratégie du front national et du front de classe, nous ne le soupçonnions même pas. Je n'en ai en tout cas aucun souvenir. Chez nous, toutes les scissions se sont faites en conséquence de celle du Caire. On scissionnait avec discipline mais sans trop savoir pourquoi... »

Le 15 mai 1948 éclate la première guerre judéo-arabe. Le gouvernement égyptien décrète l'état de siège et rafle des centaines de militants communistes. Cette fois, les listes sont à jour. La plupart des cadres sont capturés. Paralysé par les crises internes, décapité par la police, le mouvement communiste égyptien est hors de combat.

⁂

La création d'Israël ne faisait problème ni pour les communistes ni pour l'ensemble du peuple égyptien. Marcel Israël avait mis sur pied après l'unité une Ligue antisioniste chargée de répliquer aux campagnes de propagande des organisations sionistes agréées au Caire, mais la Ligue s'éteignit au bout de quelques semaines sans avoir pu décoller. Le MDLN refusa de s'associer aux manifestations des Frères musulmans : son antisionisme ne pouvait s'accommoder de leur antisémitisme. Le mouvement avait pris parti pour la création d'un Etat binational rassemblant juifs et Arabes sous la même souveraineté. Il se rallia en fin de compte au plan de partage établi par l'ONU et approuvé par les grandes puissances. Dans le monde arabe, le MDLN et le parti communiste d'Irak furent les seuls à accepter l'existence d'Israël. Ce choix, qui allait permettre à Henri Curiel de jouer jusqu'à sa mort un rôle non négligeable dans les problèmes du Proche-Orient, ne résultait pas d'une prescience politique particulière mais de la position prise par l'URSS. Andréi Gromyko avait présenté lui-même le plan de partage. Il ne fait pas de doute que si le Kremlin avait opté pour l'attitude inverse, le MDLN se serait aligné.

Hormis les Frères musulmans et quelques groupes extrémistes, le peuple égyptien se désintéressait de l'affaire. Les historiens avancent, sur les causes réelles de la guerre, des hypothèses diverses, parfois contradictoires. Pour certains – et pour les anciens du MDLN – le roi Farouk avait été lancé dans l'aventure militaire par une classe dirigeante soucieuse de trouver un prétexte pour écraser la montée menaçante du mouvement populaire. Farouk lui-même aurait voulu rétablir un prestige entamé par les huées qui avaient salué ses dernières sorties publiques. Tous les observateurs dénoncent les menées anglaises. Selon les uns, Londres croyait à une victoire aisée des armées arabes qui eût éliminé un Israël promis à devenir l'instrument des rivaux américains au Proche-Orient. Pour d'autres, l'Angleterre prévoyait le succès israélien et couronnait ainsi une politique prosioniste inaugurée avec la déclaration Balfour de 1917. De toute façon, le conflit détournait l'Egypte de sa revendication sur Suez et créait dans la région un foyer propice aux manœuvres. Les masses égyptiennes avaient peu de raisons de s'enflammer pour une guerre aux mobiles si éloignés de leurs intérêts.

Les antennes du MDLN lui permirent de capter les signaux annonciateurs du conflit. Raymond Stambouli, employé d'une compagnie de pétrole, était le secrétaire du président-directeur général, Sedky Pacha, intime du roi, Premier ministre lors des émeutes de février 1946, auteur des lois anticommunistes (le directeur de la société était un juif italien travaillant pour les services secrets sionistes...). Sedky Pacha dicta à son jeune secrétaire une lettre déconseillant à Farouk l'aventure militaire. On sut ainsi qu'elle était envisagée. Les informations venues du palais confirmaient sa probabilité. Un sympathisant rapporta que Farouk se plaignait d'être contraint aux hostilités par une irrésistible pression anglaise. Le MDLN sortit un numéro spécial de *el-Gamahir* pour expliquer la décision de l'ONU. Le fils de pacha responsable de la publication fut arrêté, relâché le lendemain, mais au lieu des admonestations habituelles, on le prévint sèchement : « Maintenant, ça suffit. Nous préparons la guerre. On ne plaisante plus. »

Tous les numéros suivants du journal furent consacrés à la lutte contre la guerre. « Nous n'avons jamais vendu autant d'exemplaires, affirme Raymond Stambouli. Les Frères musulmans ont fait exploser une bombe devant le siège du journal et au domicile d'Henri mais les masses nous suivaient. Pas un seul de nos distributeurs n'a été attaqué, ni même contesté. » Joseph Hazan confirme : « J'ai vendu des centaines d'exemplaires dans les quartiers ouvriers sans qu'on me fasse la moindre remarque. Le peuple ne souhaitait pas la guerre et il n'en voyait pas la nécessité puisqu'une solution internationale existait, approuvée par l'URSS et les grandes puissances. » L'Egypte était à coup sûr le seul pays arabe où, en 1948, un juif pouvait distribuer dans la rue un journal prônant l'existence d'Israël. Hazan ne s'ébahissait pas de cette tolérance tant elle était traditionnelle. Lui-même n'avait rencontré l'antisémitisme qu'en France, à l'Ecole d'agronomie de Grignon, lors des élections par les étudiants du bureau de leur association. Le Z et le grand Z avaient été désignés dans un joyeux tumulte et, quand la fonction de trésorier fut mise aux voix, un cri quasi unanime s'éleva : « Le juif ! Le juif ! » Cible de tous les regards, Joseph Hazan, stupéfait, comprit qu'il s'agissait de lui. Il écrasa son poing sur le nez de son plus proche voisin, ce qui jeta un froid.

Mais la guerre allait changer l'Egypte, vaincue par les troupes improvisées d'une nation nouveau-née quinze fois moins nombreuse. Elle réserva son mépris au palais royal, dont on sut après le désastre l'impéritie et les scandaleux profits réalisés sur des fournitures militaires inutilisables. Son ressentiment alla aux juifs. « Pour la première fois dans les rues du Caire, notent Jean et Simonne Lacouture, correspondants de presse permanents, on entendit le mot de « juifs » lancé comme une menace ou comme une insulte. Cet état d'esprit permit à la police d'instaurer, sous prétexte de lutte contre le sionisme, une terreur dont ni le régime de Mohamed Mahmoud, ni celui d'Ismaïl Sedky n'avaient donné l'exemple. C'est de la guerre de Palestine que datent les camps de concentration égyptiens, la pratique de la torture comme moyen de répression et d'information, et un esprit de délation qui est un vice égyptien mais qui prit alors un caractère obsessionnel. A la brutalité policière, se mêlaient alors le racisme, le sadisme, comme si la communauté de gibier assimilait pour un temps policiers égyptiens et nazis [1]. »

« La guerre de Palestine nous est tombée sur le crâne comme un coup de massue, dit Raymond Stambouli. Elle signifiait la fin de ce que nous avions rêvé et commencé à réaliser. Nous nous considérions comme des Egyptiens, même si nous admettions que les Egyptiens nous considèrent comme des étrangers. C'était fini. Nous n'étions plus seulement des étrangers, mais des juifs, donc des ennemis, une possible Cinquième colonne. Lequel d'entre nous aurait pu prévoir cela ? »

De cet ultime croche-pied de l'Histoire, ils ne se relèveraient pas.

(1) *Op. cit.*, p. 98.

LE coup de filet policier prit les communistes par surprise. « Je ne me souviens pas, écrira Henri Curiel, que nous ayons discuté une seule fois de ce qui pourrait se passer le 15 mai – la guerre, la proclamation de l'état de siège... La seule « mesure » décidée était de « conseiller » aux dirigeants de changer de domicile. Avec ce genre de « préparation », il n'est pas étonnant que l'offensive de la réaction ait réussi. » Il en rejette la responsabilité sur les luttes intestines qui accaparaient le comité central mais la plupart des anciens de la composante Iskra reprochent à Curiel l'inexistence d'un quelconque cloisonnement et une pratique quotidienne incompatible avec les règles de sécurité les plus élémentaires. « Avec sa manie de s'emballer à tout bout de champ, il flanquait la pagaille partout. Par exemple, si un événement inattendu lui paraissait justifier la diffusion d'un tract, il expédiait quelqu'un à l'imprimerie clandestine en court-circuitant la filière normale. L'imprimerie aurait dû être protégée à tout prix. Elle est tombée dès le premier jour de la rafle. » Les fidèles eux-mêmes admettent que le niveau de sécurité était proche du néant mais ils font observer à juste titre qu'un travail démocratique de masse n'est guère compatible avec une sécurité rigoureuse. Vaine polémique, même si elle est inévitable en pareille circonstance. La police avait son homme au comité central, sans compter les agents qu'elle avait dû infiltrer à la base : c'était suffisant pour démanteler une organisation qui eût été moins vulnérable que le MDLN.

Mais aucun des informateurs de Curiel dans les cercles proches du pouvoir ne fut inquiété et le secteur crucial de l'armée resta indemne alors qu'il était la cible prioritaire de la police, ce qui tendrait à démontrer que la sécurité existait là où disparaissaient les exigences de l'action militante publique.

Le lieutenant d'artillerie Ahmed Hamrouche, responsable des militaires du MDLN, restait affecté au Caire. Il se lança bravement dans une action de propagande contre la guerre. Faute d'imprimerie, il organisa la rédaction manuscrite des tracts à distribuer dans les unités. Osmane, mari de Didar Rossano, avait eu la hardiesse de réunir des soldats dans la cour de sa maison pour leur expliquer l'inutilité de la guerre. Muté à la tête d'un régiment de Soudanais peu concernés par les événements (le commandement les renvoya chez eux avant la fin des combats), il entra en Palestine sous les injures des Arabes palestiniens qui hurlaient : « Foutez le camp ! Vous voulez nous ruiner ? » Comble d'infortune : il se battit courageusement mais fut blessé à la fesse, ce qui expose un officier de carrière à de fastidieuses plaisanteries de mess.

Badr fut héroïque. Son colonel avait exhorté l'unité réunie en carré autour du drapeau à être à la hauteur de l'événement et à se dépenser sans compter pour le service de la patrie. Il termina son envolée lyrique par une question sans danger : « Qui est contre ? » Badr fit un pas en avant, se figea au garde-à-vous et eut le sublime courage de dire : « Moi. » Deux autres mécaniciens membres du MDLN l'imitèrent. Quelques secondes plus tard – elles semblèrent interminables aux trois camarades – l'unité tout entière faisait un pas en avant.

Henri Curiel avait échappé à la rafle et se cachait à Meadi, dans la banlieue du Caire, comme il l'avait fait en 1942 sous la menace de Rommel. Rosette le voyait tous les jours et assurait les liaisons. Les camarades d'Henri Curiel croient aujourd'hui encore qu'il fut arrêté parce qu'un officier de police l'avait identifié dans la voiture pilotée par Rosette alors qu'il se rendait à un rendez-vous. Sa femme raconte une autre histoire : « J'étais allée le chercher à Meadi et nous traversions la place d'Ismaïlia. Une voiture de police était derrière nous. Henri était fatigué. Tous ses amis avaient été arrêtés. Il m'a dit : « J'en ai assez d'être traqué. Je vais me rendre. » Il m'a demandé de stopper. Je ne comprenais pas mais il m'a dit qu'il voulait retrouver ses camarades en prison, que sa place était avec eux. J'ai freiné. Il m'a quittée et il s'est dirigé vers la voiture de police. Elle a redémarré dès qu'il s'y est assis. J'étais désespérée. Je suis allée à la villa de Zamalek pour prévenir ses parents. Ils ont été catastrophés. Cette fois, pas question d'un coup de fil du père pour arranger les choses. L'état de siège et la loi martiale avaient été proclamés. On ne savait pas comment tout cela pouvait finir. »

Courteline ou Kafka ?

La vieille caserne cairote d'Abbassiyah n'était redoutable que par sa crasse. La police y avait entassé quelques centaines de militants juifs sionistes et communistes qui fraternisaient sans complexe puisque à leurs sérieuses empoignades avait succédé l'accord sur le plan de partage de la Palestine. « Je n'avais pas peur, se souvient Raymond Stambouli, parce que je connaissais la tendresse de l'Egypte. Le fait est que les autorités ont eu très vite des problèmes. Il y avait en permanence devant la caserne une foule de gens qui manifestaient à l'orientale, c'est-à-dire que les familles étaient là, en bas, pleurant à gros sanglots en direction de l'époux, du fils ou du frère qui s'agitait à une fenêtre. Une pagaille fantastique. Henri est arrivé au moment où les responsables se creusaient la tête pour trouver une solution. Ce fut Huckstep, une base aérienne américaine installée dans le désert, à quinze kilomètres du Caire, et désaffectée depuis la fin de la guerre. Il y avait là quatre ou cinq bâtiments en briques, avec des toitures en tôle, entourés de barbelés. »

C'était un camp. En 1948, le mot et la chose renvoyaient à de violentes images. Les gardiens égyptiens n'arrangeaient rien en évoquant avec des rires gras Auschwitz et Dachau ; ils annonçaient sans façon : « Aucun de vous ne sortira vivant ! On va vous exterminer ! » L'ambiance virait nettement côté Kafka. Plus prosaïquement, l'espace était mesuré. Dans un premier temps, on entassa de dix à douze détenus dans des chambres prévues pour un pilote. Mais le plus dur fut la découverte des chiottes. Conformément à l'usage américain, elles s'alignaient sans aucune séparation, de sorte qu'il fallait déféquer à la vue des autres usagers. La pudeur judéo-égyptienne ne pouvait s'accommoder d'une telle promiscuité, aussi Henri Curiel se gagna-t-il tous les cœurs en faisant tendre des couvertures entre les sièges.

Les soldats-gardiens étaient en fin de compte de bons bougres qui avaient évoqué Auschwitz sans penser à mal mais le régiment assurant la surveillance extérieure du camp suscita vite une curiosité inquiète. Il était composé de soldats frustes à la mine farouche parlant un arabe insolite. Certains détenus affirmaient qu'il s'agissait de Yéménites ; pour les autres, l'unité venait d'Arabie Saoudite. Quelques jours après l'arrivée des prisonniers, le régiment entra en ébullition et l'on saisit au vol le mot « vengeance ». Personne n'y comprenait rien. L'agitation ne cessait de grandir à l'extérieur, et l'inquiétude à l'intérieur. Puis les guerriers s'armèrent en hurlant et s'approchèrent des barbelés. Au comble de l'angoisse, les détenus ébahis virent le commandant du camp et ses soldats égyptiens s'enfuir dans le désert sans demander leur reste, les abandonnant ainsi à la fureur de ces étrangers qui voulaient se venger d'on ne savait quoi. « Là, on a vraiment cru notre dernière heure venue, se rappelle Raymond Stambouli. Henri a crié : « Il faut se défendre. Barricadons-nous ! » On a empilé les tables devant les portes et les fenêtres, cassé les lits pour se faire des matraques avec les barres de fer. Les autres hurlaient toujours et commençaient à passer les barbelés pour venir cogner sur les fenêtres. Et tout à coup, le téléphone sonne dans le bureau du commandant. Henri dit : « Je vais répondre. » Je l'ai accompagné. C'était le chef de la police du Caire. Il demande : « Qui est à l'appareil ? » – « Henri Curiel. » L'autre s'étrangle : « Henri Curiel ? Henri Curiel ? Comment ça ? Où est le commandant ? » – « Le commandant a foutu le camp, a crié Henri. Nous sommes attaqués par un régiment d'Arabes [!] et nous nous préparons à nous défendre. C'est sans espoir mais je vous préviens : vous aurez notre mort sur la conscience et vous en rendrez compte ! » – « Défendez-vous ! Tenez bon ! J'arrive avec des renforts ! » Et les renforts sont arrivés et nous ont délivrés... On avait eu chaud ! Le régiment a été transféré. Après, on a su qu'ils avaient appris les défaites arabes en Palestine et qu'ils voulaient se venger sur nous... »

Courteline prit heureusement le relais. Le commandant du camp, lieutenant-colonel, brave bête militaire, élevait une famille nombreuse avec sa maigre solde de trente-cinq livres par mois. Des détenus sionistes, hommes fortunés mais accablés au poker par une tenace malchance, perdirent contre lui des sommes importantes, de sorte que leur hangar bénéficia de grandes douceurs. Les prisonniers avaient été en effet répartis en trois catégories : juifs communistes, juifs sionistes, communistes égyptiens. Dans le premier hangar se trouvaient donc rassemblées les diverses composantes du MDLN. La détention n'effaça pas les clivages. Une toile tendue à travers le hangar ne tarda pas à matérialiser l'irréductible antagonisme. Il ne se situait plus sur le plan politique mais sur l'usage à faire de la captivité. Tandis que les uns la concevaient comme un entracte propice au repos et à la récupération, pratiquaient la grasse matinée et amélioraient leur ordinaire grâce aux colis familiaux, les curiélistes suivaient le programme spartiate qu'Henri avait établi sans désemparer avec l'entrain endiablé que lui procurait toujours la détention, et qui faisait alterner exercices physiques et cours théoriques. Le menu, frugal, était celui du camp, à base de pain, de fromage et de halawa, plat composé avec du sésame. Mais l'ordinaire ne tarda pas à être amélioré grâce à Joseph Hazan.

Après un départ en fanfare marqué par son succès à Grignon et des débuts prometteurs d'ingénieur agronome, Hazan avait traversé une terrible épreuve. A vingt-deux ans, une appendicite mal soignée avait dégénéré en péritonite. Opéré in extremis, il resta entre la vie et la mort pendant des mois, les efforts des médecins échouant à liquider l'infection. « J'ai passé des nuits et des nuits d'agonie avec une température de 41°. Je savais qu'on me considérait comme perdu. Je m'asseyais dans mon lit, les mains cramponnées aux barreaux, et je me disais : « Tu ne vas pas mourir cette nuit. Tiens au moins jusqu'à demain matin. » J'étais entré à l'hôpital en 1939 ; je n'en suis sorti qu'au début de 1943. » Sa robustesse naturelle l'avait sauvé. Grand, costaud, il avait été l'un des meilleurs basketteurs du Caire. Mais il quittait l'hôpital si affaibli qu'il ne retrouva pas de travail. Aucune société ne voulait prendre le risque de l'engager. « J'ai vécu aux crochets de mon père pendant des années et j'en ai gardé la haine du chômage. J'étais devenu la brebis galeuse de la famille. Je jouais aux courses, je faisais le maquignon. Mes trois sœurs étaient communistes. J'ai demandé à adhérer mais on m'a expliqué que je n'étais pas le genre d'individu souhaité à Iskra. Finalement, on est venu me chercher juste avant l'unité : Iskra ramassait ce qui lui tombait sous la main pour grossir ses effectifs. Mais on ne m'a pas trouvé assez intellectuel et on m'a refilé au MELN. »

Sa première rencontre avec Henri Curiel avait été décevante. Il avait appris à l'apprécier au fil de l'action militante. C'est à Huckstep que se noua vraiment leur amitié, désormais indéfectible. Ils formaient une paire efficace parce qu'ils étaient complémentaires. Joseph Hazan possédait du sens pratique et une aisance instinctive dans le commerce des êtres et des choses. Plus tard, il serait l'homme capable d'organiser une conférence réunissant Palestiniens et Israéliens, ce qui n'est pas une affaire simple. A Huckstep, il prit en main le ravitaillement du camp. Allant trouver l'intendant égyptien, il lui demanda carrément : « Combien gagnes-tu sur notre nourriture ? » L'autre répondit avec naturel : « Je dépense 8 et je garde 2. » – « Parfait, dit Hazan. Désormais, tu prends toujours les 2, et tu me donnes les 8. Je me charge de tout. Tu n'auras plus besoin de travailler. » Non seulement l'ordinaire fut amélioré mais les bénéfices réalisés par Hazan subvinrent aux besoins de camarades rescapés de la rafle et se terrant dans la clandestinité. Le chef-cuisinier du camp était un sympathique restaurateur grec de Suez, radio amateur, échoué à Huckstep parce qu'il s'était mis en tête d'apprendre l'hébreu pour lire la Bible dans le texte. La police, perquisitionnant chez lui sur dénonciation, avait tiré de ses trouvailles – poste de radio et textes en hébreu – la conclusion qu'il était un espion israélien.

Le courrier confidentiel des détenus sortait du camp grâce au chauffeur du commandant, bénéficiaire d'une allocation mensuelle. Hazan, Stambouli et un ancien élève de Polytechnique perfectionnèrent encore les communications en bricolant une dérivation sur la ligne téléphonique. On put ainsi entendre toutes les conversations avec les autorités du Caire et même téléphoner en cas de besoin. Le préposé aux évasions avait pris les dispositions nécessaires avec quelques gardiens. La sortie du camp se ferait sans difficulté mais le vrai problème serait de trouver des planques au Caire et à Alexandrie.

Puis Henri apprit que Rosette avait été agressée et arrêtée – toujours cette lancinante alternance de drame et de comédie.

Elle voulait faire passer du linge à son mari. Un officier du camp lui avait fixé rendez-vous dans le désert pour qu'elle lui remette le paquet. Le jour prévu, Rosette apprit que l'endroit venait d'être déclaré zone interdite. Elle décida de passer outre. Une sentinelle l'arrêta. Mise dans une petite cabane sous la garde d'un soldat pendant qu'on allait chercher un officier, Rosette fut agressée par son gardien qui tenta de la violer. Ses appels au secours alertèrent quelques officiers. Ils enfoncèrent la porte. Le soldat fut arrêté et le tribunal militaire le condamna par la suite à six mois de prison. Mais Rosette fut elle aussi gardée en détention : on lui expliqua qu'une juive ne pouvait pas impunément faire condamner un soldat musulman. Pour une militante qui avait couru des risques réels, notamment lors de l'aide à la brigade grecque insurgée, c'était tomber pour une bien pauvre raison.

Elle fut d'abord incarcérée à la prison des Etrangers, villa très propre dont le seul inconvénient était le surpeuplement. Rosette rejoignit huit prisonnières dans une chambre de douze mètres carrés. Trois de ses compagnes étaient des militantes communistes (dont la future femme de Raymond Stambouli) ; les autres étaient d'authentiques agents des services sionistes.

Quelques jours après son incarcération, elle eut l'heureuse surprise de voir débarquer Henri.

*
**

Un premier armistice sanctionnait la défaite arabe en Palestine. Les Israéliens avaient mis comme condition à un arrêt des hostilités la libération de tous les juifs incarcérés. Les prisonniers d'Huckstep exigèrent le respect de cette clause par une lettre ouverte au Premier ministre ; subsidiairement, ils réclamaient une répression sérieuse des attentats antisémites à la bombe frappant la communauté juive du Caire et que la rumeur publique attribuait aux Frères musulmans. Henri Curiel et seize de ses camarades entamèrent une grève de la faim à l'appui de ces deux revendications.

Ils découvriraient après leur sortie du camp l'injustice de la seconde. Dans leur immense majorité, les juifs d'Egypte ne se sentaient pas davantage concernés par la guerre de Palestine que le peuple égyptien. (Les Lacouture, tout en constatant que le conflit inoculait au pays le « venin raciste », ajoutent à juste titre : « Il ne faudrait pourtant pas exagérer l'intensité de la vague qui déferla alors sur l'Egypte, et lui imaginer la violence de l'antisémitisme européen. On peut même dire que le peuple égyptien démontra à nouveau une certaine tolérance en ne faisant pas ressentir plus cruellement à la minorité israélite le contrecoup du conflit de Palestine[1]. » Le traitement bienveillant accordé aux internés illustre leur propos.) Pour les juifs, qu'ils appartinssent à la grande bourgeoisie européanisée ou à la masse misérable entassée à Haret el-Yahoud, la guerre était ressentie comme une catastrophe. La minorité sioniste exceptée, personne ne ressentait la nécessité d'un Etat juif et l'on n'éprouvait pas le besoin de psalmodier « L'an prochain à Jérusalem » quand il suffisait de prendre le train de 9 h 45 pour s'y rendre. Bouleversés mais épargnés par l'holo-

(1) *Op. cit.*, p. 98.

causte, les plus lucides des juifs d'Orient comprirent immédiatement que la volonté de leurs coreligionnaires européens rescapés du massacre de se constituer un sanctuaire sonnait le glas des communautés sépharades vivant en paix depuis des siècles au sein du monde arabe. Les premières victimes de la création d'Israël seraient les Palestiniens chassés de leur patrie ; les secondes, les juifs orientaux condamnés à plus ou moins long terme à un nouvel exode. Les services secrets sionistes, conscients du peu d'enthousiasme des juifs du Caire ou de Bagdad à rallier Israël, entreprirent, non sans cynisme, d'accélérer le mouvement par une campagne d'attentats à l'explosif destinée à convaincre les plus réticents de l'impossibilité de rester en pays arabe. Leurs coreligionnaires, ne soupçonnant pas pareil machiavélisme, attribuèrent les explosions au fanatisme musulman jusqu'au jour où le pot aux roses fut découvert, déclenchant en Israël un sérieux scandale politique.

La grève de la faim infligea les souffrances habituelles mais procura aux internés une joie inattendue : la *Pravda* publia leur lettre au chef du gouvernement. C'était la première fois que l'URSS mentionnait leur existence. Il faut un début à tout. Quant aux autorités égyptiennes, la grève les émut d'autant plus que Curiel l'avait organisée en vrai spécialiste. Plutôt que de céder à la tentation du spectaculaire en engageant d'un seul coup tous les volontaires, au risque de voir l'action s'effilocher au fur et à mesure que les plus faibles renonceraient, la tactique consistait à entamer la grève avec une poignée de camarades – les plus résolus et les plus résistants –, les autres rejoignant le groupe selon des délais fixés à l'avance. Ainsi les autorités se trouvaient-elles affrontées à un mouvement faisant tache d'huile et se renforçant sans cesse. Le gouvernement, craignant le pire, décida d'isoler les meneurs. Henri Curiel, Joe Matalon, David Nahum et Armand Setton furent embarqués sur un camion (Curiel torse nu mais toujours pourvu de son célèbre short) et conduits au Caire. On leur avait promis une entrevue avec le ministre de l'Intérieur, au lieu de quoi on les répartit entre différents commissariats, où ils couchèrent dans des cellules infectes, avant d'être envoyés à la prison des Etrangers.

Le directeur de la prison était un excellent homme. « Il se conduisait davantage, estime Rosette, pour qui il avait un faible, comme un majordome que comme un geôlier. Chaque jour, il venait s'enquérir de nos besoins et de nos désirs. Les surveillantes tremblaient de peur car il nous donnait systématiquement raison si nous émettions une plainte. » Ce bon directeur fit fête à Henri, qui avait déjà été son pensionnaire l'année précédente, et se mit en quatre pour satisfaire le couple, auquel il abandonnait volontiers son bureau pour un moment d'intimité. Lorsqu'il surprit Henri en corvée de vaisselle, son émotion scandalisée fut celle d'un directeur de grand hôtel trouvant un client princier en train de faire la plonge dans les cuisines... La touche pittoresque inséparable de tout passage d'Henri Curiel dans une prison fut fournie par trois déserteurs allemands de la Légion étrangère qui avaient plongé à Suez du bateau les conduisant en Indochine. Henri convertit au communisme ces anciens nazis et, chaque matin, ils faisaient le tour de la cour de la prison au pas cadencé, derrière un drapeau rouge, en chantant *L'Internationale* en allemand. L'un d'eux, ancien parachutiste SS, donna à ses nouveaux camarades d'utiles leçons de close-combat. Armand Setton n'avait pas son pareil pour plonger par-dessus deux tables mises côte à côte et se recevoir en roulé-boulé.

Puis les quatre meneurs furent ramenés à Huckstep. C'était une victoire. Les détenus la célébrèrent par une fête qui tourna mal : le commandant, agacé, ordonna aux soldats de passer les détenus à tabac. Bizarrement, l'ordre s'appliquait aux seuls détenus égyptiens. Leurs camarades étrangers assistèrent à la correction avec le sentiment décourageant d'être parqués dans un ghetto européen à l'intérieur même du camp de concentration.

Rosette, atteinte de tuberculose, partit pour le sanatorium d'Helouan, à vingt kilomètres du Caire. Un policier en uniforme fut détaché à sa surveillance. Ils allaient tous deux y passer deux ans. « C'était un endroit très luxueux. Nous avions un grand jardin très bien entretenu, des chambres confortables et un magnifique salon. Je passais mes journées à tricoter, à écouter de la musique, à lire des romans français – Balzac, Stendhal, Zola, Mauriac, Gide. J'avais le droit de recevoir des visites – mes parents, mes beaux-parents, mes amis. Simplement, je ne pouvais pas sortir. »

Son beau-père mourut au mois de novembre 1948. Il était désespéré. Cet homme, dont les futurs détracteurs d'Henri insinueraient qu'il avait peut-être été un « sous-marin » communiste faisant de discrètes mais fructueuses affaires avec l'URSS, ne supportait pas la désertion de son aîné, Raoul, ni la trahison du cadet. L'internement d'Henri à Huckstep lui donna le coup de grâce. Selon les intimes, il aurait refusé de faire quoi que ce soit pour le prisonnier, et même d'aller le voir ; Ruth Gresh se souvient néanmoins d'avoir accompagné le vieil homme à Huckstep et à la prison des Etrangers. Mais les amis de la famille sont unanimes : « Il est mort de chagrin. » L'engagement politique d'Henri a sans aucun doute joué son rôle, mais au-delà de cette déception privée, Daniel Curiel était trop intelligent pour ne pas comprendre que la guerre de Palestine tournait la dernière page d'une existence juive multiséculaire en Egypte. La France était sa patrie par élection sentimentale et intellectuelle : il avait ses racines en Egypte, l'arabe était sa langue maternelle et il n'avait jamais envisagé de quitter les rives du Nil, berceau de sa naissance. Il mourut sans souffrances physiques. Zéphira loua la grande villa de Zamalek à une ambassade étrangère et s'installa dans une pension de famille dans l'attente du retour d'Henri.

Il refusa sa liberté et celle de ses camarades. L'Egypte, en exécution des clauses d'armistice, leva les mesures d'internement. Les prisonniers sionistes furent élargis et partirent pour Israël. Henri Curiel déclara aux autorités que ses amis et lui-même ne voulaient pas devoir leur liberté à la défaite égyptienne. Ils ne quitteraient le camp que sur décision du Caire et non pas en vertu d'un diktat de Tel-Aviv. Politiquement, la position était défendable. Elle s'inscrivait dans la ligne d'identification nationale défendue par Curiel depuis son entrée en politique. Si les juifs communistes voulaient conserver une possibilité d'action dans le pays, ils devaient se démarquer à tout prix d'Israël. Mais les jeux étaient faits, comme l'avenir n'allait pas tarder à le démontrer, et Henri regretterait toute sa vie une erreur de calcul qui se traduisit par huit mois d'internement supplémentaires : « J'en suis responsable par donquichottisme. Ce fut une stupidité dont je porte encore le remords. » Les autorités, trouvant sa position très pertinente, gardèrent sous les verrous tous les juifs communistes dont elles savaient que, contrairement aux sionistes, ils ne quitteraient pas le pays dès leur libération mais reprendraient leurs dérangeantes activités.

C'était le tour des Frères musulmans de faire problème. Exaspérés par la défaite arabe, ils déclenchèrent des troubles dont le point culminant fut l'assassinat du Premier ministre égyptien. La répression s'abattit sur eux. Plusieurs centaines furent arrêtés, dont une partie rejoignit les communistes à Huckstep. Raymond Stambouli : « Henri nous a dit que c'était une merveilleuse occasion d'entrer en contact avec eux, d'établir des relations d'homme à homme. Nous n'étions pas très chauds. Nous avons même craint pour la vie d'Henri quand il est allé leur parler pour la première fois. Les premiers contacts se sont faits sur une base matérielle. Nous leur avons fait part de notre expérience : nettoyage des chiottes (Henri avait nommé un « dictateur militaire » pour veiller à leur propreté), la fourniture d'eau chaude, le branchement sur le téléphone du commandant et les écoutes, la fabrication en cours d'un récepteur radio. Ils nous ont écoutés. Bien sûr, il y avait entre nous une grande différence de mentalité mais ils ont été touchés. Pour nous remercier, ils nous ont invités à une grande haschisch-party – le haschisch était fourni par le commandant. Notre refus les a renversés. Ils ne comprenaient pas. Henri leur a expliqué que c'était une question de principe : un militant ne pouvait pas courir le risque de se trouver en état de manque. Le chef des Frères lui a répondu : « Ecoute, j'ai fait toutes les prisons d'Egypte. Il m'est arrivé de manquer de pain mais j'ai toujours trouvé du haschisch. »

« La soirée a eu lieu sans nous mais le dialogue était engagé. L'un de nos camarades était un cheik de l'Azhar converti au communisme. Henri lui avait demandé de se spécialiser dans la recherche des bases collectives de l'islam. Au départ, l'islam était une religion de tribus bédouines pour qui la survie passait par la vie collective. Il venait de commencer un livre *La Tradition révolutionnaire de l'islam.* Grâce à lui, nous avons pu avoir des discussions au plus haut niveau islamique avec les Frères. Nous leur avons fait des cours sur l'origine de la propriété foncière en Egypte (elle avait été réglementée sur le modèle français en 1875), sur le système d'irrigation dans le delta, etc. Ils étaient réellement bouleversés par tout ce que nous leur apprenions, au point que leurs responsables commençaient à vouloir prendre leurs distances pour protéger leurs ouailles de la contagion. Cela, c'était Henri. Son influence morale était énorme, dans tous les milieux, et il avait un sens du dialogue que je n'ai connu à personne d'autre. Grâce à lui, nous avons vécu au camp dans une fraternité extraordinaire. Je n'oublierai jamais ces soirées de fête organisées par la commission des loisirs. On faisait de grandes veillées sous les étoiles. Les Grecs jouaient de la guitare. Et nous parlions. Il y avait parmi nous des communistes italiens qui nous racontaient la résistance antifasciste. Les sionistes expliquaient les kibboutz – beaucoup de musulmans se sont rendu compte que les Israéliens étaient un peuple comme les autres, avec une lutte de classes et des couches progressistes. Il y avait entre nous une communion extraordinaire. » Deux ans de camp – de camps : ils connaîtraient quatorze lieux de détention successifs, et cela serait le plus éprouvant car la crainte de l'inconnu hante le prisonnier. Chaque fois, il fallait renoncer aux habitudes acquises, aux accommodements conquis de haute lutte, sonder la nouvelle direction, reconstruire le réseau de communications avec l'extérieur. (A Oyoun Moussa, dans le désert du Sinaï, les premières informations leur parvinrent grâce aux lettres de la femme de Chehata Haroun. Elles étaient écrites en français et l'avocat devait les lire en arabe devant le commandant du camp au titre de la « censure verbale ». Chehata, moderne Schéhérazade, inventait des paragraphes pornographiques dont s'enchantait l'officier, de sorte que la correspondance allait bon train.)

Deux années qui ne seraient certes pas infernales grâce à ce que Raymond Stambouli nomme si bien « la tendresse égyptienne ». Entorses au règlement et facilités consenties aux détenus ne doivent pas être imputées pour l'essentiel à la vénalité de la hiérarchie, même si elle existait, mais à l'absence d'hostilité des gardiens envers leurs prisonniers. Deux années de privation de liberté, de frustration sexuelle, d'inconfort et de rigueur climatique – le dernier camp était au bord torride de la mer Rouge – ; deux années de luttes incessantes, scandées par des grèves de la faim d'autant plus dures que les autorités du Caire, rodées par l'habitude, attendaient désormais la quatrième semaine pour examiner avec sérénité les revendications.

Ils garderaient tous de cette longue parenthèse carcérale un souvenir nostalgique. Ce fut le temps d'une réflexion politique intense, d'un enrichissement personnel tel que la plupart en sortirent modifiés ; ce fut surtout le temps de la fraternité. Ils le devaient à Henri Curiel : il était l'âme de leur communauté. On a dit les possibles erreurs du dirigeant politique, ses faiblesses, l'agacement intense qu'il pouvait susciter. Mais à s'astreindre scrupuleusement à cet inventaire, comment ne pas courir le risque d'occulter le rayonnement de l'homme ? Impossible de comprendre quoi que ce soit à sa vie si l'on oublie que ses adversaires politiques eux-mêmes (ne parlons pas des ennemis : ils le haïrent sans le connaître) séparaient l'homme du dirigeant. Hillel Schwartz, contre qui il avait durement ferraillé, fut de ceux qui accompagnèrent son cercueil au Père-Lachaise : « J'étais bouleversé. Bien sûr, nous avions une histoire commune et elle se terminait là. Mais il faut savoir que nous sommes toujours restés amis, même si nous nous sommes toujours opposés. Jusqu'à sa mort, j'ai su que je pouvais demander un service à Henri, compter sur lui pour résoudre un problème personnel ou familial. Nous le savions tous. Il était ainsi. » Pas un seul réquisitoire contre lui, pas une seule philippique qui ne s'interrompe pour l'aveu ému que l'abominable Curiel, à cause de qui la révolution égyptienne avorta quand elle était, on vous le jure, à portée de la main, sut trouver, dans une péripétie privée difficile, le geste fraternel, les mots consolateurs. Homme de réseau ? Ses futurs détracteurs tenteront d'en accréditer l'image. Le fait est qu'il échoua en Egypte et en France à s'imposer dans le champ politique institutionnel : les conditions historiques lui étaient contraires. Eussent-elles été favorables que sa personnalité l'aurait peut-être empêché de devenir un homme politique au sens classique du terme. Il était fait pour les communautés étroites, infiniment soudées, dont chaque militant ne cesse point d'être une personne. Au jugement de ses amis communistes, il n'était pas l'homme du souterrain mais le chrétien des catacombes. Le camp représentait pour lui le lieu d'élection où le succès commun n'est possible qu'au prix de la victoire de chacun sur soi-même. Le militant n'y pouvait perdurer que si l'homme s'efforçait d'être à son meilleur.

Puis la communauté se disloqua ; le gouvernement proposait aux juifs communistes leur libération sous la seule condition d'un départ définitif d'Egypte. A quoi bon s'entêter alors que le problème israélo-arabe, promis à une belle longévité, leur interdisait une action militante d'envergure ? Henri Curiel lui-même reconnaissait que les juifs communistes d'Egypte avaient accompli leur rôle historique. L'un après l'autre, les camarades passèrent le portail, balluchon sur l'épaule, tandis que les sursitaires chantaient *L'Internationale* et *Ce n'est qu'un au revoir.* La consigne était de partir dans un kibboutz et de militer au sein du parti communiste israélien. Quelques-uns le firent ; la plupart se retrouvèrent en France – « la douce France », ironisait Henri.

Ils restèrent à trois : lui-même, Joe Matalon, Chehata Haroun. On les mit avec les communistes égyptiens pour lesquels aucune perspective de libération ne se dessinait. Mais les élections de janvier 1950 pouvaient ramener le Wafd au pouvoir. Les détenus envoyèrent du camp des milliers de lettres invitant à voter pour le vieux parti nationaliste. Le Wafd l'emporta. Rien ne changea pour les prisonniers. Il fallut des manifestations populaires, d'ampleur modeste mais obstinées, pour que le nouveau gouvernement osât contrarier la volonté du roi Farouk de garder les communistes sous les verrous.

Les trois irréductibles et leurs camarades égyptiens franchirent à leur tour le portail du camp.

*
**

Rosette, guérie depuis longtemps de son atteinte de tuberculose, avait été libérée du sanatorium-prison le 16 mai 1950, et avec elle le policier préposé à sa surveillance depuis deux ans. Rentrée au Caire, esseulée, ses amis dispersés, elle prit le parti de retourner de son plein gré au sanatorium où elle avait ses habitudes. On voulut bien l'accepter. Douce Egypte...

Ses retrouvailles avec Henri furent déconcertantes. Au lieu du bagnard hagard qu'elle s'apprêtait à materner, Rosette découvrit un gaillard au tonus épatant, forci par les exercices physiques, bronzé au soleil de la mer Rouge ; elle n'avait jamais vu son mari en pareille forme. Ils récupérèrent leur appartement, qui avait été placé sous séquestre, et Henri replongea sans désemparer dans la militance.

Le MDLN était en trente-six morceaux ; ses amis juifs avaient mis à la voile pour la France ; le choc de la répression anesthésiait maint militant libéré. Henri l'avait prévu, qui répétait au camp : « Ici, il est facile de rester révolutionnaire parce que nous sommes ensemble. C'est à la sortie que les difficultés commenceront. Quand chacun se retrouvera seul. »

Il avait élaboré une stratégie. Pour libérer les militants de la peur qui les paralysait, son plan consistait à réorganiser l'activité à partir d'un vaste projet progressiste. L'Appel de Stockholm contre la bombe atomique remuait le monde et avait donné naissance au Mouvement de la paix. Le gouvernement wafdiste ne pouvait pas réprimer une organisation pacifiste dont les centaines de milliers d'adhérents se recrutaient dans tous les pays. Une section égyptienne du Mouvement de la paix remobiliserait les communistes égyptiens et leur rallierait les couches progressistes ; subsidiairement l'entreprise les ferait sortir de leur isolement international et leur apporterait la reconnaissance si souvent quémandée et jamais obtenue du camp socialiste.

Le calcul était bon, à ceci près que si le pouvoir se révéla en effet impuissant à juguler le succès immédiat de la campagne pour l'Appel de Stockholm, il démontra son aptitude à se débarrasser de l'instigateur.

Le prix fut considérable, et que le pouvoir ait accepté de le payer indique qu'il plaçait très haut la capacité de nuisance d'Henri Curiel. L'Egypte avait la réputation méritée d'être un Etat de droit dont les juridictions ne cédaient au pouvoir ni plus ni moins que leurs homologues de France ou d'Italie. La volonté de Farouk d'en finir avec Curiel obligea ses juges à des contorsions peu compatibles avec leur réputation et leur dignité.

On lui avait confisqué son passeport égyptien en 1942, lors de sa première arrestation. Il avait intenté un procès pour obtenir sa restitution, ce qui impliquait la reconnaissance de sa nationalité égyptienne. Le tribunal s'était déclaré incompétent mais la cour d'appel lui avait donné raison, et même accordé des dommages-intérêts. La cour de cassation, saisie par le pouvoir en 1950, cassa l'arrêt de la cour d'appel et déclara nulle l'acquisition de la nationalité égyptienne en 1934 au motif que Curiel n'avait pas renoncé explicitement à la nationalité italienne. C'était un renversement complet de jurisprudence. Il remettait en question les naturalisations de milliers d'Italiens ayant opté pour l'Egypte après l'abolition des Capitulations. Au reste, la loi italienne déclarait automatiquement déchu de sa nationalité tout Italien devenant citoyen étranger. Henri était défendu par trois des meilleurs avocats du Caire, dont un ancien ministre, membre du comité directeur du Wafd. Un conseiller à la cour de cassation s'excusa auprès d'eux : la pression du palais royal avait été irrésistible.

L'arrêt inique rendu, Henri Curiel fut arrêté le 25 juillet 1950 « aux fins d'expulsion en tant qu'étranger dangereux pour la sécurité publique ». Chehata Haroun, averti, se précipita à la préfecture de police. « J'y ai retrouvé Henri. Il avait son sourire un peu bête des jours difficiles. Le chef de la police politique Ibrahim Imam, m'a dit qu'on allait le transférer à la prison des Etrangers. Je l'ai accompagné, on s'est embrassé, et je ne l'ai revu qu'en France, des années plus tard. »

Le chef de la police avait averti Curiel : « Ou on t'expulse ou on te tue. » Et comme le prisonnier rétorquait que le gouvernement wafdiste de Nahas Pacha n'était pas comme les précédents, Ibrahim Imam avait répondu avec un sourire : « La police est la même. »

Le 15 août 1950, le conseil d'Etat, saisi par les avocats d'Henri, se réunit pour juger de la validité de l'arrêté d'expulsion. Les honorables magistrats découvrirent alors qu'il n'y avait pas d'arrêté d'expulsion, de sorte que le problème de son annulation ne se posait pas. Le 24 août, le prisonnier fut transféré à la prison de Port-Saïd par wagon spécial et sous forte escorte ; il avait naturellement entamé une grève de la faim. Rosette, prévenue par un policier, partit pour Port-Saïd avec deux valises. Elle n'eut pas permission de voir Henri mais lui fit passer les valises. Au matin du 26, elle assista à son embarquement forcé sur le *Sorriento,* navire italien de la compagnie Lauro. Le quai grouillait d'agents et une flottille de vedettes policières patrouillait dans le port.

C'était un coup de force. Aucun arrêté légal ne justifiait l'expulsion. Le consulat italien de Port-Saïd s'était laissé extorquer un visa de transit à destination... d'Israël... Or l'Egypte niait l'existence d'Israël et le simple fait d'avoir écrit le mot sur la demande de visa constituait de la part du chef de la police une forfaiture gravissime. Le capitaine du *Sorriento*, ébranlé par la véhémence de son passager forcé, convaincu après examen de la paperasse que la procédure n'était pas sans failles, avait commencé par refuser d'embarquer Henri. On le menaça d'interdire les ports égyptiens aux navires de la compagnie Lauro. Sa direction, alertée, lui ordonna de se soumettre. L'expulsé fut bouclé dans une cabine et le *Sorriento* appareilla, escorté jusqu'à la sortie du port par les vedettes policières.

A l'escale de Marseille, Henri échappa à la surveillance et se précipita au siège de la fédération communiste des Bouches-du-Rhône, où il raconta son histoire. Les permanents la trouvèrent louche et lui ordonnèrent de décamper. Il réintégra le *Sorriento*. A Gênes, la police monta à bord et lui donna l'ordre de débarquer. Il refusa. Deux vigoureux carabiniers l'extirpèrent de sa cabine. Il reconnut, au milieu des très nombreux journalistes rassemblés sur le quai, Raymond Stambouli et sa femme, alertés par Rosette. Encadré par les carabiniers, il descendit l'échelle de coupée sous les flashes des photographes.

Il avait trente-sept ans et il ne reverrait jamais l'Egypte.

ALORS commencèrent les années tristes.

Il refusait par principe l'établissement en Israël puisque le pouvoir avait voulu l'y contraindre ; et il n'en avait en vérité aucune envie.

L'Italie lui ouvrait les bras, même si l'accueil sympathique des autorités locales se fondait sur deux malentendus. Elles crurent d'abord qu'il était un juif persécuté, Rosette ayant fait intervenir en sa faveur des cousins influents de la communauté israélite de Rome : on lui délivra sur-le-champ un permis de séjour provisoire. Puis un chef légendaire de la résistance antifasciste, responsable des Jeunesses communistes italiennes, mort au combat, s'appelait Eugenio Curiel ; on pensa qu'Henri était de sa parentèle. C'était sans doute vrai, mais en remontant au moins au XVIIIe siècle... Toujours est-il que la loi italienne prévoyait la réintégration dans la citoyenneté pour toute personne de retour de l'étranger pouvant justifier d'une origine italienne. Un séjour de six mois suffisait pour l'obtenir.

Mais il refusait farouchement d'être amputé de l'Egypte. Les exhortations les plus instantes échouèrent à l'ébranler. Ce n'était pas entêtement, refus de céder à l'arbitraire : il ne se concevait point d'avenir hors du pays auquel il appartenait deux fois – pour y être né et pour l'avoir choisi dans sa vingtième année. Perçu au Caire comme étranger, et l'acceptant, Henri Curiel découvrait dans l'arrachement physique l'impossibilité d'être autre chose qu'Egyptien. L'exil l'égyptianisait.

Il chargea ses avocats cairotes d'engager devant le conseil d'Etat une procédure d'annulation de son expulsion. Le procès fut long et lui coûta une fortune. Il le perdit. L'un de ses défenseurs lui confia avoir appris qu'en cas de succès, un décret royal aurait été pris pour l'empêcher de revenir en Egypte.

Il s'était installé à Rome, refusant l'hospitalité des Stambouli et des Nahum établis à Milan. Il voulait agir. Raymond Stambouli l'accompagna au siège du parti communiste italien, rue des Boutiques Obscures. Le nom parut fâcheux à Henri. Il s'étonna encore de l'immeuble massif – un vieux grand palais à l'italienne – et de l'énorme porte cloutée devant laquelle des hommes montaient une garde vétilleuse : « Mais c'est une forteresse !... » murmura Henri. Après avoir franchi plusieurs contrôles, les visiteurs furent aiguillés sur la section étrangère, où les accueillit le responsable de l'Egypte. C'était le camarade Renato Mieli. Ils en furent accablés. Mieli, réfugié antifasciste, avait vécu au Caire où, comme la plupart de ses camarades exilés, il cantonnait strictement son activité politique à la communauté italienne, non sans un certain dédain, selon Stambouli, pour les autochtones, et avec une dérision certaine pour les juifs égyptiens s'efforçant d'introduire le marxisme dans le pays. Il avait quitté l'Egypte à la fin de la guerre, de sorte qu'il n'avait pas vécu la sortie des communistes de leurs salons bourgeois, leur fusion avec le peuple égyptien dans les rues ensanglantées de février 1946, la création du MDLN et l'égyptianisation progressive du mouvement. « On a tout de suite senti une énorme antipathie, constate Raymond Stambouli. Le courant ne passait pas. Nous ne l'intéressions nullement. Il aurait pourtant eu besoin de remettre sa montre à l'heure parce que l'Egypte avait beaucoup changé depuis son départ. Ce fut un fiasco complet. » Henri, à la sortie, se borna à observer que le camarade Mieli n'était manifestement pas à sa place dans les fonctions qu'il occupait.

Exemple banal de la lie journalistique déversée sur Henri Curiel jusqu'à opacifier les épisodes les plus simples de son existence : un mois jour pour jour après son assassinat, le 4 juin 1978, l'hebdomadaire italien *L'Espresso* écrira que Renato Mieli avait été chargé par Togliatti, chef du PCI, de rencontrer Curiel, qui venait d'être « expulsé par Nasser », afin de savoir ce qu'il voulait : « La rencontre n'eut pas lieu en un endroit secret, mais dans un café de la place Cavour. Curiel en vint rapidement à demander au PCI de l'argent et des armes pour organiser une opération armée contre Nasser. Togliatti, après cela, ordonna à Mieli de rompre tout contact : "Selon moi, dit-il, ce Curiel est un provocateur." *O tempora ! O mores !* Henri Curiel avait été expulsé par le roi Farouk, et lorsqu'il fut reçu rue des Boutiques Obscures par Mieli, Gamal Abdel Nasser n'était qu'un petit colonel anonyme dont même le spécialiste de l'Egypte du PCI ne pouvait prévoir le destin. Il ne prendrait le pouvoir que deux ans plus tard, en 1952, et Henri aurait alors quitté l'Italie depuis un an ; la révolution des colonels serait enfin accueillie avec enthousiasme par l'exilé, qui ne pouvait donc en aucun cas souhaiter son renversement par une « opération armée ». Trois coups de téléphone de vérification auraient permis au rédacteur de *L'Espresso* – hebdomadaire de gauche – de faire l'économie d'un récit comportant une erreur grotesque à chaque ligne, mais il eût alors fallu renoncer au portrait plus payant d'un Curiel conspirateur et fomentateur de coups armés à travers le monde : celui-là même que tentaient d'accréditer ses pires détracteurs.

L'exilé retourna trois fois dans le bureau de

Renato Mieli pour lui soumettre des notes sur la situation en Egypte. A sa quatrième visite, il trouva porte close. Le parti communiste italien n'avait que faire des analyses du dirigeant du MDLN.

Il avait pris pension chez une brave femme élevant seule son enfant. Elle répétait aux visiteurs que son pensionnaire était un saint laïc et contribuait à cette sanctification par un train de vie austère. Chaque soir, Henri dressait son lit de camp dans la salle à manger. Il n'avait accès à la salle de bain qu'à heure fixe et ne disposait même pas d'une table pour travailler. La nourriture était si pauvre qu'il en tomba malade. Il eût pu vivre à son aise car Rosette lui envoyait chaque mois une somme suffisante. Mais il prélevait vingt mille lires pour sa subsistance et réexpédiait le reste aux camarades égyptiens. Quand Rosette découvrit où passaient ses mandats, elle lui en voulut beaucoup.

Il occupait son temps à lire et à rédiger des analyses et des articles dont la plupart restaient dans ses tiroirs. Avec Raymond Stambouli et David Nahum, il entreprit la publication d'un bulletin. C'était difficile. Le voyage de Milan à Rome durait plusieurs heures et ses deux amis devaient gagner leur vie. Il se mit à l'étude du russe. La solitude s'épaississait autour de lui. « J'ai vécu dans un isolement presque total, devait-il dire par la suite, abandonné du monde entier. Mais je ne regrette pas cette période. C'est la seule pendant laquelle j'ai eu le temps de réfléchir. » Au vrai, il souffrait durement de l'ostracisme du PCI. Au-delà de l'injustice faite à sa personne, il y voyait la négation du mouvement communiste égyptien, du travail et des sacrifices de ses camarades. Même si Huckstep n'avait été ni Auschwitz ni Dachau, ils sortaient tous de deux ans de camp. L'adversaire les avait pris suffisamment au sérieux pour leur infliger cette épreuve mais elle semblait compter pour rien aux yeux des camarades italiens. L'Egypte n'intéressait personne. Pour le

PCI, elle n'était que le champ clos de la rivalité impérialiste entre l'Angleterre et les Etats-Unis. Mieli avait souri quand Curiel lui avait affirmé que les masses égyptiennes, en plein travail politique, définiraient elles-mêmes l'avenir du pays. L'ignorance était insondable. Le responsable communiste milanais de la politique étrangère avait demandé à Raymond Stambouli si les habitants du Caire n'avaient pas peur des crocodiles.

Dans ce désert politique et affectif, toute visite égyptienne lui était oasis. Didar Rossano et Ruth Gresh vinrent le voir au cœur de l'été. Didar : « C'est à cette occasion que je l'ai vraiment découvert. Pour moi qui avais l'habitude des officiers costauds, il était l'intellectuel souffreteux, maigrichon. Pas du tout ! Il nous a fait visiter Rome du matin au soir – il connaissait déjà tous les monuments, leur histoire, etc. Nous étions complètement sur le flanc, Ruth et moi ; on s'arrêtait à chaque fontaine pour rafraîchir nos pieds couverts d'ampoules... Et lui nous harcelait pour repartir : il y avait toujours autre chose à voir. Une énergie extraordinaire. Il nous a fait découvrir les beautés de la religion – nous étions un peu ébahies... Il fallait l'entendre s'écrier devant les églises : "Vous rendez-vous compte de ce qu'elles signifiaient pour leurs bâtisseurs ?" »

Une autre visiteuse assidue fut Elisabeth Vailland – son mari Roger, en villégiature chez Curzio Malaparte, à Capri, ne rejoignit Rome qu'à la fin de l'été. « Je lui dois, dit-elle, quelques-unes des plus belles heures de ma vie. Il me recevait dans une toute petite pièce très sombre qu'éclairait son lumineux sourire. Il m'a fait lire Mao, Ho Chi Minh, des tas d'auteurs révolutionnaires. Après, nous en parlions. Je n'ai jamais rencontré quelqu'un qui sache si bien expliquer les choses, vous faire progresser sans prendre des airs de professeur. Et toujours, il finissait par parler de l'Egypte. C'était son obsession, l'Egypte... »

Puis Rosette le rejoignit. Elle allait mal. Une tuberculose abdominale avait nécessité une intervention chirurgicale. Elle avait un visa de trois mois. Ils discutèrent de leur avenir à longueur de soirées. La situation administrative d'Henri s'était détériorée. On avait découvert que sa judéité n'était pas la cause première de son expulsion et que sa parenté avec Eugenio Curiel était pour le moins problématique. Les Stambouli et les Nahum l'avaient supplié de saisir la possibilité offerte d'une réintégration dans la nationalité italienne. « A l'époque, explique Raymond Stambouli, l'Italie exportait trois cent mille hommes par an : il n'y avait pas de travail. Les autorités encourageaient les départs. Alors, dans un pareil contexte, la possibilité de récupérer la nationalité italienne représentait une chance extraordinaire. Moi-même, apatride, je me battais comme un fou pour avoir ma naturalisation. Il fallait démontrer qu'on apportait au pays des qualités culturelles ou commerciales – quelque chose de positif. Les autorités italiennes ne comprenaient pas qu'Henri fasse la fine bouche. Nous-mêmes, il nous exaspérait. Je lui répétais : « Il y a des compromis partout. Si tu veux avoir une activité normale, efficace, prends la nationalité italienne ! » Rien à faire. Il restait braqué sur l'Egypte et mettait ses espoirs dans ce procès perdu d'avance devant le conseil d'Etat. Nous qui avions en plus notre vie à gagner, nous trouvions qu'il sombrait dans le masochisme. » David Nahum attendrait vingt-cinq ans sa naturalisation et, durant ce quart de siècle, passerait une heure dans les locaux de la police italienne chaque fois qu'il rentrerait d'un voyage à l'étranger.

Puis les autorités avaient subitement cessé de harceler Curiel pour qu'il prenne une décision et l'avaient mis sous surveillance. Le dossier du Caire était arrivé à Rome comme dans toutes les capitales occidentales. « Ne te fatigue pas : nous avons l'Intelligence Service derrière nous », avait dit en souriant le chef de la police égyptienne à Henri Curiel, qui protestait contre son expulsion. Les services anglais connaissaient Curiel depuis son entrée en politique et ne l'avaient plus lâché depuis son action en faveur des démocrates grecs. Une police européenne pouvait se désintéresser d'un obscur agitateur expulsé d'Egypte par le gros Farouk, considéré universellement comme un potentat repoussant ; elle devait se préoccuper d'un homme tenu pour dangereux par les Anglais. Le 25 juin 1950 a éclaté la guerre de Corée, point culminant de l'affrontement Est-Ouest dont l'épisode grec avait marqué le début. La guerre froide, d'un seul coup, passe au point d'ébullition. Pour la première fois depuis 1945, les anciens alliés de la grande croisade antifasciste vont s'affronter sur le terrain, armes à la main. Le monde entier vit dans l'angoisse d'une apocalypse nucléaire. La chasse aux sorcières bat son plein des deux côtés du rideau de fer. A Rome, le climat n'est pas à la bienveillance pour des hommes présentant le profil d'Henri Curiel.

A Paris non plus. Roger Wybot, directeur de la DST, fera assigner à résidence en Corse Raymond Aghion, fondateur et mécène de la revue communiste *Moyen-Orient.* Aghion passera ensuite en Italie (« J'y ai trouvé des communistes selon mon cœur. ») et ne reviendra en France que deux ans plus tard, sous le gouvernement de Mendès France, le gaulliste Louis Vallon étant intervenu en sa faveur auprès du garde des sceaux François Mitterrand.

Pour Henri, convaincu par Rosette de la nécessité de trouver une base de repli au moins provisoire, la France était préférable à tout. Le couple proscrit fit appel aux anciens proscrits gaullistes qu'il avait aidés du temps des Amitiés françaises. Il fut entendu mais aucune démarche ne put fléchir la rigueur du pouvoir. Les amis, désolés, rapportèrent la sentence tombée des lèvres de Wybot : « S'ils entrent en France, je les fais interner au Sahara. » Même

Rosette, dont l'état de santé exigeait des soins exceptionnels, se vit refuser un visa français. Les services compétents arguèrent que si elle avait un accident cardiaque à Paris, il serait difficile d'interdire à son mari de venir la rejoindre.

L'étau se resserrait.

Les trois mois écoulés, Rosette reprit l'avion pour Le Caire. Henri l'accompagna à l'aéroport de Fiumicino, rentra chez lui, retourna dare-dare à Fiumicino : sa femme n'avait pas été autorisée à débarquer au Caire ; réembarquée de force dans l'avion, elle volait vers Rome. Les autorités italiennes refusèrent de la laisser descendre. Henri était tenté de pousser la situation jusqu'à l'absurde mais Rosette ne pouvait tout simplement pas continuer le va-et-vient dans des avions non pressurisés : son cœur n'y résisterait pas. Le parti communiste italien refusa d'intervenir. Pietro Nenni, dirigeant socialiste, arracha un permis de séjour très provisoire. Mais les autorités italiennes étaient cette fois décidées à en finir. Puisque l'exilé s'obstinait depuis un an à refuser la nationalité offerte, on lui laissait le choix entre l'expulsion vers Israël et l'internement administratif. Henri évoquant l'état de santé de Rosette, le fonctionnaire de la Questura répondit : « Nous n'avons rien contre elle. Quittez l'Italie, fichez le camp, et nous lui accorderons le droit d'asile. – Mais où voulez-vous que j'aille sans passeport ? Aucun pays ne me laissera entrer... – C'est votre problème. Débrouillez-vous ! »

Rosette se procura le passeport de la mère récemment décédée d'amis italiens ; c'était un passeport autrichien. Elle le falsifia si grossièrement que la fraude était perceptible au premier coup d'œil. Henri franchit à pied la frontière suisse. Didar Rossano l'attendait à Lausanne. Elle ne put s'empêcher de rire en le voyant débarquer canne à la main, vêtu d'un manteau et d'un chapeau noirs : c'était l'image qu'il se formait d'un bourgeois autrichien. Il se rendit aussitôt au consulat italien, conformément à l'accord passé avec la Questura, pour faire constater son départ d'Italie. Puis, rassuré sur l'avenir de Rosette, il prit le bateau pour se rendre en France, de l'autre côté du lac. Didar l'accompagnait. Elle se présenta la première au contrôle de police, sachant que les passeports égyptiens faisaient l'objet d'une attention particulière. Du coup, le policier n'ouvrit même pas le passeport autrichien d'Henri. Ils prirent le train de Paris et sonnèrent à la porte de Joseph Hazan.

Rosette, de son côté, était convoquée à la Questura. « Votre mari franchit les frontières avec une facilité déconcertante, lui dit-on. C'est bien la preuve qu'il est un homme dangereux. Nous sommes désolés mais nous ne pouvons pas vous autoriser à rester en Italie. » Trois semaines plus tard, elle entrait à son tour clandestinement en France.

*
**

Joseph Hazan, sur décision collective, avait été le premier à sortir du camp pour venir en France grâce au passeport français qu'il devait à un aïeul passé par Alger. Sa mission était d'alerter l'opinion publique progressiste sur le sort des détenus égyptiens, et aussi de servir de détachement précurseur au gros de la troupe.

Il était arrivé avec deux cents livres égyptiennes prêtées par son père. Hébergé par un cousin, il avait adhéré aussitôt au PCF et s'était mis en quête d'un gagne-pain. Prospecteur pour une coopérative d'artisans et de commerçants du Parti, il démissionna après quelques mois pour s'associer avec Armand Setton et un autre camarade arrivé d'Egypte. Ils fondèrent la Patex, société d'import-export spécialisée dans le papier et les textiles. Le succès fut immédiat.

Le prestige du Parti français était trop grand – presque mythique – pour que la réalité ne fût pas décevante. Hazan, levé le dimanche à cinq heures pour vendre *L'Huma-Dimanche* dans la rue, fut néanmoins scandalisé par le taux des cotisations militantes, dérisoire par rapport aux normes égyptiennes. Sur son salaire mensuel de 75 000 anciens francs à la Patex, il ne gardait que 15 000 francs pour ses besoins personnels, le reste allant aux camarades d'Egypte. Sur les 990 000 francs anciens de bénéfices rapportés par la première affaire de la société, il préleva 8 000 francs pour offrir une bicyclette à son neveu et versa le reste à la caisse du mouvement. Les habitudes françaises étaient différentes. Robert Eddy, sorti d'une prison d'Alexandrie : « J'ai été sidéré par le niveau des militants en France. Nous avions étudié le marxisme pendant cinq ans et notre pratique était sans commune mesure. Je me suis dit que j'allais être pour le moins député ! Très vite, j'ai été nommé secrétaire de cellule, puis de section. » Quant à Hillel Schwartz, il ne suivit pas sa femme au PCF : « Les mœurs étaient pour moi incompréhensibles. Par exemple, à la fin d'une projection d'un mauvais film soviétique, quelqu'un passait dans la salle en demandant : « Qui n'a pas sa carte du Parti ? » comme il aurait proposé un esquimau glacé. Je trouvais cela révoltant. En Egypte, on n'entrait pas dans l'organisation comme dans un moulin. Il y avait aussi la question des cotisations. Chez nous, les militants donnaient tout ce qu'ils avaient. Je versais l'intégralité de mon salaire puisque j'habitais chez mes parents. En France, on était loin du compte. »

Le surlendemain de l'arrivée d'Henri Curiel, Joseph Hazan l'accompagna au siège du Bureau colonial, 19, rue Saint-Georges. Comme à Rome, les deux visiteurs franchirent un certain nombre de contrôles avant d'être introduits auprès des responsables, Mignot et Thévenin. Ils siégeaient derrière deux bureaux en vis-à-vis éloignés de quinze mètres, avec un grand poêle pour chauffer la pièce. André Marty, prévenu par Thévenin, demanda à voir son hôte du Caire. Il le reçut chaleureusement et lui suggéra de chercher refuge en Union soviétique ou en Tchécoslovaquie. Henri remercia mais refusa la proposition. La guerre froide coupait le monde en deux : une installation derrière le rideau de fer lui ôterait toute possibilité d'action en Egypte. Marty n'insista pas et régla sur-le-champ le problème de l'hébergement du clandestin qu'était désormais Curiel. Un couple de militants sûrs l'accueillit dans son pavillon de banlieue.

Il y resta trois jours. Le ménage militant concevait la clandestinité comme au temps de l'occupation nazie. Henri, qui ne s'éprouvait pas traqué par une Gestapo, se précipita chez Hazan et le supplia de trouver une solution. Hazan habitait un minuscule studio. On fit de la place pour un lit supplémentaire. Mais lorsque Rosette arriva à son tour d'Italie, elle fut obligée d'aller d'hôtel en hôtel, déménageant chaque semaine pour échapper aux contrôles de police. Séparation et errances se terminèrent par le lointain détour de Raoul Curiel, en mission archéologique en Afghanistan. Il avait rencontré à Kaboul une infirmière française de la Croix-Rouge à qui il avait donné des lettres pour son frère et sa belle-sœur. La jeune femme se prit de sympathie pour les exilés et, sachant l'illégalité de leur situation, proposa de leur sous-louer une chambre de son appartement. C'était, avenue de Versailles, un grand immeuble morose au fond de la deuxième cour. Ils déballèrent leurs valises. Rosette détestait le quartier ; Henri ne le voyait même pas.

Ils vécurent comme s'ils n'avaient jamais quitté l'Egypte. Leurs relations ne sortaient pas du clan des Egyptiens. Henri n'accordait aucun intérêt à la politique française et restait silencieux quand ses amis, inscrits au PCF, débattaient fiévreusement des problèmes de l'heure. Il ne remit pas les pieds au siège du Parti, se bornant à faire transmettre à Joseph Hazan les nombreux rapports que lui inspirait la situation en Egypte. Un courrier continu le tenait informé de l'évolution de cette situation et lui-même inondait ses camarades égyptiens de notes et d'analyses. Rosette assurait le fonctionnement pratique des liaisons, ce qui n'était pas simple. Comme Henri n'écrivait pas l'arabe, elle dactylographiait en français ses manuscrits pour les classer en archives, puis les réécrivait à la main à l'encre sympathique et les transmettait à un camarade du Caire qui les traduisait en arabe. Conformément à la règle militante apportée du Caire (Henri la respecterait jusqu'à sa mort), ils ne s'accordaient loisir que le dimanche après-midi, et c'était pour retrouver leurs compagnons d'exil et reparler encore et toujours de l'Egypte.

Elle entrait en révolution.

DEUX communistes sortent les premiers d'un immeuble du Caire où s'achève une réunion clandestine. Des camions de la police sont stationnés dans la rue ; les forces de l'ordre s'apprêtent à intervenir. Les deux camarades se consultent du regard et, sans un mot, rentrent dans l'immeuble alors qu'il serait encore temps de filer. Ils préfèrent se faire prendre avec les autres plutôt que d'être soupçonnés de trahison. L'épisode illustre le degré de délabrement atteint par un mouvement communiste rongé par les divisions, hanté par la suspicion.

Le Mouvement de la paix avait cependant connu un incontestable succès. Douze mille signatures en deux mois pour l'Appel de Stockholm, dont celles de la plupart des conseillers d'Etat. Présidée par le prestigieux et pittoresque « pacha rouge », Kamel el-Bindari, l'organisation comptait sur l'échiquier politique et, comme l'avait prévu Henri Curiel, elle avait réussi à remobiliser des militants ou sympathisants intimidés par la répression.

Les plus résolus s'efforçaient de reconstruire l'appareil clandestin. Albert Arié, dix-huit ans, avait échappé à la grande rafle de mai 1948. Il était en charge des archives et de la documentation du MDLN. Un cloisonnement rigoureux avait protégé ce secteur dont la découverte par la police eût été de lourde conséquence. Il avait ensuite rallié un groupe d'étudiants et d'intellectuels proches de Marcel Israël et violemment opposés à Henri Curiel. « On m'a affecté à l'impression et à la distribution des tracts. Toute cette période a été dangereuse car il y avait une véritable chasse au faciès juif. Et les imprimeurs étaient spécialement recherchés par la police. J'ai dû être repéré. Une équipe de flics a débarqué à la maison pour m'arrêter. Je n'étais pas là. Et le chef des flics tombe dans les bras de mon père : ils étaient amis d'enfance ! Le flic a dit : « Nettoie la maison, ni vu ni connu, je fais arrêter les poursuites. » Effectivement, je n'ai plus été inquiété. En 1950, j'ai terminé ma licence en droit et le problème du départ s'est posé. Tout le monde partait en Europe. J'ai décidé de rester et de continuer à militer. »

Il était l'exception : le mouvement communiste s'était vidé de ses étrangers et les Egyptiens tenaient partout la barre. Le mouvement brownien de scissions toujours recommencées ne s'était pas pour autant ralenti – preuve incontestable que le « combat des chefs »entre Curiel, Schwartz et Israël n'était pas la seule cause de division. Les trois pères fondateurs avaient traversé la Méditerranée mais les communistes égyptiens s'éparpillaient toujours entre MDLN, Noyau du parti communiste, Vers un parti communiste égyptien, Avant-Garde des ouvriers, Aube Nouvelle, Etoile Rouge, Unité des communistes...

En 1950 était apparue une nouvelle formation baptisée avec une écrasante simplicité « Parti communiste égyptien ». Son parrain était le Bureau colonial du PCF. Elle était dirigée par deux jeunes gens promis à un bel avenir : Fouad Moursi et Ismaïl Sabri Abdallah.

***

Le clan des Egyptiens m'avait prévenu : « Ismaïl ?

Le pire adversaire d'Henri ! » Rosette s'était étonnée : « Vous voulez vraiment voir Ismaïl ? Il détestait Henri. Vous n'entendrez de lui que des mots de haine. » Ils lui pardonnent mal d'avoir fondé son existence politique sur le constat énoncé par Raymond Aghion : « Il semblait raisonnable de reconnaître comme parti égyptien une organisation dirigée par quelqu'un ayant pour nom Ismaïl Sabri Abdallah plutôt qu'Henri Curiel. »

Né en 1924 mais paraissant tout juste aborder la cinquantaine, le fondateur du PCE avait bien surmonté sa seconde épreuve concentrationnaire lorsqu'il me reçut dans son appartement surplombant le Nil, six mois après la mort violente d'Anouar el-Sadate. Il est vrai que le camp de Sadate lui avait été moins cruel que le bagne de Nasser où il avait subi d'effroyables tortures. Grand bel homme brun au rire tonitruant, fume-cigarette dans une main, verre de whisky dans l'autre, Ismaïl Sabri Abdallah dispense davantage l'humour que le fiel et son évidente intelligence le protège des vulgarités partisanes. Avec Henri Curiel, il a au moins en commun la séduction, même si la sienne est un peu méphistophélique quand l'autre l'avait évangélique. « Henri était un homme remarquable, dit-il, avec des idéaux respectables, mais il était condamné par ses origines et par le contexte à rester à la surface de la réalité égyptienne, sans aucune chance de la modifier ni même de l'influencer. Imagine-t-on un Curiel se présentant ici aux élections ? »

Paradoxe de l'Egypte : cet intégriste du terroir a épousé une Egyptienne de grande bourgeoisie dont les parents usaient du français pour se distinguer des « Arabes » et qui, pourvue d'une nurse suisse francophone et d'une gouvernante anglaise, ne parle aujourd'hui encore qu'un arabe sommaire et sait à peine lire deux versets du Coran...

Originaire de la région de Haute-Egypte d'où sortirent, entre autres, le pharaon hérétique Akhenaton et les assassins de Sadate, Ismaïl Sabri Abdallah naquit d'un père épargné par le cosmopolitisme des classes supérieures : jamais sorti d'Egypte, nourri de culture arabo-islamique, il faisait exploiter cent vingt feddans [1] mais fut à peu près ruiné par la crise de 1929 et la chute subséquente du coton. Ismaïl partit néanmoins faire ses études au Caire et milita dans les rangs du Wafd dès 1937 – il avait treize ans. Inscrit à l'Université en 1942, il fréquenta la Maison de la recherche scientifique d'Iskra et un cercle d'études, la Nouvelle Culture, animé par Jacquot-Descombes et Raymond Aghion. Membre du Comité exécutif des étudiants lors des manifestations de février 1946, il fut convoqué un peu plus tard par Henri Curiel.

« C'était donc en mai ou juin 1946, je venais d'avoir ma licence en droit. J'avais dépassé le stade du simple nationalisme. Depuis mon enfance, j'étais sensible à la misère paysanne. Chez moi aussi, un âne se louait plus cher qu'un homme. J'avais vu sur le terrain l'implacable exploitation de classe et j'en avais été très choqué. Ensuite, j'ai appris mes rudiments de marxisme, non pas dans les livres verts du MELN, mais dans la *Little Lenin library*, des petites brochures anglaises qu'achetaient les soldats de Montgomery. Je ne m'étais affilié à aucun groupe mais ma sympathie allait plutôt aux gens rassemblés autour de Jacquot-Descombes et Aghion.

« Curiel m'a convoqué aux Amitiés françaises. Le short et les spartiates, je n'ai pas beaucoup aimé. Un peu trop théâtral quand on connaissait sa famille !... Il m'a parlé en arabe. Il le parlait bien. Je ne me souviens pas d'un accent. Et j'ai été touché par l'effort que cela avait représenté pour lui. Il m'a évidemment beaucoup flatté – c'était sa technique : « Tu as un grand rôle à jouer dans ce pays ; un homme de ta culture et de ton intelligence, etc. » Il

(1) Rappelons que cinq feddans font deux hectares.

m'a donné les *Fondements du léninisme* de Staline en me disant : « Etudie-le. Nous en reparlerons à ton retour de vacances. » Le ton professoral m'a beaucoup irrité.

« Je l'ai donc revu à la rentrée, toujours aux Amitiés, et je lui ai annoncé que j'avais une bourse pour continuer mes études en France. Il m'a conseillé de prendre contact avec Juliette Alouan. A Paris, je me suis installé chez une vieille comtesse qui m'a initié aux arcanes du faubourg Saint-Germain – mes cinq années en France ont été très intenses, très remplies, mais j'ai quand même fini docteur en économie avec mention très bien et félicitations du jury – et j'ai pris contact avec Juliette Alouan, un ancien amour d'Henri. Elle avait rassemblé autour d'elle des cosmopolites venus d'Egypte qui approchaient les jeunes boursiers pour les recruter. Cela s'appelait le Groupe des Egyptiens de Paris – GEP. Il était très proche du PCF sans avoir pour autant de liens organiques. Puis la guerre de Palestine éclate et nous voyons arriver à Paris et au GEP un flot de juifs dont la plupart avaient abandonné leur nationalité égyptienne. C'est alors que j'ai accompli la petite révolution qu'Henri Curiel ne m'a jamais pardonnée : j'ai posé au PCF le problème de ces gens qui n'étaient pas égyptiens et n'avaient aucune intention de rentrer en Egypte. Le PCF m'a donné raison et a décidé qu'ils devaient devenir des militants français.

« Je suis moi-même revenu en Egypte en 1951, juste avant l'arrivée de Curiel à Paris. Sur place, j'ai été ahuri par les divisions du mouvement communiste. La plupart des dirigeants de groupuscules vivaient dans un monde abstrait ; le marxisme leur était une sorte de catéchisme. Quant aux fidèles de Curiel, ils ne se préoccupaient que de politique quotidienne sans analyse fondamentale. Le contraste entre le courage des simples militants et les querelles scolastiques des chefs était proprement scandaleux. Quel gaspillage ! Quel détournement honteux de militantisme ! Cela n'a fait que confirmer le projet dont je m'étais entretenu à Paris avec mes amis égyptiens et les camarades français. Il fallait donner un nouveau départ au mouvement communiste. Non pas opérer une nouvelle scission mais repartir à zéro. Créer tout simplement le parti communiste égyptien. Et le créer à partir d'une étude fondamentale de la lutte de classes en Egypte. Cette étude, nous l'avions grâce à Fouad Moursi. Avant lui, personne ne l'avait entreprise. »

Fouad Moursi, né en 1925 à Alexandrie, avait milité au groupe Avant-Garde tout en poursuivant des études de droit. Brillant sujet, lauréat de l'Université, il avait obtenu lui aussi une bourse pour préparer à Paris un doctorat d'économie politique. Contrairement à Ismaïl Sabri Abdallah, il n'avait pas fréquenté les puissants personnages du Bureau colonial, se bornant à militer à la base dans une cellule communiste du quartier Latin. « Je suis rentré en Egypte en 1949 et ce que j'ai vu m'a convaincu de la nécessité d'en finir avec cette multiplicité d'organisations dont chacune se réclamait d'un slogan plus ou moins pittoresque. D'accord avec Ismaïl, et à travers lui avec le PCF, j'ai fondé le parti communiste égyptien. Sur quelle base ? Curiel voulait réaliser l'union des forces démocratiques. Il avait raison si l'on se fixait pour seul objectif la libération nationale, et sa vision était en effet purement nationaliste. Mais ne fallait-il pas discerner dans la population les couches prêtes à collaborer avec l'impérialisme ? Ma modeste contribution a consisté à découvrir les restes de féodalité dans la société égyptienne, dont le représentant typique était le roi. Là était aussi l'adversaire – l'adversaire de classe. A quoi bon se battre pour une indépendance de principe si l'on reste soumis à l'impérialisme économique ? »

Iskra l'avait déjà dit.

*
**

Le peuple égyptien, trop peu préoccupé d'analyses fondamentales, se mobilisait de plus belle pour chasser de son territoire les derniers occupants anglais. Le 8 octobre 1951, le vieux Nahas Pacha, Premier ministre, avait redoré le blason du Wafd en abrogeant spectaculairement le « traité de l'honneur et de l'indépendance » signé par lui-même en 1936. En vérité, l'Angleterre ne l'avait jamais respecté. Il lui accordait dix mille hommes pour veiller sur le Canal : elle en avait plus de quatre-vingt-cinq mille en 1951. Ses aviateurs avaient licence de sillonner la totalité du ciel d'Egypte ; il va de soi que les pilotes de chasse égyptiens n'usaient guère du droit réciproque de survoler le Royaume-Uni qui leur avait été consenti en 1936 avec un humour glacial.

La « bataille du Canal » commença dans la semaine suivant l'abrogation. Exaltée aux dimensions de l'épopée par la presse cairote, magnifiée par l'opinion publique, elle se résumait à une guérilla nourrie de raids ponctuels, d'attentats, d'enlèvements de militaires isolés. Côté britannique, l'élite de l'armée anglaise. Côté égyptien, des commandos improvisés à l'armement hétéroclite que le gouvernement de Nahas Pacha pourchassait sans excès de zèle. Le journaliste communiste Pierre Courtade, envoyé spécial de *L'Humanité-Dimanche* auprès des « partisans égyptiens », était arrivé avec des idées simples. Il eut le plus grand mal à saisir une situation typiquement égyptienne où s'entremêlaient dans un épouvantable désordre mais pour un but commun – chasser l'occupant – les efficaces commandos des Frères musulmans, les groupes d'assaut organisés par le parti fasciste des Chemises vertes, les groupes de combat communistes, sans parler de tous ceux qui faisaient le coup de feu sans être affiliés à un parti – les armes étant pour l'essentiel fournies par l'organisation clandestine des Officiers libres. Roby Grunspan, vingt ans, étudiant, membre du MDLN : « C'était une période folle. Un jour, j'étais en visite avec un ami sur un navire de guerre égyptien. Quand le commandant a su que j'étais communiste, il m'a dit : « Tenez, prenez ça. » C'était un fusil-mitrailleur Vickers. Je l'ai passé en bandoulière et je l'ai rapporté triomphalement à la maison. Mon père était ravi. Nous nous baladions tous avec des pistolets, des grenades... Le mouvement populaire nous portait. Il y avait un tel flot d'adhésions que nous étions complètement débordés. Nous avons réussi à organiser des manifestations d'un million de personnes au Caire, de cinq cent mille à Alexandrie... »

Paradoxe encore : miné et déchiré par les factions, le mouvement communiste n'a jamais été aussi influent, depuis les grandes journées de février 1946, qu'en cette année 1951... De même que le militant arrêté ignorait s'il tomberait de Courteline en Kafka, le chroniqueur balance entre Pagnol et Michelet pour évoquer l'histoire d'un mouvement inconsistant et omniprésent. Comparé au gigantesque PCF, avec son organisation bien huilée, ses milliers de permanents, ses courroies de transmission syndicales, sa presse nationale et régionale, ses sociétés satellites, sa puissance financière, ses suffrages représentant alors le quart de l'électorat français, qu'est-ce que le mouvement communiste égyptien sinon une misérable constellation de groupuscules ravagés par la discorde ? Mais en ces années d'après-guerre où le monde se reprend à bouger après la grande commotion, lequel des deux fait avancer l'Histoire ?

Comme en 1946, les masses égyptiennes, s'obstinant à donner raison à Curiel contre les docteurs en économie, ont pour moteur la revendication de l'indépendance nationale. Le roi est honni, méprisé pour ses frasques, déconsidéré depuis qu'une presse courageuse a révélé les responsabilités du palais dans la débâcle militaire en Palestine. La situation sociale est aussi tendue qu'en 1947. Pour la première fois depuis des décennies, la campagne égyptienne tressaille et quatre jacqueries ont ravagé les domaines de grands féodaux, dont Farouk lui-même ; la répression a fait dix morts. Mais c'est encore et toujours la présence anglaise dans la zone du canal qui jette la foule dans les rues du Caire et d'Alexandrie. « La "question nationale", écrivent les Lacouture, témoins précieux, se posait à tous comme une souffrance collective. Si localisée qu'elle fût, l'occupation du territoire par les forces étrangères était une humiliation et une source permanente d'indignation[1]. »

La pratique illustra les théories curiéliennes selon lesquelles la dynamique créée par la revendication nationale pouvait porter le mouvement populaire bien au-delà de son objectif premier. Les Lacouture, évoquant l'influence du mouvement communiste aux derniers mois de 1951: « Il avait réussi à prendre la tête de la vague nationaliste qui déferlait sur l'Egypte et à lui donner, avec une surprenante habileté, une coloration révolutionnaire. Alors même que le Wafd et les Frères les dominaient de très loin par l'ampleur des effectifs, les militants communistes avaient réussi à infléchir ces forces dans la ligne du parti. De foules en marche pour hurler leur haine aux Anglais et aux coteries du palais, ils faisaient des masses cohérentes réclamant la paix, l'amitié avec l'Union soviétique, le refus des "pactes de guerre". Une agitation plébéienne était canalisée en action révolutionnaire[2]. » Ainsi le Mouvement de la paix, fort de dizaines de milliers d'adhérents organisés par des comités régionaux couvrant tout le pays, prenait-il la tête de puissantes manifestations contre la bombe atomique et le bellicisme tout en appelant

(1) *Op. cit.*, p. 100.
(2) *Op. cit.*, p. 247.

à la lutte armée pour chasser du pays les derniers occupants, ce qui, constatait Henri Curiel, ne manquait pas d'une certaine ironie de la part d'un mouvement de la paix. Bien au- delà de la fiévreuse année 1951, les Lacouture noteraient « la formidable influence de la propagande communiste dans la vallée du Nil – influence sans commune mesure avec les maigres effectifs des mouvements marxistes locaux[1] ».

Mais lorsque le jeune historien marxiste Mahmoud Hussein constate avec sa sévérité habituelle pour ses aînées : « En 1951, alors que la vague anti-impérialiste s'élançait à nouveau contre l'occupation britannique, les communistes ne surent pas créer des bases populaires de lutte armée dans les régions paysannes et relier la lutte anti-impérialiste à la lutte révolutionnaire pour la prise de pouvoir[2] », force est de constater qu'il a raison. A ceci près qu'à l'époque et sur le terrain, le plus rigoureux critique de l'« aventurisme politique » d'Henri Curiel et de ses amis ne leur aurait quand même pas prêté l'intention farfelue de créer des « bases populaires de lutte armée » dans une campagne égyptienne émergeant à peine de sa léthargie millénaire, et encore moins d'envisager la prise du pouvoir avec des forces ultra-minoritaires...

La « bataille du Canal » absorbait à elle seule le potentiel combatif disponible. Elle éclaboussait de sang les journaux égyptiens; la radio du Caire évoquait sans hésitation Verdun et Stalingrad. Pierre Courtade, gagné par l'héroïsme ambiant, cita dans son reportage le chiffre de trois cents morts anglais : les pauvres diables étaient dix fois moins nombreux.

(1) *Op. cit.*, p. 200.

(2) Mahmoud Hussein, *L'Egypte, lutte de classes et libération nationales,* Maspero éditeur, p. 56. (« Mahmoud Hussein » est en réalité le pseudonyme collectif choisi par les deux auteurs, communistes égyptiens.)

La tartarinade fleurissait. Le 19 janvier 1952, des commandos égyptiens attaquèrent cependant en plein jour, avec une audace rare, la garnison anglaise de Tell el-Kebir. Le général Erskine, commandant en chef britannique, joua quitte ou double. Il protestait depuis longtemps contre la passivité de la police auxiliaire, les Boulouks Nizam, dont le devoir était en principe de neutraliser les guérilleros mais qui se mêlaient volontiers à eux pour des coups de main nocturnes. Ils étaient cantonnés dans deux casernes en plein centre de la ville d'Ismaïlia, occupée par les Britanniques. Le 25 janvier à sept heures du matin, Erskine fit cerner les casernes par ses blindés et adressa au colonel des Boulouks Nizam un ultimatum lui donnant deux heures pour rendre ses armes.

Aucun gouvernement égyptien n'aurait survécu à une soumission. Le ministre de l'Intérieur donna l'ordre de rejeter l'ultimatum.

Si la « bataille du Canal » avait été souvent d'opérette, on vit ce 25 janvier ce qu'était le courage égyptien. Les huit cents Boulouks Nizam d'Ismaïlia avaient pour seules armes de vieux fusils avec cinquante cartouches par homme. Lorsqu'ils se rendirent, leurs munitions épuisées, plus de cinquante des leurs étaient morts et les blessés dépassaient la centaine.

Le lendemain, Le Caire était à feu et à sang.

La matinée avait rassemblé des foules énormes où se mêlaient bourgeois, ouvriers, militaires, fonctionnaires, étudiants, policiers, militants de tous partis. L'après-midi, des groupes bien organisés font tourner la manifestation patriotique à l'émeute xénophobe et raciste. L'incendie ravage restaurants, boîtes de nuit, magasins juifs et synagogues, cinémas, clubs britanniques, le célèbre café *Groppi*, le vénérable hôtel *Shepheard's*, les sièges sociaux de compagnies européennes : plus de quatre cents immeubles sont détruits. Les équipes d'incendiaires coupent les tuyaux des pompiers. Dans plusieurs cas, des malheureux s'efforçant de fuir les immeubles en feu sont rejetés dans le brasier.

Trente ans après, nul ne peut identifier avec certitude les auteurs du cauchemar. Agents du palais royal ? Extrémistes musulmans ? Chemises vertes fascistes ? Aucune preuve décisive. L'historien Mahmoud Hussein ne veut voir dans l'incendie que « l'expression » d'un « besoin authentique des masses déshéritées essentiellement orienté, sous diverses formes, contre les ennemis du peuple[1] ». Il y eut à coup sûr explosion xénophobe et volonté d'abolir dans les flammes les lieux symboliques d'un luxe occidental qui était une insulte permanente à la misère du sous-prolétariat urbain. Mais comment ne pas tenir compte des témoignages de nombreux observateurs décrivant des équipes homogènes intervenant à point nommé et utilisant, par exemple, des pastilles incendiaires ?...

Une seule certitude : Farouk laissa faire. Ce jour-là, il offrait à six cents officiers un banquet en l'honneur du prince héritier. Malgré les instances du ministre de l'Intérieur, il refusa le concours de l'armée tout l'après-midi et ne donna le feu vert à son intervention qu'après le déferlement de l'émeute. Au soir du 26 janvier, le gros monarque, familier de tous les casinos d'Europe, pouvait se considérer comme vainqueur de la partie de poker commencée la veille à l'aube. L'Anglais Erskine l'avait ouverte avec son ultimatum dans le dessein probable de créer des troubles graves pour justifier une nouvelle occupation du pays. Le gouvernement wafdiste avait relancé en acceptant le massacre des Boulouks Nizam, dont l'opinion internationale ferait les martyrs de l'indépendance égyptienne. Farouk raflait la mise en se débarrassant du Wafd, dont le gouvernement, incapable de maintenir l'ordre, était révoqué

(1) *Op. cit.*, p. 53.

en bloc avant que se fussent éteints les derniers foyers.

Aly Maher, nouveau Premier ministre, neutralise avec adresse le grand parti nationaliste, emprisonne les communistes, met un point final à la « bataille du Canal ». Tout rentre dans l'ordre anglo-faroukien.

Six mois plus tard, le 23 juillet 1952, les Officiers libres s'emparent du pouvoir et placent à leur tête le brave général Mohamed Neguib, trois fois blessé en Palestine.

*
**

Le 2 août, Radio-Bucarest exalte « le mouvement issu du peuple qui vient d'abattre la féodalité et les forces de guerre égyptiennes ». La Roumanie, déjà, mettait sa note originale dans le concert socialiste. L'émission restera cependant sans lendemain.

Le *Daily Worker*, quotidien du parti communiste anglais, approuve le coup des Officiers libres. Idris Cox, responsable du parti aux questions internationales, publie dans le mensuel communiste *News and Views* une analyse favorable au nouveau régime égyptien.

Le mois suivant, Palm Dutt publie dans le même *News and Views* un article désavouant Idris Cox. Le régime de Neguib, dictature militaire classique, doit être combattu par tous les démocrates.

Ce retournement peu glorieux replace le petit parti communiste anglais dans l'orthodoxie dont il s'était imprudemment écarté : le camp socialiste a pris position contre le coup d'Etat. Le parti français mène la charge : « dictature militaire », « clique militaire qui se prépare à instaurer un régime fasciste pur et simple comme préparation à l'adhésion de l'Égypte au pacte militaire du Moyen-Orient », « leurs déclarations sentent à plein nez les relents du fascisme ». Dans une remarquable thèse de maîtrise sur : « Le PCF et l'Egypte, 1950-1956 », Marie-Dominique Gresh relève les articles et déclarations traduisant la volonté délibérée du PCF d'assimiler le nouveau pouvoir égyptien au nazisme. A six ans de la fin de la deuxième guerre mondiale, rien ne pouvait être pire pour une opinion publique encore traumatisée par les atrocités hitlériennes. C'est l'annonce spectaculaire que Schacht, ancien ministre des Finances du Troisième Reich (mais acquitté au procès de Nuremberg) est « l'invité d'honneur » du général Neguib ; ou encore que « le STO va être imposé pour une période d'un an à tous les jeunes Egyptiens ». Dans *L'Humanité,* les violentes caricatures de Mittelberg coiffent de casquettes typiquement hitlériennes les visages grimaçants des Officiers libres.

A une exception près, tous les partis, groupes et groupuscules du mouvement communiste égyptien prennent position contre le nouveau pouvoir. Le PCE d'Ismaïl Sabri Abdallah et de Fouad Moursi se distingue par sa virulence mais la condamnation est unanime, sans nuances.

L'unique exception est le MDLN.

Alors que l'armée investit Le Caire, Badr, secrétaire général du mouvement, fait prévenir Henri Curiel, à Paris, qu'il suit attentivement l'évolution de la situation. Curiel tempête : « Il ne s'agit pas de suivre la situation : il faut descendre dans la rue avec l'armée ! » Certains militants le font sans attendre la consigne et se mêlent aux soldats sur les véhicules blindés qui patrouillent dans les rues du Caire. Le coup s'effectue dans la nuit du 22 au 23 juillet. Dès l'aube du 23 juillet, le MDLN diffuse par tracts un communiqué de soutien à l'armée. Les jours suivants ne démentent pas cette adhésion spontanée. A la mi-août, un long article où l'on retrouve la patte d'Henri Curiel est publié dans le *Bulletin d'études et d'informations sur l'Egypte et le Soudan,* modeste organe du MDLN imprimé à Paris. Il analyse le

« bloc armée-peuple » et dresse l'inventaire impressionnant du soutien massif apporté aux Officiers libres par toutes les couches du peuple égyptien – des étudiants de l'Azhar au corps enseignant, de la petite bourgeoisie aux masses ouvrières de Choubrah el-Kheima. Il constate que la rue manifeste tous les jours son enthousiasme pour le nouveau régime. « Jamais, conclut le MDLN, « complot impérialiste » n'a obtenu un si large appui populaire. Les masses populaires ne peuvent se tromper à ce point. »

Mais le MDLN se trompe forcément puisque le PCF, « grand parti frère », l'ensemble du camp socialiste et la totalité des autres organisations communistes égyptiennes ont collé l'étiquette fasciste sur la révolution des colonels. Le MDLN, ou « Curiel et Cie » comme l'écrit volontiers le PCE d'Ismaïl Sabri Abdallah, se sont mis au ban du mouvement communiste international.

Une tragédie et un incident paraissent justifier l'anathème.

La tragédie se déroule le 12 août dans une usine textile de Kafr el-Dawar, à vingt kilomètres d'Alexandrie. Elle est sans doute le résultat d'une provocation bien montée : dès le 10 août, les syndicats égyptiens, alertés, mettaient en garde leurs adhérents contre les machinations des agents du palais royal. Une classique demande d'augmentation de salaires est reçue à coups de feu par les « gorilles » de la direction. Les ouvriers incendient plusieurs bâtiments. La police tire ; un ouvrier est tué. L'armée intervient à l'aube du 13 août, fait huit morts, vingt blessés, et procède à des arrestations massives. Les deux meneurs ouvriers sont déférés dès le lendemain devant une cour martiale. Condamnés à mort, ils hurlent : « Nous avons suivi Mohamed Neguib, vive la révolution ! » La sentence est lue dans la cour de l'usine devant les ouvriers rassemblés. Parmi les officiers au pouvoir, Nasser, Amer et Khaled Mohieddine plaident avec ardeur pour la grâce ; ils sont mis en minorité. Les deux condamnés sont exécutés. La « révolution blanche », c'est-à-dire non violente, exaltée par ses auteurs se teinte de sang, et de sang ouvrier. N'est-ce pas la confirmation du caractère férocement réactionnaire du nouveau pouvoir installé au Caire ?

L'incident est créé par Roger Vailland. La publication française *Défense de la paix,* d'obédience communiste, l'avait envoyé aux premiers jours d'août en reportage en Egypte. Vailland avait bien entendu rencontré Henri Curiel avant son départ pour obtenir des contacts utiles sur place. Reçu au Caire par le poète Kamal Abdel Halim, devenu l'un des dirigeants du Mouvement de la paix, il s'était fait arrêter avec lui dans un village perdu du delta. Transférés au Caire, les deux hommes devaient être rapidement élargis mais la nouvelle avait fait sensation (la *Pravda* en avait rendu compte) et suscité de véhémentes protestations. Un pouvoir jetant dans ses geôles un grand écrivain français progressiste ne révélait-il pas sa vraie nature ?

Vailland, fêté à Paris en rescapé du fascisme, conta son aventure avec le lyrisme dont il était habité à l'époque mais chacun comprit vite qu'il avait été victime d'une péripétie : l'arrivée dans un village égyptien de deux personnages aussi flamboyants que Kamal et lui-même devait forcément jeter l'alarme chez les petits fonctionnaires préposés au maintien de l'ordre dans les campagnes. L'affaire se situait au niveau du garde champêtre, non des colonels-valets-de-l'impérialisme. Surtout, l'écrivain brossa un tableau inattendu de la situation égyptienne. La population soutenait massivement l'équipe au pouvoir. Le coup d'Etat était ressenti comme une révolution. Les interrogations sur l'avenir – elles ne manquaient pas – devaient, à peine d'irréalisme, tenir compte du fait qu'une page historique était tournée, et qu'elle l'était par le peuple égyptien toutes classes confondues, non point par une poignée de putschistes galonnés.

La presse communiste donna un écho mesuré au reportage de Roger Vailland. Quant au livre qu'il écrivit à chaud, *Choses vues en Egypte,* un malencontreux incendie détruisit la majeure partie du tirage chez son éditeur communiste, de sorte que l'ouvrage resta confidentiel. Selon Elisabeth Vailland, la malchance était signalée car le feu, épargnant les autres livres, s'en prit aux seuls exemplaires de son mari.

Mais le PCF ne tint pas rigueur à l'écrivain de son erreur de jugement. On savait son amitié pour Henri Curiel. D'évidence, il avait subi la néfaste influence du dirigeant du MDLN.

Le temps viendra, et vite, où les dessinateurs de *L'Humanité* retireront à Gamal Abdel Nasser sa casquette naziforme pour ceindre son front des lauriers progressistes tandis que maint éditorial vantera le courage et la lucidité politique du gouvernement égyptien. Quant à Fouad Moursi et Ismaïl Sabri Abdallah, ils deviendront tous deux ministres de Nasser ; Ismaïl le restera sous Sadate.

***

Fouad Moursi, tassé dans son fauteuil, et dont la lourdeur trapue contraste avec les grâces de son très beau salon – un sanglier dans un écrin : « Eh bien, oui ! Curiel avait raison, et nous avions tort. Mais pourquoi a-t-il raison ? Pourquoi marche-t-il avec les Officiers libres ? Parce qu'il a parmi eux des gens à lui. Il a Ahmed Fouad, et Ahmed Hamrouche, et Youssef Saddik, et Khaled Mohieddine, et même Nasser, dans une certaine mesure. Alors il se dit : « Puisqu'ils sont dans le coup, c'est bon pour nous. » J'appelle cela de l'opportunisme. Je le disais déjà à l'époque. » Et lorsqu'on s'aventure à suggérer à Moursi que l'explication est peut-être un peu courte, il a ce mot superbe, souligné par un geste impérial : « Il y a ceux qui font l'Histoire, il y a ceux qui l'écrivent. Cela ne m'intéresse guère de l'écrire. » L'interlocuteur se tient coi, qui n'a jamais rêvé de faire l'Histoire et n'est pas trop sûr de savoir l'écrire...

Ismaïl Sabri Abdallah est comme toujours intelligent : « Nous avons commis des erreurs. Nous sommes tombés dans la déviation gauchiste et le sectarisme. En réaction contre la situation que nous avions trouvée, nous avons refusé de recruter les éléments non égyptiens. Il y avait même chez nous une réticence certaine à recruter des femmes. Nous la pensions justifiée par le degré d'évolution du pays. L'adversaire assimilait le communisme à l'athéisme et à la liberté sexuelle. Le stalinisme régnait : nous n'en étions pas indemnes. Plus profondément, notre analyse des classes sous-estimait le rôle potentiel de la petite bourgeoisie. Or dans les pays du tiers monde, elle remue beaucoup plus que le prolétariat. Il demeure que nous avons réussi à créer une organisation solide, protégée par des conditions de sécurité draconiennes – ce qui changeait des folies antérieures. Fouad Moursi était secrétaire général. Il avait pour pseudonyme Khaled. Pendant huit ans, la police politique a ignoré qui était Khaled. Quatre dirigeants, dont moi-même, ont été arrêtés et accusés d'être Khaled. Sur le plan politique, nous avons à notre actif un programme en onze points qui a eu un très grand retentissement, y compris chez les Officiers libres. Il prévoyait la proclamation de la république, une réforme agraire et la nationalisation des monopoles, dont le canal de Suez.

« Mais le grand drame du mouvement communiste égyptien est que nous avons été incapables de procéder à une analyse en profondeur de la composition de classe de l'armée égyptienne et de ses rapports avec la société. Nous avons été incapables de comprendre que des militaires pouvaient jouer un rôle positif, progressiste. En cela, nous étions victimes de l'aberration des communistes occidentaux pour lesquels tout ce qui est militaire est suspect. Il nous restait à apprendre que les voies de la révolution ne sont pas les mêmes en Europe et dans le tiers monde. Nous avons donc traité les Officiers libres avec suspicion. Je dois dire que l'affaire de Kafr el-Dawar a beaucoup compté. Je ne crois pas aux révolutions qui pendent leurs ouvriers. Mais Nasser avait voté contre l'exécution, et aussi Khaled Mohieddine. Nous l'ignorions. Aujourd'hui, nous voyons clairement qu'il ne fallait pas faire de la pendaison des ouvriers un point de rupture avec le régime. Il fallait être une force de proposition, d'influence. Nous aurions dû réaliser que l'idéal socialiste n'était plus le monopole des marxistes et tirer les conclusions de ce que nous répétions : il n'y a pas de voie de développement capitaliste dans le tiers monde. En reliant ces deux termes, on pouvait prévoir qu'il y aurait des socialistes non marxistes. La petite bourgeoisie du tiers monde peut avoir un idéal socialiste. Il fallait comprendre que les Officiers libres étaient des petits-bourgeois avec beaucoup de confusion dans la tête. Ils cherchaient leur voie. Nous aurions dû les aider au lieu de les combattre.

« C'est vrai que Curiel a eu raison, mais était-ce pour de bonnes raisons ? Il comptait sur les Officiers libres membres du MDLN ou proches de lui. Ils étaient minoritaires, comme la suite des événements l'a prouvé. Le génie de Nasser avait été de rassembler autour de lui des officiers de toutes tendances, depuis les Frères musulmans jusqu'aux communistes, et de les réunir sur le plus petit dénominateur commun : renvoi du roi, départ des Anglais. Au-delà commençaient les ambiguïtés. Des conflits internes devaient fatalement éclater, et ils allaient démontrer que la majorité du Conseil de la révolution n'était pas à gauche. En cela, Curiel s'est trompé. »

L'explication est décidément un peu courte. Henri Curiel et ses amis n'ont pas choisi d'approuver le coup d'Etat en découvrant avec surprise dans leur quotidien favori les noms de plusieurs Officiers libres membres ou sympathisants du MDLN. S'ils ont compris sur-le-champ la nature révolutionnaire des événements du Caire, c'est qu'ils avaient procédé à cette « analyse en profondeur de la composition de classe de l'armée égyptienne » dont Ismaïl Sabri Abdallah déplore l'absence chez les siens. C'est que « l'étranger » Curiel, le « cosmopolite » Curiel, sorti en short et spartiates de son palais de Zamalek, savait mieux son armée égyptienne qu'aucun de ses rivaux communistes pour la simple raison qu'il rencontrait depuis près de dix ans sous-officiers et officiers progressistes. Les autres ne pouvaient pas ignorer le minable statut social de l'armée (la femme d'Ismaïl Sabri Abdallah se souvient du scandale provoqué par trois de ses amies, filles de grande bourgeoisie, éprises de trois officiers : « Tomber amoureuse d'un piss-fellah ! ») mais ils tenaient pour réactionnaire par nature et par destination tout ce qui portait l'uniforme. Et voici l'analyse de classe manquée par les docteurs en économie marxistes : « Le corps des officiers égyptiens ne constitue pas une caste comme dans certains pays d'Amérique du Sud ou en Turquie. La majorité des officiers sont issus de la plus petite bourgeoisie. Ils sont mal payés. Par leur père, leurs frères, leurs parents, ils connaissent à chaque instant les misères et les revendications des boutiquiers, des fonctionnaires, des petits magistrats, de tout le menu peuple d'Egypte. Il n'y a pas de cloison étanche entre le corps des officiers et les sous-officiers, armature de l'armée ; ils ont été victimes des mêmes humiliations de la part des instructeurs anglais dans une époque toute proche. Les soldats appartiennent aux couches les plus pauvres puisqu'il suffit d'un versement de quarante livres pour être exempté du service militaire. Enfin, ce sont les ateliers de l'armée, où furent occupés pendant la guerre des dizaines de milliers d'hommes, qui, depuis lors, fournissent à la classe ouvrière égyptienne ses meilleurs militants syndicaux et politiques. L'armée égyptienne n'est donc pas séparée de la nation, ni incapable de refléter et de défendre les aspirations populaires. » Ces lignes ont été écrites à son retour d'Egypte par Roger Vailland, docteur en libertinage et non en économie, plus familier des rues germanopratines que des ruelles cairotes, mais dont Henri Curiel avait éclairé la vision politique et guidé la plume[1].

La phrase lancinante du sous-officier mécanicien Badr : « Si Henri était né égyptien, la carte du Moyen-Orient aurait été changée... »

Le MDLN avait fait plus et mieux que placer ses pions parmi les Officiers libres. Leur mouvement était bien entendu autonome et c'est l'Histoire qui a scandé les étapes de sa progression : serment romantique de libérer la patrie prêté en 1938 par trois cadets de vingt ans, Gamal Abdel Nasser, Zakaria Mohieddine, Mohamed Anouar el-Sadate ; humiliation du 4 février 1942, quand Farouk s'incline devant les blindés anglais ; guerre de Palestine, où les conjurés se conduisent bravement (Nasser reçoit une balle près du cœur) mais qui s'achève en débâcle ; « guerre du Canal » et incendie du Caire ; épuration de l'armée entamée par la police secrète de Farouk qui décide les conjurés à passer à l'action dès 1952 alors qu'ils avaient prévu de franchir le Rubicon en 1954. Mais si le MDLN n'avait point de prise sur la vitesse du mouvement, son action politique avait largement contribué à le faire évoluer dans un sens

(1) Roger Vailland, *Boroboudour, Choses vues en Egypte*, Editions Gallimard, p. 165.

progressiste. Ismaïl Sabri Abdallah a raison : les officiers étaient des petits-bourgeois avec « beaucoup de confusion dans la tête ». Tous, Nasser le premier, avaient louvoyé des Frères musulmans aux Chemises vertes en passant par l'aile radicale du Wafd. Tous avaient tâté du terrorisme. Le rôle historique du MDLN consista à politiser, au meilleur sens du terme, un mouvement jailli de la passion nationaliste. Ce rôle fut accompli par Khaled Mohieddine, Youssef Saddik, Ahmed Hamrouche – officiers supérieurs membres du MDLN ou très proches de lui – et par un magistrat marxiste, Ahmed Fouad, intégré au groupe des conjurés et membre lui aussi du MDLN (c'est ce Fouad qui avertissait Henri Curiel des mandats d'amener délivrés contre les militants). De vastes lectures et une expérience militante leur donnaient sur leurs pairs un ascendant indéniable. Ainsi tous les tracts des Officiers libres étaient-ils rédigés par Khaled Mohieddine et tirés sur les presses clandestines du MDLN. Un exemplaire était acheminé par les soins d'Henri Curiel au siège du PCF. Les permanents du Bureau colonial, s'ils leur avaient prêté l'attention convenable, auraient peut-être été sensibles à certaines revendications (réforme agraire, justice sociale, démocratisation de l'enseignement) rarement émises par des putschistes fascistes.

Enfin, les hommes du MDLN ne s'étaient pas bornés au rôle de doctrinaires du mouvement des officiers : leur action sur le terrain avait été décisive. Dans la nuit du 22 au 23 juillet, c'étaient Khaled Mohieddine et Youssef Saddik qui, les premiers, avaient franchi le pas en faisant sortir leur régiment de la caserne.

A l'aube du 23 juillet, alors que chancelleries et services secrets du monde entier, pris par surprise, s'interrogeaient fiévreusement sur la personnalité des vainqueurs de Farouk, Henri Curiel et ses camarades du MDLN pouvaient à juste titre nourrir de vastes espérances. L'équipe au pouvoir n'avait pas pour eux le visage du sphinx et le secrétaire général de leur organisation avait été probablement le seul responsable politique égyptien à être averti de l'imminence du coup d'État. Sans doute la partie n'était-elle pas gagnée d'avance car le mouvement des Officiers libres était loin d'être homogène. Mais l'avenir restait ouvert et les communistes disposaient d'atouts maîtres avec Saddik, Mohieddine, Hamrouche, Fouad. Gamal Abdel Nasser était lui-même noté sur les fiches de Curiel comme « élément sympathisant, à recruter » et son ami Salah Salem deviendrait par la suite communiste.

Mais on ne joue pas avec des fascistes. Le parti communiste anglais avait applaudi au coup d'Etat en fonction des informations fournies par Henri Curiel, resté en relations étroites avec quelques officiers britanniques progressistes ou communistes rencontrés au Caire pendant la guerre. Mais ce parti anglais avait opéré une volte-face brutale quand la nature dictatoriale du nouveau régime avait été décrétée par les augures du camp socialiste. Le MDLN, pliant sous l'orage, en vint à douter de son analyse. « Le PCF, explique Joseph Hazan, était le grand parti frère qui ne pouvait pas se tromper. » Deux mois après l'arrivée des Officiers libres au pouvoir, le bulletin d'Henri Curiel amorçait son autocritique : « Concernant certaines formulations jugées fâcheuses, nous sommes tout prêts à nous en excuser et aussi à réclamer l'indulgence de nos lecteurs. Ce bulletin est édité par des militants dont la formation, surtout en ce domaine, présente de sérieuses lacunes... C'est pourquoi nous sommes sûrs que les démocrates qui nous font l'honneur de nous lire et qui connaissent nos difficultés apprécieront plus nos efforts qu'ils ne s'attarderont sur nos déficiences. Qu'ils soient persuadés en tout cas que nous ferons de notre mieux pour les surmonter. »

Vaine humilité : le MDLN, « suppôt de la dictature fasciste », resterait au ban du mouvement communiste égyptien. Quant à Henri Curiel, « le grand parti frère qui ne peut pas se tromper » allait se charger de sa liquidation politique.

Il n'y eut pas d'affaire Curiel. Il y avait une affaire Marty. Curiel fut l'une des pierres ramassées pour lapider Marty. En frappant Marty, Curiel se désintégrait. C'est l'une des façons de faire d'une pierre deux coups. Le PCF des années cinquante avait en la matière des experts formés à bonne école.

Le 21 novembre 1952 parut dans *L'Humanité* un article intitulé « Le Parti et l'activité fractionnelle des camarades Marty-Tillon ». Un paragraphe spécifiait : « Tous ces faits, André Marty a dû les reconnaître devant la commission d'enquête, comme il a dû reconnaître avoir entretenu une liaison avec un couple d'Egyptiens douteux dont il fit la connaissance lors de son passage au Caire en 1943. Or, ces Egyptiens sont liés avec un de leurs parents qui n'est autre qu'un trotskiste accusé d'avoir été un « donneur » pendant la clandestinité. »

C'était condenser en peu de lignes la lâcheté, l'erreur et la diffamation. Lâchement, on s'abstenait de nommer les Curiel alors que date et lieu les désignaient à tous les initiés. Mais l'anonymat, même transparent, permettrait à Elie Mignot, responsable du Bureau colonial, de jouer l'étonnement lorsque le clan des Egyptiens, Hazan en tête, viendrait lui demander des explications : « Je ne comprends pas, camarades : comment pouvez-vous affirmer qu'il s'agit des Curiel ? »

L'erreur et la diffamation frappaient le « parent » également anonyme auquel était « lié » le couple douteux. Il s'agissait d'André Weil-Curiel, avocat à Paris, dont la mère Léonie était la sœur de Daniel Curiel. André Weil-Curiel devenait ainsi le premier cousin à être utilisé contre Henri ; il ne serait pas le dernier.

Militant socialiste, rallié avant la guerre à la tendance de Marceau Pivert, Weil-Curiel n'avait jamais été trotskiste ; mais un acte d'accusation stalinien ne se concevait guère sans l'imputation de trotskisme, sorte de touche artistique finale. Dans les années cinquante, la formule consacrée était « racaille trotskiste ». Le rédacteur anonyme de *L'Humanité* a cru pouvoir faire l'économie du substantif péjoratif parce que le trotskiste était en l'occurrence accusé d'avoir été un « donneur » pendant la Résistance, ce qui renvoyait avantageusement à la formule consacrée des années trente : « hitléro-trotskiste ».

Certaines familles ont leur génie propre. Le moins qu'on puisse dire des Curiel est qu'ils n'ont pas celui de la simplicité. Il serait sans doute exagéré de dire que le trajet le plus court d'un point à un autre passe toujours pour eux par un souterrain, car rien n'est délibéré. Ils sont dans l'imbroglio comme un poisson dans la nasse ; et la nasse ne les rate jamais. C'est une fatalité.

André Weil-Curiel avait été l'un des premiers résistants de la France libre. Evacué de Dunkerque sur l'Angleterre avec l'unité britannique à laquelle il était affecté comme agent de liaison, il avait rallié de Gaulle à la première heure, ce qui lui avait valu la singularité d'être immédiatement condamné à un mois de prison par un tribunal militaire vichyste fonctionnant dans le camp d'Arrow Park sous l'œil placide des autorités anglaises... A la suite de quoi le condamné avait sans vergogne retourné sa veste et pris place sur le bateau ramenant en France ceux qui préféraient Pétain à de Gaulle. C'était un subterfuge. Weil-Curiel avait reçu mission d'organiser la résistance gaulliste. Mais pour embrouiller encore une aventure qui n'avait pas débuté dans la simplicité, il avait été recruté par le chef de cabinet de de Gaulle, le lieutenant Hettier de Boislambert, dont ce n'était pas le rôle, de sorte que le colonel Passy, responsable des services gaullistes, écrivit par la suite dans ses Mémoires : « Un correspondant m'ayant télégraphié de France qu'un certain Weil-Curiel se prétendait agent de la France libre, je répondis en toute bonne foi que cela était faux, ce qui eût pu avoir pour le malheureux de sérieuses conséquences [1]. » La fatalité curiélienne était en marche.

Agent secret improvisé, André Weil-Curiel prit maints contacts et commit des imprudences à l'instar de ses camarades en mission : résister était en soi une imprudence ; détecter et recruter de futurs résistants obligeait à pêcher en eau opaque. Il fut pris à cause d'un requin nommé Gaveau qui fit dans la trahison une carrière exceptionnelle, fournissant aux poteaux nazis des dizaines de victimes. La Gestapo, perquisitionnant à son cabinet d'avocat, tomba sur une liasse de lettres placée en évidence sur son bureau. Elles étaient de la main d'Otto Abetz, ambassadeur d'Allemagne à Paris, qui usait du tutoiement avec son vieil ami André. Détenu rue des Saussaies, Weil-Curiel n'en connaîtrait donc pas les baignoires.

Il avait rencontré Abetz onze ans plus tôt, en 1930, dans une auberge de jeunesse de Forêt-Noire où se tenait une rencontre franco-allemande. Abetz était alors un pacifiste à tous crins. Une authentique amitié était née entre les deux hommes au fil de leurs randonnées sylvestres et elle avait survécu à l'adhésion d'Abetz au nazisme puisque Weil-Curiel assista

(1) Colonel Passy, *Souvenirs*, Editions Raoul Solar.

sur son invitation aux Jeux Olympiques de Berlin, en 1936. Leurs relations s'étaient ensuite interrompues mais en novembre 1940, le hasard avait fait se rencontrer dans un salon de thé parisien l'ambassadeur d'Allemagne et l'agent secret de la France libre. Weil-Curiel était accompagné de son confrère Léon-Maurice Nordmann, qui tombera lui aussi victime de Gaveau lors du démantèlement du réseau du musée de l'Homme, et sera fusillé au Mont-Valérien. Weil-Curiel fut enchanté de ces retrouvailles inopinées. Il avait cherché à renouer avec Abetz depuis son retour d'Angleterre mais l'ambassadeur d'Allemagne avait laissé sans réponse une lettre, un appel téléphonique et l'intervention d'une tierce personne. Les deux hommes évoquèrent la situation pendant trois quarts d'heure et se revirent huit jours plus tard au même endroit pour un nouveau tour d'horizon.

Henri Noguères, auteur d'une magistrale *Histoire de la Résistance* en cinq volumes, évoque ces rencontres avec la plume du colonel Noguères, chef maquisard qui ne dialogua jamais avec l'ennemi qu'à coups de fusil : « Il fallait non seulement vouloir, mais physiquement pouvoir le faire. Or, il n'apparaît pas que Weil-Curiel, en rencontrant ainsi Abetz à deux reprises, ait eu le sentiment de surmonter, dans l'intérêt supérieur d'une mission qui n'impliquait en aucune façon la recherche de contacts de ce genre, une quelconque répugnance[1]... » Etonnante réaction ! Tout agent secret – et Weil-Curiel était-il autre chose ? – eût traversé Paris à cloche-pied pour une conversation avec l'ambassadeur d'Allemagne, et celui qui aurait hésité à prendre le thé avec Adolf Hitler au motif que le personnage lui inspirait de la répugnance, eût mérité la cour martiale, à tout le moins une mutation dans l'intendance ou l'aviation de chasse. Bien loin d'éprouver de la

(1) Henri Noguères, *Histoire de la Résistance*, Editions Robert Laffont, tome 1, p. 345.

répulsion, l'agent digne de ce nom ressent une grande tendresse pour l'ennemi mortel qu'il est en train de berner et qu'il détruit en le caressant. Mais ceci est une autre histoire...

Pas question de torturer l'ami d'Abetz et encore moins de le coller au poteau où finiront ses codétenus, victimes avec lui du traître Gaveau. Le capitaine SS Doering propose à Weil-Curiel de le libérer s'il accepte de le renseigner sur les milieux vichystes : « Je voudrais avoir des vues objectives sur l'atmosphère qui y règne, et aussi je voudrais que vous lisiez les journaux de Vichy et que vous y releviez tout ce qui intéresse les rapports franco-allemands. Croyez-vous pouvoir faire cela ? » C'est ridicule. La presse de Vichy arrive à Paris et les services allemands n'ont pas besoin d'un Weil-Curiel pour la dépouiller. Aussi Henri Noguères observe-t-il avec sagacité : « Force est bien, en l'absence de tout autre témoignage, de s'en tenir, en ce qui concerne la définition de la « mission » proposée à Weil-Curiel, à la version que celui-ci en donne. Même si son énoncé paraît peu vraisemblable [1]. » Il a raison. Mais il n'aperçoit pas à quel point Weil-Curiel intéresse peu Doering : c'est Abetz qui le passionne. L'ambassadeur d'Allemagne mène une politique différente de celle des SS et il est avec eux à couteaux tirés. En 1941, les SS sont encore loin de l'hégémonie qu'ils atteindront en 1944 ; à Paris surtout, un diplomate ou un général peut leur tenir la dragée haute. Or, Abetz s'est mis dans la situation détestable de voir révélé son copinage ancien avec un juif travaillant pour les services gaullistes auquel il confiait ses analyses politiques autour d'une tasse de thé. Un procès Weil-Curiel (à cette époque, les Allemands utilisent encore l'appareil judiciaire, avec débats devant le tribunal militaire, recours aux avocats, etc.) serait des plus pénibles pour l'ambassadeur d'Allemagne.

(1) *Op. cit.*, p. 347.

Il n'y aura pas de procès. Mais Doering a donné à son prisonnier tout le temps nécessaire pour rédiger un « protocole » de ses relations depuis dix ans avec Otto Abetz. Le dossier ira nourrir, à toutes fins utiles, les archives SS. Weil- Curiel peut filer. S'il a « donné » quelqu'un, c'est Abetz.

Il passe en zone occupée, reprend avec des résistants des contacts follement imprudents, mais dont aucun n'aura de conséquence fâcheuse, et cherche désespérément une filière pour retourner en Angleterre. Il finira par la trouver en décembre 1941, passe les Pyrénées (Ah ! grâce à un réseau trotskiste espagnol...) et gagne Londres sans encombre... Quand on lui cherche noise après la Libération sur son attitude aux mains des Allemands, il réclame la constitution d'un jury d'honneur devant lequel il se présente avec une lettre du général de Gaulle l'assu rant de son estime et de sa confiance. Il est lavé de tout soupçon.

Huit ans plus tard, le PCF exhume l'affaire. Un « donneur ». Weil-Curiel eût-il été un traître qu'on ne voit pas pourquoi son cousin d'Egypte devrait s'en trouver éclaboussé. La question ne sera pas posée. Il faut salir Weil-Curiel pour atteindre Curiel et frapper Marty par ricochet. Dure époque.

Le 5 décembre 1952, quinze jours après l'article de *L'Humanité*, Léon Mauvais, membre du bureau politique, enfonce le clou devant le comité central. Dans un paragraphe intitulé « les liaisons suspectes », son rapport accuse : « Nous savons qu'André Marty était en liaison avec des éléments suspects rencontrés en Egypte, à Alger et en d'autres lieux... André Marty a conservé des contacts, des liaisons, des « amitiés » avec des suspects ou ennemis déclarés. »

Marty proteste – non point contre la suspicion jetée sur Curiel mais contre les conséquences qui en découlent pour lui : « On écrit dans *L'Humanité :*

« André Marty a eu à Alger et à Paris des relations avec deux Egyptiens parents d'un traître. » Le secrétariat sait bien cependant qu'en 1943-1944 Curiel et sa femme tenaient au Caire la seule librairie recevant d'URSS tous les livres en langues étrangères et, sur notre demande, nous en approvisionnaient [à Alger]. Le secrétariat sait bien qu'à son arrivée à Paris, voici un an environ, j'ai reçu Curiel à mon bureau du 44, en présence de Feix, responsable du groupe à l'Assemblée de l'Union française. Il sait bien qu'après avoir écouté son information, j'ai refusé de donner la moindre indication, un communiste français n'ayant aucun droit de donner des conseils sur son pays à un communiste égyptien.

« Le secrétariat sait bien que je n'ai plus revu Curiel. Le secrétariat sait bien que j'ai fait rencontrer trois fois la femme de Curiel en ville, à sa demande, pour en recevoir des informations sur l'Egypte, transmises aussitôt au groupe communiste de l'Assemblée de l'Union française.

« Dès que Feix m'a informé de la parenté de Curiel avec la personne en question, j'ai rompu tout contact avec lui. Mais le groupe de l'Union française a vu régulièrement les Curiel des dizaines de fois. Voilà un exemple, entre vingt, de la déformation des faits pour discréditer André Marty. »

Ce plaidoyer misérable d'un homme aux abois mêle vérité et mensonge. Il est exact que Marty n'a vu Henri Curiel qu'une seule fois depuis son arrivée en France et que Rosette n'a même pas été admise dans les locaux du Parti. Il est faux que les Curiel aient été reçus « des dizaines de fois » par le groupe communiste de l'Assemblée de l'Union française. Tous les contacts avec les instances communistes s'effectuaient par l'intermédiaire de Joseph Hazan. Si Marty avance cette contre-vérité, c'est que le président du groupe communiste de l'Union française est Léon Feix, son ancien adjoint aux relations internationales, passé dans le camp de ses adversaires ; il en sera récompensé par un siège de suppléant au bureau politique. Marty s'efforce donc de compromettre Léon Feix en lui imputant des contacts suivis avec les Curiel. Notons au passage que Marty, obnubilé par son cas personnel, n'hésite pas à « donner » les Curiel. Ils étaient clandestins. Voici que la police, évidemment attentive aux rebondissements de l'affaire Marty, apprend leur présence en France...

Puis, selon le schéma stalinien classique, l'ignominie décrétée au sommet est assumée avec docilité par les échelons inférieurs et descend à la base. Joseph Hazan, rencontrant dans une rue de Paris l'un de ses cousins replié comme lui du Caire, le voit avec surprise changer de trottoir pour n'avoir pas à le saluer ; puis l'autre fait demi-tour et, pitoyable, murmure : « Ecoute, je préfère ne plus avoir de relations avec toi. » « C'était pourtant un honnête homme », estime Hazan. Cet honnête homme, happé par l'implacable mécanique stalinienne, remet au PCF un rapport accusant Henri Curiel d'avoir hébergé chez lui, au Caire, un haut responsable de l'Intelligence Service. Dans les années cinquante, une « liaison » avec un service secret impérialiste est le crime majeur : Slansky, Rajk et les autres seront pendus à l'Est sur cette imputation. Le rapport du cousin est d'une malignité monstrueuse (et il le sait) car l'homme de l'Intelligence Service était le major Robert Browning, universitaire distingué que ses opinions progressistes avaient fait affecter aux liaisons avec la résistance yougoslave titiste ; il a adhéré au parti communiste anglais à la fin de la guerre (il en est toujours membre à l'heure où ces lignes sont écrites), de sorte que le rapport reproche à Henri Curiel une amitié avec l'un des plus beaux fleurons du communisme britannique... Mais le rapport passe sous silence cette adhésion. De même s'abstient-il de signaler que Robert Browning a risqué au Caire la cour martiale en faisant sortir de l'immeuble encerclé d'Henri Curiel un déserteur grec traqué par la police anglaise.

N'est-ce pas Joseph de Maistre qui disait : « Je ne sais pas ce qu'il y a dans le cœur d'un criminel mais je sais ce qu'il y a dans le cœur d'un honnête homme : c'est épouvantable »...

***

En France, la mise en question d'un « couple d'Egyptiens suspects » ne désespéra certes pas Billancourt et laissa probablement de marbre les membres du comité central. Elle comptait pour presque rien dans le réquisitoire dressé contre Marty, accusé à la fin de renseigner la police sur le Parti. Elle dut paraître bizarre, sinon incompréhensible, aux spécialistes eux-mêmes. Qui savait qu'André Marty avait fait une brève escale au Caire en 1943 ? Qui se souvenait de la fugace effervescence suscitée des années plus tôt par l'affaire Weil-Curiel ?

En Egypte, l'article de *L'Humanité* fit l'effet d'une bombe. Il n'était énigmatique pour personne car nul n'avait oublié, dans la mouvance communiste, l'escale inopinée de Marty, descendu du ciel socialiste comme un messie rouge, et le prestige acquis par Henri Curiel du seul fait de l'avoir hébergé. Ainsi le dirigeant du MDLN, seul à soutenir le coup d'Etat du 23 juillet, attaqué pour cela par le mouvement communiste unanime, était-il dénoncé par « le grand parti frère » comme un élément « suspect », ce qui, dans la langue de l'époque, désignait un élément policier. C'était une condamnation à mort politique. Le prestige du PCF était tel que personne, hors le cercle des intimes de Curiel, ne pouvait révoquer en doute la sentence tombée de la bouche de l'oracle. Le machiavélique carambolage mis au point par les experts du PCF aboutissait à l'élimination d'un gêneur aux positions hétérodoxes.

Les organisations rivales du MDLN se lancèrent à

la curée. Le PCE d'Ismaïl Sabri Abdallah eut le coup de dent particulièrement efficace mais les insultes tombèrent de tous côtés. Curiel fut traité d'« espion mondial du type Trotski », de « vipère » et de « criminel de bas étage ». Le MDLN lui-même fut ébranlé jusque dans ses fondements. Des militants sincères, travaillant avec Henri Curiel depuis des années, le renièrent du jour au lendemain. La direction éclata, certains responsables refusant de demeurer dans une organisation fondée et conduite par un traître. Les autres ne purent faire moins que d'exclure Curiel de toutes les instances « en attendant que le PCF fournisse les éclaircissements qui lui ont été demandés ». Les plus fidèles continuèrent de rencontrer l'excommunié lors de leurs voyages à Paris, mais clandestinement et en s'abstenant d'évoquer ces visites devant leurs camarades.

L'infamie jetée sur Henri Curiel éclaboussa jusqu'aux juifs d'Egypte de nationalité française, ou l'ayant acquise, qui avaient adhéré au PCF. Robert Eddy, secrétaire de section : « La décision a été prise de retirer leur carte à tous les « Egyptiens ». On nous a dit qu'il fallait vérifier la biographie de chacun et que nous devions faire preuve de compréhension. Nous avons refusé. Le procédé était indigne, inacceptable. Je suis allé protester au siège du Parti. Un membre du comité central m'a expliqué que c'était une décision temporaire. Il en a appelé à la discipline. Notre cellule a été formidable (elle a été dissoute par la suite pour d'autres raisons) : les camarades ont refusé de rendre nos cartes en protestant que nous n'étions pas des espions. Car on en était là : il suffisait d'être passé par l'Egypte pour qu'on vous soupçonne d'être flic. »

L'excommunication fulminée à Paris fut enregistrée, et pour longtemps, dans les capitales du monde communiste. Des années plus tard, un communiste égyptien en visite à Berlin-Est demandera à téléphoner à Joseph Hazan ; ses camarades allemands lui donneront la communication après un temps d'hésitation : « Vous savez qu'il a des problèmes avec le PCF ? » Mohamed el-Guindi, jeune vétéran communiste, s'évade en 1950 du camp d'internement, gagne la France et se réfugie à Budapest avec l'aide du PCF. Il travaille à la Fédération mondiale de la jeunesse démocratique, où il représente les Jeunesses du MDLN. Après le coup d'Etat et l'affaire Marty, sa position devient intenable et il doit démissionner. Il était en correspondance suivie avec Henri Curiel. (« C'est la période où il a eu le plus d'influence sur moi. Chacune de ses lettres était une leçon de politique. ») Le communiste français Jacques Denis, responsable de la Fédération mondiale, refuse de passer les lettres après la mise en cause de Curiel.

Une mort politique.

Les fidèles du clan des Egyptiens multiplièrent en vain les démarches auprès du Bureau colonial. Maxime Rodinson, membre du PCF, expert du Proche-Orient, avait mesuré l'impact de l'accusation sur les communistes égyptiens : « Ils avaient un respect immense pour le PCF – il ne le leur rendait pas. C'était un grand parti « qui ne se trompait pas ». Je suis allé voir le Bureau colonial pour leur dire : « Ecoutez, votre article a eu un grand retentissement. Si vous avez des documents prouvant que c'est un traître, donnez-les... Sinon, faites un petit mot pour dire quelque chose et éviter les querelles qu'il y a là-bas. » Je crois qu'on m'a dit : « On va réfléchir », ou quelque chose comme cela, et que, sur ma demande insistante pour avoir une réponse, un membre du Bureau colonial m'a dit un jour : "Le Parti avait ses raisons."[1] »

Les partis communistes libanais et israélien ne reçurent point de réponse à leur demande d'éclaircissements. Le secrétaire général du parti commu-

(1) Interview de Marie-Dominique Gresh pour sa thèse de maî trise.

niste soudanais, Abdel Khalek Mahjoub, disciple d'Henri Curiel, se rendit personnellement au siège du PCF pour obtenir une explication ; il repartit sans l'avoir reçue.

En 1971, la mémoire de Marty fut déchargée par ses anciens camarades des imputations calomnieuses de trahison policière. Il fut impossible aux amis d'Henri Curiel d'obtenir la levée officielle de la suspicion jetée sur lui. Pendant dix ans, la vie toujours agitée du mouvement communiste égyptien connaîtrait au moins une constante : le maintien à l'écart de Curiel « dont le cas n'est pas réglé ».

Il ne franchit plus jamais la porte d'un local du PCF. Ses activités ultérieures l'amenèrent à rencontrer à deux reprises des responsables communistes français : rencontres furtives, propices au désaveu, et qui n'aboutirent à rien. Vingt ans plus tard, alors que la polémique ouverte par le coup d'Etat égyptien n'était plus qu'un sujet de thèse universitaire et que les plus staliniens des communistes émettaient un soupir navré à l'évocation de l'affaire Marty, le nom de Curiel restait tabou.

Le 11 mai 1978, jour de ses obsèques, les amis du proscrit identifièrent dans le cortège deux représentants du parti communiste français, dont un député. Ils surent alors qu'Henri n'était plus suspect.

***

La haine n'est pas mon fort mais j'aurais aimé pouvoir haïr Elie Mignot.

Après plusieurs rendez-vous annulés de son fait à la dernière minute, il me reçut au siège de l'Institut de recherches marxistes, boulevard Blanqui. Nous nous assîmes aux deux bouts d'une très longue table placée au fond de la salle de conférences. Ce face à face solitaire dans un lieu conçu pour des assemblées nombreuses était un peu étrange. Nos voix résonnaient comme dans une caverne. Mais il était le Parti innombrable, toujours recommencé, et j'avais avec moi, invisibles mais présents, tous ceux qui l'exécraient d'avoir désespéré l'homme qu'ils avaient aimé. Il est rare de pouvoir nommer le malheur. Pour Henri Curiel, le malheur s'est appelé Elie Mignot.

Un vieil homme de soixante-quatorze ans dont la maladie triture méchamment la grande carcasse déjà secouée par Dachau. Il entre le soir même en clinique. Fébrile, le regard fuyant, il tripote les liasses de documents dont il s'est fait un rempart : revues jaunies disparues depuis des décennies, rapports aux reliures déglinguées, vieux journaux évanescents. Non point un homme en posture d'accusé (un dirigeant communiste ne s'éprouve justiciable que du tribunal de ses pairs) mais peut-être un vieux potache au seuil d'un oral délicat. C'est déjà beaucoup d'honneur. Et surtout un homme très embêté. Il me regarde et soupire : « Vous êtes jeune... » Ce n'est plus vrai mais il veut dire : « Vous êtes trop jeune pour avoir vécu cette époque. Comment pourriez-vous comprendre ? »

Une vie aux couleurs d'image d'Epinal. Il naît en Touraine en 1909 dans une famille de six enfants. Le père est cordonnier. Misère noire. Il voudrait devenir instituteur mais ses parents sont trop pauvres pour le pousser aux études. Ils l'engagent comme domestique chez un médecin. Révolte. A quatorze ans, il commence un apprentissage de menuisier. Un ouvrier s'attache à lui, le prend sous son aile. Il deviendra un très bon artisan. A seize ans et demi, il part sur les routes avec un charron, de dix ans son aîné, compagnon du tour de France. Il s'arrête à Tours, où il travaille un an en suivant des cours du soir de dessin. Puis il entame son tour de France. Trente mois de pérégrinations. Il fait étape chez les « mères » tenant pension de famille à la devise des compagnons : « Savoir et Fraternité ». Il arrive à Paris en 1929, venant à pied de Lyon, et produit son

« chef-d'œuvre » : un escalier au dixième. Le service militaire en 1930, puis le retour à Paris. A quinze ans, il est en révolte ; à dix-sept, anarcho-syndicaliste. Il cogne sur les gendarmes à cheval lors des manifestations contre l'exécution de Sacco et de Vanzetti. En 1934, à Paris, il est au premier rang des affrontements meurtriers entre ligues fascistes et militants de gauche. Le 10 février 1934, au soir d'une terrible journée de bagarres (plusieurs morts à Clichy), il adhère au parti communiste. Les articles de *L'Humanité,* sonnant l'alarme contre la montée du nazisme, l'avaient tiré de l'anarchisme. Il quitte son travail sur un coup de gueule avec le patron, mécontent de le voir déserter l'atelier à chaque manifestation, et s'embarque pour l'Algérie avec trois copains. Ils sont en quête de soleil et de joie de vivre méditerranéenne ; ils trouvent sur le quai d'Alger une nuée de petits Arabes dépenaillés mendiant une pièce de monnaie. « Je me suis dit : « Nom de Dieu, c'est pas ça la France ! » C'est resté le plus grand choc, peut-être, de ma vie. Une image qui est restée gravée en moi. C'est à partir de là que je me suis occupé du tiers monde. »

La guerre le ramène en France. Mobilisé dans la Marine, à Lorient, où il construit des cerfs-volants servant de cibles aux tirs d'exercice, il a la chance de ne pas être repéré comme militant politique : l'armée a égaré son dossier... Capturé en 1940, il est rapatrié un an plus tard, conformément aux accords Hitler-Pétain prévoyant la libération de tous les marins. Il part pour un maquis de Corrèze. En août 43, lorsqu'il est arrêté, il commande les Francs-Tireurs et Partisans de dix-sept départements.

Un parcours exemplaire.

A l'instant de signer son bulletin d'adhésion au PCF, le compagnon anarchiste du tour de France s'était redressé et, la gorge sèche, avait demandé au secrétaire de cellule : « Est-ce que je vais rester libre ? »

Avec le sang-froid des vieilles troupes, il attaque au culot : « Curiel a commis une erreur qui a pesé lourd : à son arrivée en France, il n'a pas cherché à prendre contact avec le Parti. Quand le dirigeant d'une organisation se réclamant du communisme s'installe à Paris et se tient comme ça à l'écart, délibérément, comment voulez-vous qu'on ne se pose pas de questions ? » Il écoute, impavide, le récit de la visite d'Henri Curiel au 19, rue Saint-Georges le surlendemain de son arrivée à Paris, sa réception par le Bureau colonial (Mignot en était...), son entrevue avec Marty, son installation chez deux militants communistes de confiance. « Quelle adresse ? » – « Des militants ? Je ne sais pas... » – « Tiens donc ! J'aimerais bien avoir leur adresse, histoire de vérifier, parce que je ne vous cache pas que tout ça m'étonne énormément. »

Il est étonnant.

« L'article de *L'Huma ?* Oui, j'ai entendu parler de cette histoire. Etes-vous bien certain que ce n'est pas une invention ? Avant de venir ici, j'ai regardé la collection de *L'Huma* de l'époque : rien trouvé de tel. C'est un point à éclaircir. » Interloqué, je suggère que l'existence de l'article peut être considérée comme établie. « Vous l'avez ? » – « Ma foi non ! Je ne croyais pas nécessaire de l'apporter ! » Et comme je le récite par cœur : « Tiens donc ! De toute façon, ça devait apparaître dans un contexte. Il faudrait voir. »

Les demandes d'éclaircissements des partis communistes libanais et israélien ? Il balaie la question d'un geste. La démarche personnelle d'Abdel Khalek Mahjoub, secrétaire général du parti communiste soudanais ? Il ricane franchement : « Jamais de la vie ! Tout ça, c'est des histoires ! » Le pauvre Mahjoub ne dira pas le contraire : il a été pendu à Khartoum.

On a beau s'être informé, avoir lu les récits des voyageurs en stalinisme, s'attendre au pire : il reste une jolie marge pour la surprise. Et l'homme n'est pas au mieux de sa forme... Aux belles années cinquante, le juge Mignot devait faire merveille au tribunal inquisiteur.

Cela dit, une certaine rugosité voisine de la grossièreté était habituelle au Bureau colonial, de sorte que l'interlocuteur n'a pas à s'offusquer d'être accusé d'inventer des militants inexistants ou un article de *L'Humanité* jamais publié. C'était le style brutal d'André Marty. Un vétéran communiste à la retraite dans mon canton normand évoquait l'autre jour une anecdote datant justement de l'an 1952. Marty mettait la dernière main à l'organisation d'une manifestation de rue, domaine où il témoignait de plus de dons que pour les relations internationales. Un jeune communiste, ayant écouté les consignes, répondit machinalement : « OK. » Marty leva le nez de son plan de Paris et, le pourpre de la colère au front, scruta le petit groupe qui l'entourait : « Qui a dit ça ? » Le coupable leva la main. « Exclu ! », fulmina Marty. Et le pauvre diable fut en effet exclu pour trahison linguistique de classe. Un ancien d'Egypte, pourtant très proche du Bureau colonial, évoque avec un certain malaise le traitement infligé par Barbé, adjoint de Mignot, à des Noirs dont certains deviendraient chefs d'Etat : « C'était un vrai négrier. Il les engueulait comme s'ils avaient été complètement imbéciles. » Un militant entré par la suite dans la mouvance d'Henri Curiel raconte qu'un dirigeant communiste antillais de première grandeur, convoqué à Paris et tombé malade, fut si mal traité par le Bureau colonial qu'il en déchira sa carte. Les Egyptiens, chez qui les querelles idéologiques n'abolissaient jamais une gentillesse innée, furent suffoqués par tant de rudesse. Le docteur Sherif Hetata, infiniment mesuré dans ses jugements, garde un souvenir amer de ses contacts avec les dirigeants du Bureau colonial : « Ils étaient méfiants, et cela était compréhensible. Mais leur mépris ne l'était pas. Nous étions devant eux comme des petits fonctionnaires devant leur directeur. Pourtant, avec toutes nos faiblesses et nos insuffisances, nous restions des militants qui essayaient de faire quelque chose. Notre bonne volonté au moins aurait mérité un peu de considération. Nous avons été traités avec grossièreté. Ils étaient vraiment impolis. » Lorsque Hillel Schwartz se présente à son tour au siège du comité central pour rencontrer les maîtres du Bureau colonial, le cerbère de service, après l'avoir annoncé, revient avec pour seule réponse : « On ne veut pas vous recevoir : partez ! » Schwartz sortait de trois ans de prison et de camp.

Voici donc Elie Mignot soumis à son tour à un mauvais procès, lui qui en mena d'exécrables. Rien ni personne ne l'obligeait à se prêter à un entretien. Il n'a pas une réputation de loquacité et n'a jamais battu l'estrade : hormis quelques spécialistes, qui le connaît ? La retraite venue, il s'est barricadé dans sa longue mémoire. Nul n'est assuré d'en trouver l'accès, surtout sans le sésame de la carte du Parti. Pourtant il est là, détestable de mauvaise foi, déconcertant par une bonne volonté sous-jacente à la hargne obtuse des dénégations. Il voudrait bien se faire comprendre, sinon se justifier. C'est impossible. Le problème est mal posé. On lui demande raison de l'injustice infligée à Henri Curiel et l'homme Curiel n'a jamais compté. Les hommes ne comptaient pas.

Il évoque en responsable politique les problèmes posés par l'imbroglio égyptien : « C'était très difficile. Une dizaine d'organisations se proclamant communistes dont chacune revendique l'exclusivité. Dans une situation de ce genre, nous avons pour règle, depuis toujours, de ne pas nous ingérer. Il ne s'agissait en aucun cas de favoriser un groupe. Quand l'un ou l'autre de ces camarades passait par Paris, nous le recevions, nous l'écoutions, et nous nous bornions à prêcher l'union. »

Il pourrait ajouter que les rares communistes français se rendant en Egypte recevaient les mêmes consignes de prudence. Jacques-Francis Rolland arrive au Caire en 1947, alors que se déroulent les négociations préparant l'unification MELN-Iskra : il a instruction de pousser à l'unité sans intervenir dans les querelles de factions. Sept ans plus tard, Maxime Rodinson est incité à la même circonspection : « Je suis allé deux mois en Egypte, payé par le CNRS pour une enquête sur la sorcellerie. Avant de partir, j'ai demandé des instructions au Parti, c'est-à-dire Mignot. Après avoir réfléchi, les membres du Bureau colonial m'ont dit : « Surtout, ne dis rien, ne t'engage pas. » Ils auraient aimé que je ne prenne aucun contact avec les communistes égyptiens : « Ce que tu diras sera interprété comme venant du PCF et nous ne voulons pas avoir l'air de favoriser un groupe. Le mieux est de te taire. » Sur les rapports avec les organisations égyptiennes, ils étaient d'une prudence extrême. » La règle ne fut enfreinte que pour Fouad Moursi et Ismaïl Sabri Abdallah : Egyptiens pur jus formés à Paris selon les normes du sérail, ils deviendraient incontestablement les poulains du Bureau colonial et d'Elie Mignot, sans parvenir pour autant à faire de leur PCE le pôle unique du mouvement communiste.

Quant à l'historique erreur d'appréciation commise à propos du coup d'Etat du 23 juillet, Mignot ne la nie pas mais la juge normale : « C'était une situation très compliquée. L'Egypte ! L'Egypte ! Est-ce que vous croyez par hasard que nous vivions les yeux fixés sur l'Egypte ? Elle n'était certainement pas au premier plan de nos préoccupations ! Nous avions surtout des responsabilités envers nos peuples colonisés. Quand on est loin, il faut être prudent. Ce sont les irresponsables qui foncent. Ce n'est qu'après un bon bout de temps que nous avons découvert qui étaient vraiment ces militaires qui avaient pris le pouvoir au Caire... »

Marty, Feix, Mignot : troïka « coloniale » incarnant « le grand parti frère qui ne peut pas se tromper ». Marty, borné comme une mule, dont l'acte de réhabilitation notera avec un sens certain de l'euphémisme qu' « il n'était sans doute pas fait pour tenir les postes de responsabilité politique qu'il occupait » ; Feix, familier du Maghreb mais ne connaissant que par ouï-dire le reste du monde arabe ; Mignot, qui ne mettra les pieds en Egypte qu'après la mort de Nasser... Il est beaucoup d'amis d'Henri Curiel pour condamner sans appel le responsable du Bureau colonial ; les autres disent : « Mignot ? Peut-être pas un mauvais type, certainement un militant sincère, mais il ne connaissait rien à rien. Il a été catastrophique par ignorance. »

La méconnaissance du mouvement des Officiers libres suffit-elle à expliquer l'erreur d'interprétation de leur coup d'Etat ? Il faut, pour le mettre sur la voie, souffler au potache Mignot : « Le pacte du Moyen-Orient n'aurait-il pas joué son rôle ? » Son œil s'allume et il lève les bras au ciel : « Bien sûr ! Il y avait le pacte ! Et tout laissait penser qu'en installant des militaires au pouvoir, il s'agissait pour les Anglo-Américains de faire entrer l'Egypte dans un pacte du Moyen-Orient qui serait le prolongement de l'Alliance atlantique ! Voilà pourquoi nous devions réagir comme nous l'avons fait... »

Pour renvoyer les conduites staliniennes à un envoûtement quasi satanique, comme le font les rescapés eux-mêmes, il suffit d'escamoter le décor historique et de supprimer l'intrigue : le théâtre n'est plus peuplé que de pantins indignes vociférant des excommunications aberrantes quand ils n'ont pas le pouvoir d'enfermer ou de tuer.

Tout au long de ces années glaciales, le décor européen était un champ de ruines matérielles et morales peuplé d'une humanité sortie écorchée vive d'une horreur sans précédent. Le suspens quotidien tenait dans cette question effrayante de simplicité :

la troisième guerre mondiale est-elle pour demain ? La lutte pour la paix mobilisa les communistes occidentaux. Elle ne justifie pas les dévoiements iniques : elle les explique. Si tant de militants d'une qualité humaine rare acceptèrent l'inacceptable, c'est qu'ils le croyaient légitimé par la transcendante obligation de préserver le monde de l'apocalypse nucléaire. Que la lutte pour la paix se soit identifiée pour eux à la défense de l'URSS est une évidence. L'Histoire dira qu'ils ne se trompèrent pas toujours : longues furent les années où l'écrasante supériorité américaine en armes atomiques induisait Washington en tentation.

1952 est l'une de ces années d'angoisse. Les USA, en proie au virus maccarthyste, paraissent disposés à la guerre préventive. Le grand magazine *Collier's* suscite une émotion mondiale en publiant, sous le titre « La troisième guerre mondiale telle que je l'ai vécue », le reportage-fiction d'une attaque nucléaire sur Moscou. Publié en octobre 1951, il annonce froidement que la guerre atomique éclatera le 10 mai 1952 à 1 h 58... Les dirigeants américains enserrent l'URSS dans un réseau serré de bases militaires et accélèrent la signature de pactes dits défensifs : l'OTAN en Europe, l'ANZUS en Océanie, bientôt l'OTASE pour l'Asie du Sud-Est. La CED est en gestation accélérée ; elle doit permettre la naissance d'une armée européenne intégrée comprenant les divisions ouest-allemandes. En France, le mois de mai 1952 est marqué par de violentes manifestations communistes. Le 28, l'arrivée du général américain Ridgway jette sur le pavé parisien des dizaines de milliers de manifestants. Les affrontements sont les plus violents qu'on ait vus depuis février 34. La police tire. Plusieurs dirigeants communistes sont arrêtés, dont Jacques Duclos, victime du grotesque « complot des pigeons ». L'hystérie anticommuniste est partout à son comble. Le chroniqueur Pierre Durand évoquera ce temps en titrant ainsi ses chapitres : « La paix ne tient qu'à un fil », « Guerre préventive ? », « Sous les plus noirs auspices », « Le temps de la fin du monde », « Vers le grand match ? »[1].

C'est dans ce crépuscule apocalyptique qu'éclate le coup d'Etat des Officiers libres. Or, neuf mois plus tôt, en octobre 1951, les puissances occidentales avaient proposé à l'Egypte de Farouk de devenir membre fondateur d'un « commandement du Moyen-Orient » destiné à s'intégrer dans le système des pactes antisoviétiques. La « guerre du Canal » et les péripéties intérieures ont mis le projet en sommeil mais comment ne pas croire que les officiers au pouvoir vont le réveiller en fanfare ? On ne les connaît pas – là est la faute impardonnable – et chacun de les assimiler à des officiers putschistes sud-américains. Ils sont, croit-on, manipulés par les services secrets occidentaux. Maxime Rodinson, expliquant à Elie Mignot que la situation spécifique égyptienne doit être prise en compte, s'entend répondre : « Est-ce que tu as déjà vu quelque chose au Proche-Orient ou au Moyen-Orient qui ne soit pas manigancé par les Américains ou les Anglais ? » S'ils ne sont pas les marionnettes de la CIA, ils restent des militaires. Qui a jamais vu des militaires résister à l'attrait d'un commandement prestigieux et source de mirifiques fournitures ? Roger Vailland lui-même évoquera « les beaux avions à réaction » américains si tentants pour les Officiers libres...

Dans une situation tendue à l'extrême, alors que la guerre nucléaire pouvait éclater d'un jour à l'autre, l'attitude du camp socialiste et des communistes occidentaux fut déterminée par la seule certitude de voir le nouveau régime s'intégrer à la croisade antisoviétique. Leitmotiv de tous les articles de *L'Humanité :* « Une clique militaire se prépare à instaurer un

(1) Pierre Durand, *Vingt ans, Chronique 1945-1965*, Editions Sociales.

régime fasciste pur et simple comme préparation à l'adhésion de l'Egypte au pacte militaire du Moyen-Orient » (23 août 1952) ; « Il se confirme de plus en plus clairement que l'instauration de la dictature militaire a pour but de favoriser la participation de l'Egypte à un pacte agressif du Moyen-Orient » (9 septembre 1952), etc.

« Nous ne vivions pas les yeux fixés sur l'Egypte. » Elie Mignot a raison : l'Egypte n'était qu'une pièce du puzzle mondial. Mesurée à l'aune des visions géostratégiques dont étaient hantés les dirigeants communistes, l'analyse subtile du mouvement des Officiers libres proposée par le MDLN était dérisoire. D'ailleurs, Moscou avait tranché : « Dans la nuit du 23 juillet, un groupe d'officiers réactionnaires conduit par le général Neguib, et en étroit contact avec les Etats-Unis, s'est emparé du pouvoir. » Toute autre interprétation ne pouvait qu'émaner du camp impérialiste et belliciste. La voix discordante d'Henri Curiel devait être étouffée : elle le fut.

L'Egypte refusa son adhésion au pacte du Moyen-Orient.

TENDRE est la vie.

A l'automne 1976, Alain Gresh, vingt-huit ans, sonne chez des amis parisiens. « Tiens, ton père vient de passer », lui disent-ils. Il sourit. Ce n'est pas possible. « Mais si ! Henri était là il y a dix minutes à peine. » Henri Curiel.

Il est son portrait vivant. S'il collait sur son passeport une photo d'Henri dans ses trente ans, le policier le plus attentif n'y verrait que du feu.

La première rencontre dont il garde souvenir eut lieu à Genève en 1958. Pour Alain, dix ans, Henri était l'homme qui l'avait abonné à *Vaillant*, ancêtre de *Pif*. C'était très important.

La révélation de sa vraie filiation lui fut bouleversante. Son père légal l'avait trop aimé pour qu'il pût fantasmer, comme tant d'enfants légitimes, sur des paternités imaginaires. Henri ne prit pas une place vide : il fut, en un temps où Alain avait déjà un fils, un autre père tombé du ciel.

Les assassins ne leur laissèrent pas deux ans pour vivre leur relation nouvelle. Henri dit à Alain : « J'ai eu des moments difficiles. Tu m'as aidé à résister. J'avais un fils. Je devais en être digne, lui montrer l'exemple. »

Le bagage d'Alain est typiquement curiélien : maîtrise de mathématiques, diplôme d'arabe de l'Ecole des langues orientales, doctorat en sciences politiques, avec une thèse consacrée aux Palestiniens.

Humainement, il est à ce point Henri que le crime du 4 mai 1978 n'est plus aussi parfait.

Lorsque Elie Mignot envisagea enfin de prendre sa retraite, c'est Alain Gresh qui fut désigné pour lui succéder. Henri eut la joie de l'apprendre avant de mourir. Elie Mignot découvrira en lisant ces lignes qu'il a passé ses pouvoirs au fils d'Henri Curiel.

La vie est savoureuse.

Le manque à gagner fut peut-être historique : « Si l'analyse Curiel avait été adoptée, estime Joseph Hazan, si l'ensemble du mouvement communiste égyptien avait pris la même position que le MDLN, on avait en Egypte un castrisme nassérien. Le destin du Proche-Orient aurait été autre. »

Les dégâts furent à coup sûr considérables. Les Officiers libres, condamnés avant même d'avoir pu s'exprimer, passèrent vite de la stupeur à une amertume compréhensible. Ils ne formaient pas un groupe homogène. La diversité des opinions et la divergence des projets politiques, attisées par l'ordinaire concurrence des ambitions personnelles, fissureraient vite le bloc militaire. Mais ils étaient avant tout des patriotes animés par la volonté d'en finir avec une monarchie corrompue et complice de l'occupant étranger. Lorsque Gamal Abdel Nasser aura obtenu l'évacuation de l'ultime soldat anglais, il sera le premier Egyptien à gouverner une Egypte libre depuis le pharaon Psammétique III, vaincu par le roi des Perses en 525 avant Jésus-Christ. Les hommes qui mettaient fin à vingt-cinq siècles d'occupation et de soumission à des dynasties étrangères ne pouvaient accepter d'être assimilés à de vulgaires officiers putschistes de « républiques bananières ». Il leur suffisait de traverser les quartiers populaires sans escorte au milieu de la liesse générale pour mesurer à leur juste valeur les accusations de « dictature fasciste ».

Nasser, le plus politique, fut le plus atteint. La violence des attaques communistes le stupéfia avant de l'enrager. « Il était outré », dit Khaled Mohieddine, fer de lance du coup d'Etat, aujourd'hui président du Rassemblement, seul parti de gauche autorisé en Egypte. « Gamal ne comprenait pas que les communistes nous traitent de fascistes alors que nous travaillions depuis si longtemps avec le MDLN. J'assurais moi-même la liaison entre les Officiers libres et le MDLN. Le résultat a été de placer en porte à faux les officiers progressistes et de donner d'énormes atouts à ceux de droite. On savait mes opinions. Comment les défendre et leur gagner l'adhésion alors que nous étions chaque matin insultés par la presse communiste du monde entier ? Nous avons rapidement perdu du terrain au Conseil de la révolution. Et nous avons été ainsi conduits à des réactions excessives qui ont facilité notre élimination. »

Le colonel Saddik quitte le Conseil avec éclat six mois après le coup d'Etat. Il était membre du MDLN. Ahmed Hamrouche, militant depuis 1947, est arrêté en janvier 1953. Il sort de cinquante jours de prison pour être conduit dans le bureau de Nasser : « Il s'agissait d'intimider les militaires communistes, dit-il aujourd'hui. Mon arrestation a entraîné la dissolution de la section regroupant au sein du MDLN officiers, sous-officiers et ouvriers des arsenaux. Nasser ne supportait plus d'être attaqué comme il l'était. Il avait commencé par ne rien y comprendre. Moi-même, j'avais rendez-vous avec Henri Curiel à Marseille le 25 juillet [1952]. Mon billet était déjà acheté et mes bagages, bouclés. Le 22, j'ai rencontré Nasser qui m'a prévenu que le coup était avancé à la nuit suivante. Nous avions marché la main dans la main et, soudain, ce torrent d'insultes... »

Quant à Khaled Mohieddine, ce qu'il appelle aujourd'hui une « réaction excessive » consista à jouer Neguib contre Nasser et à séquestrer quelque peu ce dernier dans sa caserne de cavalerie lors d'une nuit mémorable qui vit le futur vainqueur craquer nerveusement comme il ne devait plus le faire qu'en 1967, au terme de la désastreuse guerre des Six Jours. Neguib éliminé, Nasser pardonna à son vieux compagnon un affront qui, ailleurs, se fût lavé dans le sang : Khaled Mohieddine s'en tira avec un exil temporaire en Suisse.

Le sort des militants fut cruel. « Mignot a coûté dix mille ans de prison aux communistes égyptiens » : la formule est de Joseph Hazan. Il s'agit cette fois d'un constat et non d'une évaluation hypothétique des chances d'un castrisme nassérien. Bien sûr, la responsabilité imputée au seul Elie Mignot incombe à de plus hautes instances. Mais le fait est là : pourchassés par la police de Nasser, soumis à l'occasion à des tortures sauvages (plusieurs en moururent), mille communistes passèrent dix années dans des camps de concentration dont le régime n'avait rien à voir avec celui d'Huckstep.

***

Désespéré mais discipliné, Henri Curiel appliqua la ligne. Les imprimeries clandestines du MDLN sortirent comme les autres des appels au peuple dénonçant la dictature fasciste des colonels. Ses militants allèrent jusqu'à Bandoung, en 1955, distribuer aux congressistes venus du tiers monde des tracts violemment antinassériens : ils ne pouvaient pas deviner que la conférence de Bandoung marquerait le revirement du monde communiste dans son appréciation du régime égyptien. Ce virage cap sur cap aboutirait au spectacle abracadabrant de détenus communistes rédigeant, fers aux pieds et le dos zébré par les cicatrices des coups de schlague, des motions de soutien enthousiastes au pouvoir qui les martyrisait...

Henri Curiel poussa l'abnégation jusqu'à créer à Paris un Front national d'opposition. Il ne put réunir que cinq adhérents, dont un royaliste. « C'est une vraie rigolade ! » s'indignait Didar Rossano. « Et comment crois-tu que les choses commencent ?... » soupirait Henri.

Deux femmes éclairèrent ces années noires.

Didar, trente ans et deux enfants, restait fidèle à l'adolescente aventureuse en fugue vers une mythique Amérique. Son mariage avec le bel Osmane s'était délité. Elle jurait par trop avec l'image de l'épouse musulmane traditionnelle et la famille de l'officier s'exaspérait de son militantisme. Osmane trouvait excellent d'être progressiste mais estimait qu'il l'était suffisamment pour deux. En 1951, elle était partie pour l'Europe avec ses deux enfants et, après une semaine à Rome avec Henri Curiel, elle avait retrouvé à Paris Sherif Hetata.

Sherif s'était évadé quelques mois plus tôt. Il était parti avec Mohamed el-Guindi, autre évadé que Osmane et Didar avaient caché chez eux, le temps de trouver un embarquement clandestin sur un cargo français, et qui irait travailler à Budapest à la Fédération mondiale de la jeunesse. Didar eut le coup de foudre pour le jeune médecin en exil (Qui ne l'aurait eu ? Trente ans plus tard, Sherif reste l'un des hommes les plus séduisants qui se puisse rencontrer : un charme tendre et une intelligence rare). Elle le quitta brièvement pour faire franchir la frontière franco-suisse à Henri et, contre le conseil de ce dernier (« Ne brusque pas les choses ! Ne les pousse pas à l'extrême ! »), écrivit à Osmane un message à l'encre sympathique pour l'avertir de son infortune : « C'était l'honnêteté. » De retour au Caire, elle divorça à l'amiable et replongea de plus belle dans le militantisme. Avec un sang-froid admirable, elle planifia et réalisa l'évasion de deux responsables du MDLN, dont Mohamed Chatta, fameux dirigeant du faubourg ouvrier de Choubrah el-Kheima. Ce fut l'occasion de la scène la plus violente avec son ex-mari resté un camarade : Osmane considérait qu'une action physiquement dangereuse était un privilège viril ; il la traita de « zarrata », qui signifie « péteuse ».

Sherif s'ennuyait à Paris. Mal grimé, pourvu d'un passeport dont la fausseté crevait les yeux, il débarqua clandestinement en Egypte et milita dans le delta. Didar l'y rejoignait aussi souvent que possible. Mais responsabilité maternelle et morale révolutionnaire se mirent à la traverse. Osmane, qui avait plus d'une fois risqué sa vie pour le succès des Officiers libres, n'entendait rien à la lutte pour le pouvoir se déroulant au sein du Conseil révolutionnaire. Vite lassé, bientôt écœuré, il fut nommé attaché militaire à l'ambassade d'Egypte à Moscou. Il proposa à Didar d'y partir avec lui pour assurer à leurs deux petites filles une vie familiale harmonieuse. Les camarades du MDLN opinèrent qu'une militante responsable ne pouvait se dérober et que Sherif, membre du Bureau politique, entachait l'image du révolutionnaire en « enlevant » la femme d'un camarade. Après avoir derechef épousé Osmane, Didar s'envola avec lui pour Moscou. Trois jours après son départ, la police politique investissait l'appartement de sa mère, chez qui elle avait habité. Le MDLN venait de diffuser, pour le premier anniversaire du coup d'Etat, une violente attaque contre les officiers au pouvoir ; intitulé « Une année noire », le document regrettait le soutien imprudemment apporté à un putsch « à la solde de l'impérialisme américain ». Les policiers éprouvèrent une réelle surprise en apprenant où l'oiseau s'était envolé mais la femme d'Osmane, Officier libre, était intouchable.

Ils se vengèrent sur Sherif Hetata, capturé quelques jours après le départ de Didar et placé en isolement total. Les policiers lui affirmèrent qu'il avait été livré par Didar. Les apparences étaient pour eux : « Crois-tu que nous l'aurions laissée partir pour Moscou si elle ne nous avait pas donné un gage ? Tu as été le prix payé pour son passeport diplomatique... » Torturé pendant deux mois, ramené entre deux séances dans une cellule où on lui ferrait les chevilles et les poignets, faisant sous lui, Sherif lutta contre la folie en s'efforçant de se remémorer les chansons d'Yves Montand entendues avec Didar au théâtre de l'Etoile, dont ils avaient acheté le disque. Il refusait de croire à la trahison.

Il s'obstina alors même qu'un camarade sincère s'employa à l'en convaincre. Mais le doute le plus fugace était pire que la torture.

L'URSS enthousiasma Didar mais Moscou l'assommait, qui se résumait pour elle aux rites mondains du ghetto diplomatique. Les retrouvailles avec Osmane n'étaient pas un franc succès, d'autant que son appréciation du socialisme restait réticente et qu'il prétendait même rencontrer des communistes soviétiques critiquant la mémoire de Staline, décédé un an plus tôt. « Tu ne vois que des gens tordus ! » s'exclamait Didar. Elle avait pleuré à la mort de Staline. Les crises d'asthme de sa cadette furent davantage qu'un prétexte à la séparation : l'enfant devait réellement changer de climat. Didar n'en boucla pas moins ses valises avec soulagement.

Elle mit ses filles en pension à Vence et s'installa à Paris en mai 1954 pour y travailler avec Henri Curiel.

Longues journées fastidieuses occupées à rédiger des analyses, des rapports, à faire imprimer tracts et brochures. Réunions du clan des Egyptiens. Amertume d'avoir eu raison en juillet 52 contre l'ensemble du mouvement communiste mondial. Inquiétude de voir ce même mouvement virer bord sur bord et parer le régime nassérien de toutes les vertus socialistes qu'il n'avait pas, de sorte que Curiel et ses amis étaient désormais critiqués pour leur manque d'enthousiasme. Angoisse tacite de constater que le fossé s'élargissait entre ceux du dedans et ceux du dehors, et que les exilés – vieille histoire – parvenaient de moins en moins à trouver un langage commun avec les militants restés au pays. Tourment constant des mille camarades enfermés dans les camps.

Journées inoubliables pour Didar. Elle découvrait un inconnu. Henri lui récitait pendant des heures Victor Hugo et Aragon, ses deux poètes préférés. Il chantait de sa voix toujours enrouée les trois chansons qu'il connaissait. Il la faisait lire et commentait avec elle ses lectures. « Je crois, dit-elle, qu'il n'aurait pas pu s'intéresser à une femme plus âgée que lui parce qu'il n'y aurait pas eu apport de sa part. Il lui fallait une pâte à travailler. »

Joyce Blau arriva en décembre 1953. Vingt et un ans, blonde et belle, pas maligne à l'époque, elle venait passer un mois de vacances avec son fiancé, employé de bureau à Paris. Quoique de petite extrace, Joyce avait suivi le parcours classique d'une jeune juive cairote à ceci près qu'elle était passée de l'école française des Sœurs à un couvent anglais où elle avait étudié quatre ans. Elle avait adhéré à Iskra en 1947 au terme de cours politiques donnés le samedi par des professeurs marxistes du lycée français. Ils lui apportèrent notamment la révélation de la non-existence de Dieu, qu'elle reçut avec un ébranlement claudélien. Séquestrée par ses parents au moment de la guerre de Palestine, elle réduisit ensuite ses activités politiques, d'accord avec son fiancé, à l'écoute de Radio-Moscou : « Nous suivions leurs émissions en français, dit-elle, comme si ç'avait été la messe. » Sténodactylo dans une maison d'import-export, son maigre salaire assurait tant bien que mal sa subsistance et celle de ses parents. Elle ressentait une grande frustration de n'être pas allée à l'Université et rêvait de devenir riche. A Paris, le fiancé lui dit : « Tu vas rencontrer quelqu'un de très important dont tu ne devras parler à personne. C'est Henri Curiel. » Joyce s'écria : « Quoi ? Le sioniste ? » Son fiancé la gifla. Elle se rua sur lui. Ils roulèrent à terre. Curiel entra dans la pièce sur ces entrefaites. Informé de la situation, il prit avec bonne humeur l'épithète « sioniste » et fit observer qu'elle ne justifiait en aucun cas qu'on frappât une jeune fille. Il retrouva Joyce le lendemain dans un café proche de l'Odéon. Elle le trouvait émouvant avec sa silhouette longue comme un jour sans pain, son blouson élimé, une toux pitoyable, mais enfin c'était un vieux monsieur de quarante ans. Il lui demanda pourquoi elle était communiste. « Parce que je n'aime pas la guerre », répondit-elle, ainsi qu'auraient fait à l'époque beaucoup de communistes. « Excellente réponse », approuva Curiel. Il lui proposa une promenade et l'entraîna vers la Seine bien-aimée. Joyce eut droit à un historique des rues de Buci et Mazarine, à une explication détaillée du pont des Arts et à une visite guidée du musée du Louvre : elle avait plu. Sous les tours de Notre-Dame, Henri lui demanda si elle accepterait, à son retour en Egypte, d'assurer la liaison entre les communistes exilés et ceux de l'intérieur.

Elle s'embarqua à Marseille en janvier 1954 sur un bateau grec dont la troisième classe était d'un prix modique. La boîte de chocolats qu'elle devait remettre à un camarade cairote contenait, glissés sous les friandises, des rapports, des analyses et des stencils de tracts. A mi-parcours, le radio du bord lui remit un câble impératif : « Mange les chocolats. » Elle trouva l'intention gracieuse mais n'aimait pas les chocolats, de sorte qu'elle donna la boîte à son destinataire comme si de rien n'était. On lui apprit plus tard qu'une alerte sérieuse avait fait craindre le pire : « Mange les chocolats » signifiait évidemment

« Jette la boîte à la mer ». « Parole d'honneur, s'écria-t-elle, je n'avais pas compris ! » Henri Curiel l'engueula vertement mais ne fut pas découragé par une candeur si rare. Il avait raison : Joyce était perfectible.

Elle le prouva en quelques semaines, organisant à merveille un nouveau système de liaisons et inondant le groupe de Paris de rapports-fleuves écrits à l'encre sympathique. On lui dépêcha son fiancé en renfort. Il débarqua en déclarant avec componction : « A partir de maintenant, je pense et tu agis. » Ils se disputèrent. La police trancha le différend en les arrêtant. Le fiancé fut envoyé au camp (il y penserait huit ans durant) et Joyce fut écrouée à la prison de la Citadelle.

« C'est en prison, dit-elle, que j'ai rencontré pour la première fois l'Egypte. Je ne parlais pas arabe et je ne fréquentais pas de musulmans. J'ai découvert ce que pouvait être la misère en parlant avec des détenues de droit commun. C'était incroyable. » Elle découvrit aussi ce que ses aînés appelaient « la tendresse égyptienne » : « Le directeur ne savait pas quoi faire pour m'être agréable. Quand j'ai eu la jaunisse, il est venu me tenir compagnie à l'infirmerie. Le médecin était merveilleux. Je me sentais entourée d'estime et d'affection. »

Mais les temps avaient changé. Même si la prisonnière ne le sentait pas, la mort rôdait autour de sa cellule. Un authentique réseau d'espionnage israélien venait d'être découvert au Caire. Son chef s'était suicidé ; deux de ses membres seraient pendus. Frappant tous azimuts, Nasser avait fait conduire à la potence, coiffés d'un bonnet rouge, vêtus d'une camisole noire, pieds nus, fers aux mains, six Frères musulmans condamnés au terme d'un procès lamentable. A Paris, le clan des Egyptiens tremblait pour Joyce. Ils ne pouvaient pas savoir que la jeune femme, se rendant chez un camarade, avait été avertie par le concierge de la présence de la police : elle était rentrée dare-dare chez elle et avait détruit tous les documents compromettants, tant et si bien que son dossier était vide. On lui dépêcha l'avocat Jacques Mercier. Elle le reçut avec une surprise émerveillée : « Vous ne pouvez pas imaginer ce qu'était le prestige de la France. Un Français était un dieu. Et voilà qu'on m'envoyait un grand avocat parisien, à moi, petite sténodactylo ! Et il était beau, beau !... J'étais éblouie. Il a passé ses doigts à travers le grillage du box et je lui ai touché la main : c'était extra. » (Pauvre Jacques, mort l'an dernier : il aurait été content d'apprendre que sa belle gueule burinée avait ému la petite prisonnière. Un type extra, comme dirait Joyce. Ancien parachutiste de la France libre, avocat de choc, toujours prêt à partir plaider devant l'un de ces tribunaux-abattoirs où le défenseur n'a d'autre honoraire à attendre qu'une raclée à la sortie de l'audience, voire une balle anonyme dans le dos. Gaulliste de gauche, c'est-à-dire quelqu'un avec qui l'on est assuré de se retrouver un jour derrière la même barricade. Il détestait le calme plat. Quand il me demandait de passer à son cabinet, je le trouvais en train de graisser son gros Colt 45, manière d'indiquer qu'il restait d'attaque. Son côté gamin. Au Caire, il était hébergé par les Lacouture, correspondants de presse, et il s'associera pour finir avec maître Henri Noguères, juge sourcilleux du cousin Weil-Curiel : le monde est petit.)

Joyce fut acquittée faute de preuves, ce qui est à l'honneur de la justice égyptienne. On la conduisit dans un commissariat pour qu'elle y attendît son expulsion. La cellule grouillait de cafards. Horrifiée, elle obtint permission de retourner à la prison de la Citadelle. Le directeur la reçut avec le sourire entendu d'un directeur de grand hôtel conscient de la supériorité de son établissement sur la concurrence. Peu après, la police l'embarqua sur un bateau à destination de la France. Joseph Hazan vint l'accueillir à la gare de Lyon. Henri Curiel leva les bras au ciel au lieu de les lui ouvrir, la dévisagea avec incrédulité et murmura, le visage décomposé : « Mais que s'est-il passé ? Ce n'est pas possible ! » Joyce, gavée de bonnes choses, spécialement de sandwiches à la banane dont elle raffolait, avait engraissé de quinze kilos. Or, le clan des Egyptiens avait prévu de la présenter à la presse française comme le vivant témoignage du martyre subi par les prisonniers politiques égyptiens. C'était raté.

« Que veux-tu faire ? » lui demanda Henri. Militer allait de soi. Joyce souhaitait étudier la chimie. Elle se voyait assez bien en Marie Curie. « Trop long, décida son mentor. Tu devrais trouver un travail à mi-temps, apprendre l'arabe, et militer le reste du temps. » Une journée normale comportait pour lui seize à dix-huit heures d'activités professionnelles et militantes. Ainsi Joyce entrait-elle dans une vie frénétique, passionnante mais exténuante, que les balles des tueurs interrompraient vingt-trois ans plus tard. Elle sortira diplômée de l'Ecole des langues orientales de Paris, obtiendra à Bruxelles un diplôme de linguistique en persan et en kurde, reviendra à Paris pour un troisième cycle d'études. La première fois qu'Henri Curiel avait prononcé devant elle le mot « kurde », elle ignorait ce qu'il désignait. La petite sténodactylo cairote enseigne aujourd'hui le kurde à l'Ecole des langues orientales et compte parmi les rares spécialistes mondiaux d'une nation occultée. Sa sœur Sarah fut expulsée d'Egypte en 1960. Diabétique au dernier degré, on l'avait mise dans l'avion pour qu'elle allât mourir en France. Elle avait vingt-cinq ans. « Mets-toi aux études », lui conseilla Henri. Elle obtint une licence de chimie, puis une maîtrise, enfin un doctorat d'Etat. Le plus extraordinaire est qu'Henri Curiel l'accompagna littéralement dans ses études, l'aidant même à rédiger sa thèse de doctorat : ahurissante agilité intellectuelle dont témoigne aussi Raoul Curiel qui, septuagénaire, consacre sa semi-retraite d'archéologue à étudier la biochimie... Didar Rossano, titulaire d'un simple BEPC égyptien, obtiendra un doctorat d'Etat en histoire après être entrée aux Langues orientales.

Il est vrai qu'une sorte de dévotion entourait Curiel. Elle n'exaspérait pas seulement ses adversaires. Mais si ses proches lui donnaient à ce point leur foi, c'est qu'ils avaient infiniment reçu de lui. Ils luttaient ensemble pour changer la vie ; chemin faisant, il changeait leur vie. Combien de militants ont quitté leur parti, sans regret peut-être du temps sacrifié, mais avec le sentiment d'avoir appauvri leur personnalité, gaspillé des chances familiales ou professionnelles, asséché en eux tout ce qui n'était pas utile à la militance ? Henri Curiel ne concevait pas la lutte politique comme une mutilation. Il tenait qu'on ne peut apporter aux autres que ce qu'on possède. L'épanouissement de la personnalité d'un militant était utile à la révolution ; sa plus grande culture le faisait plus efficace. « Il nous a tous mis aux études », dit drôlement Joyce. La liste est longue de celles et de ceux qui, grâce à lui, se sont découverts des potentialités insoupçonnées. La seule règle était que la militance pour autrui ne devait pas souffrir de l'investissement personnel. Didar, qui n'était même pas bachelière, obtint un « congé militant » de deux petits mois pour préparer et réussir l'examen d'entrée aux Langues orientales. Elle s'y consacra à Vence, auprès de ses filles ; chaque jour une missive d'Henri venait fouailler son énergie. Joyce parcourut le cycle universitaire dans un tourbillon d'activités politiques qui en eût épuisé plus d'une. « Il voulait qu'on avance toujours, qu'on se perfectionne, dit Didar. C'était exténuant. » Beaucoup le quitteront en habillant la rupture de prétextes idéologiques ou politiques : ils étaient simplement épuisés, usés par la formidable énergie émanant de cet homme si frêle, incapables de répondre davantage à ses coups d'accélérateur. Joyce, qui lui vouait une passion totale, sans nuances : « J'ai vécu dans l'angoisse de ne pas être assez bien, de ne pas en faire assez. Quand ils l'ont tué, ce fut pour moi la fin d'une tension de tous les instants. »

***

A trois décennies de distance, la fureur soulevée en 1956 par la nationalisation du Canal est incompréhensible. Les juristes opinent que la décision du gouvernement égyptien était bien un peu cavalière, mais ils observent que l'exploitation de la voie d'eau devait revenir à l'Egypte en 1968 selon les accords de 1854 et 1856, et que Nasser proposait une indemnisation équitable des actionnaires de la Compagnie. La liberté de passage était garantie à tous navires, les israéliens exceptés (la Grande-Bretagne ne s'était pas privée, lors des deux guerres mondiales, d'interdire le canal aux bateaux allemands). Un accord acceptable eût été aisément trouvé si la passion n'avait tout emporté.

Nasser nationalisait pour se venger d'un camouflet occidental. Les Américains, après lui avoir promis les crédits nécessaires à la construction du barrage d'Assouan, les refusaient dans des conditions humiliantes. C'était jouer dangereusement avec les nerfs d'une nation assoiffée de dignité parce que trop longtemps offensée. Les foules égyptiennes en délire trouvèrent la riposte superbe. Le Canal, symbole de l'impérialisme étranger, servirait à financer la mise en barrage du Nil, qui est l'Egypte.

Les gentlemen conservateurs au pouvoir à Londres réglaient de bien vieux comptes. On n'amène pas l'Union Jack sur vingt territoires en dix ans sans éprouver la démangeaison d'une ruade vengeresse. Le Canal, ex-voie sacrée de l'Empire, était le lieu où la décocher. Plus prosaïquement, Londres venait d'éprouver revers sur revers au Moyen-Orient (dont l'échec du fameux pacte de Bagdad) et en attribuait la responsabilité aux dirigeants égyptiens. Pour Eden, Premier ministre, le rétablissement passait par l'élimination de Nasser. Mais les conservateurs étaient les seuls à vouloir en découdre. L'opposition travailliste, la presse et la plus grande partie de l'opinion publique jugèrent l'opération « immorale et folle ».

La France espérait gagner au Caire une guerre qu'elle perdait à Alger. La « rébellion » durait depuis deux ans et personne n'en voyait la fin. L'envoi du contingent en Algérie n'avait rien changé : le marteau-pilon militaire se ridiculisait à rater la mouche rebelle. La guerre se salissait au fil des attentats terroristes, représailles aveugles, tortures. En janvier 1956, l'arrivée au pouvoir des socialistes, élus sur la promesse de faire la paix, avait débouché sur un redoublement de l'effort militaire. Certes, des émissaires officieux, tel Georges Gorse, ancien représentant de la France libre en Egypte, tentaient d'engager le dialogue avec les chefs algériens, mais les partisans de l'épreuve de force l'emportaient largement sur les tenants de la solution négociée. Une France névrosée, exaspérée par son impuissance, cherchait un dérivatif à ses frustrations. Nasser fut son bouc émissaire. Il soutenait sans ambages la lutte pour l'indépendance. Le gouvernement provisoire algérien avait établi ses quartiers au Caire. La Marine française venait d'arraisonner l'*Athos II*, bateau pirate transportant à destination des « rebelles » soixante-dix tonnes d'armes embarquées à Alexandrie. Le 22 octobre, la capture imbécile de Ben Bella et de quatre autres dirigeants algériens, pris dans un avion marocain arraisonné en plein ciel par la chasse française, enflamma la classe politique et l'opinion publique. On tenait le bon bout. Il suffisait de cogner pour gagner. La nationalisation du Canal porta à son paroxysme une indignation mêlée chez beaucoup de jubilation. L'Egypte, base arrière de la « rébellion », et son meilleur soutien sur le plan diplomatique, allait éprouver le poids des armes françaises. Des discours hystériques ruisselaient sur les travées de la Chambre, Nasser fut traité de « nouvel Hitler », d'« ennemi public numéro un » et d'« homme à abattre »... Tandis que des conférences secrètes mettaient au point une opération combinée franco-britannique en liaison avec une offensive israélienne, l'opinion publique, chauffée à blanc, se préparait à la mise à mort.

La montée en puissance de l'hallucination collective atterra les exilés égyptiens. Pays natal et patrie d'élection étaient si intimement liés que la perspective d'avoir à choisir entre l'Egypte et la France relevait du cauchemar. La guerre d'Algérie n'était pas leur affaire.Même s'ils la jugeaient tous injuste et folle, aucun d'eux ne s'en était mêlé le moins du monde. Mais ils ne comprenaient pas par quelle aberration le peuple français pouvait espérer triompher à Alger en écrasant Le Caire. Ils savaient que Nasser avait le peuple égyptien derrière lui. Ils ne parvenaient pas à croire que le gouvernement français prendrait le risque, pour une dérisoire satisfaction d'amour-propre, de trancher les mille liens unissant l'Egypte à la France. Matériellement, l'enjeu était considérable. Quatre cents milliards d'investissements et quinze grandes sociétés opérant en Egypte donnaient à la France une prééminence économique incontestée. Sur le plan spirituel et moral, le désastre serait à la mesure des positions acquises depuis des siècles. Cent cinquante mille jeunes Egyptiens étudiaient dans des écoles françaises et l'intelligentsia des bords du Nil se nourrissait de la culture née aux berges de la Seine. Tout cela serait-il anéanti par l'aveuglement de quelques matamores ?

Les exilés se mobilisèrent avec une énergie égale à la passion qu'ils vouaient à leurs deux patries. Le danger fit oublier les vieilles discordes et l'on vit les frères ennemis lutter au coude à coude pour empêcher l'irréparable. Henri Curiel dépêcha Didar Rossano en Angleterre. Elle y rencontra Fenner Brockway, président du Movement for colonial freedom, et parvint jusqu'à Nehru, en visite à Londres, pour le supplier d'intervenir ; la même requête était présentée par lettre à Tito. A Paris, le clan des Egyptiens multipliait les contacts avec les responsables socialistes français pour tenter de leur ouvrir les yeux. La déception fut à la mesure de l'espérance. L'hystérie antinassérienne avait gagné jusqu'aux journalistes les plus résolument de gauche. Didar garde souvenir d'empoignades épiques avec un Gilles Martinet prêt à se croiser. Les « justes » eux-mêmes flanchaient. Ainsi de Jules Roy, qui prendrait quelques années plus tard des positions courageuses contre la guerre d'Algérie, et d'Albert Camus, dont il est aujourd'hui à la mode d'exalter la rigueur et la lucidité. Les deux misérables se retrouvent dans un bar au matin de l'attaque franco-britannique et fêtent au whisky la bonne nouvelle : « Le coup de Suez les délivrait. Il n'y avait plus à choisir, les événements décidaient, le culot payait, la victoire réglait tout. Au Caire où les blindés allaient entrer, on cueillerait la fine fleur de la rébellion algérienne dans les palaces. Les folles revendications de ces messieurs et le cas de conscience à propos de la justice prenaient leurs proportions véritables. La démonstration en Méditerranée tenait lieu de droits : Rome n'avait pas imposé autrement la civilisation[1]. » Roy ! Camus ! (Petit misérable, je servais dans un régiment parachutiste où m'avait conduit, entre autres, le souvenir inoubliable des Jacques Mercier, archanges de la Libération... L'annonce que le régiment n'était pas choisi pour sauter sur Suez fut reçue avec accablement. Mais une nouvelle magnifique ranima l'enthousiasme : en réponse à l'impudente pression des Américains et des Soviétiques pour imposer le cessez-le-feu le long du Canal,

(1) Jules Roy, *La Saison des za*, Grasset, p. 175.

la France leur déclarait la guerre. Le démenti nous fut cruel. J'ai eu vingt ans et je ne laisserai dire à personne que c'est l'âge le plus intelligent de la vie.)

Le clan des Egyptiens fit feu de tout bois jusqu'au dernier instant. Les Stambouli avaient pour voisin, à Vanves, le ministre des Affaires étrangères Christian Pineau. La directrice des petites classes du lycée français du Caire, Mme Rousseau, fit spécialement le voyage et Raymond Stambouli parvint à lui obtenir une entrevue avec Pineau. C'était au Caire une personnalité introduite dans tous les milieux, respectée pour son dévouement ; elle avait initié trois générations d'Egyptiens à la culture française. La malheureuse se jeta aux pieds du ministre en le suppliant d'empêcher le crime intellectuel d'un conflit franco-égyptien. L'impérial-socialiste Pineau lança avec un geste souverain : « Trop tard : les dés sont jetés ! » Il se prenait pour César : c'était celui de Pagnol.

Puisqu'il fallait à la fin choisir, Henri Curiel choisit l'Egypte.

Il était en liaison constante avec Khaled Mohieddine, exilé en Suisse après son petit putsch manqué contre Nasser. Une fois par mois, escorté par Didar, il franchissait la frontière suisse pour le rencontrer à Genève ; ses faux papiers étaient l'œuvre de Rosette, en progrès constants depuis sa première tentative sur le passeport autrichien. Il leur arriva aussi de se retrouver chez Roger Vailland, à Meillonas. Mohieddine était conscient de sa maladresse mais ressassait un vif ressentiment contre Nasser. Curiel s'employa à le convaincre de la nécessité de tourner la page : la politique extérieure nassérienne méritait l'appui des progressistes même si sa politique intérieure justifiait leurs critiques. Khaled Mohieddine finit par écrire à Nasser une lettre lui proposant une réconciliation. Il reçut l'aman et rentra au Caire. Une liaison sûre assurait le contact avec Henri Curiel.

Il est sans doute superflu d'entrer dans le détail des voies et moyens par lesquels Curiel se procura les plans de l'expédition franco-britannique. C'est très peu romanesque. Ils ne reposaient pas au fond d'un coffre-fort blindé mais circulaient gaiement dans le Tout-Paris politique tant régnait la certitude de ne faire qu'une bouchée de l'armée égyptienne. (Les jeunes gens, même imbéciles, destinés à se jeter sur la terre égyptienne avec un paquet de soie dans le dos ne méritaient pas d'être traités avec une légèreté si coupable...) On restera également discret sur la filière, au demeurant banale, qui permit d'acheminer les plans jusqu'à Mohieddine.

« L'idée générale y était, se souvient celui-ci. Disons que quatre-vingt-dix pour cent de l'opération était dévoilé, ce qui rendait facile la reconstitution des dix pour cent restants. L'ensemble était ingénieux : attaque israélienne pour attirer l'armée égyptienne dans le Sinaï, puis bombardement massif de nos bases aériennes, débarquement des forces franco-britanniques à l'est de Port-Saïd pour isoler les troupes égyptiennes et les prendre en tenaille avec les Israéliens. La grande idée était d'éviter autant que possible le contact avec la population.

« J'ai reçu les plans environ vingt jours avant le déclenchement de l'attaque et je les ai montrés à Nasser. Nous les avons examinés avec le plus grand soin. Il n'y a pas cru. L'état-major n'y a pas cru. L'opération paraissait complètement stupide car elle se fondait sur la volonté d'assurer la liberté du trafic international sur le Canal et son résultat le plus clair serait d'interrompre toute navigation. Nous avons en effet coulé une quarantaine de bateaux en travers de la voie dès les premières heures de l'attaque. Nasser a reconnu par la suite, dans un discours public, qu'il avait été parfaitement prévenu de l'attaque mais qu'il avait refusé d'y croire. Bien entendu, je lui avais dit par qui nous avions obtenu les plans et je lui avais parlé d'Henri, de son patriotisme, de l'injustice de son expulsion. Gamal était d'accord pour qu'il rentre au pays. »

Henri Curiel s'était mis en tête de rentrer avec le corps expéditionnaire franco-britannique. Projet fou, à la limite du farfelu, mais qui donne la mesure de sa passion pour l'Egypte. Il ne supportait pas d'en être séparé. Chaque heure de sa vie, chaque pensée lui étaient consacrées. Didar Rossano, revenue au Caire depuis quelques semaines, lui écrivait que des prisonniers communistes, avec lesquels elle avait pu établir un contact, demandaient son retour pour en finir avec les discordes et apurer l'affaire Marty. Il décida de partir sous une fausse identité, avec une carte de presse maquillée, en se mêlant aux correspondants de guerre accrédités auprès de l'état-major ; un ami journaliste prétendait la partie jouable. Un dentiste posa à Henri un dentier modifiant sa physionomie de manière adéquate, sinon avantageuse, et il fut grimé par un professionnel. Ses proches le jugèrent méconnaissable mais, descendant à pied l'avenue Georges-V, il eut la surprise de s'entendre héler depuis l'autre trottoir par un piéton enthousiaste. C'était l'un de ses condisciples du collège de Fagallah. Ils ne s'étaient pas vus depuis vingt ans. Cela jeta un froid. Les proches convinrent que si le visage d'Henri pouvait être transformé, sa longue silhouette voûtée et sa démarche très particulière le trahiraient toujours. Il s'obstina néanmoins dans sa décision de partir et se présenta, valise à la main, au rendez-vous fixé. Au lieu du journaliste complice, il trouva le clan des Egyptiens au complet. Ses amis ne lui mâchèrent pas les mots : « C'est de l'aventurisme. Tu vas être tué. Si tu pars, sache bien que c'est en désaccord avec nous. » Henri renonça par discipline militante mais tomba malade de déception.

Il crut encore longtemps à la possibilité d'un retour légal. Patriote égyptien, il avait donné la préférence au pays natal sur la patrie d'élection mais, pas plus que ses amis, il n'avait eu le sentiment de trahir la seconde. Il en apporta avec eux la preuve au lendemain du rembarquement humiliant des forces franco-britanniques. L'expédition de Suez avait été une folie incompréhensible, un coup de sabre dans la trame d'une amitié séculaire : il fallait à présent en recoudre les lambeaux.

Ancien Officier libre, titulaire d'un doctorat d'Etat de l'université de Paris, responsable à une certaine époque des services de renseignements égyptiens, ex-ministre de la Culture et ambassadeur d'Egypte dans diverses capitales, Saroite Okacha habite aujourd'hui une splendide villa à l'écart des tumultes cairotes. Dès la porte ouverte par le valet stylé, une tonitruante symphonie de Beethoven renvoie le visiteur informé aux heures cruciales du coup d'Etat de 1952. C'est chez le mélomane Okacha que fut prise la décision historique : « Le 10 juillet, écrivit-il par la suite, Gamal et Khaled Mohieddine vinrent chez moi et me demandèrent, comme il leur arrivait souvent, de jouer le « Schéhérazade » de Rimski-Korsakov. Bientôt la symphonie déploya ses charmes. Gamal écoutait, les yeux rêveurs, l'oreille attentive. A la dernière note, il se leva, décrocha le bras du pick-up, et déclara brusquement : "Nous agirons au début du mois prochain." »

Distingué, affable, une ressemblance étonnante avec Ionesco, rompu de toute évidence aux affaires, Saroite Okacha éteignit sa chaîne haute-fidélité et me parla d'Henri Curiel – « this gentleman » : « Il a voué sa vie à une cause qui n'était pas la mienne mais j'avais pour lui respect et admiration. C'était un être qui se donnait totalement. Il a été victime d'attaques diaboliques. Je désapprouve de la manière la plus formelle l'image négative qu'on a tenté de propager. J'ai eu souvent affaire à lui, et toujours pour des problèmes complexes. Chaque fois, il réagissait avec un sens très rare de l'humain. La générosité, l'humanité étaient ses qualités premières. Politiquement, c'était un homme de très grande envergure. Je considère comme une véritable tragédie le fait qu'il ait dû vivre et agir dans la clandestinité. S'il avait pu se consacrer aux affaires, il aurait rendu les plus éminents services. Mais il était communiste et cela ne lui ouvrait pas un avenir très favorable. A mes yeux, il a été un communiste raisonnable et un homme toujours loyal envers l'Egypte. Chaque fois que je passais par Paris, je le consultais sur notre politique internationale. Il m'a donné une masse d'idées utiles qui étaient loin d'être systématiquement prosoviétiques. S'il avait été un agent de Moscou, comme on l'en a accusé chez vous, je n'aurais eu ni le désir ni le besoin de le rencontrer. Il faut savoir ce qu'est un agent, et je crois le savoir un petit peu. Ce gentleman était un homme politique de grande stature. C'est très différent.

« Je l'ai rencontré pour la première fois après l'affaire de Suez, quand je faisais partie du bureau exécutif de l'Unesco à Paris. La rupture avec la France était totale. Nous ne disposions d'aucuns contacts. C'est grâce à Henri Curiel que j'ai pu approcher de hautes personnalités et renouer le dialogue. Je citerai Pierre Cot, Maurice Couve de Murville, Louis Gillet, Louis Joxe. Nous avons engagé ensemble le processus d'une réconciliation utile à nos deux pays. Les services rendus par Henri Curiel dans cette circonstance étaient si éminents que j'ai insisté auprès de Nasser pour qu'on lui rende sa nationalité égyptienne. Je puis vous assurer que Nasser était d'accord. Malheureusement, il y a eu des blocages au niveau de son entourage et cela ne s'est pas fait. Je le regrette. »

Faute de pouvoir rentrer en Egypte, Curiel continua d'agir en faveur de ceux qui auraient bien voulu en sortir.

***

Un millier de prisonniers communistes soumis à un régime carcéral oscillant entre l'enfer et le purgatoire. Les années infernales furent plus nombreuses que celles où la tendresse égyptienne et le laisser-aller adoucissaient le sort des détenus. Ainsi d'Albert Arié, arrêté à vingt-trois ans et condamné en cour martiale à huit ans de camp (il en fera dix). Tant que son père vécut, des dons généreux aux gardiens lui permirent de recevoir visites, colis et livres ; il obtint même d'être transféré du bagne de Tourah dans une prison du Caire pour le plombage d'une dent : l'opération dura quatre ans. Puis le père mourut et Arié fut soumis au sort commun.

Les prisonniers de Tourah portaient nuit et jour les fers aux pieds. La chaleur était accablante. Chaque péripétie politique avait son effet, bon ou mauvais, sur le régime carcéral. Une révolution prosoviétique en Irak ou l'hostilité des communistes syriens à son endroit conduisaient Nasser à raidir son attitude envers l'URSS ; il démontrait sa mauvaise humeur en durcissant les conditions de détention. A Tourah, un camp spécial avait été organisé sur le modèle nazi à l'intérieur du bagne. Le PCF, dont le soutien aux détenus fut constant alors même que la politique étrangère nassérienne recevait son approbation, protesta avec véhémence et *L'Humanité* écrivit à juste titre : « Des hommes sont en danger de mort à Tourah, le Mauthausen égyptien. Ils sont astreints au supplice de la carrière, imaginé par les nazis à Mauthausen. Chaque matin, les prisonniers politiques effectuent une marche de deux kilomètres, les fers aux pieds, sous le soleil brûlant. A la carrière, pendant huit heures, brûlés par le soleil, sans nourriture, sans même un verre d'eau, ils doivent, sous les coups de cravache, transporter de lourds blocs de pierre. » Aucun des détenus de Tourah n'oubliera jamais la sinistre carrière de basalte.

Il y eut pire. Ismaïl Sabri Abdallah montra à son procès les marques des tortures qu'il avait endurées avec un courage admirable. Roby Grunspan, entré à vingt ans au camp, sortira dix ans plus tard le dos zébré par les cicatrices des coups de fouet. Une communiste de vingt-six ans, rentrée clandestinement en Egypte pour y assumer des liaisons, fut prise comme l'avait été Joyce Blau mais ne tira pas le même numéro à la loterie pénitentiaire : elle subit onze années d'une détention cruelle qui la marquerait à jamais physiquement et psychiquement. Au bagne d'Abou Zaabal, les arrivants étaient accueillis par une double rangée de gardiens armés de triques. Shohdi Attiya, éminent intellectuel diplômé de Cambridge, avait été le premier Egyptien à adhérer à Iskra, puis l'auteur de la première scission après l'unité ; il était redevenu secrétaire du comité central au moment de son arrestation. Il termina pantelant son passage par la « haie d'honneur ». Impitoyables, les gardiens le remirent sur pied et lui imposèrent un deuxième parcours. Il mourut sous les coups avant d'arriver au bout. Le médecin du camp le déclara mort d'insolation mais le médecin légiste local refusa bravement d'entériner et signa un rapport concluant à la mort par torture. Nasser était en visite officielle en Yougoslavie. Tito le convia à assister au congrès communiste. Un délégué yougoslave se leva au milieu de la séance solennelle et salua « la mémoire du camarade Shohdi, mort sous la torture en Egypte ». Nasser ordonna l'arrêt des sévices.

La nature suffisait à pourvoir à la souffrance des hommes. Le camp de Kharga où passèrent presque tous les communistes, était en plein désert du sud proche de la frontière soudanaise. « Le feu et les flammes, se souvient Sherif Hetata. Il faisait 47° à l'ombre. » Albert Arié complète le tableau : « Nous avions des tempêtes de sable terrifiantes, les scorpions, les tarentules... C'était si dur que les officiers étaient relevés tous les trois mois ; les soldats, chaque semestre. Nous avons vu des soldats craquer, devenir fous. » Il me montre des portraits de lui faits par un camarade de camp : les peintures datent de vingt ans mais il a l'air plus âgé qu'aujourd'hui. Visage de pierre calcinée, regard insoutenable de dureté, la même expression de combativité désespérée qu'aux déportés de jadis.

« Nous avons tenu grâce à la solidarité internationale mais avant tout grâce à Henri Curiel. Je ne le connaissais pas personnellement. J'avais toujours appartenu à des groupes en opposition féroce avec lui. Le lendemain de ma condamnation en cour martiale comme modeste agent de liaison, j'avais été surpris de constater que je faisais la manchette des journaux égyptiens : c'est qu'on me liait à Henri Curiel, « juif sioniste et dirigeant communiste expulsé d'Egypte ». Au camp, j'ai rencontré des hommes comme Badr, Sherif Hetata. Ils m'ont parlé de lui et je suis revenu sur ma première appréciation. Sa solidarité extraordinaire a fait le reste. Lui et ses amis nous ont soutenus pendant dix ans sans défaillance et de toutes les manières. Nous avons reçu des vêtements, des vivres. Même à Kharga, en plein désert, ils se sont débrouillés pour nous faire parvenir du chocolat et du sucre. Henri s'ingéniait à envoyer au Caire des avocats français – Michèle Beauvillard, Gaston Amblard. Ils étaient en général refoulés mais nous l'apprenions et nous savions que nous n'étions pas seuls. Il a obtenu que Pierre Cot demande à nous voir à l'occasion d'un voyage officiel en Egypte ; Nasser n'a pas pu refuser. Visite mémorable car Cot nous a remis en douce le transistor que Curiel lui avait confié. Les transistors n'étaient pas encore vendus en Egypte et nous n'avions qu'une grosse radio très difficile à dissimuler. Le petit appareil de Cot nous a changé la vie. Le plus important était le soutien financier. Un prisonnier ne peut pas tenir le coup s'il sait que sa famille crève de faim à l'extérieur. Nous avons reçu des subsides énormes et nous en organisions nous-mêmes la répartition, de l'intérieur du camp. Il y avait enfin les lettres fraternelles d'Henri. La correspondance entre nous a été ininterrompue malgré la surveillance des gardiens et de la police politique. Nous nous écrivions à l'encre sympathique sur du papier pelure et les lettres passaient dans des objets confiés à des visiteurs ou à des soldats achetés. A Kharga, ce camp du bout du monde, l'officier de la police politique se rendait chaque samedi à la ville la plus proche. Il n'a jamais su que notre courrier partait avec lui, dissimulé sous le siège avant de sa voiture. »

Le clan des Egyptiens témoigna pendant ces dix années d'un militantisme probablement sans équivalent dans la constance, la puissance et l'originalité. Soit que l'engagement politique concerne des êtres de toute façon doués, soit que la militance constitue une bonne école pour la vie ordinaire, le fait est que la réinsertion sociale des exilés fut aussi réussie que le serait, vingt ans plus tard, celle de tant de vétérans imberbes et chevelus de mai 68. Raymond Aghion était devenu un très prospère marchand de tableaux tandis que sa femme s'imposait dans la haute couture ; Alfred Cohen et Raymond Stambouli (installé lui aussi à Paris) avaient créé ensemble une florissante société spécialisée dans le textile ; Armand Setton faisait une grande carrière dans l'édition ; David Nahum, à Milan, réussissait dans la métallurgie ; Joseph Hazan, associé à l'éditeur Fernand Nathan, se taillait un fief enviable dans le domaine des arts graphiques. « Il n'y a jamais eu de problème avec Henri, constate Alfred Cohen. Lui, à l'époque, c'était le travail militant de sept heures du matin à minuit. Mais il comprenait très bien nos préoccupations professionnelles et il nous poussait même à la réussite. "Travaillez toujours davantage, nous répétait-il, et gagnez le plus d'argent possible pour en faire profiter les activités militantes." »

« Nous étions une cinquantaine à cotiser régulièrement, explique Joseph Hazan, grand argentier du clan. Chacun donnait de trente à cinquante pour cent de ses revenus. Nous trouvions cela normal. Est-ce qu'un sacrifice financier pouvait se comparer aux souffrances qu'enduraient nos camarades ? Est-ce qu'on pouvait laisser leurs familles dans le besoin alors que les nôtres vivaient sans souci en France ? Dix ans de camp, vous vous rendez compte ? Nous aurions été des moins que rien si nous avions agi autrement. Mais la rumeur n'a pas cessé de courir : « D'où vient l'argent ? » Elle est partie du PCF dès 1954 et c'est Pierre Courtade qui l'a lancée. « On ne peut pas faire confiance au groupe Curiel, répétait-il. D'où tire-t-il ses ressources ? D'où vient l'argent ? » Il y avait pourtant au moins un précédent dans la révolution bolchevique : Litvinov. C'était un grand brasseur d'affaires à Londres, le roi du commerce international. A lui seul, il a envoyé un bateau chargé d'armes à la révolution de 1905. Pourquoi ce qui était clair pour lui ne le serait-il pas pour nous ? Lui, un bateau d'armes, et nous, à cinquante, nous n'aurions pas été capables de financer les secours aux prisonniers et à leurs familles ? Nous nous considérions comme des privilégiés puisque nous ne faisions que donner de l'argent alors que nos malheureux camarades donnaient à la cause dix ans de leur vie ! »

Les comptes de Joseph Hazan fixent à un milliard et demi de centimes (valeur 1984) le montant des sommes expédiées en Egypte par le clan des Egyptiens. Il convient d'y ajouter les frais engagés pour envoyer des délégués à de multiples congrès internationaux, les dépenses d'impression de tracts et de brochures destinés à faire connaître le sort des détenus, la maintenance de divers comités de soutien. La subsistance matérielle d'Henri et de Rosette était également assumée par le clan mais leur modeste salaire ne risquait pas de déséquilibrer les bilans.

Un milliard et demi.

L'ingratitude fut proportionnelle à la générosité.

Que Curiel fût systématiquement tenu à l'écart était dû à l'affaire Marty. Que l'éloignement et le temps fissent chaque année plus difficile le dialogue entre les exilés et les communistes de l'intérieur relevait d'un phénomène attristant mais banal. Plus inattendu et moins admissible fut l'insidieux racisme dont les communistes juifs expulsés d'Egypte se sentirent l'objet de la part de leurs camarades égyptiens restés au pays – en liberté ou dans des camps. Les signes précurseurs étaient apparus après la guerre de Palestine, en 1948. Beaucoup de militants considéraient que « les juifs devraient se tenir à part », ce qui pouvait se justifier tactiquement. Mais quand Aymée Setton s'entendit dire par un membre du comité central : « En tant que juive, c'est terminé pour toi. Tout ce que tu peux faire, c'est nous apporter un soutien financier », elle songea : « Ils sont fichus. C'est le premier pas. Il y en aura d'autres. » Revenue au Caire et reprenant contact avec les militantes, Didar sentit que sa judéité suscitait une certaine gêne. Elle posa elle-même le problème. On lui répondit : « Il y a réunion ce soir pour y réfléchir. » Et le lendemain : « Effectivement, il vaudrait mieux t'abstenir... » Sherif Hetata avait bénéficié du soutien le plus actif ; Henri Curiel devait obtenir de Ben Bella qu'il intervînt auprès de Nasser pour sa libération. Lorsque Hazan le rencontra à Alger, Sherif lui dit : « Le mieux que vous ayez à faire, c'est de vous retirer. Vous ne pouvez pas comprendre la situation en Egypte. Vous êtes des étrangers. » Hazan se souvint d'un incident antérieur à l'arrestation de son camarade. Il avait donné au mouvement une somme très importante et Sherif Hetata avait cru devoir le remercier en lui décernant la nationalité égyptienne « totale ». Hazan, qui s'éprouvait autant Egyptien que Sherif, fils d'Albion par sa mère, avait éclaté de rire, voulant croire à une plaisanterie. Le rire finissait en grimace amère.

Le coup de grâce prit la forme d'une lettre émanant du mouvement communiste égyptien réunifié pour la sixième ou septième fois en attendant l'inévitable prochaine scission. Le nouveau comité central signifiait aux exilés leur exclusion collective. Etant des étrangers, ils n'avaient pas à se mêler des affaires égyptiennes, l'adhésion au mouvement communiste devait leur être refusée. Le paragraphe final de la lettre soulignait un peu lourdement que les contributions financières des exilés continueraient cependant d'être acceptées et qu'elles étaient même souhaitées. Le message était clair : « Pas de politique : des chèques. »

Les piliers du clan se réunirent au restaurant des Iles, sur le lac du bois de Boulogne. Le dîner fut orageux. Aucun des exilés n'avait considéré que ses sacrifices financiers lui conféraient une influence politique particulière ; aucun n'acceptait de se voir dénier sa qualité de militant et d'être transformé en vache à lait. Certains, tel Alfred Cohen, demandèrent qu'une rupture totale sanctionnât la grossièreté du procédé. Henri Curiel objecta que les prisonniers ne devaient pas supporter les conséquences d'une décision injuste. Il poursuivit : « Nous devons continuer à aider autant et même davantage. Il faut aider jusqu'à donner mauvaise conscience aux camarades du comité central. » La décision fut prise de persévérer. L'aide serait en effet maintenue jusqu'à la libération du dernier prisonnier.

Mais l'Egypte, c'était fini.

ILS la quittèrent l'un après l'autre, la jeune génération de Tourah et de Kharga rejoignant en Europe les anciens de Huckstep et autres lieux, mais aucun d'eux ne parvint à se l'ôter du cœur. Trente ans après la séparation, Joseph Hazan continue de rêver en arabe ; ses amis n'en finissent pas d'évoquer la patrie perdue. (Et Ismaïl Sabri Abdallah, qui fut l'actif avocat de leur exclusion, de constater avec suffisance mais vérité : « Normal. Tous ceux qui viennent en Egypte en repartent amoureux. ») L'amertume est réservée à leurs vieilles querelles rancies, aux règlements de compte internes jamais prescrits ; à l'Egypte va une passion inentamée par les vicissitudes.

Si la politique se juge au résultat, leur succès n'est pas évident. Ils n'ont été qu'une poignée de vibrions dans la multitude égyptienne ; elle a eu tôt fait de les expulser. Mais si la politique est aussi un destin collectif, leur aventure est grande. Ils étaient les lointains rejetons d'une diaspora très ancienne qui avait trouvé dans le monde arabe le lieu de son épanouissement. Les pères avaient rompu le pacte en se ralliant à la bourgeoisie européenne colonialiste. Les fils – les meilleurs d'entre eux – dépouillèrent leurs privilèges et se mirent en quête du peuple dont on les avait séparés. Cela ne se vit nulle part ailleurs, si ce n'est à titre individuel. Ils se voulurent communistes au son du canon de Stalingrad et parce que les livres marxistes apportaient explication et remède à l'insoutenable misère qui les avait mobilisés. Communistes, ils se rêvèrent de la même armée militante que le fellah du delta ou l'ouvrier de Choubrah. Ils se réveillèrent étrangers et juifs : fils de la bourgeoisie impérialiste qui s'était soumis l'Egypte, frères malgré eux des soldats hébreux qui lui taillaient d'humiliantes croupières. C'est sur les bords du Nil, aux années cinquante, lorsque des communistes exclurent des communistes pour défaut de passeport, que *L'Internationale* cessa d'être un cri pour devenir chuchotement machinal. Ils en furent aussi surpris que blessés, la blessure s'aggravant de l'incompréhension. Nul ne pouvait alors imaginer que les soldats des deux armées rouges, la russe et la chinoise, guerroieraient sur le fleuve Amour ; que le Viêt-nam descendrait de sa croix pour chausser des bottes conquérantes ; que les nations les plus rassies se déchireraient en tribalismes religieux, raciaux, linguistiques... L'internationalisme immense et rouge est mort. Ils furent des premiers à recevoir l'avis de décès.

A d'autres, trois mois dans les Brigades internationales, six au maquis ou douze dans une cellule de prison permettent de s'éprouver légitimes jusqu'au soir de leur vie. La loterie de la militance a ses bons numéros. Ils ont tiré le pire. Leurs luttes, menées dans des conditions d'inextricable complexité, sont ignorées ; leurs sacrifices, insoupçonnés. Le 21 février 1946 – l'une des cinq journées historiques du siècle égyptien – ils étaient pourtant l'Egypte. Tourah, Kharga, les fers aux pieds, la carrière de basalte, la « haie d'honneur », les mailles sanglantes tricotées au fouet sur leurs dos calcinés : qui, hormis les martyrs, se souvient du martyrologe ?

Ils ont aussi été frivoles, impatients, imprudents ; certains avaient des ambitions ; et ils n'auraient pas été égyptiens s'ils n'avaient milité parfois du côté de Courteline. Mais la preuve de leur qualité, c'est dans la pire épreuve qu'ils l'apportèrent : celle de la négation passée, présente et à venir de leur existence politique. Car ce qui s'écrit ici, aucun d'eux ne le dit. Leur grandeur est de tout accepter sans rien regretter. Ils ont servi. Cela suffit.

Comparaison n'est pas raison, et celle-ci leur paraîtra bien peu marxiste. Cent cinquante ans avant leur sortie du ghetto européen, la petite armée de Bonaparte avait abordé au rivage d'Egypte, conquis le pays, envisagé avec bonne humeur de se faire musulmane, entamé des réformes de propriétaire soucieux de l'avenir ; puis s'était évanouie sans tambours ni trompettes. De toutes les invasions subies par l'Egypte, l'une des plus fugaces. Un battement de cils de l'Histoire. Une équipée à l'image des oueds-minute, fleuves nés d'un orage aussitôt engloutis par les sables. Qui aurait cru, à l'époque ou cinquante ans après, que le plus grand des Egyptiens depuis les pharaons, Gamal Abdel Nasser, écrirait de l'expédition vite réexpédiée : « Ce fut le début de la renaissance » ? Les plus lucides des camarades d'Henri Curiel savaient que leur rôle, essentiellement transitoire, consisterait à servir de relais. Avec leurs universités populaires, leurs traductions en arabe d'ouvrages politiques, leurs conférences, leurs journaux, ils ont été les porteurs du message révolutionnaire. L'Histoire dira ce que l'incontestable originalité de l'Egypte au sein du monde arabe doit à leur action idéologique.

En été 1981, dans le camp d'internement de Sadate, des communistes égyptiens de vingt ans demandèrent à Mohamed el-Guindi, vétéran quinquagénaire du mouvement, de leur parler d'Henri Curiel et de ses camarades.

*
**

Tous partis, sauf deux.

Ses amis exilés appellent Chehata Haroun « le dernier des Mohicans ». C'est inexact car Albert Arié est également resté en Egypte. Au bagne, il était chargé de l'entretien des plates-bandes de fleurs ornant le pourtour de la baraque du commandant, ce qui lui permettait d'entendre beaucoup de choses. Il se prit d'amour pour les fleurs et en fit commerce après sa libération, les expédiant par tonnes vers la froide Europe. Mais Arié se prit aussi d'amour pour une musulmane qui le convertit à l'islam, faute de quoi il n'eût pu l'épouser selon la loi du pays, de sorte que le musulman Arié n'est plus tout à fait un Mohican comme les autres. Les Cairotes disent de Chehata : « Notre juif. »

Le juif le moins errant du monde. Une société a disparu sous ses yeux tandis que Le Caire passait de un million d'habitants à treize ou quatorze ; il a assisté à la dispersion d'une communauté juive forte de cent mille âmes, présente depuis les temps bibliques et dont il ne reste que trois douzaines de vieillards trop malades pour partir, trop séniles pour savoir encore ce qu'ils sont ; il a accompagné à l'avion ou au bateau tous les compagnons de son enfance égaillés aux quatre points cardinaux : il ne bouge pas. Depuis sa naissance, ses appartements successifs tiennent dans une circonférence de deux cents mètres de diamètre. Traverser avec lui son quartier, c'est faire le tour du propriétaire. Tout le monde le connaît puisqu'il date d'avant le déluge : on l'a trouvé sur place, avec les immeubles et les statues. Le grassouillet marchand de légumes ayant aujourd'hui pignon sur rue, Chehata l'a vu, famélique, débarquer de son village et s'asseoir sur le trottoir derrière ses trois salades. Le petit mendiant haut comme trois pommes sait qu'il a fait l'aumône au grand-père. Entre son logis et son cabinet d'avocat, il salue deux cents amis, c'est-à-dire qu'il les découvre avec l'explosion de joie d'un homme dont la journée est sauvée, les palpe, les tripote, échange avec eux de bouche à oreille d'importants secrets, s'arrache au bâtonnier du Caire pour tomber dans les bras d'un camelot, intervient avec autorité dans un embarras de circulation s'il juge le policier inférieur à sa tâche. Le matin, costume gris, cravate et serviette au bras, il navigue entre son bureau, où sa femme est à l'ancre toute la journée, et le siège du parti du Rassemblement. L'après-midi, vêtu à la diable, il me montrait la ville ignorée des touristes comme il avait fait jadis pour Roger Vailland.

Un visage à la Louis de Funès si expressif que, lorsqu'il servait d'interprète pour mes entretiens avec des militants ne parlant qu'arabe, je lisais le témoignage sur sa face avant même qu'il l'eût traduit. Tout bouge : les yeux, la bouche, la peau parcourue d'ondes. Visage-écran sur lequel était projeté un film étranger si évident que les sous-titres devenaient superflus.

Il s'est voulu égyptien jusqu'à la mort. Quand éclata la guerre de 1956, il se rendit dans un centre d'engagement volontaire. Il croyait trouver une officine discrète et se sentit une faiblesse dans les genoux en découvrant une foule surexcitée. « On va me reconnaître, se dit-il, et je serai lynché comme l'espion juif venu épier les patriotes. » L'armée égyptienne refusa sa candidature.

En 1967, lors de la guerre des Six Jours, on ne lui laissa pas loisir de se porter volontaire : il fut arrêté dès la première nuit. Dans la voiture de police qui le conduisait au commissariat, il dit à son gardien : « Pourvu qu'Israël ne bombarde pas le barrage d'Assouan... » C'était l'obsession générale. Une seule brèche dans l'ouvrage et un gigantesque mascaret balaierait toute la vallée du Nil jusqu'à la Méditerranée, rayant l'Egypte de la carte. Au poste de police, le gardien parla à l'oreille du commissaire. Celui-ci pâlit et posa sur Chehata un œil torve : « C'est toi le juif qui souhaite qu'Israël bombarde Assouan ? » Il lui écrasa ses lunettes, fracassa sa montre, puis, posément, déchira sur lui ses vêtements et le passa méthodiquement à tabac. Jeté dans la salle de détention, Chehata reçut sa raclée chaque fois que les policiers introduisaient un nouveau prisonnier. Il trouva la nuit longue. Transféré dans un camp d'internement, il fut présenté au commandant, vieux de la vieille de la Pénitentiaire qui l'avait accueilli plus d'une fois dans ses barbelés. « Mon cher maître ! s'écria l'excellent homme. Comment ont-ils osé ! Voulez-vous protester ? – Plus tard », répondit Chehata avec un sens certain de l'opportunité. Trois mois après sa libération, il demanda audience au ministre de l'Intérieur et obtint le déplacement du commissaire de police. Une pugnacité intraitable. Sans elle, il eût fait cent fois ses valises. Chaque jour de sa vie est un acte de volonté.

Tandis qu'il se faisait tabasser au poste, une alerte aérienne plongeait Le Caire dans les ténèbres. Sa femme, née d'un juif de Haïfa et d'une juive de Smyrne, descendit avec ses deux filles rejoindre les autres locataires dans le hall de l'immeuble. Soudain, un fracas de chenilles ébranla les murs et la femme de Chehata, épouvantée, serra ses enfants contre elle en songeant : « Ce sont les Israéliens ! Ils vont tous nous massacrer ! » O destins...

Ses trente-cinq ans de militantisme l'ont promené dans toutes les prisons et tous les camps d'Egypte ; il pourrait écrire un guide, attribuer des étoiles. Il a en permanence deux ou trois procès sur les bras avec des inculpations du style « atteinte à la sûreté de l'Etat », « complot contre la Constitution », etc., mais accepte avec bonhomie ces turbulences judiciaires. Même, elles le rassurent. « Quand les choses deviennent trop calmes, remarque-t-il, disons : quand il ne s'est rien passé depuis trois mois, je me dis : “Chehata, attention, tu vas être arrêté.” »

Têtu comme un Auvergnat, solide comme un menhir breton, aussi gai qu'un joueur de pétanque marseillais, d'une impavidité de chtimi dans les pires coups de grisou politiques, plus égyptien que tous les Egyptiens : notre juif.

***

Sur l'essentiel, Henri Curiel ne s'était pas trompé. Au contraire des tenants bornés du front de classe et du parti pur et dur, il avait compris que la donnée politique fondamentale était la revendication de l'indépendance nationale : l'histoire de l'Egypte en ce siècle s'est articulée autour de cette exigence. Il a vu clair sur la question soudanaise. Il a admis avant la plupart qu'Israël était une réalité incontournable. Il a eu raison contre tous dans son analyse du mouvement des Officiers libres.

Une lucidité à la longue énervante et une capacité rare à agacer expliquent en partie la persistance de la critique. Ses anciens rivaux rendent volontiers hommage à l'homme animé d'excellentes intentions, au militant dévoué à la révolution jusqu'au sacrifice de sa vie, mais ils jugent son bilan égyptien négatif. Dirigeant que l'ambition faisait inamovible, dût-il exercer son pouvoir en coulisse, il aurait gaspillé les chances du mouvement communiste. Si c'était vrai, son expulsion du pays et son exclusion du parti auraient dû permettre l'épanouissement dudit mouvement, enfin débarrassé du gêneur. Ce ne fut pas le cas. Le temps passant, Nasser entama par l'intermédiaire d'Ahmed Hamrouche des négociations avec les dirigeants communistes des deux organisations subsistantes. Il feignit d'accepter la création future d'une organisation plus ou moins officieuse regroupant les communistes en dehors de l'Union socialiste, parti unique du régime. On s'occupa à rédiger des statuts mais on commença, selon la volonté de Nasser, par dissoudre les structures existantes. Le sabordage accompli, les communistes égyptiens les plus doués se virent offrir le choix entre le ralliement pur et simple et le néant politique. Ismaïl Sabri Abdallah et Fouad Moursi quittèrent le sable des camps pour la moquette ministérielle. Ils avaient férocement raillé une phrase malheureuse d'Henri Curiel selon laquelle la multiplicité des organisations communistes égyptiennes exprimait la richesse du mouvement. Avec eux, le vide absolu succéda au trop-plein : où est le progrès ?

C'est pourtant Fouad Moursi qui porte le jugement le plus clairvoyant et, en fin de compte, le plus équitable sur le destin égyptien d'Henri Curiel : « Il a eu le malheur d'être étranger et juif à un moment où le pays se donnait pour tâche de chasser l'étranger et se voyait confier par le monde arabe la direction de la lutte antisioniste. Qu'un fils de banquier juif d'origine étrangère ait pu accomplir ce qu'il a accompli est en soi extraordinaire, mais le handicap était insurmontable. »

Il entre dans son âge mûr après un naufrage où s'est englouti bien plus que son personnage politique. Cet homme à la mer est entouré d'épaves. Un autre, moins vaillant, se fût laissé couler.

Son engagement politique l'avait séparé des siens. Il avait fait le désespoir de son père, mort pendant l'internement à Huckstep. Sa mère, qui ne l'avait pas renié, s'éteignit au Caire en 1965. Elle fut portée en terre par Chehata Haroun, Albert Arié, Fouad Habachi et le poète Kamal Abdel Halim. Il ne l'avait revue qu'une fois en quinze ans, grâce à Ben Bella qui avait obtenu pour elle, de Nasser, une autorisation de voyage à Paris.

Egyptien, il avait été expulsé par le roi Farouk en qualité de juif et de communiste.

Communiste, il avait été diffamé et politiquement détruit par ses camarades français. Certains de ceux-ci me feraient observer qu'il eût été probablement pendu s'il s'était installé à Prague comme

Marty le lui avait conseillé. C'est en effet une consolation.

Militant historique du mouvement communiste égyptien, fondateur du parti communiste soudanais, il avait été exclu en tant qu'étranger par ses camarades égyptiens.

Il était suprêmement l'indésirable.

De cet homme grièvement blessé, il faut comprendre que la vie, d'une certaine manière, se termine ici. Ce qu'il accomplira désormais, il le fera faute d'Egypte. Ses meurtriers l'ignoreront et s'en seraient peu souciés, ses détracteurs étaient à cent lieues de l'imaginer, ses camarades de combat des vingt dernières années ne le savaient pas ; mais pour paraphraser le mot royal : s'ils avaient ouvert le cœur assassiné d'Henri Curiel, ils y auraient trouvé gravé le mot « Egypte ».

IMPRIMÉ EN FRANCE PAR BRODARD ET TAUPIN
58, rue Jean Bleuzen - Vanves - Usine de La Flèche.
LIBRAIRIE GÉNÉRALE FRANÇAISE - 14, rue de l'Ancienne-Comédie - Paris.

ISBN : 2 - 253 - 03641 - 2 30/6038/1